ANJA EICHBAUM

Inselcocktail

Kriminalroman

GMEINER SPANNUNG

Personen und Handlung sind frei erfunden.
Ähnlichkeiten mit lebenden oder toten Personen
sind rein zufällig und nicht beabsichtigt.

Immer informiert

Spannung pur – mit unserem Newsletter informieren wir Sie regelmäßig über Wissenswertes aus unserer Bücherwelt.

Gefällt mir!

Facebook: @Gmeiner.Verlag
Instagram: @gmeinerverlag
Twitter: @GmeinerVerlag

Besuchen Sie uns im Internet:
www.gmeiner-verlag.de

Im Ehnried 5, 88605 Meßkirch
Telefon 07575/2095-0
info@gmeiner-verlag.de

4. Auflage 2018

Lektorat: Claudia Senghaas, Kirchardt
Herstellung: Julia Franze
Umschlaggestaltung: U.O.R.G. Lutz Eberle, Stuttgart
unter Verwendung eines Fotos von: © Carl-Juergen Bautsch/fotolia.com
Druck: CPI books GmbH, Leck
Printed in Germany
ISBN 978-3-8392-2109-9

Für Dirk, Lukas und Sophie

PROLOG

Meine Schrift wird immer unleserlicher. Ich muss für heute zum Ende kommen. Im Grunde genommen ist auch alles gesagt und niedergeschrieben. Dennoch schaffe ich es kaum, an dieser Stelle einen Schlusspunkt zu setzen.

Weil ich weiß, dass dieser letzte Punkt das Signal zur Tat sein wird. Dann gibt es kein Zurück.

Die Koffer sind gepackt. Mein Blick schweift durch den Raum. Ob ich noch jemals hierhin zurückkehre, ist zweifelhaft. Noch wäre es nicht zu spät, dem leisen Ziehen der Wehmut nachzugeben. Doch nein! Niemals würde ich mir einen solchen Schritt verzeihen. Es wird Zeit. Ich tue, was getan werden muss. Selbst im Gefängnis werde ich nicht unfreier sein als in den ganzen letzten Jahren.

Wenn Notizblock und Füllfederhalter gleich verstaut sind, trennt mich nur noch das Wochenende von der Erfüllung all meiner Wünsche. Nur noch eine Nacht, und ich bin wieder Herr der Lage. Und endlich werden sie verstehen …

OKTOBER

DONNERSTAG

Als der Dreiklang des Signals, mit dem das Ablegen des Schiffes sich ankündigte, ertönte und gleichzeitig das Anwerfen des Motors die ganze Fähre erzittern ließ, erschrak Daniela, obwohl sie doch seit 20 Minuten sehnsüchtig auf diesen Augenblick gewartet hatte.

»Willkommen an Bord der Frisia V!«, erklang die satte Stimme des Kapitäns, der mit friesisch angehauchter Färbung wie gewohnt die Fahrgäste begrüßte. »Sie befinden sich auf der Fähre von Norddeich nach Norderney. Derzeit haben wir auflaufendes Wasser, sodass wir circa 50 Minuten Fahrzeit benötigen werden. Beachten Sie bitte die Sicherheitshinweise und das Rauchverbot! Wegen des Windes kann es heute zu stärkeren Schaukelbewegungen kommen. Wir wünschen Ihnen eine gute Überfahrt.«

Daniela lehnte sich zurück. Eben noch war sie komplett in Gedanken versunken gewesen. Viel zu früh hatte heute Morgen der Wecker geklingelt. Das Taxi hatte sie schon gestern bestellt, und Jutta, die Fahrerin, hatte wie gewohnt zuverlässig vor dem Haus gestanden.

»Ein Taxi für Frau Rick!«, hatte ihre laute Stimme den noch dämmrigen Morgen durchdrungen.

»Dass die Chefin persönlich mich fährt!«, hatte Daniela ihr freudig entgegengerufen.

»Für dich, meine Lieblingsfriseurin, doch immer! Wenn das einer verdient, dann du!«

Die beiden Frauen umarmten sich.

»Ach Mensch, Jutta, sag doch so was nicht!«

»Einer muss es sagen. Auch, dass wir dich vermissen werden, obwohl wir dir den Urlaub auf deiner Lieblingsinsel alle gönnen.«

Daniela hatte sich in den Sitz des Taxis fallen lassen und Juttas Hand gedrückt. Jutta war einfach die Beste, und wenn sie so was Nettes sagte, wurde Daniela ganz warm ums Herz. Sie beide passten einfach gut zusammen, figürlich und stimmlich. Wenn sie im Duett im Karneval oder bei den Leseabenden in der Bücherei das Publikum rockten, blieb im ganzen Raum kein Auge trocken. Eigentlich sind wir Schwestern und bei der Geburt getrennt worden, erzählten sie oft augenzwinkernd, aber genau das war es, was sie fühlten. Verbunden fühlten sie sich auch, weil sie für das andere Geschlecht immer nur die gute Seele und der Kumpel zum Pferdestehlen waren – und die Liebe bei ihnen demzufolge nur stippvisitenartig auftrat.

Während der kurzen Fahrt schwiegen beide. Erst am Bahnhof hatte Jutta ihr zum Abschied ein Buch in die Hand gedrückt.

»Hier, ein neu erschienener Regionalkrimi. Ziemlich spannend, aber auch witzig. Und mit ganz viel Liebe! Also die perfekte Lektüre da oben auf deiner Nordseeinsel. Uhh! Wenn Nebel und Sturm mal wieder den Blick auf das Meer verhindern. Und wenn es dir gefällt, können wir beim nächsten Leseabend etwas daraus machen.«

Ach, Jutta war ein Goldstück! Sie klatschten sich ab, machten beide eine Tanzpose, lachten und fielen sich zum Abschied in die Arme.

»Komm du mir nur erholt zurück! Und denk dran: Ich will alles wissen, auch die Einzelheiten!«

Bei der anschließenden Zugfahrt von Bonn Hauptbahnhof bis Norddeich Mole hatte Daniela abwechselnd an Juttas Worte gedacht, über den Buchdeckel gestrichen, auf Facebook alle Freunde über ihre Abfahrt informiert (53 Likes, nur gute Wünsche; so viele, die es ihr gönnten, aber keiner, der sie liebte) und die meiste Zeit mit Blicken auf die sich verändernde Landschaft an all das gedacht, was sie in den nächsten 14 Tagen auf Norderney unternehmen wollte. Und gespürt, wie auch ein Stück Hoffnung mitreiste, dass ja vielleicht dort …

Jetzt aber saß sie auf dem Sonnendeck der Frisia. Was für ein Glück sie mal wieder hatte! Wenn Engel reisen, kommentierte Michaela, ihre Chefin, das Foto in Danielas Chronik. Blauer Himmel, blaues Meer – und Norderney leuchtete als weißer Fleck am Horizont. Es war Ende Oktober, doch die Sonne gab noch alles. Okay, wenn das die Erderwärmung war, sollte sie es wahrscheinlich nicht gut finden, aber im Augenblick hatte Daniela keinerlei Lust, sich mit den Krisen der Welt zu beschäftigen. Sie hatte schließlich genug mit sich selbst zu tun. Gerade hatte sie sich durch die Facebook-Einträge der letzten Wochen gelesen: *Vergiss ihn! Er hat dich nicht verdient! Wenn sich die eine Tür schließt, öffnet sich eine andere! …*

Alles lieb gemeint. Alles auch irgendwie wahr. Aber der Schmerz blieb.

Egal – jetzt war es endlich so weit. Da vorne lag sie. Ihre Insel! Zwei Wochen Freiheit erwarteten sie dort. Sie würde es genießen. Das würde sie sich nicht nehmen lassen.

Sie kramte in ihrer großen Handtasche, bis sie ihre Ray Ban-Sonnenbrille, die sie auf ebay als Schnäppchen ersteigert hatte, fand. Den überbreiten Schal zog sie fester um den Hals, in ihre anthrazitfarbene Jacke wickelte sie sich regelrecht ein, zog die Stulpen bis knapp unter die Fingerknöchel, sodass sie den blauen Nagellack und den silbernen Ring betonten, zupfte noch ein paar graue Flusen des Schals von der Jacke und probierte dann den richtigen Aufnahmewinkel für ein Selfie. Nach gefühlten 50 Versuchen hatte sie endlich ein Motiv, mit dem sie zufrieden war, und postete es mit den Worten: ›Jetzt geht es los!‹

*

Ich hätte diesen Brief nicht einstecken sollen. Diesen verdammten Brief mit all den verdammten Lügen, mit denen sie mich ruhighalten wollten. Als wenn ich das Spiel nicht von Anfang an durchschaut hätte. Als wenn ich nicht wüsste, auf wessen Seite sie stehen! Wie sie steuern und manipulieren, mal mit Mitleid, mal mit Vorwurf. Und bist du nicht willig, so brauch ich Zwang.

Was ihr könnt, kann ich schon lange. Auf die Tricks, die ihr beherrscht, habt ihr keine Exklusivrechte. Mit euren eigenen Waffen habe ich euch geschlagen. Zu dumm wart ihr, um es zu merken! Viel zu dumm! Das nennt sich nun akademische Elite! Einfach lächerlich!

Und doch kriege ich die kalte Wut, wenn ich diese Zeilen lese, mit denen sie versuchten, mich kaltzustellen:

Narzisstische Störung in Kombination mit komplexer posttraumatischer Belastungsstörung.

Dass ich nicht lache! Ihr Klugscheißer und Halbgötter! Unfähigkeit sei euer Name!

Fehlende adäquate Regulationskompetenz nach traumatischem Erleben.

Ihr Ignoranten! Euer Dünkel verhindert den Blick aufs Wesentliche.

Ich habe mehr Handlungs- und Regulationskompetenz, als ihr euch auch nur vorstellen könnt. Auch ohne eure Diagnosen. Ohne eure ins Leere führenden Therapien. Ohne eure sedierenden Medikamente.

Ihr kapiert es einfach nicht. Macht Täter zu Opfern und umgekehrt. Dabei gibt es nur den einen Weg:

Handeln, bis die Seele heilt.

*

Ruth Keiser sah sich neugierig auf dem Schiff um. Sie hatte mit mehr Kindern und Familien gerechnet. Stattdessen saßen viele Fahrgäste hier oben weit auseinander und schienen redlich bemüht, nicht miteinander in Verbindung gebracht zu werden. Fast alle hatten ein Handy oder wohl eher ein Smartphone in der Hand. Ruth seufzte. Wo waren sie bloß geblieben, die ganzen Leser? Wenn sie früher mit Bus, Bahn oder Schiff gereist war, hatte doch fast jeder in ein Buch oder eine Zeitung geschaut. Sie blickte hinunter auf ihren Schoß. Der blaue Einband des Krimis ruhte in ihren Händen. Ein richtiger Schmöker, wie schön! Auch wenn sie Krimis aus Berufsgründen eigentlich nicht mochte. Aber diesmal hatte sie nicht widerstehen können, schließlich hatte ihre frühere Kommilitonin und jetzt beste Freundin ihn geschrieben.

Das würde das Richtige sein für die Abende im Hotel. Oder, wenn sie Glück hatte, in der Milchbar. Doch wenn sie bedachte, dass Herbstferien waren, dann hatte sie trotz der leeren Fähre wenig Hoffnung, dort abends einen Platz zu finden. Nun, sie würde sehen. Schließlich war sie nicht zu ihrem Privatvergnügen hier, sondern beruflich.

Sie schmunzelte. Dass sich das eines Tages so entwickeln würde, hatte sie nicht vorausgesehen. Sie war schon immer schnell gelangweilt gewesen, wenn sich Routinen einschlichen. Routinen in diesem Job? Ihre Freunde hielten das nicht für möglich. Okay, ihre Routine war vielleicht nicht so wie die der Beamten in der Stadtverwaltung, obwohl das sicher auch nur so ein Vorurteil war. Aber auch beim Lösen von Kriminalfällen konnten sich Langeweile und Wiederholung einschleichen. Und sie war nie eine Lena Odenthal gewesen. Nein, sie hatte nach dem Jurastudium im Bereich Wirtschaftskriminalität gearbeitet und zwar vorwiegend am Schreibtisch. Da war für sie nach schon wenigen Jahren die Spannung raus gewesen. Damals waren ihr Heirat und Kind gerade recht gekommen. Wenn sie geahnt hätte, wie genau das alles auf den Kopf stellte. Im Nachhinein hatte es dazu geführt, dass sie heute hier saß!

Sie dachte an Lisa-Marie, ihre Tochter, die sie so liebte. Trotzdem hatte das Leben als Hausfrau und Mutter sie damals so unterfordert, dass sie ein zweites Studium in Angriff genommen hatte: Psychologie, Schwerpunkt Rechtspsychologie. Und damit hatte sie bei der Polizei wieder angeklopft, als Lisa-Marie auf das Gymnasium wechselte. Danach hatte sich eins zum anderen gefügt: Sie hatte interne Fortbildungsmaßnahmen konzipiert und durchgeführt und war zur Fachfrau im Bereich Kinder- und Jugendschutz, insbesondere von Kindeswohlgefährdungen, geworden. Nachdem sie eine Dozentenstelle an der Polizeihochschule Münster-Hiltrup ergattert hatte, waren Headhunter auf sie aufmerksam geworden. Und nun war sie freiberuflich mit einem Kollegenteam aus Ärzten, Sozialarbeitern und Juristen zuständig für die Aus- und Weiterbildung großer Institutionen, die im Bereich der Kinder- und Familienarbeit tätig waren. Sie coachte und prüfte Jugendämter, leitete themenspezifische Seminare an Akademien und Fachhochschulen, beriet Ministerien und veröffentlichte Fachartikel. Sie war rundum zufrieden und genoss die abwechslungsreiche Tätigkeit, die sie an immer neue Herausforderungen führte und sie mit den unterschiedlichsten Menschen zusammenbrachte. Was für ein Glück, dachte sie manchmal. Auch wenn sie auf dem Weg zu ihrem persönlichen Erfolg unterwegs ihre Familie zurückgelassen hatte. Wer hätte auch dieses Tempo mit ihr gehen können? Das hatte sie lernen müssen, das war der Preis, den sie zahlte. Den sie gerne zahlte. Weil das andere es nicht hätte aufwiegen können.

Ruth fuhr sich mit der linken Hand durch ihr Haar. Auch wenn die Sonne schien, pustete der Wind ganz schön heftig durch ihre hellen Locken. Hätte sie doch besser Schal und Mütze in ihre Handtasche statt in den Koffer gesteckt. Sie schaute sich auf dem Deck um. Ziemlich viele Frauen, die unterwegs nach Norderney waren. Das hing sicherlich mit den Kurkliniken zusammen. Es gab nicht nur die Mutter-Kind-Heime, sondern auch solche für Frauen und Mütter alleine. So zumindest hatte es ihr die Leiterin der Caritas-Einrichtungen erklärt, von denen sie den Auftrag für die Fortbildung erhalten hatte. Darüber hinaus gab es noch die großen Versicherungsträger, die ebenfalls Kurheime unterhielten. Für Männer und Frauen. Und damit beste Voraussetzungen boten, gleich einen Kurschatten zu finden. Ruth lachte laut auf, als sie sich vorstellte, wie diese vereinzelt sitzenden Menschen auf dem Schiffsdeck in einigen Tagen paarweise über die langen Strandabschnitte laufen würden, in dem Glauben, sie wären endlich der Liebe ihres Lebens begegnet.

Ruth bemerkte den irritierten Blick, der ihr ob ihres lauten Lachens von der nächsten Bank aus zugeworfen wurde. Herzlich strahlte sie die sympathisch wirkende Frau an, die sie schon eben bei den Versuchen, ein perfektes Foto von sich zu schießen, beobachtet hatte.

»Tut mir leid, so bin ich halt. Wenn ich lache, dann immer lauthals und ohne Rücksicht auf meine Umgebung.«

Sie zeigte mit einer schnellen Bewegung ihres langen Zeigefingers auf das Smartphone in der Hand der Angesprochenen. »Soll ich mal ein Foto von Ihnen machen? Gerne auch mehrere, wenn Sie mögen. Ich bin ziemlich gut darin.«

Noch bevor Daniela Rick etwas antworten konnte, war Ruth aufgesprungen, um das Handy entgegenzunehmen. Im gleichen Augenblick sah sie aus der am Boden stehenden Tasche der Mitreisenden ein ihr bekanntes Buch herausragen.

»Das gibt es doch wohl nicht!«, hielt sie in ihrer Bewegung inne. »Lesen Sie etwa diesen Krimi da?«

Für eine Kriminalkommissarin war das sicherlich eine einfältige Frage, ging ihr durch den Kopf, aber das konnte ihr Gegenüber ja nicht wissen.

»Den habe ich heute Morgen geschenkt bekommen«, antwortete Daniela. »Sie etwa auch?«

»Nicht nur das. Ich kenne die Autorin und freue mich deswegen, wenn ich die Bücher von ihr in den Händen beziehungsweise Taschen von anderen entdecke.« Ruth lachte wieder herzlich auf. »Entschuldigen Sie, dass ich so unverfroren den Inhalt Ihrer Tasche kommentiere.«

»Wow! Sie kennen die Schriftstellerin? Höchstpersönlich? Das glaub ich jetzt nicht. Dann darf ich ja nur Gutes über das Buch sagen. Wenn ich ehrlich bin, ich habe noch gar nicht angefangen. Facebook und Whatsapp haben mich bisher abgelenkt.« Daniela hob verlegen die Hand, in der ihr Smartphone lag. »Irgendwie will man weg von allem, aber kaum bin ich unterwegs, glaube ich, zu allen den Kontakt halten zu müssen.« Entschuldigend hob sie die Hände. »Vor mir liegen allerdings noch zwei Urlaubswochen, und wie ich mich kenne, lese ich es sowieso in einem Rutsch, wenn ich erst mal angefangen habe.«

»Alles gut! Sie brauchen sich nicht zu rechtfertigen, um Gottes willen! Ich finde es einen herrlichen Zufall, dass wir beide das gleiche Buch lesen.« Ruth deutete auf die Bank, auf die sie ihr Exemplar beim Aufspringen gelegt hatte. »Und vielleicht treffen wir uns auf der Insel mal und reden bei einem Glas Wein über den Fortschritt der Ermittlungen, wie wär's? Ich bin übrigens Ruth Keiser. Wie der Kaiser – nur mit Ei. Entschuldigung, blöder Spruch, aber ich habe es schon so oft erklären müssen.«

Daniela kriegte sich kaum ein vor Lachen. »Wie cool ist das denn! Wie der Kaiser – nur mit Ei. Na, das kann man sich ja mal merken.«

Ruth lachte mit. »Ich merke schon: Wir haben beide Sinn für Humor! Ich leite die nächsten Tage eine Fortbildung auf der Insel, und dann sind die Abende oft lang. Ich würde mich wirklich über einen kriminalistischen Austausch freuen.« Sie zeigte auf das Buch.

»Gerne, sehr gerne. Ich heiße Daniela Rick.« Daniela hatte keine Schwierigkeiten, im Urlaub neue Bekanntschaften zu schließen. Dafür war sie zu sehr Rheinländerin. Aber so schnell hatte selbst sie noch keinen Anschluss gefunden. »Finde ich Sie bei Facebook?«

»Nein«, Ruth lachte. »Ist eine Berufskrankheit, erkläre ich gerne ein andermal, kein Facebook und kein Whatsapp. Sorry. Aber ich mache gerne Nägel mit Köpfen. Morgen Abend um acht vor dem Conversationshaus, und wir sehen dann, was wir unternehmen. Sie wissen, wo das ist?«

»Sicher. Ich bin oft hier oben. Schon fast zu oft, weil ich dadurch nichts anderes von der Welt sehe. Aber so ist das nun mal mit mir und Norderney.« Daniela schaute hinüber zur näher kommenden Silhouette der Insel. Jetzt würden sie gleich in die Kurve gehen, um dann entlang des Weststrandes auf den Hafen zuzufahren. In nicht mehr als einer guten Viertelstunde würden sie anlegen.

Im gleichen Augenblick wurde das Schaukeln des Schiffes deutlich stärker. Beide Frauen griffen instinktiv zu den Bänken und setzten sich breitbeinig hin, um dem Wind und der Schieflage des Schiffes zu trotzen. Fast gleichzeitig sprangen auf dem Autodeck unter ihnen die Alarmanlagen der Autos an und begleiteten den hohen Wellengang mit ihrem Gejaule. Daniela und Ruth lachten, als die Fahrgäste hastig zu ihren Autos eilten und sich dabei auf dem Weg nach unten krampfartig ans Geländer krallten, während andere Passagiere erschrocken um sich schauten und den Blick hoch zur verdunkelten Glasscheibe der Brücke wandten, in der vergeblichen Hoffnung, beruhigende Blicke vom Kapitän zu empfangen.

»Herrlich, oder?«, sagte Daniela. »Jetzt weiß ich wieder, warum ich die Nordsee so liebe.«

»Ich mag das auch sehr«, antwortete Ruth.

Beide saßen nebeneinander und verfolgten mit ihren Blicken schweigend die Fahrt an den weißen Gebäudekomplexen vorbei, die teils aus alter Fassade, teils aus Bausünden der Neuzeit bestanden. Die hohen Stämme des Klettergartens wiesen mit ihrer Beflaggung endgültig auf die bevorstehende Einfahrt in den Hafen hin.

»Na dann, ich werde mal nach meinem Koffer schauen.« Daniela stand auf. Sie war von einer plötzlichen Ungeduld befallen. Am liebsten würde sie loslaufen und jeden ihrer Lieblingsorte umarmend begrüßen. Aber sie wollte sich während der Ferien in Geduld und Achtsamkeit üben, deswegen würde sie erst den Koffer in die Pension bringen und sich einrichten.

»Ich bleibe noch einen Moment hier stehen. Sie fahren sicher mit dem Bus in die Stadt, oder? Ich werde am Hafen abgeholt. Und nicht vergessen: Wir sind verabredet. Wir sehen uns morgen Abend!«

»Auf alle Fälle! Ich freue mich sehr!« Daniela schulterte ihre Tasche und steckte Buch und Handy hinein. Ganz förmlich, so ganz gegen ihre Art, aber weil es sie freute, so nette Bekanntschaft geschlossen zu haben, streckte sie Ruth ihre Hand entgegen. »Bis morgen Abend! Das finde ich richtig klasse! Und bis dahin habe ich sicher schon einen ersten Verdacht!«, zeigte sie schelmisch auf den Krimi von Ruth, der noch auf der Bank lag.

»Die Herausforderung nehme ich an«, antwortete Ruth mit ihrer dunklen, warmen Stimme und winkte Daniela lachend hinterher.

*

»Moin, moin, liebe Herbstgäste!« Der Fahrer der Linie 2 begrüßte sie jovial durch das Mikrofon. »Wer mitten in der Woche hier anlandet, dem muss ich wohl nichts mehr von unserer schönen Insel erzählen, was? Außer den Kurgästen, die uns noch nicht kennen, aber das wird sich schnellstens ändern! Ich wünsche Ihnen allen einen guten Aufenthalt und genießen Sie unsere herrliche Landschaft!«

Daniela schmunzelte. Nur wenige Gäste waren mit großem Gepäck eingestiegen. Das hatte sie schon anders erlebt. Sie kannte die Insel zu fast allen Jahreszeiten. In den Ferienzeiten war samstags der übliche Wechseltag, und das bedeutete Stress für die Busfahrer, den Fährbetrieb und für die Vermietungsbüros, die an diesem Tag ihre Reinigungskräfte ausschickten, damit in Windeseile die Unterkünfte wieder hergerichtet wurden. In den Bussen der Linien 1 und 2 konnte man an solchen Tagen kaum Luft holen, besonders im Herbst, wenn Windjacken und Wanderstiefel neben dicken Rucksäcken, Koffern und Schminktaschen den Platz nahmen und man aufpassen musste, in dem Trubel nicht versehentlich ein Kind oder einen Hund zu erdrücken. Dienstag und Mittwoch war der übliche Anreisetag für die Kurkliniken. Dann sah man in die blassen, kränklichen und skeptischen Gesichter der Rehabilitationspatienten und erlebte die erschöpften und entnervten Elternteile mit den meist nicht zu überhörenden Kindern. Wie oft hatte sie schon Mütter im Bus gesehen, die sich heimlich Tränen wegwischten. Die Kur war ihre größte Hoffnung, ausruhen und auftanken zu können.

In solchen Augenblicken war Daniela froh, dass ihr Leben anders aussah. Sie kannte sie alle, die Geschichten, Ängste und Sorgen. Sie saßen in ihrem Friseursalon und ließen den ganzen Frust des Lebens raus. Daniela dachte nicht zum ersten Mal, dass sie für manche Mutter so etwas wie eine Ein-Stunden-Kur im Alltag bot. Was sie nicht alles zu hören bekam:

Stress mit dem Partner, dem Kind, den Eltern, dem Chef, der Freundin, den Nachbarn. Da waren Geschichten dabei, die sie kaum glauben mochte.

Aber das alles war tausendmal besser, als diese Pappenheimer zu bedienen, die sich für was Besseres hielten. Na, die mochte sie ja ganz besonders! *Nein, Sendungen wie DSDS oder Dschungelcamp schaue ich nicht.* Lasen aber gleichzeitig vor ihren Augen in den ausliegenden Zeitschriften jeden Schund über all die B- bis Z-Promis. Sie dagegen gab unumwunden zu, dass sie gern etwas fürs Herz schaute oder etwas, das sie zum Lachen brachte. Wenn Guido Maria Kretschmer Komplimente an Frauen wie sie verteilte oder Helene Fischer von der Liebe sang, saß sie am liebsten mit Jutta und einem Prosecco auf der Couch. Und dann waren sie sich ziemlich sicher, dass da draußen in der Welt doch der eine auf sie wartete, der wie ein Deckel auf ihren Topf passte.

Deswegen war sie manchmal auch nach Norderney gekommen. Um zu sehen, ob sich der eine doch irgendwo da draußen fand. Und um Party zu machen. Nicht umsonst nannte man die Insel immer noch den Ballermann des Nordens. Zeitweise war es hier wie in einer Zweigstelle des Kölner Karnevals. Herrlich! Karneval war überhaupt das Beste, was es gab. Karneval in all seinen Variationen: im Verein, auf der Straße, im Saal und auf der Bühne.

Ein paar Mal hatte sie sich bei einer solchen Tour verliebt, aber es war genauso kurzlebig wie zu Hause gewesen. Nichts für die Ewigkeit, nichts für immer, noch nicht einmal etwas, was bis auf das Festland gehalten hätte. Egal – wenn ihr danach war, dann würde sie auch diesmal einen Abstecher in die Partykneipen machen, würde aus vollem Herzen ihr ›Atemlos‹ mitsingen und sich die Welt etwas schöner trinken, als sie manchmal war.

Allerdings war sie froh, wenn sie zuerst ein paar Tage Ruhe hatte. Sie freute sich auf ihre Pensionswirtin, die ihr am Telefon versichert hatte, dass alles so sein würde wie immer. Marthe Dirkens kannte Daniela schon von Kindesbeinen an. In letzter Zeit dachte Frau Dirkens daran, den Pensionsbetrieb aufzugeben. Einige lukrative Angebote hatte sie schon bekommen. Norderney lag im Trend, und auf der Insel hatte ein unglaublicher Bauboom begonnen. Viele der alten, oft etwas heruntergekommenen Gästehäuser und Pensionen waren in teure Ferienwohnungen und Lofts umgewandelt worden. Mittlerweile gab es Proteste der Einheimischen, weil der Wohnraum knapp und viel zu teuer wurde. Die Insel wurde vom Land aus aufgekauft, berichtete das Fernsehen.

Marthe Dirkens hatte bisher widerstanden. »Ich habe doch niemanden, dem ich etwas hinterlassen kann«, hatte sie zu Daniela gesagt. Und dass Geld nicht glücklich mache. Sie wolle lieber Stammgästen wie Daniela, die schon über Jahrzehnte auf die Insel kamen, den Vorzug geben, solange es noch ging. Besoffene Männer und Frauen hatte sie satt, und dass an den Clubwochenenden morgens andere Gäste in den Zimmern lagen als die, die am Tag zuvor angereist waren, brauchte sie in ihrem Haus auch nicht mehr.

»Und dann diese neuen Gäste, die zahlungskräftigen Akademiker, diese ganze gehobene Mittelschicht, denen ist es bei mir schon lange nicht mehr gut genug«, hatte sie bekümmert festgestellt. Sie hatte Daniela von den Prospekten der neuen Ferienwohnungen erzählt. »So lebt man in der Stadt«, hatte sie gesagt, »aber doch nicht in Ostfriesland.«

Daniela hatte den bekümmerten Ton durch das Telefon gehört. Aber schnell hatte Frau Dirkens zu ihrer gewohnten Munterkeit zurückgefunden. »Aber für dich habe ich selbstverständlich ein Zimmer frei. Und natürlich kannst du am Donnerstag anreisen. Diese verrückte wochenweise Vermietung mache ich nicht mit. Da freue ich mich aber, dass du mal wieder kommst. Und gleich zwei Wochen. Ich werde dir alles so richten, wie du es gerne hast.«

Daniela war gerührt gewesen. Auch wenn sie manchmal sehnsüchtig im Internet die neuen Hotels und Logierhäuser betrachtete – für sie war das nichts und erst recht nicht für ihr Portemonnaie. Wenn sie ehrlich war, besser und persönlicher als bei Marthe Dirkens würde sie es wahrscheinlich nirgends antreffen. Und wenn doch, würde sie vor lauter schlechtem Gewissen Frau Dirkens gegenüber den Urlaub kaum genießen können.

»Langestraße«, ertönte die Ansage des Fahrers. Hier musste sie aussteigen. Daniela schulterte ihre Tasche, zog den Griff des Rollkoffers weiter heraus und ruckte den Schminkkoffer, den sie über den Griff des Koffers gestülpt hatte, noch einmal fest. Von hier aus war es nur noch eine kurze Wegstrecke bis zu ihrer Pension in der Gartenstraße. Wie sehr sie sich auf Marthe Dirkens und ihr Haus freute!

*

Ruth war so lange oben an der Reling stehen geblieben, bis die Fähre angelegt hatte, die Rampe gesenkt worden war und sowohl Autos als auch Fußgänger das Schiff verließen. Unten würde noch genug Andrang sein, auch wenn die Frisia heute verhältnismäßig leer war. Bei den ersten Malen, als sie die Insel besucht hatte, hatte sie Angst um ihr Gepäck gehabt. Heute lachte sie darüber. Wer nach Norderney übersetzte, gehörte in der Regel zu einer entspannteren Spezies der Menschheit. Wo wollte hier auch schon jemand mit ihrem Gepäck hin? Wahrscheinlich war der große Koffer auch viel zu unspektakulär. Die wirklich wichtigen Sachen trug sie sowieso bei sich, sodass sie neben ihrer sackartigen Handtasche auch noch eine braune Lederaktentasche mit richtig viel Patina neben sich stehen hatte. Wie lange die sie schon durch das Leben begleitete! Ihr Exmann hatte sie ihr geschenkt, als sie damals ihr Psychologiestudium begonnen hatte. Er hatte wohl gehofft, dass sie zufriedener würde, wenn es neben ihrem Leben als Ehefrau und Mutter noch etwas gäbe. Dabei hatten andere Frauen sie oft beneidet. Nur ihr hatte es einfach nicht gereicht. Die langen Stunden allein mit Lisa-Marie – so sehr sie sie auch liebte – hatten sie schnell gelangweilt. Und erst die Gespräche mit den Müttern und Nachbarinnen! Drehten sich nur um Konsum, den nächsten Kaffeeklatsch und das Einkommen des Mannes. Wer wann zu welchem Shopping-Event geladen war, war wie ein internes Ranking, bei dem sie stets den letzten Platz einnahm, weil sie sich nichts, aber auch rein gar nichts daraus machte. Allerdings hatten das Studium und die Rückkehr in den Job den Sargnagel zu ihrer Ehe gebildet. Wie froh sie war, dass letztendlich alles gut ausgegangen war. Michael und sie hatten es ziemlich erwachsen hinbekommen, sich zu trennen. Lisa-Marie war traurig und bestürzt gewesen, hatte aber schnell verstanden, Vorteile daraus zu ziehen, abwechselnd bei zwei Elternteilen leben zu können. Die Absprachen, die sie und Michael dazu getroffen hatten, waren immer von Lisa-Maries Interessen geleitet gewesen, und deswegen waren sie wohl alle drei glimpflich durch die Trennung gekommen. Heute studierte ihre Große schon selbst, was für ein Wahnsinn!

Ruth zog ihre Jeans am Gürtel höher, band sich den offenen Riemen ihrer grünen Boots neu und schnappte sich ihre beiden Taschen. Dass sie schon bei der Anreise ihren Gedanken so nachhing! Das lag nun mal am Meer. Zwang fast jeden dazu, innezuhalten und auf sich selber zu schauen. Sie war gespannt, was es in den nächsten Tagen mit ihr machen würde.

Als Ruth als Letzte das Schiff verließ und durch den Kontrollschalter das Hafengelände betrat, sah sie, wie Daniela Rick in den Bus der Linie 2 stieg. Ruth freute sich auf morgen Abend. Ihre Neugierde auf andere Menschen hatte in den ganzen Berufsjahren niemals nachgelassen. Das war auch etwas gewesen, was sie zunehmend von Michael entfernt hatte. Je mehr Stress er gehabt hatte, umso mehr Ruhe hatte er sich gewünscht. Sie dagegen brauchte den Trubel, den Austausch, Anregungen und Gespräche. Wenn sie dabei oft unterschätzt wurde, dann lag das meist an ihrer unprätentiösen Art, sich zu kleiden, und an ihrer kumpelhaften Art – sie konnte es einfach mit jedem gut!

Ruth schaute sich suchend um. Dort hinten konnte sie ein Caritas-Auto entdecken, dessen Fahrerin gerade dem Wagen entstieg. Ruth winkte in die Richtung. Das musste Angela Pfeifer sein, die für die Fortbildung den Kontakt zu ihr hergestellt hatte.

»Frau Keiser, wie schön, Sie hier bei uns auf Norderney zu begrüßen! Wir freuen uns sehr. Das war nicht ganz einfach, Sie zu buchen. Umso glücklicher schätzen wir uns, dass es geklappt hat.«

»Hallo, Frau Pfeifer! Die Freude liegt ganz auf meiner Seite. Und dabei Norderney wiederzusehen – besser geht es doch gar nicht.«

Die beiden Frauen gaben sich herzlich die Hand, und Angela Pfeifer atmete innerlich auf. Sie hatte zwar gehört, dass Ruth Keiser nett und sympathisch sei, aber jetzt hatte sie sofort das Gefühl, das könnte eine richtig gute Fortbildung werden. So eine wie Frau Keiser würde ganz sicher bei ihren Mitarbeitern ankommen. Und das war bei einem schwierigen Thema mehr als wichtig. Da konnten sie keine Schicki-Micki-Beraterin gebrauchen.

»Kann ich Ihnen Ihr Gepäck abnehmen, Frau Keiser?«

»Schon gut, mein Koffer ist nicht so sonderlich schwer, geht schon. Fahren wir mit dem Auto? Trotz Fahrverbot?« Ruth deutete auf das weiße Fahrzeug.

»Das gilt für uns als Caritas nicht. Ich muss heute zu so vielen verschiedenen Stellen, um die Veranstaltung zu koordinieren, das ließe sich gar nicht anders machen. Zuerst aber bringe ich Sie zu Ihrem Hotel. Ich hatte Ihnen ja schon am Telefon gesagt, dass unsere eigenen Häuser wegen der Fortbildung voll belegt sind. Wir hatten schon lange nichts mehr, was so nachgefragt war. Ihnen eilt ein guter Ruf voraus.«

»Oh, danke für die Vorschusslorbeeren.« Ruth Keiser lachte. »Hoffentlich erfülle ich die hohen Erwartungen.«

Angela Pfeifer schloss das Auto auf.

»Da bin ich mir ganz sicher. Jeder berichtet, wie praxisnah Sie den Sachverhalt darstellen. Für uns ist es ein wichtiges Thema. Sieht man ja daran, dass alle Kinder- und Jugendkliniken auf der Insel Mitarbeiter schicken. Von den ansässigen Kindergärten ganz zu schweigen. Sogar die Schulen haben trotz der Ferien jeweils einen Vertreter angemeldet. Sie erwartet also ein volles Haus.« Sie ließ sich hinter dem Steuer nieder und schob eine Tasche vom Beifahrersitz in den Fußraum. »Schauen Sie sich bitte nur nicht in meinem Auto um, ich transportiere meinen ganzen Hausstand mit mir herum, sagen meine Freunde! Aber es ist nicht weit, und es stört Sie hoffentlich nicht.«

»Schon gut. Machen Sie sich um mich keine Sorgen!« Ruth hatte all ihre Sachen schnell auf der Rückbank verstaut und stieg ein. Sie zeigte auf den personalisierten Kaffeebecher in der Ablage und die Postkarte am Handschuhfach: »Hier gehören Auto und Besitzerin aber noch eng zusammen. Das ist ja ein richtiges Retro-Feeling!«

»Mein Auto und ich. Da weiß jeder Insulaner was drüber zu erzählen. My car is my castle! Und das ausgerechnet auf einer autofreien Insel.«

Ruth warf den Kopf in den Nacken und lachte herzhaft und ansteckend. »Das gefällt mir ausnehmend gut. Mal was anderes als die durchgestylten Schnickschnack-Autos und wenigstens kein SUV! Ich freue mich übrigens wirklich sehr, hier zu sein und mit Ihnen die Tagung vorzubereiten. Gibt es einen Plan für die nächsten Tage? Meine Teamkollegen reisen am Sonntag an, und ich würde sie per Mail über unsere Absprachen informieren.«

»Hört sich gut an. Mein Vorschlag: Ich lade Sie heute Abend zu einem Begrüßungsessen in unsere ›Inseloase‹ ein. Bei einem Glas Wein würde ich Ihnen gerne von unserer Arbeit erzählen. Für morgen habe ich eine kleine Inseltour geplant, bei der ich Ihnen unsere Häuser vorstelle. Für den Nachmittag sind wir in der Tagungsstätte angemeldet. Dort können wir letzte Absprachen zu den Räumlichkeiten und der technischen Ausstattung klären. Alles andere steht und ist bereits vorbereitet.«

»Professionelle Planung, kann ich nur sagen. Perfekt! Und dass ich das Wochenende zur detaillierten Vorbereitung in dieser traumhaften Umgebung habe! Besser kann Arbeit nicht sein, oder?«

»Ach, ich bin schon so lange auf der Insel. Irgendwann wird es zu einem Ort wie jeder andere. Man vergisst, dass es für viele etwas Besonderes ist. Ich gehe schon lange nicht mehr jeden Tag ans Meer. Leider! Irgendwann war ich deswegen vom Festland hierhergezogen. Wollte es jeden Tag genießen, die Wellen, den Strand, den endlosen Himmel. Aber dann kommen Arbeit und Routinen und man merkt selbst gar nicht, wo und wann sich das Besondere verliert.« Sie setzte den Blinker, wendete das Auto und hielt vor einem weiß getünchten, hübschen Hotel, dessen Glaseingang von Flaggenstäben flankiert wurde.

»Hier sind wir. Das ist Ihre Unterkunft für die nächsten Tage. Ein netter Ort, wenn auch nicht mit Meerblick. Und wenn das gerade so desillusioniert geklungen hat – immer wenn Besuch da ist und ich die Insel zeigen kann, erwacht die alte Freude und Sehnsucht in mir. Auch wenn Sie Norderney kennen, Sie können sich darauf gefasst machen, dass wir Insulaner alles dafür tun, dass Sie in der nächsten Woche nicht wieder abreisen wollen. Aber jetzt: Raus mit Ihnen, bevor ich sentimental und unprofessionell werde.« Angela zwinkerte. »Heute Abend um halb sieben sammle ich Sie hier ein. Vergessen Sie nicht, auf einen ersten Kaffee ans Meer zu gehen. Es lohnt sich. Immer! Auch, wenn ich es schon mal vergesse. Also dann, bis später!«

*

Es war eine gute Idee, sie alle für das gleiche Wochenende einzuladen. Jetzt, wo es endlich so weit ist, legt sich meine Nervosität. Mein Atem ist ganz ruhig. Der Puls gleichmäßig. Der Blutdruck sicher nicht in einem pathologischen Bereich. Es geht mir gut!

Vor einer Stunde war das noch anders. Als ich in Norddeich die Fähre betrat, plagten mich tausend Zweifel. Ob ich alles bedacht hätte. Ob alles vorbereitet sei. Ob ich bereit sei, den nächsten Schritt zu wagen.

Ich war hin und her gerissen zwischen meinem Wunsch, ruhig zu sitzen, zu beobachten, zu entdecken, zu vergleichen, den Dingen ihren Lauf zu lassen und dem Drang, zur Toilette zu gehen, meinen Puls zu fühlen, in den Spiegel zu sehen, etwas zur Beruhigung einzunehmen.

Wenn ich den inneren Monolog nicht mittlerweile perfekt beherrschte, dann hätte ich an dieser Stelle einpacken und gehen können. Aber so gelang es mir, mich selbst zu coachen. Tief einatmen, Luft anhalten, ganz langsam ausatmen. Spüren, wie der Körper in den Entspannungsmodus geht. Es kann nichts passieren. Alles ist bis ins Letzte bedacht. Jetzt gibt es kein Zurück.

Und als ich sie dann sah, war ich vollkommen geflasht. Das war jetzt Wirklichkeit. Kein Spiel, keine virtuelle Welt, kein Chatroom mit Nickname und falscher Identität. Sie war echt! Viel lebendiger, als ich sie mir jemals vorgestellt hätte. Cool und selbstbewusst, wie sie da auf der Bank saß und gegen die Sonne blinzelte. Und jung, richtig jung, viel jünger, als ich dachte, wie 32-Jährige aussehen. Die langen, blonden Haare trug sie offen, die graue Mütze hatte sie über den Hinterkopf gezogen und die Sonnenbrille darübergeschoben. Echt cool. Machte richtig was her. Eine, mit der man sich zeigen konnte. Eine, die auf die Insel passte. Sie würde sich wohlfühlen, da war ich mir sicher. Und ich würde darauf wetten, sie morgens beim Joggen am Strand antreffen zu können.

Es läuft. Das fühlt sich noch viel besser an als erwartet.

*

Daniela hielt einen Moment inne, als sie in die Gartenstraße einbog. Wie immer war das der Augenblick, in dem alles von ihr abfiel. Endlich war sie richtig angekommen. Nicht, dass sie nicht gerne im Rheinland war. Da würde ihr glatt etwas fehlen, wenn sie dort wegzöge. Der Karneval. Die Menschen. Und auch die Arbeit. Klar gab es die Tage, an denen sie alles lieber machen würde als Haare colorieren, strähnen, locken, schneiden und frisieren. Wenn mal wieder eine Prinzessin Siebenhaar vor ihr saß, deren dünne Härchen sie in eine Wallemähne verwandeln sollte, konnte ihr die Lust schon vergehen. Oder die Kundinnen in teuren Klamotten, die oft erzählten, was sie alles kauften, dann aber knauserig mit dem Trinkgeld waren. Dass der Job nicht viel abwarf, war ja wohl jedem bekannt, und Knie, Füße und Arme konnte sie vom stundenlangen Stehen abends deutlich spüren. Wie gut, dass die netten Kunden deutlich in der Überzahl waren. Die sie lobten und wussten, dass sie mit Schere und Kamm alles gab. »Meine Meisterin auch ohne Meisterbrief«, scherzte ihre Chefin oft. Die wusste, was sie an ihr hatte, und ließ ihr freie Hand. Ihre Chefin, die war für sie ein Glück gewesen. Zusammen wuppten sie schon über zwölf Jahre das Geschäft. Jeden Jahrestag feierten sie gemeinsam, und auch sonst wurde Daniela immer mal liebevoll überrascht. Wenn sie ehrlich war: Da gab es nichts zu meckern.

Aber jetzt war sie auf ihrer Insel. Jetzt wollte sie nur noch Meer und Strand, Fisch und Wein, lange schlafen und es sich gut gehen lassen.

Hinter einem kleinen Vorgarten lag das weiß getünchte Haus mit seinen roten Dachziegeln. Der gepflasterte Weg führte zur Haustür, die sich in der Mitte des langgezogenen Gebäudes befand. Die Fenster lagen symmetrisch angeordnet zu beiden Seiten und gaben dem Haus durch die grünen, verwitterten Fensterläden ein altmodisches Aussehen. Auch in dieser Straße war der Modernisierungsboom angekommen, und die Häuser rechts und links zeigten sich mit klareren Formen, schicken Edelstahltüren und Sonnenbalkonen im ersten Stock. Daniela wurde wehmütig, als ihr beim Anblick der Veränderungen bewusst wurde, dass die Pension von Frau Dirkens schon fast aus der Zeit gefallen schien. Wie lange sie sich wohl noch halten konnte? Hoffentlich noch eine ganze Weile, seufzte Daniela. Sie mochte Veränderungen nicht sonderlich, und ihr würde ohne Frau Dirkens etwas fehlen auf Norderney.

Daniela drückte auf die Klingel, die im Inneren des Hauses eine kleine Melodie auslöste. Sie schmunzelte. Schon als Kind hatte sie dem Klang hingerissen gelauscht.

Es dauerte länger als sonst, bis Frau Dirkens die Tür öffnete. Daniela hatte den Finger schon ein zweites Mal an den

Klingelknopf legen wollen. Doch dann wurde mit bekanntem Schwung die Tür aufgerissen und Frau Dirkens stand da, wie eh und je in Rock und Bluse, die grauen Haare unkompliziert kurz geschnitten und die grüne auffällige Brille, die sie seit einigen Jahren trug, keck ins Haar gesteckt.

»Daniela, Kind, komm her und lass dich umarmen. Was freu ich mich, dich zu sehen. Komm an meine alte Brust. Du bist ja noch immer mein Kind!«

Daniela schossen Tränen in die Augen. Wenn jemand so herzlich und liebevoll mit ihr redete, wurde sie sentimental. Da halfen auch ihr sichtbarer Schutzpanzer und ihre burschikose Art nicht mehr.

»Frau Dirkens, ich bin so froh, mal wieder hier zu sein!«, schniefte sie. Daniela hatte Sorge, die zierliche Frau zu erdrücken, aber die ließ in ihrer zupackenden Art nicht so schnell los.

»Gut, dass du da bist, mein Kind. Du gehörst zu meinen liebsten Gästen. Und davon habe ich nicht mehr viele. Aber jetzt mal rein mit dir in die gute Stube. Ich habe uns einen echten Tee gemacht.«

»Na, ob ich das vertrage, ich weiß nicht«, lachte Daniela.

»Ach, schnack mal nicht, natürlich kannst du das ab. Wir fangen mit einem Ostfriesentee an.«

Daniela wusste, was kam und dass jeder Widerstand zwecklos war. Mit 16 war sie in die höheren Weihen der Teestunde von Frau Dirkens eingeführt worden.

Das ostfriesische Teeritual, das die erste Runde einläutete, kannte sie noch länger. Die Pensionswirtin hatte den Tisch mit dem Service ›Ostfriesische Rose‹ eingedeckt und bat Daniela nun, die Tassen mit den Kluntjes zu bestücken und das Stövchen anzumachen, während sie den Tee aus der Küche holte.

Daniela schaute sich um. Hier in der guten Stube hatte sich seit ihrem letzten Besuch nichts verändert. Das Wohnzimmer war vor Jahren durch einen Anbau nach hinten heraus vergrößert worden. Nun standen hier vier Tische, an denen morgens die Gäste ihr Frühstück einnahmen. An einem der Nussbaumtische standen wie zu Großmutters Zeiten ein Biedermeiersofa und drei hohe Stühle mit Korbgeflecht. Der geflieste Kachelofen bollerte an der Längswand des Zimmers vor sich hin. Daniela stellte sich mit dem Rücken zu ihm und genoss die Wärme, die sie durchströmte. Ein großes Fenster lenkte ihren Blick in den Garten. Durch eine schmale Flügeltür konnte die Terrasse betreten werden, auf der Gartenmöbel zum Verweilen einluden. Vier Stufen führten durch die abfallenden Blumenbeete hinunter auf die Rasenfläche, auf der ein Strandkorb in den Farben Blau-Weiß daran erinnerte, dass das Meer nur einige Hundert Meter entfernt war. Was für eine Idylle! Als wäre die Zeit stehen geblieben. Daniela wurde sich der lauten Wanduhr bewusst, die trotz des beharrlichen Tickens die Ruhe und Abgeschiedenheit des Raumes betonte. Sie wandte sich gerade dem Gemälde über dem Sofa zu, als Frau Dirkens mit dem Tee den Raum betrat.

»Komm, Daniela, setz dich, es geht los.« Frau Dirkens schüttete den heißen Tee, der kurze Zeit gezogen war, über die Kluntjes, wodurch es ein leise knackendes Geräusch gab. Sodann reichte sie Daniela die Sahne. Mit einer vorsichtigen Bewegung ließ Daniela diese am Tassenrand hineingleiten, sodass sie sich erst leicht nach unten absenkte, um sich dann wolkenartig auf dem Tee auszubreiten. Daniela erinnerte sich noch daran, wie sie als Kind versucht hatte, die süße Sahnewolke aus dem Tee zu löffeln. Das aber hatte man ihr schnell abgewöhnt. Der Löffel diente eben nur dazu, die Sahne hineinzugeben und abschließend, aber frühestens nach der dritten Runde, das Ende der Teezeit anzuzeigen, wenn der Löffel in die Tasse gesteckt wurde.

Früher war sie ab dem zweiten Durchgang entlassen worden. »Nun geh mal spielen!«, hatte es da geheißen. Heute wiederholte Frau Dirkens mit ihr das, was sie das »ordentliche Teeritual« nannte, so wie sie es früher mit Danielas Eltern praktiziert hatte. Aus einem großen Wandschrank, der neben dem Frühstücks- und Teegeschirr eine kleine Hausbar beherbergte, holte die Pensionswirtin mit einem verschmitzten Lächeln eine Flasche schottischen Whiskey.

»So, weiter geht es! Mit dem Geheimrezept meines Mannes, dem seligen. Damit du mal richtig warm wirst hier auf unserer Insel. Du willst doch sicher nachher noch ans Meer. Es frischt ganz schön auf. In den Nachrichten kam eben, dass auch ein schwerer Sturm in den nächsten Tagen möglich wäre. Da muss man sich wärmen und stärken, Kind, von außen und von innen. Und mit dem Tee zusammen hat das noch niemandem geschadet.«

Auf die noch nicht vollständig geschmolzenen Kluntjes gab Frau Dirkens den Scotch, und Daniela wiederholte ihren Teil des Rituals, um die perfekte Wolke in ihrer Tasse zu kreieren.

»So, Kind, iss auch was von meinem Butterteegebäck. Ich habe kaum noch Gäste und backe doch so gerne. Wo soll ich da nur alles mit hin?«

»Was geht es mir gut bei Ihnen, Frau Dirkens. Ich bin jetzt schon tiefenentspannt. Und das liegt nicht nur am Whiskey.«

»Das freut mich, mein Kind. Das freut mich. Du wirst bestimmt eine gute Zeit hier haben.«

Daniela deutete auf das Gemälde, das sie eben betrachtet hatte. »Das Bild mag ich so gerne. Wenn ich zu Hause bin, erinnere ich mich oft daran. So stelle ich mir das Leben auf der Insel vor 100 Jahren vor.«

»Ja, so war das damals. Du weißt ja, dass mein Mann das Bild gemalt hat. Und er kam aus einer Fischerfamilie, wie das da auf dem Bild dargestellt ist. Das war eine arme und schlimme Zeit damals, auch wenn das auf uns heute so idyllisch wirkt. Mein Ole ist auch auf See gewesen. Und musste bestimmt deswegen so früh gehen, weil das harte Jahre waren. Wie gut, dass wir das Haus hatten und ich mir alles aufbauen konnte. Und dass ich von ihm das ostfriesisch-schottische Teeritual übernommen habe. Davon mache ich uns noch eine Runde, aber erst bringst du deinen Koffer hoch und dann geht es gleich ab an die Seeluft!«

»Zu Befehl, Frau Chefin! Das mache ich gerne. Bin ich eigentlich alleine hier oder gibt es noch andere Gäste?«

»Du hast Glück. Heute kommt noch eine junge Frau an. Mit der nächsten Fähre. Vielleicht versteht ihr euch ja ganz gut. Dann könnt ihr abends mal zusammen los. Na, du weißt schon. Euch mal umgucken.« Frau Dirkens zwinkerte ihr zu. »Und nun, raus mit dir!«

Daniela lachte, als Frau Dirkens sie aus dem Zimmer schob. Sie fühlte sich leicht, beschwingt und allem enthoben. So konnte es bleiben, wenn es nach ihr ginge.

*

Wie gut, dass ich mich für das Moleskine entschieden habe. Anfangs kam ich mir reichlich albern damit vor, als müsste ich jetzt auch eine künstlerische Ader vor mir hertragen. So wie die Irren in meiner Therapiegruppe, die durch das Malen angeblich zurück zu ihrer Mitte fanden. Wer es denn glaubt! Mir konnte da keiner was weismachen. Ich habe das Spielchen mitgespielt, bis ich meinen Willen hatte. Geheilt entlassen. Mit Medikamenten stabil! Ja, glaubt ihr nur daran. Meine Heilung steht erst noch bevor.

Mein Schreiben haben sie gelobt. Als wäre es ihr Verdienst! Von wegen. Geschrieben habe ich mein Leben lang. Zu dokumentarischen Zwecken, nicht zu therapeutischen, ihr Schlaumeier. Es ist eine Kunst, die ich mir angeeignet habe. Eine kulturelle Errungenschaft, hört ihr? Etwas, das heute kaum noch einer kennt. Mit Federhalter und Tinte und teurem Papier. Heute geht Schreiben doch nur noch virtuell. Keine Postkarten, keine Briefe mehr. Die Handschrift verschwindet. Ihr werdet schon sehen, wohin euch das führt. Genau! Ihr werdet schon sehen!

Das affektierte Moleskine ist heute für mich der notwendige Kompromiss. Der Takt der nächsten Tage macht es notwendig, auch unterwegs zu schreiben. So wie jetzt, wo ich denn zum zweiten Mal für heute auf der Fähre von Norddeich nach Norderney sitze. Ich bin froh, alles aufschreiben zu können, denn ab jetzt geht es Schlag auf Schlag. Von Norderney mit dem Flieger zurück nach Norddeich, erste Notizen, und nun mit der nächsten Fähre wieder unterwegs zur Insel. Wie gut, dass im Herbst die Schiffe seltener fahren als nach Sommerfahrplan. So habe ich doppeltes Glück, weil zwei der Damen mit mir an Bord gegangen sind und mir eine dritte Rundtour, die möglicherweise riskant geworden wäre, ersparen. Wenn wir gleich anlegen, kann ich mir selbst gratulieren, dann habe ich sie alle beisammen, meine Schäfchen! Nummer vier war ja so ungeduldig, sie ist schon seit ein paar Tagen auf der Insel. Umso mehr wird sie sich endlich auf Gesellschaft freuen.

Das Schiff ist auch nicht sonderlich voller als das heute Mittag. Es ist aber deutlich windiger geworden, sodass man oben an Deck kaum noch sitzen mag. Dachte ich. Aber wie Frauen so sind. Die eine hier, die andere dort. Dabei will ich doch beide sehen und meine Vorfreude langsam steigern. Sitze erst mal hier unten im Bordrestaurant, um einen Kakao zu trinken, der mir jetzt, wo ich die Sahnehaube schon gelöffelt habe, nicht mehr schmeckt. Dabei kann ich zwischen den anderen Gästen hindurch beobachten, wen ich mir da eingeladen habe. Mit dem Niveau von vorhin haben alle beide wenig gemeinsam, das habe ich mit einem Blick gesehen.

Um es also mal ordentlich zu dokumentieren: C.T. war die Erste heute Morgen, D.B. hat schon einige Inseltage hinter sich und J.K. sitzt keine zehn Meter von mir und weiß nicht, dass sie unter Beobachtung steht.

Krankenschwester ist sie. Juliane. Schwester Jule wird sie genannt, hat sie mir geschrieben. Arbeitet in der Chirurgie, ist geschieden und alleinerziehend. Wünscht sich wieder eine feste Beziehung. Jemanden, der auch dem Kind ein Vater wäre. Will aber noch nicht mal sagen, ob es ein Junge oder ein Mädchen ist. Um das Kind zu schützen. Haha! Guter Witz. Sollte mal darüber nachdenken, wie sie sich selber schützt. Zu spät! Dann hätte sie ja mich nicht kennengelernt. Für meinen Geschmack könnte sie ruhig etwas mehr für sich tun, so wie sie mir da gegenübersitzt. Dass sie klein ist, dafür kann sie ja nichts. Aber dann muss man das Gewicht auch der Größe anpassen können. Die legere Kleidung mag ja für die Nordsee gerechtfertigt sein. Für die Abende hat sie wohl hoffentlich noch etwas anderes im Koffer als Windjacke und Wanderschuhe.

Bisher war sie mir allerdings von allen vieren fast die Liebste. Verständnisvoll und mitfühlend. Denkt mehr an andere als an sich. Nur in dem einen entscheidenden Punkt ist sie eine Schlampe wie alle anderen auch. Und deswegen sitzen wir heute zusammen auf der Frisia. Ich freue mich! Mal sehen, ob sie auch das verstehen wird.

Muss jetzt noch hoch an Deck, um M.R. kennenzulernen. Habe sie eben kaum erkannt. Dieses Biest scheint mich echt mit einem uralten Foto genarrt zu haben. Aber eine Haarfarbe wie die ihre trägt keine andere freiwillig. Sie musste es also sein. Dann werde ich sie mal richtig in Augenschein nehmen.

Trotz des schönen Sonnenwetters ist es leider zu windig, um dort oben zu schreiben, das wird später nachzuholen sein.

*

Ruth Keiser hatte sich auf ihrem Bett ausgestreckt und war fast eingeschlafen. Die Seeluft und das Reizklima wirkten wohl schon. Nach dem Einchecken im Hotel hatte sie nur kurz ihren Blazer aus dem Koffer befreit und auf einen Bügel gehangen und war dann, wie immer, wenn sie am Meer war, zu einem Spaziergang aufgebrochen. Sie hatte den Weg zum Weststrand eingeschlagen. Wenn schon, dann sollte der Wind sie auch ordentlich durchpusten können. Obwohl sie doch über das Wasser hergekommen war, haute der Anblick des Meeres vom Strand aus sie wieder einmal um. Der Wind peitschte das Wasser kräftig hoch und zerrte auch an ihrer Jacke. Wie gut, dass sie eben nach Mütze und Schal gegriffen hatte. Ihr Blick ging zurück zum Festland, das ihr weit weg erschien. Sie mochte das Gefühl, ein Stück weit abgeschnitten vom normalen Leben zu sein. Andererseits war sie insgeheim ganz froh, mit Norderney auf der sicheren Seite zu sein. Tideunabhängiger Fährverkehr und ein Krankenhaus gaben ihr ein Gefühl der Sicherheit und Kontrolle. Das würde ihr keiner glauben, dass sie das brauchte, und sie gab es auch nur ungern vor sich selber zu. Aber klar, sie war nun einmal einer dieser Kontrollmenschen, und wenn sie auch versuchte, dagegen anzugehen, so war sie trotzdem froh, hier und nicht drüben auf der Nachbarinsel zu sein. Wenn sie nach Juist schaute, dann erinnerte sie sich an das Wochenende, zu dem ihr letzter Freund sie eingeladen hatte. Lange Strandspaziergänge, ausgedehnte Saunagänge und eine gediegene, aber ansprechende Gastronomie hatten ihr gut gefallen. Trotzdem hatte sie immer ein Gefühl des Unbehagens befallen, sobald das tägliche Schiff wieder abgelegt hatte. Nur die Schilder der Badeärzte hatten ihr geholfen, sich in Sicherheit zu wiegen. Nein, sie war eindeutig eine ›Insulanerin light‹.

Ruth hielt ihr Gesicht in die Sonne. Das Wetter war einfach herrlich, deswegen setzte sie sich einige Minuten in den

Sand, um die Aussicht auf das Meer zu genießen. Der Blick von hier zur Zauberinsel, wie Juist sich nannte, konnte kaum schöner sein als um diese Tageszeit, wenn die Sonne mit den Wolken um die Vorherrschaft rang und in das wind- und wetterbewegte Meer ein paar glitzernde Strahlen schickte.

Doch nach kurzer Zeit wurde sie ungeduldig. Sie wollte ihre Begrüßungsrunde auf Norderney ablaufen, ohne die sie am Abend nicht das Gefühl hätte, angekommen zu sein. Sie mochte diese immer etwas raue und spröde Insel, die viele erst auf den zweiten Blick lieben lernten. Viel zu viele hässliche Stellen waren im Laufe der Jahre entstanden, als man versucht hatte, dem Massentourismus gerecht zu werden. »Funktionalität vor Schönheit« war jahrzehntelang die Parole gewesen. Da, wo alte Bausubstanz erhalten geblieben war, erinnerte diese an das längst vergangene königlich-preußische Seebad. Der historische Badekarren, der früher als Umkleide gedient hatte, und geschlechtsgetrennte Badestätten, an die heute noch der Damen- und der Herrenpfad erinnerten, stammten aus einer Zeit, als Norderney seinen ersten touristischen Boom erlebt hatte. An all das begann man sich gerade nach Jahren als Partyinsel wieder zu erinnern.

Ruth war, die letzten Sonnenstrahlen im Rücken, der Promenade gefolgt, vorbei am Kletterpark, der Giftbude und dem Badekarren, der inmitten einer Burg aus Strandkörben als ausgelagertes Standesamt auf heiratswillige Paare wartete.

Als die Milchbar vor ihr auftauchte, freute sie sich auf ein leckeres, heißes Getränk, das ihre Hände und den Magen wärmen würde, während sie durch die Panoramafenster aufs Meer blicken würde. Hoffentlich fand sie einen Platz.

Von Jahr zu Jahr war dieses Lokal immer mehr zum *place to be* geworden, und jeder, der auf Norderney war, kannte diesen Ort. Den Sonnenuntergang hier zu erleben, war zu fast jeder Jahreszeit Pflicht, was allerdings zunehmend dazu führte, dass es gerade im Inneren oft eng und voll wurde. Nun, sie allein würde sicher noch einen Platz auf einem der Loungesessel hinter der großen Fensterfront finden. Nur eben einen Milchkaffee, ein Stück frisch gebackenen Kuchen, ein wenig in die ganz spezielle Atmosphäre mit chilliger Musik eintauchen, und sie würde wissen, dass diese nächste Woche auf der Insel nicht nur Arbeit für sie bereithielt.

Auf dem Rückweg hatte sie sich plötzlich müde und erschöpft gefühlt. Quer durch den Ortskern hatte sie den schnellsten Weg zum Conversationshaus gewählt. Von dort war es nicht mehr weit zu ihrem Hotel. Nur eine kurze Zeit ausruhen, hatte sie gedacht, als sie sich auf das Bett gelegt hatte.

Ruth schaute nun träge auf ihr Handy und schüttelte den Kopf, als sie sah, wie spät es schon war. Sie stand gähnend auf, streckte ihren ganzen Körper, klappte ihn vorwärts, bis ihre gesamte Handfläche den Boden berührte, und hob die Arme über die Seiten bis ganz nach oben. Morgen früh würde sie den Tag auf jeden Fall mit einer längeren Yoga-Einheit beginnen. Für heute war es dazu zu spät. Wenn sie Angela Pfeifer heute Abend vernünftig und kompetent gegenübertreten wollte, würde sie kurz unter die Dusche hüpfen müssen.

*

Endlich bin ich zurück in meiner Ferienwohnung. Was für ein Glück, dass ich gestern Zeit genug hatte, mich wohnlich einzurichten. Wäre auch zu auffallend gewesen, wenn ich heute erst mit großem Gepäck angereist wäre und alles mit auf meine Rundreise hätte nehmen müssen. Der Taxifahrer am Hafen war sowieso erstaunt, wie viele Koffer ich dabeihatte. Aber als ich erzählt habe, dass ich an einem Fotobuch arbeite und entsprechend Kameraausrüstung, Schreibgerät und Recherchematerial dabeihabe, hat er Ruhe gegeben. Und mir stattdessen die schönsten Flecken der Insel nennen wollen. Als ob ich die nicht längst kennen würde. Ich konnte ihm ja schlecht sagen, dass es für diesen Aufenthalt sogar ganz besondere Plätze sind, die ich auserwählt habe. Der letzte Blick soll schon ein besonderer sein, ich will da gar nicht mal so sein. Bin ja auch ein ästhetischer Mensch, da sage einer, was er wolle.

Als ich auf dem Schiff an Deck kam, hatte M.R. sich in einen dicken Schal gewickelt, sodass man kaum etwas von ihr sehen konnte. Nur eine Handvoll Leute saß bei dieser Überfahrt an Deck, sodass ich erst unsicher war, wie ich mich verhalten sollte. Deckung gab es nun keine. Dann mal ran an den Fisch, habe ich mir gedacht und mich eine Bankreihe neben sie gesetzt. So auf einer Höhe, dass sie sich schon hätte drehen müssen, um mich zu sehen. Ich wiederum saß von Anfang an so schräg, dass ich sie gut beobachten konnte, wenn ich mich scheinbar voller Interesse umschaute. Na, da hatte ich mir ja was geangelt, kann ich nur sagen. Eine Mischung aus englischem Landadel und verhuschter Dorfhexe, würde ich meinen. Sie trug tatsächlich Gummistiefel. Gummistiefel bei einer erwachsenen Frau, die nicht bei der Gartenarbeit war. Unfassbar! Ich hatte das immer für einen modischen Witz gehalten, dass dieses Schuhwerk nun angeblich alltagstauglich werden sollte. Tatsächlich gab es wohl Menschen, die das ernst genommen hatten. Vom Rest der Kleidung passte nichts, aber auch gar nichts zusammen. Dunkle, gedeckte Farben, ja, aber diese kunterbunt gemischt. Mal grün, mal braun, hier eine Lage Blau, dort ein dunkles Grau. Abscheulich, kann ich nur sagen. Da hatte sie mich wohl ganz schön an der Nase herumgeführt.

Ich war fast willens, sie von meiner Liste zu streichen. Sie passte nicht ins Schema, war eindeutig eine andere Kategorie. Andererseits gehörte sie letztendlich auch zu diesen Kreaturen, die permanent im Netz zu finden sind. Koste es, was es wolle. Alles, was sie mir über dieses seltsame Hobby geschrieben hatte, das sie betreibt, passt auch auf ihre aufdringliche Suche nach Männern. Unangemessen und fordernd tritt sie auf. Als Mannweib wäre sie zu früheren Zeiten in der Literatur beschrieben worden. Wenn sie wüsste! Dachte, sie hätte mich für dieses Geocachen gewinnen können. Dass ich nicht lache. Das hätte das Maß noch voll gemacht: durch die Büsche kriechen und mich lächerlich machen. Für die Theorie war ich mir nicht zu schade. Ich bilde mir gerne etwas auf meinen Bildungshunger ein. Und als sie sich dann über diese Gattung Cacher echauffierte, die im Internet loggen, ohne jemals vor Ort gewesen zu sein, da hatte sie mir die Vorgehensweise gleich mitgeliefert. Alles hätte ich von da an von ihr verlangen und haben können, von dem Moment an, als ich mich als Cacher registriert hatte.

»Meine esoterische Logikerin« habe ich sie genannt, und sie fühlte sich doch tatsächlich geschmeichelt. Verstand die Ironie nicht vor lauter ›Dich hat das Universum mir geschickt‹.

Als ich sie nun auf dem Schiff leibhaftig sah, stand fest: Sie wird die Erste sein! Es wird die ungefährlichste und leichteste Tat, da bin ich sicher. Und ganz ehrlich: Ihr Aussehen und Auftreten sind schon fast eine Beleidigung für andere Menschen. Eigentlich sollte man mir dankbar sein.

Als würde ich für kluge Ideen auch belohnt, stand sie im gleichen Augenblick auf. Nun: Auf Figur und Größe lasse ich nichts kommen, das macht schon einiges wett. Als sie den Schal leicht lüftete, sah ich das schlecht gefärbte Haar, das mich mit seinem rot-orangen Ton an die rostigen Drahtbürsten erinnerte, die früher in der Werkstatt meines Vaters lagen. Das Brillengestell hatte sie wohl der Haarfarbe entsprechend gewählt. Es hat exakt den gleichen Ton, soweit sich das von meinem Platz aus sagen ließ. Allerdings sitzt es schlecht und scheint dem Gesicht nicht angepasst worden zu sein. Wäre unser Aufeinandertreffen das, wofür sie es hält, sie hätte keine Chance. Kein Mann von Verstand würde sich auf eine solche Vogelscheuche einlassen. Doch allein ihr Versuch, sich an den Mann zu bringen, rechtfertigt meine Wahl.

FREITAG

»Station 7, Schwester Juliane.«

»Juliane, hallo, Juliane, ich lach mich schräg, was erzählst du denn da am Telefon? Du bist nicht auf Arbeit! Hey, werd wach, oder ich lass deinen Sohn mal durchs Telefon rufen!«

»Oh Gott! Wie spät ist es denn? Was ist denn los? Und Noah, was ist mit Noah? Christiane, los, sag schon. Was ist mit Noah?«

»Oh Mann, dir setzt die Nordseeluft aber zu! Oder bist du gestern Abend schon auf der Pirsch gewesen? Ist ja unglaublich, wie du neben dir stehst – wenn du überhaupt schon stehen kannst.«

»Christiane – jetzt sag schon, ist was mit Noah?«

»Nein, verdammt. Dann würde ich doch nicht so entspannt durchs Telefon mit dir snacken. Nee, mit dem Noah ist gar nichts. Der spielt mit Frederic, ist alles entspannt, brauchst dir echt keinen Kopf machen.«

»Und warum weckst du mich dann in aller Herrgottsfrühe?«

»Herrgottsfrühe, na, du bist ja drollig. Mal einen Tag ohne Kind und nennt zehn Uhr morgens Herrgottsfrühe. Schau mal raus oder auf deine Uhr oder was auch immer. Zehn Uhr! Morgens! Zeit zum Aufstehen!«

»Ich gehe später frühstücken. Entweder in die Kaffeegenießerei oder nach elf Uhr in die Milchbar. Wenn ich schon hier bin, habe ich keine Lust auf stinknormalen Filterkaffee. Aber ich weiß immer noch nicht, was du eigentlich willst.«

»Was ich will? Das fragst du? Ich will alles WISSEN! Gibt es etwas Neues? Habt ihr euch schon getroffen? Du und dein geheimnisvoller ›Du-weißt-schon-wer‹?«

»Nein, wir haben uns noch nicht gesehen. Er hatte ein Problem. Sein Auto ist nicht angesprungen. Er war ziemlich hektisch und hat eine Nachricht nach der anderen geschickt. Richtig verstanden habe ich es trotzdem nicht. Er musste den Wagen unbedingt wegbringen, weil es ein Firmenwagen ist, und da es für einen Leihwagen zu spät war, kommt er erst heute im Laufe des Tages an.«

»Ach, echt? Hättest du ja gestern whatsappen können. Ich dachte, ich lass dich da mal lieber mit deinem Date in Ruhe.«

»Christiane, tut mir echt leid. Ich habe mich nicht mehr gemeldet, weil ich Sehnsucht nach Noah gekriegt hätte. Ich bin ganz viel über die Insel gelaufen, habe geguckt, was es Neues gibt, bin an der Kurklinik vorbei, und da hätte ich schon fast geheult, weil ich das letzte Mal mit Noah hier war. Später war ich einen Wein trinken in der Milchbar. Na ja, waren in Wirklichkeit drei, und die haben mich zusammen mit der Seeluft ziemlich umgehauen. Und bei euch? Hat Noah gut geschlafen?«

»Mach dir wirklich keinen Kopf. Noah geht es gut bei uns. Du weißt, ich hüte ihn wie einen Augenstern. Frederic freut sich total, dass sein Cousin mit hier ist und mit ihm in einem Zimmer schläft. Für mich ist es auch viel einfacher, weil die beiden sich richtig gut miteinander beschäftigen. Ich habe sogar heute Morgen schon Pilates machen können. Und das bei zwei Kleinkindern im Haus – perfetto!«

»Danke, Lieblingsschwägerin, dass du das tust! Und dass du Frederic heute aus dem Kindergarten lässt, damit Noah nicht alleine ist. Weiß ich echt zu schätzen. Und das, wo ich doch gerade Ersatz für deinen Bruder suche.«

»Ach Juliane, ich weiß ja, wie mein Bruder tickt. Klar finde ich das alles doof und hätte es gerne anders. Aber ich kann dich verstehen. Und du weißt, wie sehr du mir ans Herz gewachsen bist. Also, meinen Bruder bist du vielleicht losgeworden, bei mir wirst du das nicht schaffen.«

»Danke, Christiane, danke. Ich glaube, ich leg auf, sonst flenne ich richtig los. Bitte drücke Noah, drücke ihn ganz doll von mir. Wenn du ihn jetzt ans Telefon holst, bleibe ich nicht hier. Ich halte das nicht aus.«

»Komm, Juliane, nutze die drei Tage mal für dich. Ich tue alles für deinen kleinen Mann. Und dir tut es gut, mal raus aus allem. Job mit Bereitschaftsdienst, alleinerziehend und Kleinkind. Eine Mischung, da wird einem schon anders nur beim Aussprechen. Komm, Süße, leg auf, mach dich hübsch, geh frühstücken, lass dir den Wind um die Nase wehen. Und dann triff deinen Mr. Right. Ich drücke dir alle Daumen! Und melde dich! Und denk an unseren Notfall-Code! Ich habe mein Handy Tag und Nacht dabei.«

»Du bist die allerallerbeste Lieblingsschwägerin! Danke, Christiane! Ich melde mich später wieder.«

*

Dörthe wickelte das weiße Handtuch des Hotels um ihre Haare. Die Pflege musste noch einige Minuten einziehen. Wie anfällig ihr Haar hier oben an der Nordsee wurde.

Nachdem sie vor dem Frühstück im Hotelschwimmbad einige Bahnen gezogen hatte und anschließend auf dem Crosstrainer im Sportraum eine halbe Stunde trainiert hatte, nutzte sie die Zeit, in der die Wunderkur ins Haar einziehen musste, um die Daten ihres Fitbits auf ihr Macbook zu exportieren. Zufrieden warf sie einen flüchtigen Blick auf die Ergebnisse. Das regelmäßige Training machte sich bezahlt, keine Frage. Niemand würde ihr wahres Alter vermuten, und das war ihr wichtig. Dafür lohnten sich der Einsatz und die Mühen. Sie war willens, alles im Griff zu haben, und dazu gehörte auch, sich selber kontrollieren zu können. Dörthe öffnete vor dem Spiegel den Bademantel. Ihre Brüste waren perfekt geworden. Die Ärzte der Hamburger Schönheitsklinik hatten nicht zu viel versprochen. Das immerhin hatte sie ihrem Ex zu verdanken. Als Oberarzt hatte er die Kontakte gehabt und sie davon durchaus profitiert. Bei der Partnerin eines Kollegen gibt man sich wohl noch mal extra Mühe. Perfekt und doch natürlich, fand sie. Dass Marc trotz dieser Brüste nicht bei ihr geblieben war, hatte ihr zuerst den Boden unter den Füßen weggezogen. Alles, aber auch wirklich alles hatte sie getan, um die optimale Frau an seiner Seite zu werden. Bis er davon sprach, er hätte lieber etwas Natürlicheres. Etwas Natürlicheres, hatte sie fassungslos gefragt. Was soll das denn sein? Etwa so ein Strand- oder Hippiemädchen aus der Werbung? Und mit so einer möchtest du dann in die Oper oder zu Vernissagen, hatte sie ihn verhöhnt. Aber er war dabei geblieben. Sie könne ja nie mal locker lassen. Spontan würden sie niemals etwas machen. Ihn würde das anstrengen, weil er sich getrieben fühle, sich ihrem Optimierungswahn anzupassen. »Optimierungswahn« hatte er tatsächlich gesagt. Dörthe schüttelte bei der Erinnerung den Kopf. Andere Männer wären froh, eine Frau ihres Kalibers an der Seite zu haben, hatte sie ihm entgegengeschleudert.

Es war das Ende ihrer Beziehung gewesen. Danach hatte sie einsehen gelernt, dass sie zwar tatsächlich begehrenswert und anziehend auf Männer wirkte, aber vornehmlich auf solche, die sich mit Riesenschritten ihrem letzten Lebensdrittel näherten. Alle in der eigenen Altersklasse waren an Frauen unterhalb der 40 interessiert, und diese Zahl hatte sie leider schon hinter sich gelassen. Aber sie wäre nicht Dörthe, wenn sie sich der Enttäuschung hingegeben hätte. Sie hatte mitgenommen, was der Markt an Begegnungen bot: Tennisverein und Kochevent, Singleerlebnisreisen, Kreuzfahrten und Theaterabo. Im Job hatte sie als Kommunikationswissenschaftlerin auch immer sich selbst mit im Angebot, so diskret und charmant, wie die Erfahrung es sie gelehrt hatte. Und es hatte Gelegenheiten gegeben. Bei den verheirateten Männern und erstaunlicherweise bei den ganz jungen. Das hatte ihr einen richtigen Kick verpasst. Von wegen nur noch das Betthupferl für die Seniorenfront. Doch etwas Dauerhaftes wollte sich nicht einstellen. Bis sie dann an einem einsamen Abend, nach einem der ewig gleichen Kongresse, allein mit ihrem Macbook und der Minibar in einer der verwechselbaren Städte Deutschlands gesessen und sich bei einer Dating-Agentur eingeloggt hatte. Nur mal so zum Schauen. Einmal sehen, was sich dahinter verbarg. Und war angenehm überrascht worden, dass das Versprechen, Partner auf hohem Niveau zu offerieren, tatsächlich erfüllt worden war.

Sie konnte es selbst nicht glauben, dass eine der Folgen war, dass sie jetzt hier saß. Vorsichtig war sie anfangs gewesen, sehr vorsichtig, fast misstrauisch. Was konnte sich hinter der Anonymität nicht alles verbergen. Sie nutzte ihren scharfen Verstand und ihre Fähigkeit, zu kombinieren, um Fangfragen zu stellen und auch Nebensächliches in das Gesamtbild einzuordnen. Sie hatte nichts finden können, das auch nur einen leisen Zweifel rechtfertigte. Als die Mails vertraulicher wurden, hatte sie ihm von ihrer geplanten Ferienreise an die Nordsee berichtet. Und scherzhaft, dann aber immer ernster war die Idee entstanden, diesen Ort für ein allererstes Date zu nutzen. Warum nicht, hatte sie gedacht.

Zu getrennten Hotels hatten sie sich beide verpflichtet, falls das persönliche Aufeinandertreffen zum Debakel geriet. Er würde einige Tage später anreisen, sodass Urlaub und Erholung für sie die ersten Tage im Mittelpunkt stehen konnten. Öffentlichkeit war gegeben, sodass sie sich nicht in Gefahr begab. Und wenn es nicht passte, konnte jeder von ihnen zurück in die dem anderen unbekannte Normalität.

Dörthe griff zu der Karte, die sie in ihrem Hotelzimmer bei der Anreise vorgefunden hatte.

›Ich kann es kaum erwarten. Ich bin mir sicher, dass Du für mich das bist, worauf ich schon ein Leben lang gewartet habe. Und ich hoffe, dass ich das auch für Dich sein werde.
J. (dwsw)‹

Dörthe durchfuhr ein wohliger Schauer. Da hatte noch jemand Format. Büttenpapier, gestochene Handschrift, mit Tinte überbrachte Romantik.

Heute würden sie sich erstmals gegenüberstehen. Sie merkte, wie sich bei diesem Gedanken ihr Puls beschleunigte. Dann lege ich besser mal los, trieb sie sich selber an und beschloss, nach dem Frühstück einen Abstecher in das Modegeschäft zu machen, in dem sie gestern ein ziemliches lässiges Outfit gesehen hatte. Wenn sie sich in ihrer Haut wohlfühlte, würde die Begegnung schon zu ihren Gunsten laufen.

*

Frau Dirkens klopfte leise an die Zimmertür. Eigentlich war es nicht ihre Art, die Gäste zu wecken. In ihrem Haus konnte jeder auf seine Weise glücklich werden. Leben und leben lassen, war ihre Devise gewesen, seit sie die Pension eröffnet hatte. Ihr war schnell klar geworden, dass sie ihre Gäste nicht erziehen konnte, obwohl sie das manchmal gerne gemacht hätte. Allein die unterschiedlichen Arten, ein Ei zu öffnen, konnten sie manchmal in den Wahnsinn treiben. Man könne daran erkennen, wer protestantisch und wer katholisch sei, hatte sie einmal gelesen. Das war ihr vollkommen egal, aber dass man die Schale vorsichtig abklopfte, war für sie selbstverständlich, und wenn das protestantisch war, dann passte es bei ihr vortrefflich. Nun, die ganzen katholischen Rheinländer, die ihr Ei köpften, hatten ihr viel Toleranz abverlangt, aber sie hatte sich nun mal für eine touristische Dienstleistung entschieden, und da hatte sie mit ihrer eigenen Meinung zurückzustehen.

Die letzten Jahre waren fast nur noch Stammgäste gekommen. Sie hatte weder Lust noch Sinn dafür, das Haus nach neumodischen Gesichtspunkten auszubauen. Wenn sie überlegte, dass es bis in die späten 60er noch nicht mal ein eigenes Bad für die Gäste gegeben hatte, sondern nur ein Waschbecken mit fließend warmem und kaltem Wasser. Längst vergangen waren sie, diese Zeiten. Immer anspruchsvoller waren die Gäste stattdessen geworden. Die Bäder hatte sie schon vor vielen Jahren einbauen lassen, aber dafür gefiel nun die Farbe der Keramik nicht, das Mobiliar im Zimmer war den Gästen zu gediegen, und der Kaffee schmeckte angeblich auch nur noch aus italienischen Maschinen. Nein, damit konnte und wollte sie nicht dienen. Altmodisch war sie geworden, aus der Zeit gefallen, dachte sie oft morgens, wenn sie für jeden Gast ein frisches Kännchen Kaffee mit dem Porzellanfilter aufbrühte.

Schleichend hatte es sich eingestellt, dass die Gäste unzufriedener und weniger wurden. Mal hier ein Gemecker, mal da ein verlegenes ›Im nächsten Jahr wollen wir mal etwas anderes versuchen‹. So war das also, wenn man alt wurde. Aber der Enttäuschung war schnell die Einsicht gefolgt, dass sie sich nicht mehr ändern wollte. Wer es bei ihr nicht mochte, sollte wegbleiben. Und so hatte es sich in den letzten Jahren sortiert. Die, die blieben, hatten meist nicht die ganz üppigen Portemonnaies und waren froh, noch eine bezahlbare Unterkunft zu finden, jetzt, wo die Preise auf der Insel so angestiegen waren. Und die Gäste, die schon seit Ewigkeiten kamen und fast zur Familie gehörten, die blieben auch nicht weg. Für diese Gäste gehörte sie zum Urlaub dazu. Und sie freute sich immer, wenn es mal wieder so weit war, so wie es das bei Danielas Ankunft gewesen war. Das Mädchen war ihr wirklich ans Herz gewachsen. Immer freundlich, immer einen lustigen Spruch auf den Lippen und ein viel zu großes Herz für diese Welt da draußen. Sie wusste schon, dass Daniela oft fröhlicher tat, als sie sich fühlte. Nun, sie würde schon dafür sorgen, dass es dem Kind in den nächsten zwei Wochen gut gehen würde. Aber nun wollte sie nach dem Rechten sehen. So lange schlief Daniela sonst nicht, wollte immer schon morgens raus ans Meer. Und unten saß doch die andere Frau, die gestern am Nachmittag angekommen war. Sie würde die beiden gerne miteinander bekannt machen. Das war doch nichts, wenn das Kind immer alleine loszog.

»Daniela!«, rief sie leise bei ihrem nächsten Klopfen. »Daniela, es ist schon elf Uhr. Magst du denn gar nicht frühstücken kommen?«

Sie hörte, wie sich im Zimmer etwas bewegte. Unsicher, ob sie warten oder noch einmal klopfen sollte, verharrte sie sekundenlang regungslos vor der Tür, bis diese langsam aufgezogen wurde. Danielas schwarzer Schopf wurde sichtbar. Die Haare standen in alle Richtungen. Daniela trug ein langes, weites T-Shirt, über das sie eine Strickjacke gezogen hatte, die sie nun am Hals zusammenhielt. Mit kleinen, geschwollenen Augen sah sie Frau Dirkens an.

»Ist was passiert?«, fragte sie.

»Nein, nein, Daniela, entschuldige bitte, es tut mir so leid. Es ist sonst nicht meine Art, das weißt du am besten. Aber weil du sonst um die Zeit immer schon am Strand entlang unterwegs bist, habe ich mir Sorgen gemacht.

Magst du noch in den Frühstücksraum kommen oder lässt du das heute ausfallen?«

Daniela schaute zurück ins Zimmer. »Elf Uhr! Ich dachte, ich hätte mich verhört. Nein, ich komme gerne. Ich ziehe mich kurz an, duschen kann ich später. Bin in fünf Minuten unten, Frau Dirkens.«

»Prima, Kind, dann koche ich dir dein Ei. Immer noch viereinhalb Minuten?«

»Frau Dirkens, Sie sind ein Schatz! Eigentlich müssten die Gäste bei Ihnen Schlange stehen. Die wissen alle gar nicht, was sie verpassen. Nun, mir soll es recht sein. So habe ich hier immer mein zweites Zuhause.«

»Kind, du machst mich verlegen. Komm, unten kann ich mich dazusetzen.«

»Bin gleich fertig, Mini-Styling in fünf Minuten ist meine Spezialität.«

Tatsächlich betrat kaum sieben Minuten später eine aufgehübschte Version von Daniela, der man den Schlaf nicht mehr ansah, den Frühstücksraum. Sogar Wimperntusche, Rouge und Lippenstift hatten schon den Weg ins Gesicht gefunden, die Haare wurden mit einem anthrazit glitzernden Haarband zurückgehalten und die weit geschnittene schwarze Hose mit der passenden Tunika war ihr Markenzeichen.

»Guten Morgen«, grüßte sie freundlich und steuerte ihren gewohnten Platz an.

»Moment!« Frau Dirkens dachte heute Morgen gar nicht daran, zurückhaltend wie sonst zu sein. Sie war ungeduldig und wollte gerne, dass die Dinge so liefen, wie sie sich das wünschte. Ohne es mit ihrem neuen Gast abgestimmt zu haben, bestimmte sie: »Daniela, komm, setze dich heute mal hier rüber zu Frau Rosenbaum. Sie ist gestern angekommen und kennt die Insel noch gar nicht.«

Daniela schaute verlegen zu der angesprochenen Frau. Diese war in eine Zeitschrift vertieft, während sie mit beiden Händen ihre Kaffeetasse umklammerte. Das sah gar nicht danach aus, als wartete sie auf Gesellschaft. Aber was immer auch Frau Dirkens heute ritt, sie war nicht zu bremsen.

»Na komm schon, Daniela, du bist doch sonst nicht so schüchtern. Frau Rosenbaum, Daniela ist eine richtige Inselkennerin. Lassen Sie sich von ihr erzählen, was es bei uns auf Norderney alles gibt. So, Kind, nun komm mal dazu, ich habe dir schon den frischen Kaffee und dein Ei hingestellt. Frau Rosenbaum, soll ich Ihnen auch noch einen Kaffee aufsetzen?«

»Sehr gerne! Ich würde noch einen nehmen. Der schmeckt wirklich hervorragend. Aber nur noch eine Tasse, bitte. Mehr vertrage ich nicht.« Merle Rosenbaum klappte die Zeitschrift zu, ließ aber ihren Zeigefinger als Lesezeichen darin ruhen. Mit einem zaghaften Lächeln wandte sie sich an Daniela.

»Hallo«, sagte sie, »ich bin Merle Rosenbaum. Schön, dass Sie sich zu mir setzen. Sind Sie mit Frau Dirkens verwandt, weil sie immer Kind zu Ihnen sagt?«

Einen Augenblick lang konnte Daniela gar nicht antworten. Voller Überraschung starrte sie auf den Mund ihres Gegenübers. Ein oranger Lippenstift, der wohl den Ton der Haare und der Brille treffen sollte, war weit über die Lippenkonturen hinaus aufgetragen worden. Daniela, die sich während ihrer Friseurausbildung auch als Visagistin hatte schulen lassen, war fassungslos. Hatte ihre Tischnachbarin den Lippenstift etwa ohne Spiegel aufgetragen? Und gar nicht mehr in den Spiegel geschaut, als sie das Zimmer verlassen hatte? Hatte sie die Farbe womöglich mit der Serviette verschmiert? Nein, diese lag unbenutzt neben dem Teller.

Daniela konnte nicht anders. Sie musste es ansprechen. So würde sie sonst kein Wort gewechselt bekommen.

»Entschuldigen Sie bitte, dass ich so direkt bin. Aber Sie haben Ihren Lippenstift komplett verschmiert.«

»Ach je, schon wieder?« Seelenruhig griff Merle Rosenbaum nach der Serviette, um sich mit einer schnellen Wischbewegung über den Mund zu fahren. Der Lippenstift, der längst getrocknet war, ließ sich davon nicht entfernen, leuchtete aber nicht mehr so grotesk grell. »Ich bin so furchtbar weitsichtig und das passiert mir immer wieder. Ich weiß, ich sehe dann fürchterlich aus.«

Daniela gefiel die unaufgeregte Reaktion. Wenigstens kein Püppchen an ihrem Tisch, das sollte schon mal etwas heißen.

»Entschuldigen Sie, ich habe Ihre Frage gar nicht beantwortet. Nein, ich bin nicht mit Frau Dirkens verwandt. Ich bin Daniela Rick aus Bonn. Aber ich komme von Kind an in diese Pension und bin deswegen für Frau Dirkens immer das Kind geblieben. Aber ich mag es und fühle mich wie zu Hause.«

»Das ist doch wunderschön. Sich irgendwo zu Hause zu fühlen.« Merle Rosenbaum sprach den Satz mit so viel Leidenschaft in der Stimme, dass Daniela erneut aufmerkte. Machte diese Frau sich über sie lustig – oder was war mit ihr los? Merle aber saß mit weit geöffneten Augen und schien sich aus dem Zimmer weggeträumt zu haben. Einen Moment nur. Dann schaute sie mit ihren blauen Augen, die durch die Brillengläser vergrößert wirkten, Daniela durchdringend an und fragte: »Wollen Sie wissen, was in meinem Horoskop steht? Hören Sie mal!«

*

Horoskop für Oktober

Fische: Das mentale Visualisieren Ihrer Wünsche zeigt den lang ersehnten Erfolg. Jetzt wird es sich für Sie entscheiden. Der Einfluss von Jupiter hilft, endgültige Tatsachen zu schaffen.

*

Ruth Keiser hatte schlecht geschlafen. Der Wein, den sie gestern mit Angela Pfeifer beim gemeinsamen Abendessen getrunken hatte, war ihr nicht gut bekommen, obwohl sie auch zu Hause gern einen guten Roten trank. Es war ihr Feierabend-Wohlfühl-Ritual, seit sie nach der Trennung von Michael als Single in einer kleinen Zwei-Zimmer-Wohnung lebte. Die allererste Zeit hatte sie abends oft nur die weißen Wände des hellen Apartments angestarrt. Sie hatte Freundinnen angerufen, die erstaunt und ablehnend waren, weil sie nicht verstehen konnten, wie Ruth es fertiggebracht hatte, die Tochter zurückzulassen. Sie hatte gespürt, wie sie die Freundinnen überforderte und ihnen Angst machte. Selbst die Tatsache, dass es Lisa-Marie gut ging und sie, ihr Mann und die Tochter einvernehmliche Lösungen gefunden hatten, hob die Grenze zu ihren alten Freundinnen nicht auf. So hatte sie abends zu Hause gesessen und die ganze Reichweite ihrer Entscheidung gespürt. Doch bei aller Angst, die ihr das anfangs machte, wusste sie, dass es der richtige Schritt gewesen war.

Und so hatte sie mit der Zeit angefangen, sich neben dem Job das passende Privatleben zurechtzuschneidern. Hatte die weißen Wände mit großflächigen Bildern von New York und Tokio behangen, die sie einem Straßenkünstler abgekauft hatte. War ausgegangen, ins Kino, ins Theater, in den Sportclub. Hatte sich mit jüngeren Kollegen zum Afterjob verabredet und einen Malkurs belegt. Wenn sie nach Hause kam, hatte sie alle verfügbaren Kanäle nach außen aktiviert. Bilder über den stumm geschalteten Fernseher konsumiert, während sie laute Musik hörte. Das Radio eingeschaltet, wenn sie durch das Netz surfte oder sich durch ihre Bücherstapel arbeitete. Die Grenzen zu ihrer Arbeit verschwammen, wenn sie noch an wissenschaftlichen Artikeln saß, für die sie tagsüber im Büro nicht die Ruhe gefunden hatte. Sie fing schon bald an, diese abendliche Zeit zu genießen und mit Ich-fühl-mich-wohl-und-tue-mir-gut-Ritualen auszugestalten. Eine Kerze auf dem Wohnzimmertisch, einen Tee neben dem Laptop, bequeme Yogahosen, dicke Socken und spätestens, wenn sie den Laptop schloss, auch ein Glas Rotwein. Hier musste sie nicht schön sein und niemandem gefallen. Sie konnte tun und lassen, was sie wollte. Und zufrieden auf Erreichtes zurückblicken. Sich reinzuhängen, weiterzulernen, Zusammenhänge zu verstehen und Expertin mit Alleinstellungsmerkmal auf ihrem beruflichen Gebiet zu werden, war das, was sie gewollt hatte. Der Erfolg gab ihr recht!

Nun aber, nach dem gestrigen Abend, an dem sie mit Angela Pfeifer eine Menge Fachwissen ausgetauscht hatte, erinnerte der schwere Kopf an den Wein. Sie spürte die Nachwehen einer unruhigen Nacht, in der sie eigenartige Träume gehabt hatte. Fast jede Stunde war sie hochgeschreckt. Gegen vier Uhr war sie für einen Augenblick sogar völlig orientierungslos gewesen, wusste nicht, wo sie war, wer sie war, was sie hier machte. Es war ein unheimlicher Moment gewesen, wie sie ihn noch nie zuvor erlebt hatte. Ihr Herz hatte angefangen zu rasen und sie hatte in der Dunkelheit nach etwas getastet, das ihr helfen konnte, sich zurechtzufinden. Obwohl sie den Lichtschalter fand und sich im Hellen wieder beruhigte, war ihre übliche Gelassenheit weg. Sie hatte das Licht im Bad eingeschaltet, die Vorhänge zurückgeschoben, um so früh wie möglich den Morgen in das nach Osten liegende Zimmer zu lassen, und fand nur unruhig und oberflächlich in den Schlaf zurück.

Ruth kramte jetzt in ihrer Handtasche, fand die gesuchten Kopfschmerztabletten, überprüfte die Haltbarkeit, drückte die Pillen aus dem Alustreifen und wankte mehr als dass sie ging ins Bad. Oh Gott, ich werde alt, sprach sie zu sich selbst, als sie sich übermüdet im Spiegel erblickte. Jetzt vertrage ich nicht mal einen Rotwein mehr als üblich, ohne mit den Folgen konfrontiert zu werden. Sie schaute sich prüfend im Vergrößerungsspiegel an, der mit einer Ausziehmechanik an der Wand befestigt war. Mein Gott, dachte sie erneut, und wich regelrecht zurück. So etwas sollte einfach verboten werden. Ob man schon mal untersucht hatte, wie viele plötzliche Todesfälle in Hotels auf diese Spiegel zurückzuführen waren? Sie lachte. Da war er wieder, der Humor, der sich letztendlich immer Bahn brach. War doch keine schlechte Fragestellung und Vermutung für eine Kriminalpsychologin, fand sie. Sie würde dazu heute mal ein wenig im Netz googeln, später, wenn die Arbeit getan wäre und sie sich vielleicht ein Glas Wein gönnte. Nun lachte sie erst recht herzhaft auf. Die Kopfschmerzen dröhnten noch, aber an das nächste Glas Roten zu denken, hatte sich ihr Unterbewusstsein nicht verbieten lassen. Dann konnte ja nichts mehr schiefgehen heute!

*

Besser hätte der Tag gar nicht anfangen können. Nachdem ich mir zuerst meine gestrigen Notizen immer und immer wieder durchgelesen hatte, spürte ich eine immer größere Vorfreude. Ich war tatsächlich so freudig erregt, dass alle bisherigen Pläne so gut aufgegangen waren, dass ich beschloss, eine kleine Runde zu drehen und einige Einkäufe zu tätigen, die mir bei der weiteren Umsetzung helfen würden. Es war ganz schön aufgefrischt seit gestern, aber das kennt man ja von hier oben. Die eine oder andere Böe hat eine Kraft, da spürt man richtig die Urgewalt. Mir kommt es vor, als rufe selbst das Wetter mir zu: Richtig so! Zeig allen, was in dir steckt! Ich sag es doch: Eins fügt sich zum anderen.

Und als wollte mir der Himmel ein Zeichen schicken, dass ich auf dem richtigen Weg bin, liefen mir kurz hintereinander sowohl Juliane als auch Merle über den Weg. Ich habe regelrecht aufpassen müssen, dass ich nicht beide mit einem frischen *Moin* grüße oder dass ich durch kleine Freudensprünge auffalle, aber jemand wie ich hat gelernt, sich in jeder Situation zu kontrollieren und nicht das Innere nach außen zu kehren. Und so habe ich Juliane nur aus den Augenwinkeln beobachtet, als sie mit ihrem Coffee-to-go-Becher aus der Kaffeegenießerei herauskam und dabei fast mit mir zusammengestoßen wäre. Ich habe gewartet und ihr hinterhergeschaut, bis sie am Denkmal rechts in die Friedrichstraße abbog. Sie war ziemlich flotten Fußes unterwegs, wollte ihren Kaffee wohl in ihrer Ferienwohnung trinken. Verrückt, dass die Leute heutzutage für so was morgens aus dem Haus gehen. Benutzt überhaupt noch jemand außer mir eine klassische Kaffeemaschine?

Ich will aber gar nicht meckern, hatte mir dieser Umstand doch die Begegnung mit ihr geschenkt.

Als ich selbst dann nach einiger Wartezeit dem gleichen Weg folgte und den kleinen Zeitungs- und Schreibwarenladen betrat, kam – oh Duplizität der Dinge! – mir aus diesem Geschäft Merle Rosenbaum entgegen. Ich senkte schnell den Kopf, jetzt, wo wir uns so vis-à-vis gegenüberstanden, und tat muffelig und genervt, als ich ihr den Vortritt ließ. Es waren nur flüchtige Sekunden, die ich in ihr Antlitz schauen konnte, und einen Augenblick war ich wahrhaft erschrocken, als ich ihren verhuschten und leicht wirren Gesichtsausdruck sah, der sicherlich daher rührte, dass sie ihren orangen Lippenstift deutlich sichtbar über ihre Mundkonturen gezogen hatte. Der Blick, den ich auf sie werfen konnte, war so kurz und für mich so verwirrend, dass ich nun schon einige Zeit über meine Wahrnehmung nachdenke. Kann das sein? Kann ich mich so in dieser Frau getäuscht haben, die in der ersten Zeit unseres Kontaktes so sortiert und fokussiert gewirkt hatte? Andererseits bestätigt das alle meine Beobachtungen von gestern. Und festigt meinen Plan, mit ihr zu beginnen.

Also frisch ans Werk! Carpe diem!

*

Constance Tarnow hatte schlechte Laune. Sie fühlte sich missverstanden und hatte noch keine rechte Idee, wie dieses Wochenende weitergehen sollte. Was um Himmels willen sollte sie bloß auf dieser Insel? Hatten sie so aneinander vorbeigeredet? Das konnte sie sich nicht vorstellen. Sie, die Meisterin des Wortes! Damals im Germanistikseminar hatte sie alle an die Wand gespielt mit ihren exakten Analysen und Interpretationen. Nein, nein, sie hätte gemerkt, wenn da was nicht stimmig gewesen wäre.

Constance zog die Tür ihres Dachapartments zu. Wenigstens darüber gab es nichts zu meckern. Eine wunderschöne loftartige Ferienwohnung hatte sie auf Empfehlung einer Freundin angemietet. Hier lagen die Preise so weit über dem Durchschnitt, dass selbst zur Ferienzeit noch etwas frei gewesen war. Norderney? Du Glückliche, hatte die Freundin gesagt. Das neue Sylt, hatte sie auf Constances erstaunten Blick reagiert.

Das neue Sylt, dass ich nicht lache, dachte sie nun. Schon das Joggen am Strand heute Morgen hatte ihr keinen Spaß gemacht. Es war kalt und windig, und von der gestrigen Sonne war nichts mehr zu sehen. Grau und trist wirkte heute alles, was im Sonnenlicht noch freundlich ausgesehen hatte. Nun, sie würde sich die Geschäfte anschauen gehen und danach beurteilen können, ob dieses in ihren Augen eher provinzielle Dörfchen überhaupt nur annähernd an ihre Lieblingsinsel herankam. Sie warf den Schlüssel in ihre graue Handtasche, rückte sich die Beanie zurecht, schob ihre Sonnenbrille darüber, sodass das Logo gut zu erkennen war. Etwas ratlos schaute sie rechts und links und entschied sich für die Richtung, die weg von Strand und Meer führte.

Im gleichen Augenblick verkündete ein schrilles Piepsen den Eingang einer Whatsapp-Nachricht. Constance kramte in ihrer Tasche. Musste das blöde Ding auch immer in der letzten Ecke liegen? Sie zog die Hand erfolglos aus der Tasche, weil ihr die Brille von der Mütze rutschte. Ach, verdammt, was für ein blöder Tag, fluchte sie leise vor sich hin. Erst nach einigen Mühen hielt sie das Smartphone in der Hand.

›Hallo, Stance, hast du die Insel schon unsicher gemacht? Ist das Loft nicht traumhaft? Drück dich, Steffi!‹

Constance verdrehte die Augen. Irgendwie tickte ihre beste Freundin und Kollegin nicht mehr richtig, seit sie diesen André kennengelernt hatte. Sie hatte das Freundinnen-Wochenende auf Sylt abgesagt und schwärmte neuerdings von Norderney und dieser angeblich so hippen Milchbar.

›Was habt ihr eigentlich auf einmal alle mit Norderney? Erst du, jetzt dwsw. Okay, das Loft ist mega. Müsste nur auf Sylt sein ;-) Wo kann ich Schuhe kaufen? Brauche ich jetzt dringend!‹

›Haha! Ist es mal wieder so weit? Schuhe gegen PMS? Schau dich mal richtig um. Die Insel ist wirklich nett. In der Milchbar gibt es tolle Männer – falls dir dein dwsw nicht gefällt. Shoppen kannst du in der Poststraße und in der Strandstraße. Melde dich, wenn es was Neues gibt!‹

Constance hielt die Luft an. Das war ganz schön dreist! Aber so war Steffi nun mal, und irgendwie konnte sie ihr nie lange böse sein. Vielleicht, weil immer auch was Wahres dran war an dem, was Steffi sagte, und weil sie sich schon ewig kannten.

›Ich shoppe, also bin ich! ;-)‹, schickte sie Steffi zurück und hatte augenblicklich bessere Laune. Wenn sie es schaffte, in den nächsten Stunden ein Shopping-Souvenir zu ergattern, konnte sie anschließend wirklich mal die Männer in der Milchbar unter die Lupe nehmen. Schließlich hatte sie nun unerwartet mehr Zeit, wie heute Morgen die E-Mail im Posteingang verkündet hatte:

›@augenstern: wenn du wüsstest, wie sehr ich dir entgegenfiebere. so sehr, dass ich die nacht in der notaufnahme verbracht habe. erzähle dir später, warum. bitte, bitte nicht böse sein. werde erst heute abend oder morgen früh ankommen. bitte lass uns nichts überstürzen. wir schieben einfach alles um 24 stunden. und danach – ich bin mir sicher – bin ich für immer dein. dwsw‹

*

Wie leichtgläubig alle waren.

Wie einfach das Ganze doch ist!

Es scheint vollkommen egal zu sein, was ich ihnen erzähle. Keine kritischen Nachfragen. Höchstens mal ein aufgesetztes Schmollen, wenn etwas nicht nach ihren Köpfchen läuft. Aber nie so, dass sie was aufs Spiel setzen. Sie wollen den Erfolg. Sie brauchen ihn. Ab einem gewissen Alter scheint der Verstand auszusetzen, wenn die Zielgerade noch nicht in Sichtweite ist. Dass sich das nicht verändert! Als wenn es wirklich zum Glücklichsein führen würde. Haha, die sollten mal mich fragen. Ich könnte ihnen eine Menge dazu erzählen. Glück und Romantik, dass ich nicht lache! Aber es wäre vergebliche Liebesmüh. Sie würden es eh nicht verstehen.

Die Sprache, die ich mit ihnen sprechen werde, wird ihnen dagegen die Augen öffnen. Auf dem geraden Weg ins Paradies!

*

Merle Rosenbaum war aufgeregt. Nachdem sie beim Frühstück in der Pension das Horoskop gelesen hatte, das ihr so große Hoffnungen machte, war sie nach dem Frühstück aufgebrochen, um sich mit weiteren Magazinen einzudecken. Es war kalt und windig draußen gewesen, und sie hatte sich in ihrer Aufregung nicht die Mühe gemacht, sich wetterfest anzuziehen. Also war sie nach dem Einkauf zurück in die Pension geeilt, hatte Wanderschuhe geholt und die grüne Barbourjacke übergezogen. Die Filzmütze, die ihre Freundin ihr zum Geburtstag geschenkt hatte, würde gute Dienste tun, und so zog sie die Kopfbedeckung, die eher als Hut gedacht gewesen war, tief über Ohren und Stirn. Sie wusste schon, wohin sie wollte. Sie brauchte unbedingt Bewegung. Einen langen Spaziergang durch die Dünen würde sie machen. Sie schnappte sich ihren Rucksack, steckte die Zeitschriften hinein, schob eine Flasche Wasser ins Seitenfach, prüfte, ob Lippenstift, Handy, Portemonnaie und GPS an ihrem Ort waren, und machte sich auf den Weg. Sie hatte auf den Geocaching-Seiten eine Route ausgewählt. Das war ihre Art, sich eine neue Umgebung zu erschließen. Und in der Community hatte sie einen super Tipp bekommen. Da war sie wieder gewesen, die positive Energie, die eins zum anderen passend fügte, wenn man sich dafür öffnete. Heute war ein ganz besonderer Tag, da war sie sich sicher, und deswegen würde sie ihn auch mit diesem besonderen Cache, den das Schicksal ihr zugewiesen hatte, beenden. Damit sie später immer davon würde erzählen können.

In den Dünen würde der Wind nicht ganz so stark sein, und wenn sie Richtung Norden ging, würde er sie vielleicht sogar etwas vorantreiben. Die Caches, die sie heruntergeladen hatte, lagen alle auf dem Weg zur Weißen Düne. Dort würde sie zu Mittag sein und am Kamin die anderen Horoskope lesen. Sie war gespannt, ob alle den Weg so klar aufzeigen würden. Aber sie war sich sicher, so sicher wie noch nie. Und deswegen würde sie an dem einen, dem besonderen Cache auch eine besondere Nachricht für ihn hinterlassen. Er würde ihn finden und sich wundern und dann erkennen, wie besonders das war, was sie beide verband. Und dann würden sie gemeinsam die endgültigen Tatsachen schaffen. Wie sie sich freute!

*

Daniela hatte nach dem Frühstück überlegt, was sie heute unternehmen sollte. Normalerweise machte sie morgens immer einen ausgiebigen Spaziergang. Am liebsten ging sie am Denkmal und der Polizeiwache vorbei hoch zum Januskopf, um den herrlich weiten Blick über das Meer, den Nordstrand und die Dünen zu genießen. An sonnigen Tagen stieg sie hoch zur Georgshöhe, weil der Blick von dort über die gesamte Insel ging. Wieder unten angekommen, setzte sie ihren Spaziergang üblicherweise Richtung Weststrand fort. Wenn die Milchbar einen freien Platz hinter den riesigen Panorama-Glasfenstern bot, schlüpfte sie auf einen Latte macchiato hinein. Aber das Glück bot sich nicht an allen Tagen, und wenn es ihr dort zu voll erschien, setzte sie ihre Runde lieber fort und lief weiter zum Weststrand. Das Licht erschien ihr in dieser Richtung immer besonders schön, und wenn die Sonne hervorlugte, wärmte sie selbst bei sonst kaltem Wetter Gesicht und Stimmung.

Heute aber war es Daniela eindeutig zu kalt. Der Wind klapperte ordentlich an den Fensterläden, und sie schloss das Fenster ihres Gästezimmers, weil sie fröstelte. Sie war noch nicht richtig angekommen und brauchte einen Wohlfühltag, bevor sie sich Wind und Wetter aussetzen mochte. Für heute Abend war sie mit Ruth Keiser verabredet, darauf freute sie sich. Bis dahin, so beschloss sie, würde sie einen richtig faulen Tag im bade:haus verbringen. Warmes Wasser, warme Luft, ein wenig Sauna und danach ins Außenbecken. Mit ihrem Krimi gemütlich im Liegebereich zu relaxen, stellte sie sich herrlich vor, und vielleicht würde sie sich eine Massage gönnen. Ihre Mutter hatte ihr extra etwas zugesteckt. »Kind, gönne dir auch mal was. Sonst bist du immer nur für die anderen da. Und mit deinem Gehalt kannst du ja keine großen Sprünge machen.«

Das stimmte. Keine großen Sprünge. Sie führte ein ziemlich einfaches Leben, auch wenn sie gerne schöne Dinge um sich hatte. Aber da war mit ihrem Lohn nicht allzu viel drin. Sie sparte, wann immer es ging, für ihre Norderney-Urlaube, denn hier wollte sie nicht aufs Geld schauen müssen. Und so wanderten Trinkgelder und Ersparnisse regelmäßig in ihr Norderneyer Sparschwein, das einen ganz besonderen Platz in ihrer winzigen Dachgeschosswohnung hatte.

Deswegen freute es sie, wenn ihre Mutter ihr immer mal wieder etwas zuschoss. Sodass sie sich auch mal was leisten konnte, auf das sie sonst eher verzichtet hätte. Und das bade:haus erschien ihr heute genau passend.

»Frau Dirkens, ich bin am Nachmittag zurück. Ich gehe erst mal schwimmen.« Sie steckte ihren Kopf in die Küche der Pensionswirtin.

»Lass dich zum Tee wieder sehen, ich backe gerade ganz fluffige Cookies, die solltest du dir wirklich nicht entgehen lassen. Frau Rosenbaum kommt auch dazu. Bei dem Wetter wird das eine richtig schöne Teezeremonie. Und nun lauf, mein Kind, und schwimm nicht zu weit raus!« Lachend schob Frau Dirkens die Küchentür zu, und Daniela schulterte ihre Badetasche voller Vorfreude auf all die warmen Annehmlichkeiten, die der Tag zu bringen schien.

*

Es gab auch einige wenige, die misstrauischer waren. Wenn ich daran denke, wie die aufgetreten sind.

»Nein, die Bilder von dir reichen mir nicht. Ich will auch deine Stimme hören.« – »Ohne Telefonate mache ich gar nicht erst weiter.« – »Ich will mich erst bei Facebook mit dir befreunden und sehen, was du für Kontakte hast.«

Aber das waren nur sehr wenige gewesen. Ich sag's ja. Die haben alle Angst, einen von der Angel zu lassen, der vielleicht der Richtige gewesen wäre. Und die Bilder von mir, die sie zu sehen bekommen haben, die haben ihnen schon feuchte Träume bereitet, da bin ich mir sicher. Sieht man ja im Fernsehen. Was die da für eine Rose so alles mit sich machen lassen. Wie die sich erniedrigen. Fast schon prostituieren. Vor einem Millionenpublikum. Auf ewig im öffentlichen Gedächtnis. Nein, nein, nicht nur die bildungsfernen Unterschichten-Fernsehgucker. Wer da alles dabei ist, wer da alles mitmacht. Das macht vor Akademikerinnen keinen Halt.

Und so ist es auch bei mir. Fotos wie der Bachelor, eine ansprechende Legende – fertig ist die Honigfalle. Ab da kannst du alles machen, alles sagen, alles fordern. Ab da sind sie willig.

Dann werden wir den bösen Mädchen also ab heute mal zeigen, wo das hinführt. Auf geht's! Frisch ans Werk, dass noch heute hinterm Deich werde dieser erste Meisterstreich!

*

Ruth Keiser hatte den ganzen Tag mit den Einrichtungsleitungen und Sozialarbeitern der verschiedenen Kurheime zusammengesessen. Ihr eilte der Ruf voraus, sehr individuelle Fortbildungen zu veranstalten, und das hatte in der letzten Zeit dazu geführt, dass sie wie ein Geheimtipp von einer Organisation zur nächsten und von Stadt zu Stadt empfohlen worden war. Sie war nicht böse darum. Sie liebte ihre Arbeit, und ein passgenaues Konzept zu entwickeln und abzuliefern, war sicherlich mühselig, aber äußerst erfolgreich und befriedigend. Die Evaluation ihrer Veranstaltungen hatte ergeben, dass die Mitarbeiter nach Besuch der Fortbildung sicherer im Erkennen von Kindeswohlgefährdungen waren und ein hohes Maß an Handlungskompetenz zeigten, indem sie klarer in der Beratungsarbeit wurden und die Fälle früher und schneller zur gemeinsamen Begutachtung öffneten. Eine größere Anerkennung ihres Einsatzes konnte Ruth sich nicht vorstellen.

Und so hatte sie auch heute mit den Experten vor Ort auf die konkreten Bedingungen geschaut, unter denen hier gearbeitet wurde, war den Fragenkatalog der Mitarbeiter durchgegangen und hatte ihren Vortrag entsprechend angepasst. Sie war hochprofessionellen Mitarbeitern der Einrichtungen begegnet und schneller fertig geworden, als sie gedacht hatte.

Jetzt merkte sie, dass die Kopfschmerzen immer noch hinter der Stirn lauerten. Während sie konzentriert bei der Arbeit war, hatte sie nichts davon gespürt. Aber nun wurde es Zeit, sich den frischen Nordseewind um die Ohren pusten zu lassen, das würde den Schmerz vertreiben. Außerdem würde ihr ein Spaziergang die Gelegenheit geben, mal eben auf der Polizeiwache vorbeizuschauen. Martin Ziegler, den sie noch von ihrer Zeit an der Polizeihochschule in Hiltrup kannte, leitete seit einiger Zeit diesen westlichen Außenposten von Aurich. Von Burnout und Depression hatte man gemunkelt, als er sich hierhin hatte versetzen lassen. Dass es kein Karriereschritt war, lag auf der Hand. Ihr hatte das leidgetan, war er doch einer der nettesten und integersten Kollegen, die sie kannte. War wohl doch kein Klischee, dass es immer dieselben erwischte.

Sie tätschelte im Vorbeigehen den Kopf der blau-weißen Robbe, die auf dem kleinen Platz vor dem Polizeirevier die Gäste begrüßte.

Kurz darauf betrat sie mit einem laut gerufenen »Klopf, Klopf!« die Wache und stellte sich den diensthabenden Kollegen vor, als sie nach Martin Ziegler fragte.

»Klar, der Chef ist da. Kann uns ja auch nicht so schnell von der Insel weglaufen«, lachte einer der beiden Polizisten eine Spur zu vertraulich.

Ruth sah, wie der andere genervt die Augen verdrehte.

»Mal wieder superlustig unterwegs, was, Olaf? Bitte, nehmen Sie einen Moment Platz, ich klopf mal eben bei Martin.«

Hm, bei Martin also, registrierte Ruth. Die Hierarchien sind hier eindeutig flacher als auf dem Festland. Aber vielleicht war das auch gut so und musste so sein. Sie würde Martin fragen, wie es ihm damit ging.

»Der Chef hat Zeit, ich soll Sie zu ihm reinschicken!«, rief ihr der Polizeibeamte entgegen, als er aus Martin Zieglers Tür trat. Im gleichen Augenblick sah Ruth die große Gestalt des Kommissars im Hintergrund auftauchen. Martin, wie sie ihn kannte. Auf den ersten Blick ein Fels in der Brandung. Aber man konnte nun mal niemandem hinter die Stirn, geschweige denn bis in die Seele gucken.

»Jetzt aber mal langsam, Lars, du kannst doch Frau Keiser nicht einfach so durch die Gänge schicken. Nein, wenn wir hier so hohen Besuch haben, der will würdig empfangen werden. Ruth, meine Beste, was für eine gelungene Überraschung. Was treibt dich denn hierher? Du willst mir hoffentlich nicht meinen heißgeliebten Posten streitig machen? Hat sich etwa rumgesprochen, wie gut es mir hier geht?«

»Martin, ich freue mich so sehr, dich zu sehen. Keine Angst, ich bin nur zu einer Fortbildung auf der Insel.«

»Na, das höre ich gerne. Und dass du dich dann zu mir herbemühst … Der ein oder andere hält ja eher Abstand, wenn es die Karriereleiter wieder runtergeht.«

Martin nahm Ruth beim Arm und führte sie in sein kleines, aber hell und freundlich eingerichtetes Büro.

»Martin, was redest du! So beliebt, wie du bist. Ich glaube dir kein Wort. Wahrscheinlich waren schon alle hier, jetzt wo du auf einer der beliebtesten Inseln wohnst.« Ruth stieß Martin scherzeshalber in die Seite.

»Komm, setz dich!« Martin schob Ruth einen runden Holzstuhl mit Lehne zu. »Es ist schon gut, dass ich nicht mehr so mittendrin stecke. Hier kann ich viel besser auf mich selbst aufpassen. Von wegen ›Grenzen ziehen‹ und so. Habe ich alles lernen müssen. Aber wem erzähle ich das bloß, Frau Polizeipsychologin!«

»Ach komm, Psychologin hin oder her. Ich weiß, dass es ganz schön schmerzhaft ist, wenn die eigene Ausstattung nicht kompatibel mit der Außenwelt ist. Kann ja selbst ein Lied davon singen, wenn auch etwas anders geartet. Also, du siehst, auch wir Profis sind betroffen, aber das weißt du selbst.«

»Stimmt, meine Liebste. Ist auch ein weites Feld, um es mit Fontane zu sagen. Umso mehr freue ich mich, dich zu sehen. Da bekomme ich glatt Lust, hier mit dir einen Mord aufzudecken.« Martin Ziegler lachte herzlich.

»Mord auf meiner Lieblingsinsel?« Ruth tat erstaunt. »Nein, das glaube ich nicht. Das kommt doch nur in den Ostfriesenkrimis vor. In Wirklichkeit habt ihr höchstens mal einen Totschlag, oder?«

Martin lachte immer noch.

»Ach, wenn überhaupt. Dafür sind wir immer viel zu schnell vor Ort. Sind ja keine Entfernungen. Ist schon ein geruhsames Leben hier. Einzig die Karnickel auf dieser Insel, die sterben im Stehen und Gehen. Aber selbst das ist kein Fall für uns Polizisten.«

Er wies auf das Fenster, das hinaus auf den Platz mit der Robbenfigur ging.

»Das ist ein ganz anderes Tempo hier. Aber ich habe mich schnell daran gewöhnt. Sieh mal, ich habe sogar schon einen Bauch gekriegt, dabei habt ihr euch immer über mich lustig gemacht, weil ich so ein dünnes Hemdchen war. Und ernsthaft: Ich will nicht mehr tauschen, für alles Geld der Welt nicht. Aber, was rede ich von mir? Komm, sag schon, was genau machst du hier?«

Ruth erzählte ihm von ihrer Fortbildungsreihe, mit der sie derzeit quer durch Deutschland unterwegs war. Wie angenehm es war, hier mit Martin zu sitzen und zu reden, dachte sie zwischendurch. Er war der perfekte Zuhörer und dann auch noch vom Fach. Keinerlei Konkurrenz und Karriereneid begleiteten dieses Gespräch. Nur ein offenes Ohr, gepaart mit solidem Fachwissen. Wie ungewöhnlich für ihren Beruf, in dem die Männer immer noch in der Überzahl waren und ein Aufstieg wie der ihre mehr als kritisch angesehen wurde.

»Mensch, Martin, wie schön, dich so zu sehen, und wie gut es tut, mir dir zu reden.« Mit einem Blick auf die Uhr erhob sie sich. »Ich muss nur leider los. Muss die Unterlagen an die Kollegen mailen, die am Sonntag anreisen, damit sie sich vorbereiten können.«

»Nichts da, Ruth, so einfach kommst du mir nicht davon. Wenn ich dich schon hier auf der Insel habe. Wie wäre es mit einem guten Wein heute Abend?«

Ruth zog mit einem Ruck an der Gürtelschnalle ihre Hose höher und fuhr sich anschließend mit beiden Händen durch ihre weißblond gelockten Haare. Breitbeinig stand sie da, während sie die Hände in die Hosentaschen ihrer Jeans steckte und die Schultern hochzog. Sie lächelte Martin an.

»Liebend gern. Aber heute Abend habe ich schon ein Date. Bin zum Mordauflösen verabredet.«

Martin zog fragend die linke Augenbraue hoch. »Ein Mord, von dem ich nichts wüsste?«

»Mal wieder nur im Krimi. Mit einer Zufallsbekanntschaft. Weiblich natürlich!«, grinste sie.

»Na, dann löst mal schön euren Fall. Aurich wird froh sein, wenn hier nichts Richtiges passiert. In ganz Ostfriesland grassiert das Noro-Virus, und jetzt gibt es auch noch diese Sturmwarnung. Das haut die auf dem Festland direkt aus den Socken. Egal – ich halte hier die Stellung. Und mit euren Krimimördern kann ich sehr gut leben. Doch bevor ich dich verhaften lassen muss wegen Untreue: Ohne weiteres Widerwort wirst du dich morgen Abend mit mir verabreden, ist das klar?« Martin lachte und Ruth stimmte mit ein.

»Okay, okay, ich gebe mich geschlagen. Aber dann lass uns auch etwas essen gehen. Ich finde nämlich, dass dir deine neue Figur ausnehmend gut steht, Herr Kollege, und daran sollten wir weiter arbeiten.«

»Frech wie eh und je, du hast dich nicht verändert. Morgen um 20 Uhr? Verrate mir nicht, wo du abgestiegen bist. Mein kriminalistisches Gespür wird mich auf deine Fährte führen.«

»Na, da kann ich ja gespannt sein. Challenge akzeptiert. Morgen um 20 Uhr. Und wehe, du bist nicht pünktlich. Mit alleinstehenden hungrigen Frauen ist nicht zu spaßen!«

*

›Liebste, ich bin endlich auf der Insel. Was für eine Überfahrt. So einen Wellengang hatte ich auch noch nie. Ich hatte Glück, dass überhaupt noch eine Fähre ablegte.

Egal, jetzt bin ich da! Bitte lass mir noch ein wenig Zeit. Jetzt haben wir so lange gewartet, da sollte es auf eine Stunde mehr oder weniger auch nicht ankommen. Obwohl, doch. Natürlich kommt es darauf an. Ich bin voller Sehnsucht, möchte dir aber auch ausgeruht und entspannt gegenübertreten. Also, was hältst du von 20.30 Uhr in der Milchbar? *aufgeregt* dwsw‹

*

Als der Messenger piepste, war Merle gerade wieder von der Weißen Düne aufgebrochen. Sie hatte alle Caches, die sie sich vorgenommen hatte, gefunden und geloggt. Die meisten waren simpel und profan gewesen, kleine Filmdöschen, die schnell entdeckt waren. Sie war ein Stück des Weges am Strand entlanggegangen und dann in die Dünen abgebogen. Dort war es nicht so stürmisch wie unten an der Wasserlinie. Anfangs wäre sie fast umgekehrt, so stark zerrte der Wind an Jacke und Filzhut, den sie noch weiter ins Gesicht gezogen hatte. Den dicken langen Schal hatte sie so um sich gewickelt, dass er das Gesicht warmhielt und die Filzkappe am Wegfliegen hinderte. In den Dünen folgte sie dem asphaltierten Weg. Hier oben war immer weniger los als am Strand, an dem an manchen Tagen wahre Völkerwanderungen zu beobachten waren, aber trotz des auffrischenden Wetters waren auch heute einige Fahrradfahrer unterwegs. Merle schaute zu den unzähligen Kaninchen, die ihren Weg kreuzten, zutraulich am Wegesrand hockten, wenn sie sich näherte, dann aber schnell in ihren Bauten verschwanden. Einer der Caches war in einer kleinen Hütte, die der Vogelbeobachtung diente, versteckt gewesen. Auf dem ausgetretenen Weg dorthin hatte Merle erst auf den zweiten Blick unzählige stark verweste Kaninchenkadaver bemerkt, die den ganzen Weg bedeckten. Als sie einzelne Körperteile identifizieren konnte, begann sie zu würgen. Trotzdem konnte sie den Blick nicht davon lassen, vor lauter Angst, einen falschen Schritt zu setzen. Jetzt verstand sie auch die Loggs, die sie zuvor gelesen hatte, als sie den Cache auf der Geocaching-Seite heruntergeladen hatte. Vom *Friedhof der Kuscheltiere* war da die Rede gewesen oder ob es eine Verabredung zum Kaninchensuizid gegeben hätte.

In der Theorie war ihr das Kaninchensterben auf Norderney bekannt gewesen. Die Insulaner waren froh, dass diese Seuche wenigstens einen Teil der von ihnen als Plage erlebten Tiere dahinraffte. Kaninchenpest nannten sie es, und die Haus- und Gartenbesitzer spielten täglich eine Art Kaninchen-Bingo, bei dem sie hofften, dass die toten Tiere jeweils beim Nachbarn auf dem Grundstück lägen. Sie hatte gelacht, als sie das erste Mal davon gehört hatte.

Jetzt aber, hier draußen in den Dünen, war es Merle mit den vielen toten Tieren unheimlich. Während sie in tote Augen starrte, bemerkte sie erst, wie einsam es an einem solchen Tag in den Dünen war. Sie schaute sich suchend um, tastete in der Tasche nach ihrem Handy und war beruhigt, als sie am Horizont eine Gruppe Fahrradfahrer auf sich zukommen sah. Sie schüttelte den Kopf. Was stellte sie sich denn auf einmal so an? Sie hatte noch nie gehört, dass auf den ostfriesischen Inseln etwas vorgefallen wäre. Beherzt zog sie den Rucksack an den Riemen wieder etwas höher auf ihre Schultern. Den Cache würde sie sich doch von ein paar toten Kaninchen nicht nehmen lassen.

So ganz wollte die Unruhe aber auf dem ganzen Weg nicht von ihr weichen. Vielleicht ist es das Wetter, das mir auf die Laune schlägt, überlegte Merle. Vielleicht war es aber auch die Aufregung angesichts des Caches, den sie zuletzt machen wollte. Ob sie es wirklich wagen sollte? Sie klopfte auf ihre Jacke, in deren Innentasche sich das Kuvert befand.

Fast laufend machte sie sich auf das letzte Stück Weg. Sie wollte es nun endlich hinter sich bringen. Schon einige Hundert Meter vorher ahnte sie, wo sich der Cache wahrscheinlich verstecken würde. Eine Infotafel neben einer Bank stellte das Weltkulturerbe Wattenmeer und den Dünenschutz vor. Auf der Rückseite der Tafel hatte jemand mit viel Mühe eine kleine Stellfläche angebracht, auf der ein hölzerner Briefkasten angeschraubt war. Statt eines Posthorns leuchtete ein rotes Herz auf dem sonnengelben Lack. Ein Zahlenschloss gewährte nur denjenigen Zugriff, die die richtige Kombination kannten. Merle hatte den Code schon als Indoor-Aufgabe gelöst. Flugs öffnete sie die Kiste, und obwohl der Name ›Hochzeitscache‹ sie vorbereitet hatte, war sie überrascht und berührt gewesen. Vorsichtig schälte sie mit beiden Händen die innenliegende Dose aus einer wetterfesten Folie. Es war ein kleines weißes, viereckiges Kästchen, mit echten Rosenblättern verziert, die in die Lackierung eingearbeitet worden waren. Mit spitzem Daumen und Zeigefinger öffnete Merle den silbernen Verschluss und klappte die Dose langsam auf. Der Hochzeitsmarsch erklang, und im Inneren der Spieluhr richtete sich ein Hochzeitspärchen auf. Merle stand entzückt da. Sie schluckte. Wer machte denn bitteschön so etwas Schönes und Romantisches? Dass es so etwas noch gab! Sie wischte mit dem Handrücken die Tränen weg, die über ihr Gesicht rollten. Blöder Wind, murmelte sie, um ihre Rührung vor sich selbst zu verbergen. Andächtig zog sie das weiße Logbuch heraus und blätterte es von hinten nach vorne durch. Die Cacher überschlugen sich vor Lob für dieses hübsche Kleinod.

Auf den vorderen Seiten des Logbuchs stand die besondere Begebenheit, die mit dem Cache verbunden war. Lara und Jörg, denen zu Ehren der Cache gelegt wurde, hatten sich genau hier an dieser Bank kennengelernt, als Lara eine Fahrradpanne hatte. Jörg war vorbeigekommen und hatte sich als Retter in der Not erwiesen. Wie sich herausstellte, waren beide leidenschaftliche Cacher. Die Hochzeit zwei Jahre später fand im Standesamt-Badekarren am Weststrand statt, gefeiert wurde in der Weißen Düne, und Braut und Bräutigam wurden von den Trauzeugen im Hochzeitsornat auf Fahrräder gesetzt, um diesen von den Freunden ausgelegten Cache als Erstes zu loggen.

Merle seufzte. Wie gerne würde sie die Braut in dieser Geschichte sein. Aber wer weiß? So nahe wie jetzt war sie dem eigenen Glück wohl noch nie gewesen.

Beherzt, wenn auch mit zittrigen Fingern, legte sie den Briefumschlag, den sie mitgebracht hatte, im Kasten ab. Vorher hatte sie ihren Lippenstift erneuert und einen orangenen Kussmund auf das Kuvert, das an dwsw adressiert war, gedrückt. Sie würde dem Schicksal auf die Sprünge helfen, hatte sie beschlossen, schließlich wollte sie nicht mehr ewig warten.

Merle setzte viel beschwingter als zuvor den Weg fort. Jetzt hatte sie getan, was zu tun war, und alles Weitere musste seinen Lauf nehmen.

In der Weißen Düne bestellte sie eine Currywurst im Glas und einen trockenen Weißwein. Es war gemütlich am Kamin und ausnahmsweise nicht so voll wie sonst. Also herrliche Bedingungen, die dazu verführten, anschließend einen Kakao mit Sahne und ein Stück Käsekuchen zu nehmen. Den Stapel Zeitschriften hatte sie entspannt durchgeblättert, sich in Büchertipps vertieft und Königshaus-Geschichten gelesen. Die Horoskope sparte sie bis zuletzt auf und las sie dann mit größter Sorgfalt. Besser könnte es gar nicht sein: Die Sterne sagten es, der Kosmos war ihr günstig. Sie fotografierte die einzelnen Voraussagen ab, um sie später als Beweis für ihre Treffsicherheit vorzeigen zu können, und machte sich nach über zwei Stunden Rast auf den Heimweg. Als ihr der Bus vor der Nase wegfuhr, war sie nicht böse, erneut durch die Dünen laufen zu müssen. Heute würde nichts sie ärgern können.

Als sie die Nachricht auf ihrem Messenger las, erfasste die Aufregung schlagartig all ihre Organe: Magen, Herz und Gehirn reagierten – ein jedes auf seine Weise. Es wird endlich wahr, skandierte der Kopf, das Herz trommelte dazu im Stakkato, während ihr Magen sich auf Achterbahnfahrt begab. Mitten auf dem Weg blieb sie stehen, holte tief Luft und schrie in den Wind: »Es wird wahr! Es wird endlich alles wahr!«

Verschmitzt tippte sie in die Tasten: ›Freue mich wahnsinnig. Lass dir Zeit (aber ich kann es kaum erwarten). 20.30 h: N 53° 42.486 E 007° 08.332 The_Rose‹

*

»Mama, schau mal, den Ball. Ich will so einen Ball. Kann ich so einen haben?«

Juliane hätte nicht gedacht, dass es so schwer werden würde. Überall sah sie nur kleine Kinder. Wie oft sie sich heute schon herumgedreht hatte, weil sie ein »Mama« hörte. Sagte man nicht immer, dass eine Mutter die Stimme ihres Kindes heraushörte? Heute jedenfalls war es so, dass jede Kinderstimme die ihres kleinen Sohnes hätte sein können. Ach, Noah, du bist doch mein Ein und Alles, dachte Juliane heute zum tausendsten Male und seufzte schwer.

Wie oft hatte sie mit anderen Müttern zusammengesessen und egal ob verheiratet, zusammen lebend oder allein erziehend wie sie selbst, sie alle träumten meist von nichts anderem, als mal einige Stunden ohne jegliche Verpflichtung für sich zu haben. Einmal nur wieder Ich sein! Einmal nur raus

aus der Alltagsmühle. Aus dem Dauerstress. Und wenn dann noch Worte wie Ausschlafen, Wellness, Sauna, Meer, Strand und Urlaub fielen, gab es kein Halten mehr, und alle offenbarten geheim gehaltene Träume, die für noch lange Zeit nicht Wirklichkeit werden würden.

Und erst auf der Arbeit! Was es bedeutete, in der Krankenpflege zu arbeiten, konnte wahrscheinlich nur jemand nachempfinden, der das System einmal von innen erlebt hatte. Dabei liebte sie ihren Beruf und war froh, eine Stelle gefunden zu haben, bei der alle so viel Rücksicht auf sie nahmen. Das Glück, in der Großstadt zu wohnen, war dabei in ihrer Situation nicht zu unterschätzen. Wenn sie hörte, wie das anderswo mit den Kindergärten lief. Bei ihr am Klinikum waren die Kitas von sechs Uhr an geöffnet, es gab geöffnete Wochenendzeiten und Übernachtungsplätze. Darüber hinaus hatte sie die beiden anderen alleinerziehenden Mütter, mit denen sie sich eine Wohnung teilte, weil in der Stadt die Mietpreise einfach utopisch hoch waren. Herzstück ihrer WG war ein akribisch ausgetüftelter Plan, der ihnen half, jeden Tag den Wahnsinn aus Kind, Vollzeitjob und sonstigen Anforderungen zu erfüllen. Für alle Notfälle gab es schließlich Christiane, ihre Schwägerin, die Schwester ihres Exmannes, die sich – Gott sei Dank – nicht von ihr hatte mitscheiden lassen. Christiane hatte sie gedrängt, sich auf dieses Wochenende einzulassen, und angeboten, Noah von Donnerstag bis Sonntag zu sich zu nehmen. Ach, wenn sie an Noah dachte, würde sie am liebsten die Zelte abbrechen und zu ihrem kleinen Mann zurückfahren. Waren sie sich nicht zu zweit genug? Juliane wischte die Tränen, die ihr über das Gesicht liefen, weg und setzte ihren Weg fort.

Sie hatte nach dem Frühstück in der Kaffeegenießerei, in der sie den duftigen, frisch gebackenen Croissants nicht hatte widerstehen können, einen ausgiebigen Spaziergang am Strand gemacht. Der Wind hatte sie fast umgepustet und ihr den Sand in die Augen getrieben, aber sie hatte es genossen, allein vor sich hin zu stapfen und ihren Gedanken freien Lauf zu lassen.

Träumerisch hatte sie über alles nachgedacht. Wie es angefangen hatte. Was sie erhoffte und erwartete. Wie es sein würde. Und ob es richtig war, was sie hier machte.

Trotz des Wetters war sie bis zum Dünenaufgang am Krankenhaus gelaufen. Sie war stehen geblieben, hatte zu den Fenstern und der Liegend-Einfahrt geschaut und sich vorgestellt, wie dort die Schwestern und Pfleger arbeiteten. Sie kannte die Dienste auf Station in- und auswendig. Sie selbst arbeitete mittlerweile in der Chirurgischen Ambulanz, weil sie dort keinen Schichtdienst hatte. Ein bis zwei Bereitschaftsnachtdienste in der Woche ließen sich mit ihrem Unterstützungssystem gut handhaben. So ein kleines Krankenhaus wie hier auf der Insel war allerdings nicht vergleichbar mit den weitläufigen Gebäuden des Universitätsklinikums, in dem sie arbeitete. Aber Klinik blieb Klinik – eine Welt für sich, die neben der eigentlichen existierte und einem Paralleluniversum nicht unähnlich war. Aller Überlastung und schlechten Bezahlung zum Trotz: Sie konnte sich nach wie vor nichts Schöneres vorstellen, als Teil des Großen und Ganzen der Klinikwelt zu sein.

Durch die Nordhelmsiedlung war sie hinter dem Deich zurückgegangen. Beim Gang durch die Geschäftsstraßen hatte sie die vielen Kinderstimmen vernommen.

Ach Noah, dachte sie. Was bin ich bloß für eine Mama, die dich zurücklässt, nur für ihr eigenes Glück. Ich verspreche dir, das mache ich nur dieses eine und einzige Mal.

Juliane schaute auf die Uhr. Schon drei Uhr. Und er hatte sich noch nicht wieder gemeldet. Sie schaute auf ihr Handy, ob ihr nichts entgangen war. Nein, gar nichts. Weder per Mail noch per Messenger.

Seltsam, dachte sie. Aber dann war es ihr fast egal. Fühlte sich fast erleichtert, dass sie nichts von ihm hörte. Gleichzeitig stieg Wut in ihr auf. Während sie mitten auf dem Kurplatz stand, schüttelte sie über sich selber den Kopf. Was hat mich bloß geritten, hierherzukommen? Wo ich eigentlich nichts über ihn weiß. Und mache mich von ihm abhängig! Muss auf ihn warten und hoffen, dass er sich meldet. Als wenn ich das nicht alles schon tausendmal gehabt hätte.

Nein, mein Freundchen, nicht mit mir! Ich bin nicht mehr die Juliane, die so etwas mit sich machen lässt. Was bildest du dir eigentlich ein? Mich warten zu lassen! Für heute Nachmittag kannst du dir ein Treffen abschminken.

Entschlossen drehte sie ab in Richtung Ferienwohnung. Sie würde auf der Stelle ihre Badetasche holen und den Nachmittag im bade:haus verbringen. Endlich Zeit für sich!

*

Constances Laune begann sich ganz langsam zu bessern. Die ersten Geschäfte, an denen sie vorbeigekommen war, hatten sie noch die Nase rümpfen lassen. Total durchschnittliches Zeug, mit dem man bei ihr nicht punkten konnte. Geschäfte mit Ausverkauf-Schildern, die so voller Ware waren, dass sie in die Kategorie »Billigläden« fielen. Doch allmählich hatte sich etwas verändert, und als sie durch die Poststraße und anschließend durch die Strandstraße geschlendert war, hatten sich ihre Augen angesichts des Angebots zunehmend geweitet. Innerhalb kürzester Zeit hatte sie bei dem Blick in die Schaufenster eine innere Einkaufsliste erstellt, die sie nun abzuarbeiten gedachte.

Schon im ersten Laden erschrak sie allerdings über die Preise. Okay, dachte sie, das also ist gemeint, wenn vom »neuen Sylt« gesprochen wird. Sie war überrascht. Das hatte sie nicht erwartet. 290 Euro für einen entzückenden, aber doch eigentlich schlichten Pullover, nun, das war auch für sie nicht mal so eben drin, zumal sie nicht vorhatte, nur ein oder zwei Teile zu kaufen.

Sie hatte den Ruf, eine sehr durchstrukturierte Person zu sein, was auch bedeutete, dass sie ihre Finanzen gut im Griff hatte. Ihr Geheimnis war, alles verfügbare Geld in unterschiedliche virtuelle Töpfe aufzuteilen und sich streng an die Einteilung zu halten. Gab es allerdings in einem Topf aufgrund ihrer Sparsamkeit größere Überschüsse als erwartet, konnte sie damit einen anderen Topf auffüllen. Wie kaum anders zu erwarten, bewegte sie sich mit dem Topf für Kleidung und Schuhe immer am Limit, aber vor der Norderney-Reise hatte sie diesen großzügig füllen können, weil Essen und laufende Kosten diesmal ein großes Plus aufwiesen. Dass sie nun immer mit dem Fahrrad zur Schule fuhr, hatte auf jeden Fall für eine großartige Entlastung in der Kasse gesorgt. Und ihrem Kopf und Körper tat die tägliche Bewegung gut, und ihren Schülern war sie damit auch noch Vorbild. Chapeau, dachte sie, als sie überschlagen hatte, wie viel Shopping-Geld für die Insel sie angespart hatte. Aber diese 290 Euro für einen Pullover, das war schon eine Hausnummer.

Nun, auch andere Geschäfte hatten noch schöne Ware, und sie würde schon etwas finden, was ihr Budget weniger strapazierte.

Beschwingt betrat sie das nächste Geschäft, das ihr auf dem Hinweg aufgefallen war, weil es Kleidung UND Schuhe UND Taschen UND Accessoires dort gab! Eine weiße Steppjacke mit Fellbesatz an der Kapuze hatte es ihr auf den ersten Blick angetan.

»Guten Tag!«

»Moin«, erwiderte die Verkäuferin, die hinter der Theke damit beschäftigt war, neue Ware auszupacken und zusammenzulegen. »Kann ich Ihnen helfen?«

»Oh, natürlich, Moin«, verbesserte sich Constance. »Am liebsten würde ich mich einfach mal umsehen.«

»Natürlich, machen Sie das. Und wenn Sie Hilfe brauchen, sagen Sie ruhig etwas.«

Constance sah hinüber zum Spiegel. Eine andere Kundin legte gerade einen überdimensional großen roséfarbenen Schal um und probierte eine graue Sternen-Beanie an. Wow, dachte Constance, das sieht wirklich schön aus. Genau die Kombi würde ihr auch gefallen.

»Steht Ihnen ausgezeichnet, was Sie anhaben«, rutschte ihr spontan raus.

Die fremde Frau schaute Constance irritiert an. »Danke! Ja, mir gefällt es auch gut. Wenn jetzt noch die Sonne schiene, wäre es perfekt. Ich liebe es, Winterstyling mit Sonnenbrille zu tragen.« Sie griff neben sich und setzte die große Chanel-Sonnenbrille auf, die sie wohl zuvor abgelegt hatte. Sie drehte sich vor dem Spiegel nach allen Seiten. »Geht das so?«, fragte sie unsicherer, als Constance sie eingeschätzt hätte.

»Wow, nicht schlecht! Das können Sie gut tragen. Ich schau dann mal, ob ich auch etwas finde.«

Constance wandte sich den Regalen und Tischen zu. Hier gab es bestimmt etwas für sie. Auf den ersten Blick gefielen ihr schon so viele Dinge. Das würde verdammt schwer, sich zu entscheiden. Immer wieder blickte sie dabei zu der anderen Frau, die in ihren Augen eine unglaubliche Präsenz und Wirkung hatte. Sie konnte ihr Alter nicht schätzen, aber dieser Wow-Effekt resultierte aus dem Gesamteindruck.

Ein wenig neidisch wandte sich Constance erneut der Auslage zu. Sie würde die Jacke anprobieren und die coolen Ankle-Boots, die sie im Schaufenster gesehen hatte, und wenn die andere Kundin gezahlt hätte, würde sie sich den gleichen Schal und die Mütze holen.

Eine halbe Stunde, eine Tasche, die genau zu den Schuhen passte, und einen Statement-Ring später hatte Constance alles beisammen.

Die Verkäuferin beglückwünschte sie zu den Käufen.

»Da haben Sie richtig gut gewählt. Werden Sie lange was von haben, besonders bei dem Schietwetter, das gerade heranzieht.«

»Kann ich die Sachen direkt anlassen? Also, dass Sie mir die Etiketten abschneiden und meine getragenen Sachen einpacken?«

Als Constance den Laden wie ein neuer Mensch mit deutlich besserer Laune als am Morgen verließ, begleiteten sie die schmeichelnden Worte der Verkäuferin: »Wunderschön sehen Sie aus! Ich wünsche Ihnen viel Freude damit!«

Constance setzte draußen ihre Sonnenbrille auf die Beanie. Es war ihr egal, dass das Wetter so überhaupt nicht nach Sonne aussah. Erst mit der Brille war der Look cool genug. Sie fühlte sich rundum gut.

Und nun, fragte sie sich unternehmungslustig. Jetzt trinke ich einen Kaffee im Conversationshaus und später geht es auf einen Drink in die Milchbar, beschloss sie spontan. Bis dahin würde sie sicher wissen, ob sich heute noch was tat oder ob sie ihr Glück lieber an anderen Männern testen sollte.

*

Ich hätte nicht gedacht, dass mir die ganze Koordination vor Ort so schwerfällt. Gut, dass meine Planung und Vorbereitung so akribisch waren. Meine Dateien mit den Merkmalen und Vorlieben helfen mir ganz gut, nicht die Übersicht zu verlieren und immer den richtigen Ton und das richtige Medium zu wählen. Wäre auch verhängnisvoll nach der ganzen Arbeit, wenn ich so kurz vor dem Ziel die Orientierung verlöre und alles kaputtmachte. Nein, nein, so nicht! Ruhig Blut, das wird alles laufen wie geplant. Es gibt Luft nach allen Seiten, selbst wenn etwas Unvorhergesehenes passiert. Dass ich so erschöpft bin, hat möglicherweise was mit dem Reizklima zu tun, nur dass mir das bisher nie zu schaffen machte. Aber nach den Monaten, die hinter mir liegen, wen würde es wundern? Doch glaube ich eher, dass es daran liegt, das Ziel so nah vor Augen zu sehen. Das Ziel, auf das ich so lange hingearbeitet habe. Das so viel Energie gekostet hat. Was für eine Leistung, das alles auf den Punkt hin zu entwickeln. Ich denke, es wird ein Meisterwerk, auch wenn das überheblich klingen mag.

Nun endlich wird die Ernte eingefahren, und dann bin ich frei. Frei, wie in meinem ganzen Leben noch nicht. Was für ein herrlich aufregender Gedanke!

Noch heute werde ich den ersten Triumph genießen und auskosten können. Wie sehr ich mich darauf freue. Wie sehr ich mich danach sehne, endlich beginnen zu können.

Ein Blick auf die Uhr: Allerhöchste Zeit, mich fertig zu machen.

*

»Kind, da bist du ja wieder!«

Kaum hatte Daniela die Haustür zur Pension aufgeschlossen, steckte Frau Dirkens den Kopf zur Tür raus. »Wie ist es denn draußen mit dem Wetter? Gefällt mir gar nicht, was da im Anmarsch ist. Die Wettervorhersage spricht von aufziehendem Sturm, und meine Knochen sagen das auch. Gut, dass du hier bist, mein Mädchen!«

»Ach, Frau Dirkens, nichts Schlimmes da draußen. Das sind Sie doch im Herbst und Winter gewohnt. Nein, machen Sie sich mal keine Sorgen, alles gut.«

»Das denken die Leute immer, dass wir so viel Sturm haben. Ist aber gar nicht so. Meist geht es glimpflich an uns vorbei. Aber diesmal? Ich weiß nicht, ich habe so ein ganz komisches Gefühl. Vielleicht werde ich auch alt.«

»Sie und alt, das passt gar nicht, Frau Dirkens. Und ich freue mich, wenn mir der Wind mal etwas mehr um die Nase pustet. Stelle ich mir geradezu gemütlich vor, wenn es so richtig braust.«

»Da merkt man, dass du noch keinen wahren Sturm erlebt hast. Beschwör es nicht! Das kann hier keiner brauchen.«

»Frau Dirkens, bitte, machen Sie sich keine Sorgen. Draußen war es ein wenig frisch, ja, aber nichts, was einen umpustet. Ich war ganz froh, denn ich war nach dem Badehaus so müde. Ich dachte, ich falle gleich ins Bett, dabei bin ich heute Abend verabredet.«

»Du willst nachher noch weg? Dann schauen wir gleich lieber zusammen auf die Vorhersage. Und die Müdigkeit, mein Kind, das kommt vom Reizklima. Lass dir Zeit, bis du dich wieder eingewöhnt hast. Das braucht ein wenig.«

Daniela lachte. »Ja, ja, ich erinnere mich gut. Als Kind sollte ich deswegen in den ersten Tagen nicht ins Meer, ich weiß. Aber das habe ich damals schon nicht eingesehen.«

»Auf uns Insulaner hört ja auch keiner! Na, dann komm wenigstens in die gute Stube und trink einen Tee mit mir. Die Cookies wollen auch gegessen werden. Ich klopfe bei Frau Rosenbaum, damit sie dazukommt.«

Daniela seufzte. »Ach Mensch, eben im Badehaus habe ich mir geschworen, nichts Süßes mehr zu essen. Ich bin eindeutig zu klein für meinen Hunger. In der Sauna war ich froh, dass mich keiner kennt. Lauter Püppchen und Models, die da heute waren.«

»Ach Kind, der Herrgott hat sich schon was dabei gedacht, dass er uns alle so unterschiedlich gemacht hat. Und ehrlich,

ich kenne kaum jemanden mit einem hübscheren Gesicht als dich.«

»Wenn die Männer das auch so sehen würden, wäre es mir noch egal. Aber … ach, es ist jetzt auch egal. Ich hab schließlich Urlaub. Ich bringe eben meine Sachen aufs Zimmer. Bis gleich!«

*

Dörthe war auf dem Weg zu ihrer Lieblingsboutique gewesen, als sie kurz vor dem Kurhaus Bekannte aus ihrer Heimatstadt getroffen hatte. Wie klein die Welt doch ist, hatte sie gedacht. Aber wenn sie es sich recht überlegte, war es kein solches Wunder. Norderney boomte in der letzten Zeit in ihren Kreisen immer mehr, und so war es nur eine Frage der Zeit gewesen, hier Bekannten über den Weg zu laufen. Einen klitzekleinen Moment war sie erschrocken angesichts der Tatsache, dass sie in den nächsten Tagen nicht alleine auf der Insel wäre. Aber dann. Wem war sie denn Rechenschaft schuldig? Niemandem, aber auch wirklich niemandem. Sie konnte hoch erhobenen Hauptes tun und lassen, was sie wollte.

Sie waren zu dritt ins Conversationshaus gegangen, um über dies und das zu plaudern. Die Eheleute Mahler, er war Kardiologe und kannte ihren Exmann seit Studententagen, hatten vor Kurzem eine Eigentumswohnung auf der Insel erworben.

»Das ist nicht so einfach, wie man sich das vorstellt«, hatten sie berichtet.

»Das kann ich mir gar nicht vorstellen«, hatte Dörthe erwidert.

Das Ehepaar hatte sich nur angeschaut und gelacht.

»Wissen Sie denn nicht, wie begehrt die Immobilien auf Norderney sind?«, fragte der Ehemann. »Die Leute wollen kaufen, kaufen, kaufen. Die niedrigen Zinsen verleiten dazu. Die meisten merken gar nicht, wie sehr dabei die Preise gestiegen sind.«

»Aber Sie haben doch auch gekauft?«, fragte Dörthe.

»Man muss sich halt Zeit lassen und darf nicht zu blauäugig rangehen. Diejenigen, die verkaufen, wollen selbstverständlich auch größtmöglichen Profit. Deswegen wird hier luxussaniert, was das Zeug hält.«

»Das führt dazu, dass man vom Ausverkauf der Insel spricht«, warf seine Ehefrau ein. »So wie auf Sylt, wo sich die Einheimischen die Mieten nicht mehr leisten können.«

»Andererseits lebt die ganze Insel vom Tourismus. Je mehr Ferienwohnungen entstehen, umso mehr Geld bleibt auf der Insel. Und die Gäste sind zahlungskräftiger geworden in den letzten Jahren.«

So wie ihr, dachte Dörthe neidisch.

Frau Mahler kam richtig ins Schwärmen: »Wir haben eine herrliche Wohnung erworben. Leider kein Meerblick, aber ansonsten alles, was das Herz begehrt. Für uns war es genau der richtige Zeitpunkt, hier zu investieren. Steuerlich lohnt sich das für uns auf jeden Fall.«

»Na, dann werde ich Sie ja öfter auf der Insel als zu Hause antreffen«, hatte Dörthe gemutmaßt.

»Nein, nein«, war die Antwort zweistimmig erklungen. »Wenn wir die Wohnung steuerlich abschreiben wollen, dürfen wir sie nur einmal im Jahr selber nutzen.«

»Ernsthaft? Das heißt, Sie haben Eigentum und dürfen nicht rein?«

»So ist das nun mal mit Investitionen. Aber ehrlich gesagt, wir wollen auch noch andere Orte auf der Welt sehen. Und wenn Rainer einmal im Jahr hier zu seinem Ärztekongress fährt, steigt er mit den Kollegen lieber in der Georgshöhe oder im Haus am Meer ab.«

Dörthe nickte. Ja, das war sie, die Welt, in der sie sich bis vor Kurzem bewegt hatte. Jetzt war sie in den Augen anderer die verlassene, alleinstehende Ehefrau, die sich nicht mehr auf dem Einkommen ihres Mannes ausruhen konnte. Das Geld – geschenkt. Aber die Einsicht, sitzen gelassen worden zu sein, nagte sehr an ihr.

Dörthe setzte sich aufrecht hin. Sie würde auf gar keinen Fall zugeben oder zeigen, wie unwohl sie sich neben den Mahlers fühlte. Sie drehte an dem teuren Diamantring, den sie sich nach der Scheidung gekauft hatte und anstelle des Eherings trug. Sie versuchte ein hochmütiges Lächeln und hoffte, dass es ihr gelang.

»Ich erwarte meinen neuen Lebensgefährten«, hatte sie nicht umhin gekonnt, ziemlich abseits der Wahrheit von sich zu erzählen. »Das klingt reizvoll mit dem Erwerb von Immobilien.« Und so hatte sie sich, scheinbar höchst interessiert, die Namen der verschiedenen Makler aufgeschrieben, sich Steuertipps notiert und zum Schluss darüber fast vergessen, dass sie kaum etwas wusste von dem Mann, den sie heute zum ersten Mal treffen würde.

Es war ihr auch egal. Nach dem Treffen mit den Mahlers hatte sie sich besser gefühlt. Beschwingt wie schon lange nicht mehr. So könnte es werden, ihr neues Leben. Ein neuer Mann, eine neue Liebe, eine schicke Ferienwohnung auf Norderney – warum eigentlich nicht? Ziele musste man haben, auf die sich hinzuarbeiten lohnte.

So war sie am frühen Nachmittag zu verschiedenen Immobilienbüros gegangen und hatte sich Angebote, Prospekte und Beratungen eingeholt. Vor ihrem inneren Auge hatte sie begonnen, die gezeigten Objekte einzurichten, und sie war sich sicher, dass es ihr mit ihrem Niveau und ihrem Geschmack ein Leichtes wäre, eine weit über dem üblichen Durchschnitt liegende Mietrendite einzufahren.

So euphorisch hatte sie zu guter Letzt die Boutique betreten, der sie schon nach dem Frühstück einen Besuch hatte abstatten wollen. Ein perfekter Tag bringt perfekte Ergebnisse, hatte sie sich gedacht, als sie sich vor dem Spiegel drehte. Der Roséton des Schals schmeichelte ihrem Teint, und als sie dazu die graue Beanie aufsetzte, war sie selbst überrascht, wie jung sie das machte. Ihr braunes Haar, das exakt geschnitten war, hatte genau die richtige Länge und schaute gleichmäßig unter der Mütze hervor. Dass sie die Mütze weit in die Stirn trug, betonte die Augen und lenkte zusätzlich auf die in einem warmen Brombeerton geschminkten Lippen. Der Schal umspielte ihre Figur, ohne aufzutragen, und je nachdem, wie sie ihn um sich drapierte, sah man ihre Formen sehr gut.

»Steht Ihnen ausgezeichnet, was Sie anhaben«, hatte eine andere Kundin, die eben den Laden betreten hatte, bewundernd in ihre Richtung gesagt. Dörthe reagierte kurz irritiert. Sie war sicher um einige Jahre älter als diese junge Frau, die eine wunderschöne – und sicherlich nicht operierte – Figur hatte. Machte sie sich nicht lächerlich mit diesem Outfit? Als wäre sie so ein It-Girl, das lässig mit einem To-go-Becher in der Hand durch die Straßen New Yorks oder L.A. zog. Sie griff nach der Chanel-Brille, die sie kurz abgelegt hatte. Ihre Unsicherheit hielt nicht lange an. Sie wusste, dass sie ihrem Spiegelbild trauen konnte und die bewundernden Blicke der anderen echt waren. Mit mehr Schwung, als sie dachte, riss sie nach dem Kauf die Ladentür auf. Das Licht draußen schien ihr heller und freundlicher, obwohl der Wind eher zugelegt hatte. Sie war nun ein Norderney-Girl, ein altes, aber attraktives!

Nur noch wenige Stunden. Sie würden sich im ›da Sergio‹ treffen. Genau der richtige Rahmen für ein erstes Date. Gutes Essen, guter Wein. Ha, und so wie sie sich jetzt fühlte –

da sollte sie heute Abend mal einer von der richtigen Seite kennenlernen!

*

Frau Dirkens hatte den Tisch gedeckt, als Daniela das Zimmer betrat.

»Komm, setz dich, Frau Rosenbaum kommt auch sofort.«

Frau Dirkens schob den Vorlegeteller mit den Cookies ein wenig auf dem Tisch herum, bis das Arrangement aus Service, Stövchen, Kuchenteller, Zuckerdose und Sahnegießer ihren Ansprüchen genügte. »Ich hol dann mal eben den Tee.«

Im gleichen Moment, in dem Frau Dirkens in die Küche verschwand, betrat Merle Rosenbaum die Stube. Wie im Ohnsorg-Theater, dachte Daniela schmunzelnd, während sie Merle neugierig entgegenschaute.

Oh nein, was für ein verhuschtes Wesen, schoss es Daniela dann aber durch den Kopf. Frau Rosenbaum sah ja noch schlimmer aus als heute Morgen. Danielas Finger zuckten. Ein ordentlicher Haarschnitt und ein paar grundlegende Schminktipps würden das Ergebnis beträchtlich verbessern, überlegte sie.

Merle Rosenbaum sah sich wie ein hüpfender Vogel bei jeder Vorwärtsbewegung um. Daniela schüttelte sich innerlich vor Grauen, als sie die olivgrüne Trekkinghose betrachtete. Deren Beine bedeckten fast vollständig ein paar ausgelatschte Filzpuschen. Immerhin war der orangefarbene Lippenstift verschwunden, und die Zeitschriften waren auch nirgends zu sehen.

»Hallöchen, da sind wir ja wieder alle zusammen. Was für ein herrlicher Tag! Genau wie die Karten es für heute vorausgesagt haben.«

»Wie, echt jetzt?« Daniela verschluckte sich fast an ihren eigenen Worten. »Sie haben neben den ganzen Wochenhoroskopen auch noch die Karten befragt? So richtig tarotmäßig, oder wie?«

Merle schaute Daniela durch die Brille an, als verstünde sie die Frage nicht.

»Selbstverständlich. Sie etwa nicht?«

Daniela hustete. »Nein, nicht wirklich. Ich lese auch schon mal die Horoskope in den ganzen Zeitschriften, die bei uns im Salon liegen. Aber sonst? Heißt das, Sie können das? Die Karten legen? Auch für andere?«

»Nun ja«, entgegnete Merle etwas blasiert. »Ich mache das seit Jahren für mich selbst. Und ab und zu auch für ausgewählte Freunde. Aber wir reden hier nicht von Kaffeesatzleserei, wenn Sie verstehen?«

Nein, Daniela verstand den Unterschied beileibe nicht. Sie war wahrscheinlich zu bodenständig, um an einen solchen Hokuspokus zu glauben. »Aber …«, setzte sie gerade zur Erwiderung an, als Frau Dirkens mit dem Tee die Stube betrat.

»So, dann wollen wir mal ein wenig Klönschnack beim Tee halten. Her mit den Tassen, jetzt wird sich mit der guten ostfriesischen Mischung erst mal aufgewärmt.«

Sie schob den Plätzchenteller näher heran. »Kommt, Kinder, schafft euch eine Grundlage mit den Cookies, damit wir gleich zur echten Teezeremonie übergehen können.«

Merle guckte erstaunt, aber Daniela hob abwehrend die Hand.

»Nee, nee, Frau Dirkens, ich will heute noch fort. Bin doch verabredet mit der Frau vom Schiff. Die den gleichen Krimi liest wie ich. Da will ich nicht angeschickert erscheinen.«

»Ich bin heute auch noch verabredet«, verkündete Merle Rosenbaum daraufhin in einem Ton, der sowohl Frau Dirkens als auch Daniela aufblicken ließ. Da war was in der Stimme, dachte Daniela, das sehr triumphierend klang.

Merle drehte kokett die Finger in ihren spröden Haaren. Diese Bewegung passte so gar nicht zu der eher nachlässigen äußeren Erscheinung. Erneut fragte sich Daniela, wann um Himmels willen diese Haare zum letzten Mal einem vernünftigen Friseur in die Hände gekommen waren. Sie würde sich echt zügeln müssen, um sich Frau Rosenbaum nicht selber anzubieten. Was sah diese Frau bloß, wenn sie in den Spiegel blickte?

Daniela spürte einen Stich schlechten Gewissens. Wie konnte sie nur so abfällig über andere denken? Wahrscheinlich waren den Besuchern der Sauna heute Nachmittag ähnliche Gedanken durch den Kopf gegangen: Konnte die nicht mal weniger essen oder mehr Sport machen, hat die denn zu Hause keinen Spiegel? Daniela wusste nur zu gut, wie es sich anfühlte, wenn andere einen nur über Äußerlichkeiten beurteilten. Aber, sprach ihre innere Stimme trotzig, ich mache trotzdem das Beste aus mir. Und das würde eine wie Merle Rosenbaum doch wohl auch können.

Merles Worte schwangen in der Luft. Sie hatte nicht weitergeredet, und als sie nun auch noch den Kopf schräg legte und wie ein Vögelchen zwischen Frau Dirkens und Daniela hin- und herschaute, ging Daniela auf, dass Merle gefragt werden wollte.

»Und mit wem?«, stieß sie hervor, um noch ein verlegenes »Natürlich nur, wenn Sie es erzählen wollen« hinterherzuschieben.

Merle blieb einen Moment ganz still. Schaute noch einmal von der einen zur anderen. Ganz so, als wolle sie überprüfen, ob sie geeignet seien, die Antwort zu empfangen.

»Ich treffe ihn«, hob sie dann mit fast singender Stimme an. »Ihn, den der Kosmos für mich ausgewählt hat. Mein

Wunsch ans Universum wurde erfüllt. Kein Muggel! Heute Abend werden wir das Döschen heben und erfolgreich loggen. Happy Hunting!« Sie hob die Teetasse wie zum Anstoßen. »Gibt es in Ostfriesland nicht immer noch einen besonderen Schuss rein in die Tasse? Ich könnte es vertragen.«

Kopfschüttelnd erhob sich Frau Dirkens. »Ich werde zu alt, ich verstehe meine Gäste nun auch schon immer weniger. Nur das mit dem Schuss, da weiß ich, worum es geht. Also, dann doch die ordentliche Teezeremonie.«

Daniela verdrehte unmerklich die Augen mit einer angedeuteten schrägen Kopfbewegung Richtung Merle, als sich ihre Blicke mit denen Frau Dirkens kreuzten.

»Manche Sachen haben gar nichts mit dem Alter zu tun, sondern mit dem Verstand!«, rutschte es ihr aus dem Mund. Merle Rosenbaum aber schien nichts zu merken, trank ab nun ihren Tee mit Schuss, wortlos vor sich hinlächelnd, überließ die beiden anderen ihren Gesprächen von früher und heute, stand schließlich auf, dankte für das nette Zusammensein, das sie gern zu wiederholen gedächte, und stolzierte mit aufrechtem Gang, die Arme eng am Körper angelegt, während die Hände merkwürdig zu den Seiten abgewinkelt schienen, aus dem Raum.

Frau Dirkens und Daniela schauten sich an. Nur wenige Sekunden, dann platzte es aus Daniela raus: »Annemie, ich kann nit mieh! Wünsche an das Universum. Da wüsste ich aber, was ich mir zuerst bestellen würde.« Daniela begann zu lachen, bis ihr die Tränen über das Gesicht liefen. »Mensch, Frau Dirkens, das muss man auch erst aushalten lernen, wer sich alles einquartiert in so einer Pension. Ist ja fast wie bei mir im Salon!«

Frau Dirkens hob feierlich ihre Teetasse, setzte sich ganz aufrecht, hob ihre Hand an den Kopf, fast so, als wolle sie dort oben ein Krönchen richten, und sprach deutlich und klar akzentuiert: »Nun weißt du, warum es hier auch immer eine ordentliche Teezeremonie geben muss!«

*

Ich habe vor dem Hotel gewartet, bis sie zurückkehrte. Konnte mir denken, dass sie noch genug Zeit haben wollte, um sich für unser abendliches Date aufzubrezeln. Was für eine Frau! Sie und Augenstern erheben sich um Weltklassen über die anderen beiden – da gibt es gar kein Vertun. So hatte ich mir das vorgestellt! Ganz meine Zielgruppe! Es sind genau solche, die das Unheil heraufbeschwören. Dass die beiden anderen … – nun, Ironie des Schicksals würde ich sagen. Immerhin gab es ausreichend Matchpunkte für das Treffen auf Norderney.

Umso mehr freute ich mich diebisch, von meinem Außenposten beobachten zu können, was nach Dörthes Rückkehr ins Hotel passierte. Wie schnell sich ein Mensch innerhalb von Sekunden verändern kann.

Selbstbewusst und fast schon arrogant war sie durch die sich automatisch öffnende Tür des Hotels geschritten, wollte sich schon zum Fahrstuhl abwenden, als sie zur Rezeption gerufen wurde. Ich sah, wie man ihr den Ausdruck reichte. Konnte, obwohl sie mir den Rücken zuwandte und die Entfernung nicht unerheblich war, sehen, wie sie zusammenzuckte, in den Schultern nachgab, den Kopf senkte. Sie bedankte sich mit einem Kopfnicken, und als sie nun tatsächlich Richtung Fahrstuhl ging, hätte man meinen können, eine andere Frau zu beobachten. Ihr Blick war im Gehen fest auf das Blatt Papier gerichtet, und ich sprach den Wortlaut des Textes leise mit: ›Ich habe versucht, dich zu erreichen. Ein großartiger Geschäftsabschluss hat sich verzögert, wird aber heute noch vertragsfertig werden. Ich muss dich –

bitte verzeihe mir, ich weiß, was das für dich bedeutet – für heute versetzen. Ich komme morgen mit dem Flieger. Und dann lassen wir die Korken erst recht krachen: auf dich, auf uns, auf eine Liebe, die, wenn sie einmal begonnen hat, von keiner Macht der Welt mehr aufgehalten werden kann. Für immer und ewig dein dwsw.‹

*

Constance hatte in der Milchbar leider keinen Loungesessel direkt hinter den Glasfenstern ergattern können. Sie hatte sich einen Latte macchiato vorne an der Theke geholt, noch ohne zu wissen, ob ein Platz frei sein würde, aber nach ihren Einkäufen war sie von ihrem Glück überzeugt gewesen. Nun stand sie enttäuscht neben dem Kamin und schaute sich an den Tischen um. Viele Familien, Paare, Freundinnen saßen beieinander. Eigentlich hatte sie keine Lust, sich jetzt so ein Familiengesülze oder, schlimmer noch, unbeholfene Erziehungsversuche von Eltern anzuhören. Allerdings, wenn sie ihren Kaffee nicht im Stehen trinken wollte, würde sie sich irgendwo dazusetzen müssen. Ganz hinten, wo der Blick auf den Promenadenweg Richtung Weststrand fiel, sah sie zwei freie Stühle.

»Ist hier noch ein Platz frei?«

Die vier Personen am Tisch sahen sich an, nickten dann zögernd und rückten näher aneinander. Constance merkte schnell, dass nur drei Personen zusammengehörten. Der ältere Herr am Tisch war auch allein. Er hatte ein Buch vor sich liegen, dessen Titel ihr nichts sagte und sie auch nicht ansprach. Auch als Deutschlehrerin war sie keine ausgeprägte Leseratte. Wer Bücher liest, verpasst das wahre Leben, war ihre Devise und sie geriet darüber oft mit ihrer besten Freundin und den Lehrerkollegen in Streit. Sich ständig den Schicksalen fremder Protagonisten zu widmen, war einfach nicht ihr Ding. Nun ja, privat zumindest nicht. Ihren Schülern erzählte sie das schon etwas anders. Allerdings hatte es auch was, so ein Buch vor sich liegen zu haben, wenn man allein unterwegs war. Vielleicht würde sie nachher mal einen Abstecher in die Buchhandlung machen. Wenn die denn am Samstagnachmittag auf hatte.

Constance genoss die warme, entspannte Atmosphäre. Wirklich ein netter Ort hier, da hatte Steffi schon recht. Ihr Blick ging hinaus auf die Promenade und das Meer.

Sie spürte, wie die Blicke des Mannes sie streiften. Constance versteifte sich. Das kannte sie schon: Sie schätzten ab, taxierten, nahmen Maß. Sie war zu lange als Single unterwegs, um nicht einschätzen zu können, was sie in ihren Gegenübern an Fantasien freisetzte. Schließlich war das auch ihre Absicht, aber eine Altersklasse darunter wäre ihr deutlich lieber.

Betont gelangweilt schaute sie durch das Fenster auf das graue Meer, dessen Gischt hochgeschleudert wurde. Auf der Terrasse fegte der Wind den Sand über die Holzbohlen. Die Menschen auf der Promenade leisteten harte Arbeit, um dem Sturm zu trotzen. Tief in die Stirn gezogene Mützen, hochgeklappte Kapuzen, vor den Mund gelegte Schals verdeckten die Gesichter. Kinder liefen auf der Wiese vor dem Hotel am Meer mit ausgebreiteten Armen im Kreis. Wahrscheinlich hofften sie, jeden Augenblick wie Drachen abzuheben. Constance freute sich jedenfalls, dass sie im Warmen saß, und rührte gedankenverloren in ihrem Kaffee. Sie zückte ihr Handy, um zu schauen, ob es Neuigkeiten gab. Ein schneller Blick auf die Mails und die wenigen Whatsapp-Nachrichten ihrer Freundinnen. Die meisten waren beim Wocheneinkauf oder im Fitnessstudio, um vor dem Wochenende alle Pflichttermine zu absolvieren. Sie scrollte sich durch ihren Facebook-Newsfeed. Die üblichen Haha-wie witzig-Posts, die alle eine hohe Rechtschreibfehlerquote gemeinsam hatten, wurden täglich zahlreicher. Warum nur posteten Menschen so einen Scheiß, fragte sie sich nicht zum ersten Mal. Was suchten ihre Freunde, von denen die meisten schließlich studiert hatten, bloß auf solchen Seiten, die von Menschen ins Netz gestellt wurden, in deren Gesellschaft man im wahren Leben nicht angetroffen werden wollte. Persönliche Einträge auf Facebook, die sie am liebsten las, gab es nur noch selten und wurden dann auch kaum geliked. Dafür immer mehr Voyeure, die desinteressiert taten und dabei wie die Geier auf jeden neuen Eintrag warteten, um sich das Maul darüber zu zerreißen. Nun, sie würde diesen Lästerschwestern gerne neue Nahrung geben, wusste sie doch, wie sehr der Neid sie zerfraß. Sie schaltete die Fotofunktion ihres Smartphones auf Spiegel, prüfte den Sitz ihrer Mütze, die sie auch drinnen anbehalten hatte, zog ihre Lippen mit dem dezenten Pink des Lippenstiftes nach, schaute kurz rundum, ob sie beobachtet wurde – nein, selbst ihr Gegenüber las wieder in seinem Buch –, hielt die Kamera im korrekten Winkel für ein Selfie und schoss ratzfatz mehrere Fotos, während sie den Kopf ganz langsam von rechts nach links bewegte. Hoffentlich war wenigstens eines so, dass sie es, wenn auch mit ein wenig Nachbearbeitung, posten konnte. Mist, verdammter, sie würde das einfach nie verstehen, wie genau sie gucken musste, um das Foto so natürlich wie möglich hinzubekommen. Also, noch ein Versuch.

Schon als sie die Arme hob, registrierte sie den Blick. Nein, sie würde sich nicht die Blöße geben, jetzt innezuhalten. War doch egal, was dieser Typ von ihr dachte. Selfies machte schließlich heute jeder. Also komm, Constance, genier dich nicht, trieb sie sich selber an.

»Versuchen Sie es doch einmal in die andere Richtung. Nicht mit dem Meer als Hintergrund, sondern genau zur anderen Seite. Sehen Sie dort, den Seesteg, wenn Sie das als Kulisse wählen, bekommt das Bild direkt eine andere Komponente.«

Was redete der Typ denn bloß? Constance zog die Augenbraue hoch und machte einen kleinen Flunsch.

»Wenn ich aber doch das Meer auf dem Foto haben möchte?« Sie hörte selbst, wie kleinkindhaft-trotzig ihre Antwort klang.

»War ja nur ein Tipp. Bilder mit Meer kann schließlich jeder. Ich dachte, zu Ihnen würde gut das Besondere, das Außergewöhnliche passen.«

Constance merkte auf. Das waren ganz andere Töne, als sie erwartet hatte. Ein leises Lächeln schlich sich in ihr Gesicht. »Tatsächlich?«, fragte sie, nun schon eher schelmisch.

»Ja, tatsächlich. Und mit dem Seesteg wecken Sie Assoziationen, mit denen Ihnen das Meer nicht dienen kann. Immerhin handelt es sich um die bevorzugte Residenz unseres Bundespräsidenten, wenn er auf der Insel weilt, was nicht so selten ist.«

»Sie meinen sicher unseren Exbundespräsidenten?«

»Nun, wir meinen sicher denselben, aber einen Exbundespräsidenten gibt es korrekterweise nicht. Alle Lebenden in dieser Funktion sind mit ›Herr Bundespräsident‹ anzusprechen.«

»Ach, wirklich? Nun, da ich in diesen Kreisen nicht verkehre, ist es auch eher egal.«

»Hier auf der Insel kann Ihnen das schneller passieren, als Sie glauben. Und so vertraut wie hier geht's wahrhaftig selten woanders zu. Also, immer aufgepasst, wer Ihnen gegenübersitzt.«

»Und Sie? Sind Sie auch jemand Prominentes, den ich nur nicht kenne?«, fragte Constance, nun doch neugierig geworden.

Ihr Gegenüber lachte schallend auf. »Danke, Sie schmeicheln mir. Nein, leider nicht. Obwohl ich mich als Journalist viel im Dunstkreis der sogenannten Promis bewegt habe. Doch die Zeiten sind vorbei. Ich lebe heute nur noch als Privatier. Lebe, beobachte und genieße. Ein herrliches Leben, sage ich Ihnen.«

Constance betrachtete ihr Gegenüber unter neuen Gesichtspunkten. Privatier und nicht Rentner. Hörte sich nach Vermögen an. Geschätztes Alter: sicher um die 60, aber nicht viel darüber. Trotzdem – eindeutig zu alt für sie. Geld, gute Manieren, hatte etwas zu erzählen, geschliffene Sprache. Das gefiel ihr als Studienrätin schon ganz gut. Aber nein, auf gar keinen Fall würde sie jemanden in dem Alter für sich in Betracht ziehen. So nötig hatte sie es dann doch noch nicht.

»Für Leute in Ihrem Alter bin ich steinalt, ich weiß«, schien er ihre Gedanken zu lesen. »Keine Angst, Sie gehören nicht zu meiner Zielgruppe!«

Constance lachte leise. »Okay, erwischt!«

»Ach, was heißt überhaupt ›Zielgruppe‹? Ich bin nicht auf Suche. Ich bin froh, mit mir allein und meinem Leben zurechtzukommen. Wenn es dann hin und wieder jemanden gibt, mit dem sich eine gute Zeit verbringen lässt – wunderbar, da bin ich dabei! Aber mich alten Hund wird keine mehr einfangen und bändigen.«

»Dann leben Sie auf der Insel? Aber von hier sind Sie nicht, oder?«

»Nein, nicht von hier. Ich bin so viel rumgekommen, da weiß ich selbst schon kaum noch, woher ich eigentlich stamme. Ein ruheloser Vagabund, das hat mein Beruf so mit sich gebracht. Und Norderney? Nun, ich weiß nicht, wie ich es erklären kann, es ist so etwas wie meine Wahlheimat geworden. Klein und überschaubar und doch anonym genug, um tun und lassen zu können, was ich will. Ich wohne mehrere Wochen im Jahr im Hotel König und verkehre sowohl im Columbus als auch hier in der Milchbar. Ich bin neugierig auf Menschen und lasse mich treiben. Mit der reichen Witwe aus der Georgshöhe wie der Kur-Urlauberin aus der Rehaklinik. Nur an Land gehe ich bei keiner mehr. Aber um das zu verstehen, sind Sie wohl noch eine ganze Ecke zu jung.«

Bin ich das, fragte sich Constance. Ja, ganz sicher bin ich viel zu jung, um so eine abgeklärte Haltung zu haben. Und wie traurig das klingt, wenn es reicht, sich selbst genug zu sein. Das ist nicht das, was ich will.

»Darf ich fragen, ob Sie Single sind? Ich sehe keinen Ring.« Er hob abwehrend die Hand, als er Constances Gesicht sah. »Bitte, keine falschen Schlüsse aus der Frage ziehen. Ich werde Ihnen nicht zu nahe treten.«

»Schon gut«, murmelte Constance, »schon gut. Also, genau genommen …«, stammelte sie und drückte den Button ihres Handys, als wenn auf dem Display eine Antwort abzulesen wäre, »also genau genommen, würde ich lieber erst morgen auf Ihre Frage antworten. Und bitte entschuldigen Sie, ich muss leider dringend gehen.«

*

Liebste Christiane, bitte nicht böse sein, wenn ich heute Abend nicht anrufe. Ich vermisse Noah so schrecklich, und wenn ich jetzt mit ihm oder dir spreche, komme ich sofort nach Hause. Sollte ich sowieso besser tun: Er hat mich versetzt! Ich habe keine Ahnung, was los ist. Er meldet sich nicht und ich laufe ihm nicht nach. Wer bin ich denn? Ach, Christiane, ich sitze hier nur als ein Häufchen Elend. Die Seeluft haut mich einfach aus den Socken. Ich war den ganzen Nachmittag im Schwimmbad und in der Sauna und habe gedacht, ich tue mir etwas Gutes. Aber als ich danach gesehen habe, dass ich keine Nachricht habe, bin ich total zusammengebrochen. Ich liege schon im Bett und heule und heule. Bitte rufe mich nicht an. Ich habe so eine Sehnsucht nach Noah. Wie bin ich bloß auf diese blöde Idee gekommen, hierherzufahren? Ach, nein, sorry, dich trifft keine Schuld, weil du mir zugeredet hast. Hätte ja wirklich mal was sein können. Als wenn das Glück auch nur ein Mal auf meiner Seite wäre. Ach, was rede ich. Ich bin vom Glück so sehr beschenkt, weil ich Noah habe. Und auch, weil ich dich habe, liebste Exschwägerin und beste Freundin. Ich weiß das. Doch manchmal ist die Sehnsucht so groß. Mir ist jetzt klar: alles Quatsch. Alles Made-in-Hollywood. Morgen komme ich nach Hause, darauf freue ich mich wahnsinnig. Nur noch ein Mal schlafen! Warum sollte ich auch bis Sonntag bleiben? Aus. Schluss. Vorbei. Schön reingefallen. Küss meinen Noah und drücke ihn und pass gut auf ihn auf, ich habe doch nur ihn. Ich kann vor lauter Tränen kaum noch schreiben. Mach dir keine Sorgen, Liebste. Wenn alles raus ist, geht es mir besser. Du kennst das doch von mir, zweimal im Jahr wäscht die große Tränenflut alle Anstrengung und Enttäuschung aus mir raus, und dann bin ich wieder die alte Juliane. Vielleicht sollte das so sein, dieses Wochenende. Damit ich mal wieder innehalte. Und mich besinne, was wirklich wichtig ist. Noah. Nur mein Noah. Mein allergrößter Schatz. Ich muss aufhören, sonst werde ich noch hysterisch. Mach dir keine Sorgen, ich schlafe und dann ist alles wieder gut und ich komme nach Hause und umarme meinen Schatz und gehe nie wieder ohne ihn irgendwohin; ganz bestimmt nicht, um andere Männer zu treffen.

Ich liebe euch! Danke, dass du dich um meinen Schatz so kümmerst.

Bitte ruf mich nicht an, ich ertrage das heute Abend nicht. Drück meinen Schatz, morgen früh melde ich mich bei dir, und dann nehme ich die Fähre und komme zurück zu euch!

Juliane

*

Ruth Keiser prallte zurück, als sie das Hotel verließ. Sie war überrascht, wie heftig draußen der Wind aufgefrischt war. Mütze und Schal tiefer ins Gesicht, den Reißverschluss ihrer Softshelljacke ganz nach oben gezogen, senkte sie beim Gehen das Gesicht. Typisches Nordseewetter, das dazu einlud, es sich drinnen gemütlich zu machen, freute sie sich. Essen, Trinken und nette Gesellschaft – besser konnte sie sich den Abend nicht vorstellen, und tausendmal besser, als alleine auf dem Hotelzimmer zu sein, da half auch der beste Krimi nicht. Wenn es nur nicht so lästig wäre, vorher und nachher durch die Kälte zu müssen. Mensch, du bist doch kein Weichei, schalt sie sich selbst. Hallo, du warst und bist eine Polizistin, das bisschen kalte Luft wird dich schon nicht umhauen. Sie lachte in sich hinein. Das gelang ihr immer: Sich mit einem Gedanken an ihren früheren Polizeidienst aufzumuntern und zu motivieren. Komm, jetzt lauf halt mal ein paar Meter, dann wird dir schon warm!

In leichtem Trab kam sie so vor dem Conservationshaus an. Daniela stand schon da, in einen dicken wollenen Kurzmantel gehüllt. Einen übergroßen anthrazitfarbenen Schal hatte sie kunstvoll um den Kopf und den Hals geschlungen. Sie hielt ein Ende des Tuchs mit ihrer rechten Hand vor Mund und Nase, als wolle sie den gerade inhalierten Rauch ihrer Zigarette damit im Körper verschließen. Oh Gott, eine Raucherin, schoss es Ruth durch den Kopf. Ob wir uns wohl auf ein gemeinsames Lokal einigen können?

Daniela ließ den Schal sinken, als sie Ruth erkannte. Auch die Zigarette ließ sie fallen, trat sie mit ihrem Schuh aus und bückte sich dann, um den Stummel aufzuheben. »Hallo! Wie schön, Sie zu sehen!«, sprach sie noch im Aufrichten zu Ruth.

Diese stoppte mit einem leichten Seufzer vor Daniela. Sie war nicht so ganz in Form. Sie würde die Tage auf der Insel dazu nutzen, um etwas für ihre Kondition zu tun. Am Strand entlangzulaufen war viel schöner als zu Hause durch den Stadtwald. »Hallo!«, sagte sie leicht atemlos. »Kleinen Moment, bin gleich wieder besser bei Atem. Ich hoffe, Sie haben nicht zu lange gewartet. Und das finde ich echt cool.« Sie deutete auf den Zigarettenstummel in Danielas Hand.

»Wir Raucher haben dazugelernt die letzten Jahre. Sind ja nicht mehr sonderlich geschätzt und müssen deswegen etwas an unserem Ruf arbeiten. Das gehört für mich dazu. Wie bei den Hundehaltern der Plastikbeutel.«

»Na, wenn das mal alle Hundebesitzer genauso sähen. Aber ich finde es klasse. Wie sieht es aus – haben Sie eine Idee, wohin wir gehen könnten?« Innerlich betete Ruth, dass Daniela nicht eine dieser Schlagerkneipen der Insel nennen würde, in denen geraucht werden durfte.

»Am liebsten wäre mir etwas, wo wir eine Kleinigkeit essen könnten. Und ein Wein wäre genau das, was mir zu meinem Glück fehlt.«

Ruth lachte. »Da treffen Sie bei mir ins Schwarze. Dann weiß ich auch schon das richtige Lokal für uns. Liegt etwas versteckt und ist so etwas wie ein Geheimtipp. Einverstanden, wenn ich den Weg vorgebe?«

»Klar doch. Ich freue mich, wenn ich mal wieder etwas Neues kennenlerne.«

Der Wind fegte mittlerweile dermaßen durch die Straßen, dass sie nahe an den Häusern entlanggingen. In stillem Einvernehmen hatten sie einen schnellen Schritt eingelegt. Beide hatten sie ihr Gesicht in Schal und Jacke vergraben. Schweigend gingen sie nebeneinander her. Eine wohltuende Wärme schlug ihnen entgegen, als sie die Tür des Lokals öffneten.

»Hm, wie das duftet!« Daniela blieb stehen und atmete tief ein. »Herrlich«, seufzte sie.

Nur einige wenige Tische standen in einem skandinavisch-maritim eingerichteten Raum. Der Boden war mit Schiffsparkett ausgelegt, die Wände halb weiß getüncht und darunter mit einer ganz zart hellblauen Holzvertäfelung verziert. Über den Tischen hingen Lampenschirme, die ganz individuell aus unterschiedlichen Körben um die Fassung herum zurechtgeschnitten waren. Jeder Tisch war mit einem Stein dekoriert, auf dem eine Seemannsfigur im Ostfriesennerz das Fernglas auf die Gäste richtete. Kleine Windlichter in Treibholzdeko spendeten ein warmes Licht.

»Oh, ist das schön hier!«, entfuhr es Daniela.

»Ja, nicht wahr? Ist einer meiner Lieblingsorte auf der Insel und von den Touristen bisher kaum entdeckt. Was aber nicht schlimm ist, weil es auch so jeden Abend voll wird, ohne dass man Schlange stehen muss. Da hinten, die beiden Stufen rauf, ist ein zweiter Raum mit vier Tischen, aber ich finde es hier vorne etwas netter.« Ruth deutete auf einen von zwei freien Tischen.

»Super! Sehen und gesehen werden. Das mag ich«, stimmte Daniela zu. »Außerdem kann ich dann zwischendurch mal vor die Tür.« Sie imitierte das Ziehen an einer Zigarette und lachte. »Die Sucht halt.«

»Ich weiß, wir intoleranten Nichtraucher!«, lachte Ruth. »Ich bin immer froh, dass ich gar nicht erst damit angefangen habe, wenn ich die Raucher bei Wind und Wetter vor der Tür sehe.«

»Na, aber so bekomme ich viel mehr Frischluft als früher. Okay, blöder Witz. Aber ich kann die Finger einfach nicht davon lassen. In Nichtrauchergesellschaft geht das aber schon deutlich besser. Und hier gefällt es mir supergut!«

Daniela ließ den Blick über die anderen Gäste schweifen. Fast alles Gäste im mittleren Alter, einige Pärchen, aber auch Dreier- und Vierergruppen. Ein Tisch sogar voller Männer. Da würde sie im Laufe des Abends genauer hinschauen.

Ruth zeigte auf die Theke, die neben dem Durchgang an der hinteren Wand des Raumes stand. »Da oben auf der Schiefertafel stehen die beliebtesten Gerichte. Lauter nette Kleinigkeiten. Man weiß nie, wofür man sich entscheiden soll.« Sie schob Daniela einen kleinen Flyer hin. »Das ist so eine Art rotierende Wochenkarte. Kann ich auch alles empfehlen, was draufsteht. Aber der totale Geheimtipp des Lokals sind die überbackenen Baguettes. Allerdings wird man den Knoblauchgeruch die nächsten 48 Stunden nicht mehr los.«

»Hm, das hört sich fantastisch an. Da bin ich dabei! Und dazu einen Wein?«

»Ja, wollen wir uns eine Flasche teilen? Einen roten, trockenen? Und eine Flasche Wasser dazu?«

Daniela nickte. »Gerne!« Sie hatte mit einem Blick die Karte überflogen und war davon angetan, wie preiswert Speisen und Getränke waren. Das kannte sie von der Insel ganz anders, umso mehr freute es ihr doch eher schmales Budget.

Als der Wein kam, hoben beide ihre Gläser.

»Auf einen schönen gemeinsamen Abend. Ich bin übrigens Ruth. Ich finde Duzen viel einfacher.«

»Ja, klar! Daniela. Und ich freue mich, mit der Freundin einer Schriftstellerin einen Abend verbringen zu dürfen.«

»Stimmt. Wir wollen ja das Rätsel um den Mörder lösen. Hast du denn mittlerweile den Krimi begonnen oder bist du doch bei Facebook hängengeblieben?«

»Wow, du hast aber eine gute Erinnerung an unsere kurze Unterhaltung. Doch, ich habe endlich angefangen. Und wie das so ist, ich konnte prompt nicht mehr aufhören. Noch eine Seite und noch ein Kapitel und trotz zufallender Augen nur noch diesen einen Abschnitt. Ich bin mitten in der Nacht aufgewacht, weil das Licht noch hell brannte. Der Krimi lag zerknittert unter mir. Ich habe schon einen Verdacht.«

Ruth schaute in Danielas begeistertes Gesicht. Ihre Wangen leuchteten feuerrot, ob vom Wind, dem Wein oder der Begeisterung. Die mit Kajal schwarz umrahmten Augen passten gut zu den dunklen Haaren und gaben Daniela unter dem weichen Licht der Kerzen etwas Geheimnisvolles. Ruth musste an alte Filme aus den 50er-Jahren denken. Liz Taylor, Gina Lollobrigida oder Sophia Loren fielen ihr ein, so ausdrucksstark erschienen ihr Danielas Gesichtszüge. Vollblutweiber, hatte man solche Frauen früher mal bewundernd genannt. Heutzutage zählten leider nur diese Hungerhaken. Schade, dachte Ruth, die es bedauerte, dass heutzutage alles viel normierter schien, obwohl doch alle dauernd von Individualität sprachen.

»Echt, schon einen Verdacht?«, nahm sie den Gesprächsfaden auf. »Ich schwanke noch hin und her. Obwohl, ein wenig würde ich mich festlegen wollen. Ist es bei dir ein Mann oder eine Frau?«

»Nix da, verrate ich nicht.« Daniela schnaubte gespielt empört. »Ich verrate doch nicht gut ermittelte Kenntnisse. Schließlich kennt man mich als Danny Marple!«

Ruth brach in ihr lautes Lachen aus. Von allen Tischen schaute man nun zu ihnen herüber, und über alle Gesichter zog sich ein Grinsen. Wenn Ruths Lachen ertönte, ließ das keinen kalt. Ein Lachsack war öde dagegen. Daniela stimmte ein und hob ihr Glas in Richtung der Männergruppe, die auf sie aufmerksam geworden war. »Auf euch, Jungs, da staunt ihr, was Frauen für ’nen Spaß haben können, was?«

Die Männer hoben allesamt ihre Gläser und prosteten Daniela lachend zu.

Daniela wandte sich an Ruth: »Upps, da ist dann wohl die Rheinländerin mit mir durchgegangen.«

Langsam beruhigte Ruth sich wieder. Sie biss sich auf ihre Hand, schaute Daniela an und sagte: »Danny Marple! Wie passend! Besser hätte es auch meine Freundin in ihren Büchern nicht erfinden können. Also: Auf unseren kriminalistischen Erfolg, Danny Marple!« Und wieder schossen ihr die Lachtränen in die Augen.

»Mach du dich über mich lustig. Du weißt schon: Wer zuletzt lacht und so weiter. Also, ich mache dir folgenden Vorschlag: Wir schreiben jetzt jeweils unseren Verdacht auf Zettel. Wir tauschen die Tipps danach aus und zur Kontrolle hinterlassen wir beim Wirt einen weiteren Zettel. Wenn wir das Buch ausgelesen haben, treffen wir uns erneut. Wer richtiglag, wird von der jeweils anderen zu einer Flasche Wein eingeladen. Hatten wir beide recht oder unrecht, treffen wir uns auch und teilen uns den Wein. Einverstanden?«

»Das ist eine hervorragende Idee! Ich gehe schnell mal nach Zetteln und Stiften fragen. Klasse, das gefällt mir.«

Geheimnisvoll schrieb nun eine jede hinter vorgehaltener Hand ihre Prognose und dann tauschten sie feierlich miteinander die Tippzettel aus. Der Wirt übernahm gerne die Rolle des unabhängigen Dritten, und so konnten sie sich nach vielem Gelächter auf das mittlerweile vor ihnen stehende Essen konzentrieren.

Satt schoben beide einige Zeit später ihre Teller zurück. Während des Essens hatten sie sich über ihre Lieblingsorte auf der Insel ausgetauscht und viele Gemeinsamkeiten entdeckt.

»Jetzt noch einen Kaffee, oder?«, fragte Ruth, während sie dem Wirt winkte.

»Ich hätte gerne einen Latte macchiato«, bestellte Daniela, während Ruth einen Espresso orderte.

»Sag mal«, hob Daniela nun an, »was hast du eigentlich damit gemeint, dass das eine Berufskrankheit sei mit Facebook und so. Also, dass du das nicht hast? Hat doch heute fast jeder.«

Ruth druckste ein wenig herum. Sie sprach nicht gerne mit anderen über ihren Beruf. Immer gab es Vorurteile. Immer musste sie sich erklären. Aber das war jetzt unfair, wenn sie nichts sagte. Daniela selbst hatte schon erzählt, dass sie Friseurin war und manchmal damit liebäugelte, einen Salon auf Norderney zu führen. Hoffentlich machte das den netten Abend nicht kaputt, wenn sie ihren Beruf preisgab. Von wegen sozialer Status und so. Aber sie konnte auch nicht einfach nichts sagen oder lügen.

»Ich habe kein Facebook, weil ich bei der Polizei arbeite.«

Daniela brach augenblicklich in herzhaftes Gelächter aus. »Der ist gut, klasse, hahaha, ich Danny Marple und du bei der Polizei.« Daniela bekam sich kaum vor Lachen ein – bis sie merkte, dass Ruth kaum das Gesicht zu einem Grinsen verzogen hatte. Ganz langsam überzog eine Spur des Erkennens Danielas Gesicht. »Das ist tatsächlich dein Ernst, oder?«, fragte sie mit leichter Hoffnung in der Stimme, dass Ruth jeden Augenblick in Gelächter ausbräche und alles für Unsinn erklärte. »Du bist echt bei der Polizei?«

Ruth nickte.

»Und ich sitze hier und erzähle was von Danny Marple und versuche, einen Fall zu lösen, und du bist vom Fach und sagst einfach nichts? Na, die Flasche Wein kann ich ja jetzt direkt ordern. Da steht die Gewinnerin ja schon fest.«

»Hey, Daniela, gar nicht. Ich habe keine Ahnung, wer der Mörder ist. Das ist im Krimi etwas anders als im Leben.«

Daniela schwieg nachdenklich. Doch dann blickte sie Ruth an. »Was machst du denn bei der Polizei? Ich kann mir das nicht vorstellen bei dir, Streife fahren und so.«

»Nein, ich bin auch nicht im Tagesgeschäft. Ich habe studiert und war lange bei der Kripo, im Bereich Wirtschaftskriminalität. Ich habe geheiratet, meine Tochter bekommen und noch ein Psychologiestudium drangehangen. Irgendwann kam die Scheidung, weil mir der Job immer wichtiger war als ein Hausfrauenleben, und eine neue Laufbahn im Bereich Mitarbeiterschulung und Kriminalitätsvorbeugung, besonders im Bereich Kindeswohlgefährdung. Und für so etwas bin ich hier auf der Insel.«

»Wow! Was für ein Leben! Ich fasse es nicht. Und da wette ich mit einer waschechten Kripofrau, die auch noch die Freundin der Schriftstellerin ist. Das glaubt mir in meinem Friseursalon kein Mensch. Und was du alles gemacht hast. Zweimal studiert!«

»Naja, alles nicht so wild. Bin trotzdem normal geblieben. Glaube ich jedenfalls. Mein Mann war anderer Meinung. Aber so ist das nun mal. Das Leben ist bunt! Und meine Tochter mittlerweile groß, und ich kann vergnügt hier sitzen und mit netten Bekanntschaften von der Fähre literarische Kriminalfälle lösen. Ganz ohne Facebook und Whatsapp. Also, komm, Daniela, ich beiße weder, weil ich studiert habe, noch weil ich bei der Polizei bin. Und eine zweite Flasche Wein bestelle *ich* jetzt, weil der Abend so schön ist. Und du gehst eine rauchen, und dann will ich noch eine ganze Runde mit dir lachen.«

Ob es am Wein lag oder an Ruths Lachen oder daran, dass Daniela draußen vor der Tür auf zwei der Männer vom Nebentisch stieß: Keine halbe Stunde später waren die Tische zusammengerückt, und Daniela und Ruth verlebten den lustigsten Abend, den sie jeweils beide seit langer Zeit gehabt hatten. Und lange nach der üblichen Schließzeit schmiss der Wirt noch einmal den Ofen für seine Baguettes an, öffnete eine weitere Flasche Wein und servierte zum Schluss ein Tablett Kaffee, um die lustige Runde für den Heimweg zu stärken. Wenn die mal nur gut durch den Wind nach Hause kommen, dachte er, als er zu vorgerückter Stunde hinter ihnen den Laden schloss.

*

Merle hatte sich für ihre Verhältnisse richtig rausgeputzt. Sie drehte und wendete sich vor dem Schrankspiegel des Pensionszimmers. Sie lächelte sich selber zu. Was sie sah, gefiel ihr. Sie war nun mal kein Püppchen, aber das wollte sie auch nie sein. Was nutzte eine tolle Fassade, wenn im Oberstübchen nichts vorhanden war. Das galt für sie nicht nur bei den Männern. Dumm kam für sie einfach nicht infrage. Sie konnte sich furchtbar darüber aufregen, wenn Frauen weit unter ihren Möglichkeiten blieben und nur auf ihre Weiblichkeit setzten. Ihr war es viel wichtiger, mit Neugierde durch das Leben zu gehen und Herausforderungen zu suchen. Dadurch hatte es lange gedauert und viele Versuche gebraucht, bis Merle im Leben angekommen war. Zweieinhalb Ausbildungen hatte sie hinter sich gebracht, die Zelte immer wieder abgebrochen, weil etwas anderes, etwas Neues lockte und das Alte sie schnell langweilte. Sie hatte in Küchen und Bäckereien gearbeitet, und genauso als Floristin, Postzustellerin und Zahnarzthelferin. Nun gut, Letzteres war nun tatsächlich nichts für sie gewesen. Gut, dass ihr Chef und sie es zum gleichen Zeitpunkt eingesehen hatten und Merle dadurch in die AB-Maßnahme katapultiert wurde, die sie dann zu ihrer wahren Bestimmung führte. Applikations-Entwickler hatte ihr Berater auf dem Arbeitsamt das Ganze betitelt und auf die erfolgreiche Vermittlung der Seiteneinsteiger im IT-Bereich verwiesen. Der Markt brauchte schneller Mitarbeiter, als Unis und Lehrbetriebe sie ausspucken konnten. Sie hatte gezweifelt und sich für unfähig gehalten. Wie spannend und passend der neue Job aber war, hatte sie in den ersten Wochen schnell gemerkt. Computer und Internet hatten ihr eine neue Welt, ein neues Leben erschlossen. Wenn sie recht überlegte, war sie tatsächlich eine der ersten weiblichen Nerds gewesen. Alles, was sie brauchte, alles, was sie mochte, alles, was sie wissen musste, fand sie in der virtuellen Welt. Sie freute sich daran, was es alles zu entdecken und zu lernen gab. Und das alles im eigenen Tempo! Niemand stellte sie mehr bloß. Das Netz kannte keine dummen Fragen, auf alles fand sich jemand, der antwortete. Anonym und ohne Gesichtsverlust konnte sie sich durch all das bewegen, was sie schon so lange hatte wissen wollen. Niemand mehr, der sie auslachte, wie es ihre Eltern getan hatten, als sie nach der Grundschule gesagt hatte, sie wolle aufs Gymnasium. Niemand mehr, der sie für zu blöd hielt. Endlich hatte sie Menschen gefunden, die so tickten wie sie selbst: Die ITler, denen es egal war, ob sie Mann oder Frau war; die Onlinespieler, mit denen sie Nacht für Nacht in Strategiespielen zusammentraf; die Foristen, mit denen sie diskutieren, streiten und lästern konnte, alles erschien ihr auf einmal passgenau für sie gemacht. Schließlich war das Geocachen dazugekommen. Und nun hatte sie im Netz noch einen passenden Mann gefunden. Sie konnte es selbst nicht fassen. Heute würde es den ersten Realitätscheck seit ewigen Zeiten für sie geben: Ein Cacher-Date mit Schmetterlingen im Bauch!

Merle nahm ihre Brille ab, hielt sie unter warmes Wasser und trocknete sie gründlich. Sie bürstete ihre Haare kräftig durch und klemmte sie dann mit der Brille hinter den Ohren fest. Den Lippenstift zog sie über ihre schmalen Lippen, bevor sie ihn in ihre Outdoorjacke steckte. Sie klopfte alle Taschen ab: Geld, Schlüssel, GPS, Kugelschreiber, Schweizer Messer, Handy: Jetzt konnte es losgehen.

Ohne dass sie danach hätte tasten müssen, merkte sie, wie schnell ihr Puls ging. Mensch, Merle, ist doch nur ein Geocacher, versuchte sie sich zu beruhigen. Aber sie wusste, dass sie sich etwas vormachte, weil da eine Hoffnung war, die sie schon lange nicht mehr gehabt hatte.

Während ihrer unzähligen Chats hatten sie anfangs meist über erfolgreiche Caches und Challenges geredet, sich gegenseitig Tipps und Hinweise gegeben, gemeinsam an den schwierigsten Mysteries herumgeknobelt und nach und nach immer mehr Privates einfließen lassen. Was hatte er gelacht, als er von Merles Neigung zur Astrologie erfahren hatte. Nett gelacht, nicht ausgelacht, erinnerte sich Merle, denn sonst wäre es sofort vorbei gewesen. Nett gelacht, weil es doch gar nicht zur technologieaffinen Computerfachfrau zu passen schien. Vielleicht aber gerade doch, hatte sie ihm erwidert. Und ihm erzählt, wie sie die Grundlagen der Astrologie erlernt hatte und dort in den einschlägigen Foren so viel von sich und der Welt begriffen hatte. Was war denn die Astrologie anderes als komplexe Wissenschaft – Mathematik, Astronomie und Psychologie? Ohne das Internet wäre ihr das alles verschlossen geblieben, da war sie sich sicher. Als er das verstand, als er nicht mehr lachte, sondern sich einließ und nachfragte, wissen und begreifen wollte, wusste sie, dass sie den Richtigen gefunden hatte. Keine halbe Stunde mehr. Die Sterne standen mehr als günstig.

*

Trotz des aufziehenden Sturms sind immer noch viele Passanten unterwegs. Wahrscheinlich lauter Touristen, die Insulaner gehen bei dem Wetter niemals vor die Tür, wenn es nicht nötig ist. Mir soll es recht sein. Wenn viel los ist, falle ich nicht so schnell auf. Ich laufe nun schon eine ganze Weile den Damenpfad auf und ab. Ich bin mir sicher, dass sie bei dem Wetter den Weg durch die Friedrichstraße nehmen wird und nicht über die Kaiserwiesen kommt.

Eigentlich müsste ich hier nicht stehen. Wir begegnen uns heute noch früh genug – aus ihrer Sicht. Aber ich möchte sehen, wie sie in Vorfreude die Straße entlangkommt, vielleicht noch einmal ungeduldig auf das Handy schaut, wie sie vor der Tür zur Milchbar verharren wird, erst einen Blick durch die Scheiben werfen wird: Ist es sehr voll? Ist er schon da? Mit einem Ruck wird sie die Türe nach außen aufziehen und eintreten. Und dann wird sie auf mich warten.

Meine Unruhe und Nervosität nehmen langsam zu. Es wird Zeit, dass es losgeht. Es länger hinauszuzögern, hilft keinem mehr. Wozu auch? Es ist alles geplant, durchdacht und vorbereitet. Das Spiel beginnt!

*

Merle zog die schwere weiße Tür zur Milchbar auf. Sie hatte durch die Fenster schon gesehen, dass es reichlich voll war. Selbst die vorderen großen Tische waren besetzt. Die Theke vorne war schon abgeräumt. Noch wurde gewischt und geputzt, aber bedient wurde nur noch hinten an der Cocktailbar, erfuhr Merle, als sie nach einem Latte macchiato gefragt hatte.

Merle rieb sich die Hände aneinander und zog trotz der Wärme hier drinnen ihren Reißverschluss höher. In dem heftigen Wind war ihr trotz der wetterfesten Kleidung und ihres schnellen Schrittes kalt geworden.

Suchend sah sie sich um. Sie glaubte nicht, dass er schon hier war. Warum, konnte sie gar nicht sagen, es war einfach ihr Gefühl. Mit dem Latte macchiato in der Hand stand sie unschlüssig mitten im Raum. Wo sollte sie sich am besten hinsetzen? Nicht, dass sie die freie Auswahl gehabt hätte. Noch wimmelte es hier von Familien mit Kindern. Die werden hoffentlich bald gehen, dachte Merle. Immerhin war an einem der Tische in der mittleren Reihe noch ein Stuhl frei. Hier würde sie sich hinsetzen und aufpassen, ob ein einzelner Tisch frei würde. Wichtig war, dass sie das GPS sichtbar ablegen konnte. Sie hatte Sorge, dass er sie nicht erkannte. Schließlich war auf dem Foto, das sie ihm geschickt hatte, eine deutlich geschönte Ausgabe von ihr zu sehen. Bis ins Allerletzte hatte sie dem Schicksal dann doch nicht getraut. Sicherheitshalber hatte sie noch die neueste Ausgabe des Geocaching-Magazins mitgebracht, in das sie sich nun lesend vertiefte. Ablenkung hielt ihre Schmetterlinge im Bauch ruhig. Innerhalb kürzester Zeit hatte sie sich an einem Artikel festgebissen und merkte kaum, was um sie herum passierte. Sie erschrak, als die Familie, zu der sie sich an den Tisch gesetzt hatte, aufbrach. Dass sie auch immer so abschaltete, sobald sie las. Dabei war sie eben noch so aufgeregt. Merle drückte auf den Homebutton ihres iPhones. Es war 20.50! Und keine einzige Nachricht! Das glaubte sie jetzt nicht. Hektisch begann sie auf den Tasten herumzudrücken, um ihn per Messenger zu erreichen.

Da fragte eine leise Stimme: »Ist hier vielleicht noch Platz?«

Fast ohne aufzugucken, nickte Merle Rosenbaum abwesend. »Bitte!« Augenblicklich ärgerte sie sich, dass sie den Tisch freigegeben hatte. Aber wie sähe das auch aus, wenn er nicht käme? Ach verdammt, er hatte zu kommen! Und zwar sofort!

»Würden Sie einen Moment auf meine Sachen aufpassen? Ich müsste mal eben zur Toilette. Und dann hole ich mir ein Getränk, wenn es recht ist?«

Merle nickte der Dame zu. Nicht mehr ganz jung. Aber sehr nett, freundlich und apart. Sie konnte ihren Frust schlecht an ihr auslassen. »Ja, machen Sie nur!«

»Danke schön! Ist immer etwas schwierig, wenn man alleine unterwegs ist.« Sie zeigte auf Merles leeres Kaffeeglas. »Darf ich Sie auf einen Cocktail einladen? Es gibt hier einen ganz hervorragenden, aber ich trinke so furchtbar ungern allein. Sie wissen schon, was das für einen Eindruck macht.«

Merle hob überrascht den Kopf. »Also, ich weiß nicht. Nur, weil ich kurz auf Ihre Sachen aufpasse?«

»Ach, bitte, tun Sie mir doch den Gefallen. Ich finde diese Welt heute so schrecklich anonym. Ich würde mich furchtbar freuen.«

Anonyme Welt! Und Merle war bekennender Fan davon! Aber was soll's, dachte sie bei sich. Irgendwie konnte sie diesen wässrig-blauen Augen den Wunsch nicht abschlagen. »Also gut«, stammelte sie. »Es ist mir aber unangenehm, mich einladen zu lassen.«

»Ach Gottchen, alles in Ordnung. Glauben Sie mir, ich kann es mir leisten – und wenn ich mir damit zumindest den Schein von Gesellschaft erkaufen kann, dann ist doch der Zweck erfüllt.« Mit einem schelmischen Grinsen und einem ausdrucksvollen Augenzwinkern wandte die Frau sich ab.

Merle starrte unterdessen weiter auf ihr Handy. Warum bekam sie keine Antwort? Das war doch nicht möglich. Sie schaltete das Handy an und aus, schickte sich selber eine E-Mail, um zu überprüfen, ob der Empfang funktionierte. »Verdammt!«, murmelte sie und stieß das Handy von sich weg. Er konnte sie doch nicht sitzenlassen! Fast hätte sie den Eingang einer neuen Nachricht übersehen, als ihre nette Tischnachbarin mit zwei Cocktailgläsern zurückkam und eines davon zu ihr hinüberschob, ihr eigenes anhob und ein »Prösterchen« hinterherschob.

Schnell stieß sie mit ihrem Gegenüber an, murmelte: »Ich heiße übrigens Merle« und wartete gar nicht ab, ob eine Antwort erfolgte. Stattdessen wies sie auf das Handy, stieß noch eben ein »'tschuldigung« hervor und starrte auf den Text, während sie hektisch mit dem Strohhalm im Glas umrührte und in einem großen Zug das orangene Getränk hochzog, während ihre Augen über den Text flogen.

›Ich bin dir eine Erklärung schuldig. Das geht aber nicht per Whatsapp. Ich flehe dich an! Nimm es einfach hin, dass ich jetzt gerade nicht in die Milchbar kommen kann. Bitte komme zum Weststrand. Du findest mich am Standesamt-Badekarren. Alles wird gut! Bis gleich!‹

Merle las den Text ein zweites Mal. Was sollte das werden? Eine Schnitzeljagd? Nun, nicht ganz abwegig bei ihrem gemeinsamen Hobby, aber das war nun wirklich albern. Was sollte das denn für ein Grund sein, nicht in die Milchbar kommen zu können? Merle seufzte und trank noch einen großen Schluck. Nicht übel, dieser Cocktail. Den würde sie sich beim nächsten Mal noch einmal bestellen.

Sie wandte sich an ihre Tischnachbarin. »Es tut mir leid, Sie werden mich sehr unhöflich finden, doch ich muss jetzt sofort aufbrechen. Das war sehr nett von Ihnen, mich einzuladen, und dieser Cocktail – wow, wirklich etwas ganz Besonderes. Sieht man dem Teil auf den ersten Blick gar nicht an.« Merle zog noch einmal am Strohhalm. »Ups, ein ganzer Cocktail in drei Zügen, auch nicht schlecht.« Merle bemerkte einen leichten Schwindel in ihrem Kopf. Sie war das schnelle Trinken nicht gewohnt. Gut, wenn ihr draußen gleich der Wind um die Nase pustete.

»Also dann, noch mal danke und sorry. Wenn wir uns noch mal sehen, gebe ich einen aus.«

Merle riss ihre Windjacke vom Stuhl und zog sie sich im Gehen an. Als sie die Eingangstür der Milchbar öffnete, prallte sie angesichts des draußen tobenden Windes zurück.

Das konnte ja was geben, bei dem Wetter am Strand.

SAMSTAG

Daniela erwachte von dem Klappern der Fensterläden an ihrem Fenster. Schlaftrunken tastete sie nach ihrem Handy. 3:27 zeigte der Sperrbildschirm an. Mitten in der Nacht! Noch viel Zeit zum Weiterschlafen. Daniela drehte sich auf die andere Seite, kuschelte sich tief in Kissen und Decke und versuchte, in den Traum zurückzufinden, aus dem sie herausgerissen worden war. Allein der Lärm, den mittlerweile der Sturm draußen veranstaltete, ließ ihr keine Chance. Schon zweimal war sie fast wieder eingeschlummert, als lautes Pfeifen, Klappern und Rütteln sie erneut hochschrecken ließen. Sie horchte angestrengt. Im Haus bewegte sich nichts. Also schien auch Frau Dirkens noch nicht weiter beunruhigt zu sein. Auch aus dem anderen Gästezimmer war nichts zu hören. Daniela war spät nach Hause gekommen und vermutete, dass Merle Rosenbaum da schon geschlafen hatte. Zumindest hatte sie keinen Lichtschein unter ihrer Tür gesehen, und nach ihr war sie ganz sicher nicht gekommen. Daniela freute sich schon auf das morgige Frühstück. Bestimmt würde sie wieder skurrile Geschichten und astrologische Wahrheiten präsentiert bekommen. Daniela lachte leise in sich hinein. Dieser Norderney-Urlaub verlief ausgesprochen gesellig und unterhaltsam. Wenn sie an den vergangenen Abend dachte – das hatte ihr gefallen und schrie auf jeden Fall nach Wiederholung. Nicht nur mit Ruth Keiser, sondern auch mit den Jungs vom Nachbartisch.

Sie nahm erneut ihr Handy vom Nachttisch und gab ihren Code ein. Rechts oben in der Facebook-App stand eine kleine rote Zwei. Eigentlich hatte sie sich geschworen, nachts das Handy auszulassen. Viel zu oft chattete und surfte sie und vergaß die Zeit. Aber jetzt war Urlaub, kein Wecker würde sie morgen früh aus dem Bett holen. Und an Schlaf war bei dem Sturm sowieso nicht zu denken. Warum also nicht nachsehen, was es an neuen Posts gab? Und hungrig war sie im Übrigen auch.

Sie schob die Bettdecke zurück und holte eine Tüte Gummibären aus dem Koffer. Gummibären gingen einfach immer, in guten wie in schlechten Zeiten. Musste sie sich halt noch einmal die Zähne putzen, aber besser, als jetzt zu rauchen. Frau Dirkens hätte auch da nichts gegen gehabt. Natürlich wies auch sie mittlerweile ihre Zimmer als Nichtraucherzimmer aus, aber Daniela konnte sie nichts abschlagen. »Kind, rauch ruhig! Das ist hier so viele Jahre gemacht worden, da ändern die paar weiteren Zigaretten auch nichts mehr dran. Und bevor die nächsten Gäste kommen, wird gelüftet und mit Duftstäbchen geräuchert. Glaub nur nicht, dass die Cluburlauber im Zimmer nicht rauchen. Da kann ich sagen, was ich will.« Trotzdem wäre es Daniela komisch vorgekommen, jetzt in diesem leisen, schlafenden Haus eine Zigarette anzuzünden. Und das Fenster zu öffnen, um den Rauch nach draußen zu pusten, na, das ging bei dem Wetter überhaupt nicht.

Rote Gummibärchen waren auf jeden Fall ein guter Ersatz, fand sie. Sie nahm sich aus dem Minikühlschrank, der in das Eichen-Sideboard eingebaut war, auf dem ein alter Röhrenfernseher stand, eine Dose Cola. Wenn sie sowieso schon wach war!

Sie setzte sich zurück auf das Bett und schob sich das Kissen aufgeplustert in den Rücken. Schön gemütlich, dachte sie, als sie die warme Bettdecke wieder über sich legte. Sie nahm ihr Handy, schaltete es erneut frei und öffnete die Facebook-App. ›Frank gefällt dein Profilbild‹ und ›Frank hat etwas in deine Chronik gepostet‹, stand in ihren Benachrichtigungen. Das war ja nett, dass er tatsächlich schrieb und nicht nur einer dieser Freundschaftensammler war, die nichts likten, kommentierten oder teilten und wahrscheinlich auch noch nicht einmal mitlasen. Sie klickte die zweite Benachrichtigung an: ›Wir wollen jetzt auch Hobby-Kommissare werden und kaufen uns morgen den Krimi. Gebt uns zwei Tage, dann sind wir beim Mörder-Tippen dabei. War ein lustiger und netter Abend mit Euch!‹

Wow! Daniela war echt beeindruckt. So nett und so offen hatte sie selten mal Männer kennengelernt. Nicht nur: ›Treffen wir uns morgen im Columbus?‹ mit dem dazugehörigen Abschleppblick. Nein, das hörte sich richtig nach Niveau und Freundschaft an.

Mit einem lauten Krach flog im gleichen Augenblick etwas von außen an den Fensterladen. Daniela schrie auf. Das war heftig. Sie warf einen Blick auf die Wetter-App. Das Sturmzeichen war noch für das ganze Wochenende angezeigt. Das war wohl etwas mehr als der übliche Nordseewind. In ihren Facebook-Neuigkeiten fand sie auch entsprechend ausführliche Nachrichten. Ein Sturmtief traf ungebremst auf Niedersachsen. Es war mit Orkanböen für mindestens die nächsten 24 Stunden zu rechnen. Der amtliche Wetterdienst hatte eine Unwetterwarnung herausgegeben. Schnell schaute sie auf den Seiten der Frisia und des Flughafens Norderney nach. Das hatte sie sich gedacht: Fähr- und Flugverkehr waren bis auf Weiteres ausgesetzt.

Wie kuschelig das war! Abgeschnitten von der Welt. Mehr Insel ging nicht. Trotz des laut tobenden Windes draußen fühlte sie sich sicher und geborgen.

Sie rutschte in ihrem Kissen etwas tiefer und rief das Profil von Frank auf. Frank Prinzen. Den ganzen späten Abend hatten sie geflachst, dass sie mit Ruth auch eine Kaiserin am Tisch hätten.

»Aber nur eine mit ei«, hatte Ruth lachend eingewandt. »Ich schreibe mich mit ei, obwohl das fast alle falsch machen.«

»Siehst du, die Leute wissen es einfach besser. Du bist unsere Kaiserin«, hatte Daniela ausgerufen, »und das in deinem Gefolge sind zwei waschechte Prinzen.«

Ach, was war das für ein schöner und lustiger Abend! Was gäbe sie darum, so einen Prinzen dauerhaft in ihrem Leben zu haben. Daniela seufzte und schaute auf das Foto. Wahrscheinlich hatte Merle Rosenbaum doch recht, und das mit den Wünschen ans Universum half tatsächlich, schoss ihr noch durch den Kopf, bevor ihr die Augen zufielen und sie mit dem Handy auf der Brust einschlief.

*

Arne Tüdken und Eike Jansen steuerten mit ihrem Lastwagen den Weststrand an. Noch fast mitten in der Nacht war der Anruf gekommen, dass sofort die restlichen Strandkörbe und der historische Badekarren einzuholen seien, weil im Laufe des Tages ein Orkan über die Insel fegen würde.

»Verdammt früh«, stöhnte Arne und gähnte. »Nicht nur, dass wir im Morgengrauen rausmüssen, auch der Herbststurm ist früh dran in diesem Jahr. Was bin ich froh, dass der Nordstrand und die Promenaden schon abgeräumt sind.«

»Jo, steckst nun mal nicht drin mit dem Wetter. Aber das wird ein hartes Stück Arbeit heute, so wie der Wind uns um die Ohren fegt.«

Arne nickte und bog auf die Promenade ein. Das würde wirklich nicht einfach werden, wenn sie gegen den Wind arbeiten mussten. Aber was blieb ihnen anderes übrig? Besonders der Badekarren, der in den Sommermonaten eine Außenstelle des Standesamtes war, hatte eine wichtige touristische Funktion, sagte der Bürgermeister immer. Ihn am Strand der Wucht des Meeres und des Windes auszusetzen, wäre unverzeihlich, das konnte er verstehen. Nun, sie würden ihren

Job machen, und dann konnte er sich immer noch aufs Ohr legen. Bei dem Wind würde heute sowieso das Inselleben zum Erliegen kommen. Nur bei den Touristen nicht. Die brachten sich jedes Mal in Lebensgefahr, weil sie so gerne mal das Meer toben sehen wollten bei einem Orkan. Ihm konnte es egal sein. Schließlich war er nur dafür zuständig, die Strandkörbe und den Badekarren zu sichern. Sollten die Deppen vom Festland doch machen, was sie wollten.

Vorsichtig fuhr er den Wagen an den Strand. Er wollte den Laster so parken, dass er ihnen so viel Schutz wie nur möglich vor dem Wind bot.

Als Eike und er gleichzeitig die Türen des Wagens öffneten, mussten sie alle Kraft aufwenden, damit der Wind sie nicht aus den Angeln riss.

Eike hielt sich einen Arm vor die Augen, um sie vor dem herumwirbelnden Sand zu schützen, und brüllte in Arnes Richtung: »Verdammtes Schietwetter!«

Arne zog die Schultern hoch. Dem war nichts hinzuzufügen. Aber Reden und Jammern half jetzt nicht, sie mussten schnell sein, umso eher wären sie fertig. Der Wind drückte ihn beständig gegen das Auto, als er nach hinten ging, um die Ladeklappe zu öffnen. Sein Schritt war tastend und unsicher, und er war froh, dass er nicht frei stand. Selbst mit seiner hünenhaften Größe und dem dazu passenden Gewicht fiel es ihm schwer, das Gleichgewicht zu halten.

Er hörte, wie Eike ihm etwas zurief, konnte aber nicht verstehen, was es war. Sollte besser den Mund halten, der Eike, sonst hätte er nachher den ganzen Sand an den Zähnen. Arne sah hoch zum Himmel. Dunkle Wolkenfetzen flogen in atemberaubender Geschwindigkeit über sie hinweg. Noch war Ebbe, aber das Wasser begann zu steigen, und bei dem Sturm würde hier später kein Mensch mehr stehen können. Mensch, was hatte Eike nur? Er rief schon wieder und zeigte wild in Richtung der Strandkörbe. Arne sah jetzt auch so was wie ein Lumpenbündel. Diese Touristen nervten ihn schon manches Mal. Waren wahrscheinlich stockbesoffen an den Strand gekommen, um sich zu amüsieren, und waren anschließend zu blöd, alle Kleidungsstücke wieder mitzunehmen. Dass selbst das kalte und stürmische Herbstwetter sie nicht abhielt! Sexgeiles Pack, das die Insel überschwemmte.

Arne sah, wie Eike sich krampfhaft an einem der Strandkörbe festhielt. Der Wind hatte sich so unter seiner Arbeitsjacke verfangen, dass er aussah wie ein dickes orangerotes Michelin-Männchen. Mit einer Drachenschnur könnte ich ihn jetzt hoch in die Lüfte steigen lassen, schoss es Arne durch den Kopf.

Sein Blick folgte Eike, der sich bückte und nach dem Bündel griff. Wieso tat er sich so schwer? Es sah von hier aus, als wäre es eine große Anstrengung, das Bündel von seinem Platz aufzunehmen. Im gleichen Augenblick registrierte Arne, dass Eike das Bündel gar nicht aufhob, sondern zu drehen versuchte. Sah zu, wie es ihm unter Anstrengung gelang. Sah Eikes entsetztes Gesicht, das sich ihm zuwandte. Er konnte nicht hören, was sein Kumpel da schrie, aber dass er schrie, wusste er sofort, und das Wort, das er ausstieß, konnte er ihm von seinen Lippen ablesen: »Polizei!«

*

Marthe Dirkens war unruhig. Sehr unruhig. Das kannte sie gar nicht von sich. So schlecht geschlafen hatte sie schon lange nicht mehr. Nun gut, es war Sturm gewesen, und da schlief wohl ein jeder schlecht. Sie als Hausbesitzerin wahrscheinlich noch schlechter, sie wusste schließlich, was so ein aufziehender Orkan alles anrichten konnte. Die wirklich schweren Stürme waren auf der Insel zwar selten, aber wenn sie kamen, hatten sie meist eine Spur der Verwüstung an Dächern und Fassaden hinterlassen und in den kleinen Wäldern der Insel für Kahlschlag gesorgt. Die Handwerker würden nach diesem Wochenende sehr gefragt sein, da war sich Marthe Dirkens sicher. Vom Weststrand bis zur Nordhelm-Siedlung würden Sturmschäden zu reparieren sein.

In der Nacht war sie mehrfach aufgewacht und hatte dem Klappern und Scheppern, das die Windböen verursachten, nachgespürt. Sie kannte die Geräusche des Hauses, in dem sie fast ein ganzes Leben verbracht hatte, und wusste genau, wenn etwas nicht in Ordnung war. Und so hatte sie die Geräusche nach und nach zugeordnet und gewusst, dass es noch keine größeren Schäden am Haus gab. Wenn der Wind dann zwischendurch abflaute, war sie in einen unruhigen Dämmerschlaf gefallen, aus dem sie aber sofort hochgeschreckt war, wenn es erneut laut knallte und schepperte. Sie hatte zur Treppe und zu ihren Gästezimmern gelauscht. Dass Daniela nach Hause gekommen war, hatte sie gehört; ihre Stammgäste konnte sie fast alle an der Art und Weise, wie sie die Haustür öffneten und schlossen und wie sie die Treppe hochgingen, erkennen. Auch mitten in der Nacht hatte sie aus Danielas Zimmer Geräusche gehört, das Rauschen der Toilettenspülung war in dem alten Haus nun mal nicht zu unterdrücken. Sie hatte schon Sorge gehabt, Daniela könne sich bei dem Sturm ängstigen, und war sogar versucht gewesen, aufzustehen und noch einmal eine Kanne Tee aufzugießen. Aber sie war auch nicht mehr die Jüngste und wusste, jede Stunde Schlaf weniger würde sie am nächsten Morgen bereuen. Nach einiger Zeit hörte sie aus Danielas Zimmer keine Schritte mehr, und auch bei Frau Rosenbaum war alles still. Seltsam, sie hatte die Haustür kein zweites Mal gehört. Frau Rosenbaum musste wirklich sehr leise zurückgekehrt sein. Oder ob sie woanders übernachtete? Sie hatte so Andeutungen gemacht, von wegen verabredet und so. Und von ihren Clubgästen kannte sie das sehr wohl, dass da nicht jeder in dem Bett landete, das er für sich gebucht hatte. Aber Frau Rosenbaum? Nein, das konnte sie sich nicht vorstellen. Aber wer schaute einem Menschen schon hinter die Stirn?

Sie sollte jetzt wirklich besser schlafen und nicht weiter über ihre Gäste spekulieren. Die konnten tun und lassen, was sie wollten, ob sie das nun gut fand oder nicht.

In Gedanken ging Marthe Dirkens durch, was sie tun würde, wenn durch den Sturm der Strom ausfallen sollte. Da aber merkte sie schon, wie müde sie war, und die Augen fielen ihr zu, auch wenn sie dagegen ankämpfte.

Am Morgen war sie schon gegen sechs Uhr wach. Viel zu früh für ihre Gäste und auch zu früh, um die richtig leckeren Brötchen beim Bäcker zu holen. Sie zog sich trotzdem an und trat vor das Haus, um die Straße entlang nach möglichen Sturmschäden zu schauen. Suchend betrachtete sie die Fassade und das Dach ihres alten Hauses. Auf den ersten Blick war auf ihrem Grundstück alles in Ordnung, aber da würde sie später, wenn es heller war, gründlicher nachsehen. Auf der Straße trieb der Wind Blätter, Papierabfälle und große Schaumstoffstücke, wie man sie zur Wärmeisolierung nutzte, vor sich her. Wenn nur kein Mensch zu Schaden kam, dachte sie, alles andere war zu ersetzen.

Sie hatte danach den Kachelofen geheizt und den großen Gästetisch im Esszimmer eingedeckt. Für sich hatte sie einen Tee gekocht, denn es würde sicher noch dauern, bis Daniela und Frau Rosenbaum zum Frühstück kamen.

Um kurz vor acht flaute der Wind deutlich ab, und Marthe Dirkens verließ das Haus, um beim Bäcker ihres Vertrauens die besten Brötchen der Insel zu holen. Drei Exemplare des ›Norderneyer Morgen‹ würde sie mitbringen, eins für sich selbst und die beiden anderen als Frühstücksbeigabe, was bei all ihren Gästen immer gut ankam. Und dann würde sie sehen, was der Tag und der Sturm mit sich brachten.

*

Martin Ziegler stand fassungslos am Strand und starrte auf das aufpeitschende Wasser. Der Sturm hatte sich in der letzten Stunde etwas gelegt, aber die Wellen kamen immer näher und sprühten die weiße Gischt weit über den Strand. Wie gerne hätte er jetzt eine Zigarette geraucht. Irgendetwas gehabt, was ihm half, sich innerlich festzuhalten. Das war einer dieser Momente, vor denen er damals auf die Insel geflohen war. Klar hatte er gewusst, dass es auch hier Tote geben konnte. Aber wenn er sich die Statistik ansah: 30 Jahre lagen zwischen den beiden letzten Morden. 30 Jahre! Da wäre er schon locker in Pension gewesen, wenn der Rhythmus jetzt nicht unterbrochen worden wäre.

Natürlich konnte er noch gar nicht mit Bestimmtheit sagen, dass es Mord war. Vielleicht war diese Frau krank gewesen und deswegen zusammengebrochen. Konnte ja sein: ein Herzfehler in der Familie, eine Lungenembolie, ein Aneurysma. Aber irgendetwas hatte ihm direkt gesagt, dass es ein Fall für die Kriminalpolizei werden würde. Intuition und Erfahrung gleichermaßen, vermutete er. Er hatte nur einen Blick auf die Leiche geworfen und sich dann abgedreht.

Die Notärztin trat neben ihn: »Da ist nichts mehr zu machen. Die Leiche ist kalt und die Totenstarre deutlich fortgeschritten. Die Frau liegt hier schon ein paar Stunden. Ich würde sagen, der Tod ist gestern am Abend eingetreten.«

»Danke. Haben Sie irgendeinen Hinweis auf die mögliche Todesursache? Gibt es sichtbare, deutliche Anzeichen?«

Die Ärztin schüttelte den Kopf. Sie griff in ihre orangerote Jackentasche und holte eine Zigarettenpackung und ein Feuerzeug heraus. »Auch eine?«, fragte sie in seine Richtung.

Mit verkrampftem Kiefer schüttelte Ziegler den Kopf. Am liebsten würde er ihr die Zigaretten aus den Händen reißen. Er hasste sich selbst dafür. Als er sah, dass es ihr nicht gelang, die Flamme zu entzünden, war er erleichtert.

»Irgendetwas, das Ihnen aufgefallen ist?«, erinnerte er sie an seine Frage, auf die sie noch nicht geantwortet hatte.

»Nein, nichts Sicheres. Ich vermute, dass es ein kurzer Todeskampf war. Als sei sie plötzlich überrascht worden. Auf einen Suizid deutet erst einmal nichts hin. Äußere Gewalteinwirkung konnte ich nicht feststellen. Aber ich möchte auch nicht von einem natürlichen Tod ausgehen. Dafür ist sie eindeutig zu jung und der Todesort nicht banal genug. Sie werden also auf die Spurensicherung und die Kollegen von der Rechtsmedizin setzen müssen.«

Martin Ziegler knurrte und machte eine wegwerfende Handbewegung.

»Wie bitte? Ich habe Sie nicht verstanden.« Die Ärztin versuchte erneut, die Zigarette anzuzünden.

»Wenn das mal so einfach wäre«, sagte Martin Ziegler laut in ihre Richtung und legte fast automatisch seine großen Hände um ihr Feuerzeug. Die Flamme loderte auf.

»Oh, danke! Das brauche ich jetzt, wenigstens vier, fünf Züge«, stieß die Ärztin die Worte zusammen mit dem Rauch hervor. »Geht immer noch nicht, dem Tod so ins Gesicht zu schauen. Was ist nicht einfach?«

»Was glauben Sie denn? Sind wohl noch nicht lange auf der Insel, oder? Wo sollen denn Ihrer Meinung nach Spurensicherung und Rechtsmediziner jetzt herkommen? Wir haben Sturm, hallo! Sturm und für heute eine Orkanmeldung! Schauen Sie doch mal auf eine Wetter-App.« Martin hatte sich mit jedem Wort weiter in Rage geredet. Er konnte selbst nicht sagen, was seine Wut genau ausmachte. Ob es war, weil er ebenfalls so gerne geraucht hätte oder weil die Aussicht, hier auf der Insel allein mit einem möglicherweise unnatürlichen Todesfall zu sitzen, ihn nervös machte, er konnte es nicht voneinander trennen. »Hier fährt und fliegt schon seit gestern Nachmittag nichts mehr. Rein gar nichts! Keine Fähre, kein Flugzeug, kein Hubschrauber.«

»Ups! Das ist echt ein Problem. Wie geht das denn dann weiter?«

»Ich habe eben mit Aurich telefoniert. Da ist die Hölle los. Sind total unterbesetzt, ein Noro-Virus hat die verbliebene Truppe reduziert, und die bisherigen Sturmschäden haben zu Verkehrschaos, Stromausfällen und Verbindungsausfällen geführt. Das totale Chaos! Alles gleichzeitig. Und keiner kann sagen, wie wir verfahren sollen.«

Der Sturm war in den letzten Minuten auch um sie herum aufgefrischt. Martin musste etwas unternehmen, er konnte nicht tatenlos auf das Meer schauen. Der Sturm würde, wenn er über den Strand fegte, Spuren verwischen und die Bergung der Leiche erschweren.

Er gab sich einen Ruck, straffte den Rücken und sagte mit fester Stimme: »Ich brauche Ihre Unterstützung. Wir beide müssen den Job alleine machen. Ist das in Ordnung? Und verraten Sie mir Ihren Namen? Wir hatten ja bisher nichts miteinander zu tun. Ich heiße Martin Ziegler.«

»Das weiß ich. Gibt ja nicht so viele Polizisten auf der Insel. Von Ihnen wird viel gesprochen, die Leute mögen Sie. Ich bin Anne Wagner. Was kann ich also tun? Solange ich keinen neuen Einsatz habe, kann ich helfen.«

»Super. Ich rufe Volker Lappmann an, den Fotografen, der soll zu uns rauskommen und alles fotografieren. Tüdken und Jansen sollen uns mögliche Schaulustige vom Hals halten, auch wenn bei dem Wetter noch nicht allzu viele unterwegs sein werden. Ich möchte, dass Sie die Leiche eingehend untersuchen und alles genau festhalten. Die Bestatter schicke ich dann mit dem Leichnam ins Krankenhaus. Wäre mir lieb, wenn wir sie dort in der Kühlung des Leichenkellers belassen, bis die Rechtsmedizin sich kümmern kann. Gibt es eine Tasche, ein Portemonnaie, irgendwelche Papiere, Wertsachen? Bitte kontrollieren Sie mit mir alle Habseligkeiten, ich versuche dann herauszubekommen, wer die Frau ist und wo ich die Angehörigen finde.«

Er wandte sich an Tüdken und Jansen. »Ihr kennt die Frau auch nicht, oder? Ist doch eher keine Insulanerin?«

Die beiden Männer schauten sich an. Schüttelten zeitgleich den Kopf.

»Nee, die kennen wir nicht«, sagte Eike Jansen langgedehnt. »Habe ich noch nie gesehen.«

»Ich vermute auch, dass sie eine Touristin ist. Auch nicht schön, im Urlaub zu sterben.« So langsam funktionierten die Kripo-Reflexe von Martin Ziegler wieder, und er fand in die alte distanzschaffende Sprache, die ihn bei Mordfällen früher lange Zeit geschützt hatte.

Tatsächlich verspürte er auch so etwas wie ein Prickeln. Fühlte sich wie neu erwacht nach einem fürchterlich langen Winterschlaf. Lag es etwa an der Ärztin, die so souverän die Leiche erneut in Augenschein nahm? Der Wind war stärker geworden und zerrte an ihnen. Er blies zwischen den Strandkörben hindurch, die nur wenig Schutz boten, und wirbelte den Sand auf, der schmerzhaft in Mund und Augen brannte.

»Die gute Frau hat jede Menge in ihren Jackentaschen. Dort finden wir bestimmt etwas, das uns sagt, wer sie ist.« Anne Wagner reichte ihm das Portemonnaie.

Martin blickte auf die Ärztin runter. Wie klein und zierlich sie wirkte, wenn sie dort kniete. Und wie taff und tatkräftig sie ihm gleichzeitig vorkam. Die langen Haare hatte sie zu einem schlichten Pferdeschwanz gebunden, der lang über die Rückseite ihrer Notfalljacke fiel. Ihr Haar sah wettergesträhnt aus, und ihr Gesicht hatte die Farbe derjenigen, die sich hier oben an der Nordsee viel draußen bewegten. Hübsch, aber uneitel und bodenständig, so kam sie ihm vor. Wirklich, das gefiel ihm, mit ihr zusammenzuarbeiten. Vielleicht war so ein unklarer Todesfall gar nicht das Allerschlechteste, was ihm passieren konnte.

Noch während er die Geldbörse durchsuchte, durchzuckte ihn ein Gedankenblitz.

Aber klar. Warum war er da nicht direkt draufgekommen?

Er zog sein Handy aus der Tasche, suchte im Adressbuch die Nummer und brüllte gegen den Wind, als er mehr ahnte, als dass er hörte, wie das Freizeichen verstummte und ein verschlafenes Hallo an sein Ohr drang.

»Guten Morgen, Ruth. Ich bin's, Martin. Du wolltest doch so gerne einen Mordfall lösen. Voilà, es ist angerichtet!«

*

Ich habe mir ja vorher vieles vorgestellt und ausgemalt. Und natürlich war ich mir meines Motivs auch immer voll bewusst. Dennoch erstaunt mich diese Zufriedenheit, diese Ruhe und Abgeklärtheit, die mich seit gestern Abend erfüllt. Keine Sekunde des Zweifelns, keine Sekunde des Zögerns, ich lief wie ein programmierter Roboter. Lustig, dass mir gerade dieser Vergleich einfällt! War mir doch noch vor zwei Jahren diese ganze technikaffine Entwicklung unserer Gesellschaft nur zuwider. Wie das Leben so spielt. Bei mir hat es alles komplett auf den Kopf gestellt. Wenn man es genau betrachtet, trifft es das vollkommen: Alles auf den Kopf gestellt!

Als ich mich diese Nacht zur Ruhe begeben habe, stellte sich mir sogar kurz die Frage, ob es nicht schon genug sei. Ob ich es nicht einfach dabei bewenden lassen sollte. Meine Zufriedenheit schien doch zu signalisieren, dass es genügte.

Und das Strafmaß, das mich erwartete, würde ein Leben danach ermöglichen.

Aber dieser Gedanke verflog wie von selbst. Nein, ich würde dieses Projekt zu seinem Ende bringen. So wie es gedacht war, so wie ich es geplant hatte. Es ging um mehr als ein Zeichen, es ging um Richtigstellung und Wiedergutmachung, um Vergeltung und Warnung. Es wird Menschen geben, die das verstehen und mir dankbar sein werden.

Ich bin mir sicher, ich würde es bereuen und mir niemals verzeihen, wenn ich heute einen Schlussstrich ziehen würde.

*

Marthe Dirkens hatte sich ganz gegen ihre Gewohnheit einen Kaffee aufgebrüht, nachdem sie vom Bäcker zurückgekehrt war. So müde wie heute war sie schon lange nicht mehr gewesen. Das steckte sie nicht mehr weg wie in jungen Jahren, so eine Nacht mit wenig Schlaf. Heute jedenfalls fühlte sie sich wie gerädert und musste etwas dagegen tun, denn wenn ihre beiden Gäste zum Frühstück kamen, sollte wie gewohnt alles perfekt sein.

Mit dem Kaffee und dem ›Norderneyer Morgen‹ hatte sie sich in ihr kleines Wohnzimmer gesetzt, das früher, als ihr Mann noch lebte, ihr Schlafzimmer gewesen war. Mittlerweile hatte sie zum Schlafen ein kleines Zimmer in der oberen Etage bezogen, direkt an der Treppe, sodass sie notfalls auch nachts ihre Gäste hörte, wenn es irgendetwas gab, für das ihre Hilfe benötigt wurde.

Das Wohnzimmer hatte eine gemütliche Couch mit dicken Kissen und zwei flauschigen Decken, einen für heutige Verhältnisse wahrscheinlich viel zu kleinen Fernseher, den sie aber nur selten einschaltete, einen hübschen antiken Bücherschrank, der aus der Familie ihres Mannes stammte und auf den sie sehr stolz war, sowie einen gemütlichen Ohrensessel mit großem Rosenmuster, in dem sie abends saß und strickte, häkelte oder stickte. Das Lesen war die letzten Jahre weniger geworden, weil es sie anstrengte und ihr schnell die Augen zufielen. Beim Handarbeiten konnte sie nun mal viel besser ihren eigenen Gedanken folgen, und oft spann sie erfundene Lebensläufe ihrer Gäste, stellte sie sich als Protagonisten eines von ihr geschriebenen Romans vor und hatte manchmal nicht übel Lust, sich Papier und Stift zu holen und einfach loszuschreiben. Zu erzählen hätte sie nach all den Jahren als Pensionswirtin wahrlich genug, sei es, weil sie tiefe Einblicke in das Leben ihrer Stammgäste hatte, oder weil die Kurzzeitgäste genügend Stoff für ihre Fantasien zurückließen. Wenn sie sich allein Merle Rosenbaum anschaute. Was die wohl im wahren Leben trieb? Einen so exzentrischen und widersprüchlichen Menschen hatte sie schon länger nicht mehr zu Gast gehabt: Kam in Kleidung daher wie ein Wanderurlauber in den Bergen, legte aber immer Wert auf Lippenstift, den sie regelmäßig verschmierte. Hatte ihr davon erzählt, wie es ist, in einem Technikberuf zu arbeiten, in dem es fast nur Männer gab, und war ganz verrückt auf Horoskope. Mit der stimmte doch was nicht, da war sie sich ganz sicher. Auch wie sie auftrat: kaum etwas Zugewandtes, Verbindliches. Nein, Frau Rosenbaum lebte eindeutig in ihrer eigenen Welt. Dann aber gestern Abend ihr triumphales Geheul, als sie von ihrer Verabredung erzählte. Das hätte sie auch ganz normal erzählen können oder auch gar nicht, es ging sie als Pensionswirtin ja nichts an, aber dann war dieses kindische »Ich auch«, mit dem sie anscheinend mit Daniela konkurrieren wollte, gekommen. Die beiden kannten sich noch nicht mal. Nein, wirklich seltsam, seltsam und albern. Wie im Kindergarten. Und schließlich dieses Gerede vom Universum und irgendetwas Englisches, das etwas mit der Jagd zu tun haben müsste, wie Daniela ihr erklärt hatte. Da hätte sie mal Lust, eine Geschichte draus zu machen. Ach, das wär mal was. Ein Buch von ihr! Marthe Dirkens: ›Wirklich zauberhafte Gäste‹, so könnte sie sich den Buchtitel vorstellen. Wenn das mit der Pension vorbei wäre, dann würde sie das mal angehen. Sie hatte erst letztens gelesen, dass da so ein Kurs angeboten worden war im Conversationshaus: Lust auf Schreiben? – So bringen Sie Ihre Geschichten zu Papier.

Mit der Vorstellung, wie es wäre, die Buchhandlung der Insel zu betreten und vorne auf dem ersten Tisch an herausragender Stelle ihren eigenen Namen auf einem Buch zu lesen, auf dessen Einband ein leuchtend blauer Himmel, das sonnengetränkte Meer und der Norderneyer Leuchtturm neben einem Bild ihrer Pension prangten, fiel ihr der Kopf vor lauter Müdigkeit zur Seite.

*

»Reederei Frisia, Moin. Was kann ich für Sie tun?«

»Guten Morgen. Juliane Kamper hier. Ich wollte heute zurück auf das Festland. Jetzt hat mir die Vermieterin meiner Ferienwohnung eben gesagt, dass heute keine Schiffe fahren und dass ich besser bei Ihnen anrufen soll, bevor ich auschecke. Das kann doch nicht sein, oder?«

»Doch, gute Frau, das ist so. Leider! Sie haben Glück, dass Sie überhaupt telefonisch durchdringen. Hier ist die Hölle los. Samstag ist unser Wechseltag. Da wollen nicht nur Sie nach Hause.«

»Wechseltag? Was heißt das?«

»Na, die meisten Ferienwohnungen werden immer von Samstag zu Samstag vermietet, damit nicht zu viel Leerstand entstehen kann. Und deswegen reisen die meisten Gäste samstags an und wieder weg. Und wenn Sie mal in den Kalender schauen: Heute ist Samstag!«

»Heißt das, ich kann nicht weg, weil so viele andere abreisen? Ich verstehe das nicht. Ich muss doch von der Insel runter, wann ich das will. Und eine Person mehr oder weniger, da kann man doch mal großzügig sein.«

Julianes Stimme wurde mit jedem Satz weinerlicher. Sie wollte nicht schon wieder in Tränen ausbrechen. Die Dame im Vermietungsbüro hatte sie schon so komisch angeschaut, wahrscheinlich wegen der geröteten Augen. Das war ihr so was von egal gewesen. Hauptsache, sie kam so schnell wie möglich von der Insel weg.

»Nee, nee, meine Liebe, das verstehen Sie falsch. Wenn wir fahren würden, dürften Sie auch mit.«

Julianes Stimme wurde hysterisch. »Was meinen Sie mit: Wenn Sie fahren würden?«

»Haben Sie mal aus dem Fenster geschaut? Sturm! Wir haben Sturm. Und zwar mit einer Windstärke, da fährt kein Schiff mehr. Zumal auch noch ein Orkan gemeldet ist.«

»Sie fahren nicht mehr wegen dem Wind da draußen? Aber ich *muss* weg. Es ist ein Notfall. Ich muss heute noch abreisen. Und einen Flug auf das Festland kann ich mir nicht leisten.«

»Na, Sie sind gut! Das hat heute auch nichts mit Geld zu tun: Bei dem Wind fliegt auch keins unserer Flugzeuge mehr. Das tut mir leid.«

»Ich sitze hier fest?« Julianes Stimme überschlug sich. »Ich sitze verdammt noch mal hier fest?«

»Jo, das ist so. Kann sich aber bis morgen schon geändert haben. Glauben Sie mir, sobald etwas geht, nehmen wir den Betrieb wieder auf. Ein bisschen Schaukeln macht uns hier oben nichts aus, das sind wir gewohnt. Aber bei Sturmstärke 10 und mehr leider nicht.«

Juliane saß zusammengesunken auf dem Bett ihrer Ferienwohnung. In der Hand hielt sie ein Foto von Noah, die Tränen liefen schon wieder über ihr Gesicht. Mit dem Handrücken fuhr sie sich über die Augen. »Aber was soll ich denn jetzt machen?«

»Ach, genießen Sie es doch, dass Sie auf unserer schönen Insel bleiben können. Die meisten Gäste freuen sich darüber. Zumal Ihnen die neuen Gäste heute die Unterkunft nicht streitig machen können. Glauben Sie mir: Norderney ist auch bei Sturm schön. Machen Sie es sich gemütlich und passen Sie gut auf sich auf, dann geht das schon.«

Juliane drückte ohne einen Abschiedsgruß die rote Taste des Handys. Das durfte doch alles nicht wahr sein! Womit hatte sie das bloß verdient?

*

Der Wind wurde zunehmend heftiger und unangenehmer. Er erschwerte die Arbeit ungemein und verzögerte die Abläufe mehr, als sie gebrauchen konnten.

»Schlimmer hätte es für einen unklaren Todesfall nicht sein können!«, brüllte Martin hinüber zu Ruth.

Die stand inmitten der Burg aus Strandkörben und Badekarren und tippte in ihr Handy die Beobachtungen, die ihr die Notärztin zurief.

Mittlerweile war es trotz des Wetters wuselig am Strand geworden. Lappmann, der Fotograf, hatte den Ort gründlich abfotografiert und machte Fotos von der Leiche, so wie Anne Wagner ihn anwies. Im Hintergrund standen die Bestatter, die darauf warteten, den Leichnam in die Leichenkammer des Krankenhauses zu bringen. Damit sicherte Ziegler die amtliche Verwahrung, die bei einem Leichenfund obligatorisch war. Staatsanwalt Marcus Höpfner hatte er telefonisch informiert. Sie würden vor Ort alles so erheben und sichern, dass Höpfner später in der Lage sein würde zu entscheiden, wie es weitergehen sollte.

Martin Ziegler hatte aus dem Auto Einmalhandschuhe und eine Tüte geholt. Der Reihe nach hatte er die Gegenstände, die sie in den Taschen der Frau gefunden hatten, von Anne Wagner entgegengenommen. Eine Handtasche gab es nicht, aber die Kleidung der Leiche hatte so viele Taschen aufgewiesen, dass sie locker ein ganzes Sammelsurium an Gegenständen mit sich hatte herumtragen können. Neben ihrem Portemonnaie und dem Handy fielen ihm besonders das GPS und das Schweizer Messer auf. Da hatten sie es wohl mit einer dieser modernen Schatzsucherinnen zu tun. Die beschäftigten die letzten Jahre immer mal wieder die Polizei, wenn sie ihre Verstecke so anlegten, dass aufmerksame Beobachter an Drogengeschäfte und terroristische Machenschaften dachten. Auf der Insel gab es eher Naturverstecke, aber auch da hatte es schon Konflikte gegeben, wenn die Cacher in den Dünengebieten unterwegs waren und den Jägern vor die Flinte gelaufen waren. Nun, vielleicht würde das GPS noch wichtig werden, um zu verstehen, warum er hier eine Leiche liegen hatte. Er würde sich mal erkundigen müssen, wer ihm dabei weiterhelfen konnte.

Das Handy war mit einem Code versehen, deswegen kam er darüber nicht an das Adressbuch oder an letzte Telefonate. Das hätte ihnen Hinweise darauf geben können, wer zu benachrichtigen war. Nun, er würde später auf dem Revier seine Kontakte spielen lassen, und die Kollegen aus Aurich würden via Telefon helfen müssen.

Die beiden Schlüssel, die sich in der Oberschenkeltasche der Cargohose gefunden hatten, wog er in seiner Hand. Kein vollständiger Schlüsselbund, wie ein Einheimischer bei sich tragen würde. Die These, dass es sich um einen Inselgast handelte, schien ihm damit noch wahrscheinlicher. Zwei Schlüssel. Einer schien ihm ein normaler Haustürschlüssel zu sein, kein spezieller Sicherheitsschlüssel wie die modernen Boardinghäuser und Ferienwohnungskomplexe ihn hatten. Das wies auf jeden Fall auf eine individuellere Vermietung hin. Auch der zweite Schlüssel passte in dieses Bild. Er sah fast altmodisch nach einem Zimmerschlüssel aus, wie er selber ihn zu Hause hatte. Möglicherweise war die Dame in einer Pension untergebracht.

Nun, das würde zumindest die Suche etwas erleichtern. Die klassischen Pensionen waren die letzten Jahre immer weniger geworden. Wer es sich leisten konnte und was auf sich hielt, baute sein Haus zu einer modernen Ferienwohnung um. Die Gäste wollten keine persönliche Betreuung mehr, verweigerten sich den Zeitfenstern für Frühstück und Halbpension und hatten erst recht keine Lust mehr, in den muffigen, altbackenen Veranden wie auf dem Präsentierteller zu sitzen, um Filterkaffee zu trinken, den heute keiner mehr mochte. Nein, der Trend ging eindeutig in eine andere Richtung. Helle, moderne Ferienwohnungen, Lofts und Boardinghäuser, Konzepthotels und Wellnessangebote boomten. Den einen gefiel's, den anderen nicht. Die einen wähnten sich als neues und besseres Sylt, die anderen warnten vor dem Ausverkauf der Insel. Die Bessersituierten kamen immer öfter, während die Clubs, die lange Zeit das Bild der Insel bestimmt hatten, sich zunehmend diskriminiert fühlten. Die Zeiten waren nicht einfach für die Insel. Aber klar war: Der Wandel hatte neues Geld gebracht. Die Immobilienpreise waren in die Höhe geschossen, für die Unternehmer auf der Insel gab es reichlich Arbeit. Wer wollte sich dagegenstellen?

Für die Nostalgiker blieben die Unterkünfte, die noch nicht auf den neuen Zug aufgesprungen waren. Und Ziegler war sich ganz sicher, dass zu einer davon auch der Schlüssel passte, den er in der Hand hielt.

»Und, weißt du schon, wer sie ist?« Ruth war neben ihn getreten. Sie hatte die Kapuze ihrer Jacke über ihre Mütze gezogen. »Mensch, ist mir kalt. Zu wenig Schlaf, zu viel Alkohol und dann diese nette Überraschung. Wir waren doch schon verabredet, ohne dass du mir eine Leiche präsentieren musst. So groß war mein Bedürfnis nach Mordfällen auch nicht.«

»Du denkst also auch an Mord?«

»Keine Ahnung, warum. Ja, tue ich. Sagt mir mein kriminalistisches Bauchgefühl, das wir wohl alle haben. Wenn es nicht Wunschdenken ist, weil ich was mit dir zusammen erleben möchte.« Ruth lachte leise in Martins Richtung. »Doofe Sprüche, um das Unbehagen im Beisein des Todes zu vertuschen. Immer noch. Ich kann es nun nur besser einsortieren.«

»Kannst du mir sagen, was genau dein Bauchgefühl ausmacht?«

»So, wie die Frau dort liegt. Dass sie das Handy in der Tasche hatte und nicht in der Hand, um einen Notfall zu melden. Der seltsame Ort. Das Wetter. Alles zusammen.«

»Ja, deckt sich eins zu eins. Hilft mir, wenn ich den Kollegen in Aurich den Stand übermittle. Die können nachforschen, mit wem wir es zu tun haben.«

Martin Ziegler öffnete das Portemonnaie und holte den Ausweis hervor. Mit einer schnellen Handbewegung hatte er die Fächer der Geldbörse durchgeblättert: Die Norderney-Card, ein Führerschein, ein Organspendeausweis, für den es jetzt zu spät war, einige kleine Scheine, zwei verschiedene EC-Karten. Ein seltsam aufgeräumtes Portemonnaie für ein weibliches Wesen, fand er. Aber das wollte er nicht laut in Ruths Anwesenheit sagen. Ihr Geschimpfe über ihn als alten Macho konnte er sich auch so lebhaft vorstellen.

Er drehte den Personalausweis hin und her, als würden sich dadurch geheime Zeichen aus ihm herauslesen lassen. Dann hielt er ihn Ruth unter die Nase und verkündete laut:

»Merle Rosenbaum, Kastanienstraße in Mannheim.«

»Nein, ist nicht wahr! Hat die nun ihre Haare wegen ihrer Straße kastanienbraun gefärbt oder ist sie wegen ihrer Haarfarbe in diese Straße gezogen?«

»Ruth, was ist denn mit dir los? Sprüche gegen das eigene Geschlecht? Kenne ich ja gar nicht von dir.«

»Ist auch nicht so gemeint. Aber das ist so auffällig an ihr. Diese Haare und hast du gesehen, wie bizarr ihre Lippen geschminkt waren?«

Wie auf das Stichwort trat Anne Wagner zu ihnen. »Da kann ich mitreden. Das habe ich in einer versteckten Tasche auf der Rückseite der Jacke gefunden. Orangefarbener Lippenstift. Kann ich sonst noch was tun? Ich müsste nämlich dringend los.«

»Natürlich, vielen Dank für all das, was Sie gemacht haben. Ich werde mich später bei Ihnen melden, wenn ich genauere Anweisungen aus Aurich habe, okay?«

»Prima. Bis dahin passen wir im Krankenhaus gut auf Ihre Leiche auf. Wenn der Orkan uns nachher nicht wegfegt.«

»Ja, verdammt, hoffentlich geht das heute gut. Nicht, dass da noch Arbeit auf uns zukommt. Also, bis später!« Martin Ziegler sah der leuchtenden Jacke der Notärztin hinterher, bis Ruth ihn anstupste.

»Hey, was ist los? Willst du warten, bis uns die Strandkörbe um die Ohren fliegen? Lass die Stelle räumen, und wir sehen, dass wir auf das Revier kommen. Kaffee und ein Telefon – und die Arbeit kann losgehen! Ich bin gespannt, was wir rauskriegen.«

*

Da habe ich mir bei aller Planung doch eine Falle gestellt! Es gehen weder Schiff noch Flugzeug. Wegen des Sturmes ist jeglicher Verkehr zur und von der Insel eingestellt. Nun, für mich ist das nicht schlimm. Wir sind schließlich schon längst alle zusammen auf der Insel. Außer Merle, die ist mittlerweile in eine andere Umlaufbahn eingetreten. Vorausgegangen, würde ich mal sagen. Aber dummerweise habe ich mich bei Dörthe für heute mit dem Flieger angekündigt. Der jetzt nicht fliegt. Tatsächlich kommt mir das aber zugute. Ich habe so ein hervorragendes Alibi, um sie einen weiteren Tag zu vertrösten und zu schieben. Von Anfang an hatte ich geplant, mit ihr meinen Auftrag am Sonntag zu beschließen. Was aber, wenn es auch am Sonntag noch keinen Schiffs- und Flugverkehr gibt? Das heißt, ich muss meine Planung genau überdenken. Die Reihenfolge ändern, einen Deus-ex-Machina-Effekt erzeugen, indem ich plötzlich doch hier bin, oder das ganze Projekt länger hinauszögern? Letzteres dürfte zu schwierig werden. Nicht, dass mir die Damen ungeduldig werden. Das alles bedeutet wohlüberlegtes Kalkül. Und das ausgerechnet heute, an dem Tag, an dem ich mein Meisterwerk gleich doppelt vollziehen will. Alle Konzentration ist nötig, das bin ich mir selbstredend schuldig.

Auf der Insel ist jedenfalls schon die Hölle los. Man hat Merle wohl am frühen Morgen gefunden. Es geistern die unglaublichsten Geschichten durch das Inseldorf. Die einen glauben, ihr Leichnam sei angeschwemmt worden, die nächsten erzählen von einer Schnapsleiche, wieder andere sprechen von Vergewaltigung. So richtig durchgedrungen ist noch nichts, überall gibt es Gerüchte, und keiner scheint zu wissen, um wen es sich handelt. Nur gut so. Die sollen sich heute alle damit beschäftigen. Ich habe heute schließlich mehr als genug zu tun. Frisch ans Werk!

*

Constance war nur noch genervt. Genervt, genervter, am genervtesten. Was sie da gestern Abend zu später Stunde in der Milchbar erlebt hatte, erschien ihr mittlerweile wie ein Traum. Was hatte sie sich da bloß eingebildet? Hatte einem Typen schöne Augen gemacht, weil sie betrunken gewesen war und sich frustriert und sitzengelassen gefühlt hatte. Ha, sie hatte sich in der Nacht noch eingebildet, für heute Morgen verabredet zu sein. So was Ähnliches jedenfalls. Oder wie hätte man das sonst deuten sollen, was ihr dieser Typ, der ihr schon ganz gut gefallen würde, gestern gesagt hatte? Aber sie würde sich nicht vollkommen zum Gespött machen. Es reichte schon, wenn das die Frauen taten, denen sie gestern vor den Partykneipen begegnet war. Nein, Fakt war, sie saß den dritten Tag auf dieser Insel rum und wusste nichts mit sich und diesem Ort hier anzufangen. Sie hatte keine Lust mehr auf dieses Inselkaff, in dem sie nicht wusste, wie sie sich die Zeit vertreiben sollte. Okay, ein paar nette Geschäfte, die Milchbar hatte ihr tatsächlich gut gefallen und der gestrige Abend wäre unter anderen Voraussetzungen schon nach ihrem Geschmack gewesen. Aber was hatte sie sich bloß eingebildet? In Wirklichkeit hatte sie nur diesen Lustgreis von gestern Nachmittag an der Backe, der sich wohl einbildete, mit ein paar Promigeschichten die Frauen aufreißen zu können. Wahrscheinlich gelang ihm das bei anderen, aber da war er bei ihr an der falschen Adresse. Und das sollte ihr Wochenende auf der Insel sein!

Gestern Abend hatte sie sich noch einmal auf den Weg gemacht, um etwas zu essen. Stimmt schon, hatte sie bisweilen gedacht, dass es ein ganz attraktives Publikum auf der Insel gab. Aber die meisten, die sie sah, machten einen auf Familie oder waren als grölende Männergruppe unterwegs, mit gleichen Shirts, bedruckt mit den ewig dämlichen Sprüchen, die sie schon auf Facebook nervten. Und wirklich schön war von den Typen auch nur jeder fünfte.

Sie hatte zum Essen Fisch bestellt, denn wenn sie schon hier oben an der Nordsee war, wollte sie wenigstens die regionalen Gerichte kennenlernen. Sie kochte gerne und erfreute sich beim Essengehen immer daran, wenn ihr neue Geschmackskompositionen begegneten. Die gelungene Zubereitung der Seescholle hatte ihre Laune kurzfristig gehoben. Ein paar Facebook-Posts später hatte sie immerhin genügend Likes, um sich ein wenig getröstet zu fühlen. Sie hatte sich einen Weißwein zum Essen dazubestellt, und der hatte sein Übriges dazu getan, sie aufzuheitern. Und so hatte sie sich auch noch einen zweiten bestellt und dann den Kellner gefragt, wo sie als Frau denn gut einen Absacker nehmen könnte. Den Blick einzuordnen, den er ihr daraufhin zugeworfen hatte, fiel ihr nicht leicht. Aber sie hatte sich kurz beleidigt gefühlt, woher auch immer das kommen mochte. Er hatte ihr sehr zurückhaltend ein paar Gaststätten genannt, in denen abends immer etwas los sei, für jedermann und jedefrau, wie er sich ausdrückte, und dann gäbe es noch die Milchbar.

»Die Milchbar, die Milchbar«, hatte sie ihn nachgeäfft und die Augen gerollt. »Was haben bloß alle mit dieser Milchbar?«

Der Kellner hatte daraufhin die Achseln gezuckt und sich mit einer höflichen Verabschiedung zurückgezogen. Sie war dann durch die Straßen gelaufen, hatte in dieses und jenes Schaufenster geschaut und war auch an den besagten Gastronomiebetrieben vorbeigekommen, die der Ober ihr, nun ja, nicht gerade empfohlen, aber doch immerhin genannt hatte. Seinen abschätzenden Blick hatte sie danach etwas besser einordnen können, und sie hoffte bloß, dass er seinerseits nicht zu dem Schluss gekommen war, sie könnte hierhin gehören. Gerade eben hatte sich die Türe geöffnet, und eine größere Gruppe von Männern und Frauen war, begleitet von einem Schwall Partymusik der allerschlimmsten Sorte, aus der Kneipe geströmt. Die wenigen Gesprächsfetzen, die sie vernahm, ließen sie schaudern. Die Frauen mochten die 50 alle schon überschritten haben, zeigten aber, dass sie bemüht waren, das Beste aus sich herauszuholen. Stylisch gefärbte Kurzhaarfrisuren und sportliche Grundausstattung, aufgepeppt mit Pailletten, Gold und Silber, verdammt hohen Absätzen und grell-pinkem Lippenstift trafen auf Männer, die bestenfalls hinter einem Schreibtisch die prallen Bäuche züchten konnten und die sich ihrer längst verlorenen Haare und Zähne, des schwächer werdenden Seh- und Hörvermögens nicht zu schämen schienen, sondern sich augenscheinlich fühlten wie The Sexiest Man Alive höchstpersönlich. Sie hatte sich angeekelt weggedreht und sich klammheimlich gefragt, ob es nicht doch Neid sein könnte, der sie so bitter auf andere blicken ließ. Aber selbst wenn, so tief war sie noch nicht gesunken, noch lange war sie nicht so weit. Auch wenn ihre Suche auf den Dating-Portalen vielleicht nur die Vorstufe war. Aber darüber konnte sie nachdenken, wenn sie 50 war, und da hatte sie immerhin noch eine ganze Menge Zeit.

Sie hatte weder Lust verspürt, eine dieser Kneipen zu betreten, noch wollte sie in die einsame Ferienwohnung zurück. Vor dem Essen hatte sie eine Zeitlang auf ihrem iPad gesurft. Hatte gehofft, eine Nachricht zu bekommen, die ihr erklärte, was los war. Notaufnahme! Eigentlich sollte sie sich Sorgen machen, oder? Immerhin war er doch der Mann, von dem sie insgeheim hoffte, dass er der Richtige für sie sei. Aber möglicherweise nahm sie diese Internetlieben selber nicht ernst genug, vielleicht hatte sie den Zweifel, der die ganze Zeit wie ein Stachel gewirkt hatte, nur überhört, vielleicht fehlte ihr die Romantik bei dieser ganzen Sache, und sie traute sich nur nicht, es vor sich selbst zuzugeben.

Es war schon ziemlich spät gewesen, als sie dann doch zur Milchbar gegangen war. Es war erstaunlich wenig los gewesen. Sie vermutete, weil das mit dem Blick auf das Meer in der Dunkelheit nicht funktionierte. Oder, weil es zu wenig Party war. Sie selbst aber konnte das Flair endlich genießen. Coole Loungesessel und ein Blick auf den Kamin ließen sie zum ersten Mal, seit sie auf der Insel war, zur Ruhe kommen. Die Musik, die lief, war unglaublich chillig, wie ihre Schüler sagen würden, und sie spürte, wie sich ihr ganzer Körper entspannte. Cool, richtig cool, fand sie nun doch und konnte verstehen, warum Gott und die Welt von der Milchbar sprachen.

Sie ließ den Blick schweifen. Auch das Publikum gefiel ihr. Endlich mal keine Familien, Kleinkinder und Kinderwagen, sondern Freundinnen, Pärchen jedweden Alters und auch ein paar Männergruppen. Nicht zu vergleichen mit denen, die aus den Inselkneipen gefallen waren. Hier sah sie Stil und Niveau. Teure Kleidung, sehr cool getragen, gepflegte Haare, manikürte Hände. Männer, die etwas auf sich hielten und es auch zeigten.

An der Bar fragte sie, was man ihr empfehlen könne.

»Beliebt ist unser hauseigener Wein.« Der Kellner zeigte auf eine der Flaschen. »Oder aber einer unserer besonderen Cocktails und Longdrinks. Wie wäre es mit einem Lazy Life? Lassen Sie sich mal überraschen, der ist etwas ganz Besonderes.«

Mit dem Drink in der Hand fühlte sich Constance schon viel sicherer. So wurde das schon eher was mit ihr und der Milchbar und der Insel Norderney. Wenn auch der Vergleich mit Sylt meilenweit hinkte. Da würde sie Steffi morgen ein paar Takte sagen.

Dass Johannes sich nicht meldete, machte sie abwechselnd wütend und traurig. Wer bin ich denn, fragte sie sich, um sich gleich darauf besorgt zu fragen, ob es ihn schlimmer erwischt hatte, als es anfangs schien. Was, wenn er sich gar nicht melden konnte? Das schlechte Gewissen, das sie augenblicklich bekam, drückte erneut auf ihre Stimmung. Sie sog an dem

Strohhalm. Hoppla, die Mischung hatte es aber in sich. Einen kleinen Augenblick wurde ihr schwindelig. Sie musste später unbedingt nachfragen, welche Zutaten gemixt worden waren. Eindeutig erste Klasse, dachte sie, könnte mein neuer Lieblingscocktail werden.

Sie platzierte den blass-orangen Drink vor sich auf einen der Holzblöcke, suchte eine gute Perspektive, um das Glas, das Kaminfeuer, die chillige Location einzufangen, und schoss wieder eine Serie von Fotos. Die Musik war so unglaublich passend zu dem ganzen Ambiente, dass sie bei einem besonders schönen Stück auch eine kurze Videosequenz aufnahm. Wie sah das Logo aus, das überall zu sehen war? //entspannt. Stimmte total. So relaxt und gut hatte sie sich lange nicht gefühlt.

An der Bar hatte sie sich kurz darauf einen zweiten Lazy Life bestellt. Gerade als sie den Barmann fragen wollte, wie genau die Rezeptur sei, bemerkte sie den Blick eines Mannes, der mit zwei Freunden – vielleicht waren es auch Kollegen, Brüder oder Cousins – an einem der Tische saß. Er schaute sie so unverwandt an, dass ihr augenblicklich heiß und kalt wurde. Seine Augen schienen sie quer durch den Raum mindestens magnetisch anzuziehen, wenn nicht gar zu hypnotisieren. Verunsichert drehte sie sich nach hinten, um zu sehen, ob er nicht jemand anderen meinte. Aber nein, sie stand ganz allein an der Theke. Der Barkeeper schob den Lazy Life zu ihr hinüber. Automatisch griff sie danach, nahm den Strohhalm zwischen ihre Lippen und trank, ohne die Blicke von dem Mann nehmen zu können, der sie so gebannt anschaute, einen viel zu großen Schluck, der sie schon wieder schwindelig machte.

»Besser einmal rühren«, sagte der Barmann, der sah, wie sie sich unsicher am Tresen abstützte. Sie warf ihm ein nervöses Lächeln zu und wandte sich mit dem Cocktail in der Hand ihrem Platz zu.

»Moment, junge Frau, Sie haben noch nicht bezahlt.«

»Oh, oh, sorry, das tut mir schrecklich leid. Das wollte ich nicht.« Constance war es schrecklich unangenehm, als Zechprellerin verdächtigt zu werden, und sie kramte verlegen in ihrem Portemonnaie.

Der junge Barmann lächelte sie nett und schelmisch an. »Sie sind nicht die Einzige, die das versucht. Nein, keine Angst, passiert schon mal. Kein Problem für mich. Ist ja alles gut gegangen. Also: ganz entspannt.« Er deutete auf das Logo seines Milchbar-Shirts, das das Motto aufgriff.

Constance lächelte zurück. Genau so musste es sein. Entspannt und aufregend zugleich.

Sie postete ihre zuvor aufgenommenen Fotos und das Video. Facebook, Instagram und Whatsapp. Alle sollten sehen, wie gut es ihr ging. Keiner musste wissen, dass sie hier allein saß. Steffi würde sie es natürlich erzählen. Sie beide hatten keine Geheimnisse voreinander. Aber die anderen alle. Die mussten das wirklich nicht wissen. Die ihr nicht das Gelbe vom Ei gönnten. Obwohl sie immer so taten. Luftküsschen und BFF. Wie verlogen das alles war. Selbst bei ihnen im Lehrerzimmer. Konkurrenz, wohin sie auch nur blickte.

Während sie ihre Accounts nicht aus den Augen ließ, um zu sehen, ob die sehnlichst erwarteten kleinen Zahlen aufploppten, die ihr anzeigten, dass sie geliked oder kommentiert worden war, hob sie wiederholt mal verstohlen, mal ganz offensiv den Kopf und schaute zu ihrem unbekannten Augenflirt. Auch er schien sie nicht aus den Augen zu lassen. Scheinbar ins Gespräch vertieft, schaffte er es dennoch immer wieder, zu ihr zu blicken. Seine Hände gestikulierten beim Reden und schienen ihr und weniger seinen Gesprächspartnern geheime Botschaften zuzusenden. Er gefiel ihr. War ganz ihr Typ. Dabei entsprach er nicht einmal in allem dem durchschnittlichen Schönheitsideal. Dafür waren seine Haare ein wenig zu licht und die Nase zu markant, was durch die

Hornbrille noch betont wurde. Aber seine Gesichtszüge hatten genau diese Mischung aus betontem Kinn und Wangenknochen und einer weichen, sensiblen Augenpartie, die sie schon immer faszinierend fand. Seine Augen funkelten hinter den Brillengläsern. Sie war sich fast sicher, dass er die Brille nur aus diesem einen einzigen Grund aufhatte.

»Pling.« Constance schaute wieder auf ihr Handy. ›Hey, Süße, du bist ja in der Milchbar. Bist du endlich infiziert? Ist denn dein dwsw bei dir? Schick mal ein Foto von euch Turteltauben. Wie ist er? So, wie du ihn dir vorgestellt hast? Ich komme um vor NEUGIER! XXX Steffi‹

Constance hatte eigentlich keine Lust zu antworten. Wenn sie jetzt alles erklären musste, würde sie das nur auf den Boden der Tatsachen holen. Dabei war sie gerade dabei, sich sehr wohlzufühlen.

›Milchbar ist mega, hast recht gehabt. Ich habe einen Traumtypen im Visier. Morgen mehr. Küsse dich. //entspannt‹

Constance merkte, wie ihr das Getränk zunehmend zu Kopf stieg. Was für eine Wahnsinnsmischung. Genau das Richtige für den nächsten Mädelsabend zu Hause, wenn sie vom Barkeeper das Rezept bekäme.

Wieder hob sie den Blick. Gerade rechtzeitig, um zu bemerken, dass am von ihr anvisierten Tisch Aufbruchsstimmung herrschte. Oh, wie schade, seufzte sie leise, ich hätte so gerne noch eine Weile geträumt. Constance sackte förmlich zusammen. So schnell verblassten Illusionen! Dennoch konnte sie nicht aufhören, in die Richtung zu schauen. Sie beobachtete, wie umständlich alle drei erst die Jacken, dann die Mützen, schließlich die Handschuhe anzogen. Wie witzig war das denn? Okay, es stürmte draußen, aber das war noch lange kein Wetter für eine komplette Winterausrüstung. Männer halt! Constance schmunzelte unverwandt in sich hinein. Im gleichen Augenblick begann sich ihr Puls zu beschleunigen. Ihr

Blickkontakt hatte in ihre Richtung gedeutet und die Handschuhe wieder ausgezogen. Die Blicke und Gesten seiner Begleiter schienen zu sagen, jetzt aber schnell. Einer hob die Bierflasche an und setzte sie noch mal an den Mund. Er aber kam auf sie zu. Constances Mund wurde trocken. Er würde sie doch jetzt nicht ansprechen? Womöglich fragen, warum sie denn die ganze Zeit zu ihm herübergeschaut habe? Constance wollte vor Schreck im Boden versinken. Wie gebannt beobachtete sie sein Näherkommen. Auch er hielt den Blick auf sie gerichtet. Sie öffnete leicht die Lippen, wie um ihm etwas zu entgegnen, als sie merkte, dass er an ihr vorbeigehen würde.

Argh! Die Toiletten! Der Eingang zu den Toiletten führte auch in ihre Richtung. Wie hatte sie nur so blöd sein können? Ihn anzustarren wie ein hypnotisiertes Kaninchen! Was war denn in sie gefahren! Vor lauter Scham hätte sie fast verpasst, dass er ihr ein freundliches Hallo zunickte.

»Hallo!«, antwortete auch Constance und schaute sofort krampfhaft auf ihr Display. Bitte, bitte, schickt mir Nachrichten, ruft mich an, tut irgendetwas, um mich aus dieser Situation zu befreien, flehte sie still ihr Handy an. Aber wie immer in solchen Augenblicken passierte nichts. Gar nichts. Wie wild scrollte sie sich durch ihren Newsfeed. Versuchte, die Nachrichten und Botschaften darin zu entschlüsseln. Viel zu aufgeregt war sie, um sich zu konzentrieren. Unglaublich, wie stark ihr Herz klopfte. Wegen eines fremden Mannes. Wegen eines Unbekannten, der freundlich Hallo zu ihr gesagt hatte. Wie nötig hatte sie es eigentlich? Sie war ja eine Schande für die ganze Frauenwelt. Als wenn sie ohne Mann nicht leben, nicht existieren könnte.

»Noch mal hallo!«

OH. MEIN. GOTT. Da stand er schon wieder vor ihr. Sie versuchte ein Lächeln und wusste nicht, ob es auch als solches bei ihm ankam.

»War ein netter Abend hier. Es soll übrigens auch ein super leckeres Frühstück geben. Ich werde das morgen mal testen. Zwischen elf und zwölf Uhr. Gute Nacht! Schlafen Sie gut!«

Ohne eine Antwort von Constance abzuwarten, drehte er sich um, kehrte zu seinem Tisch zurück, zog erneut die Handschuhe an, winkte ihr zu und verschwand.

Wie Constance zu ihrer Ferienwohnung gekommen war, daran erinnerte sie sich nur nebulös. Als sie aus der warmen Milchbar ins Freie getreten war, hatte der Wind sie fast umgepustet. Sie hatte erst jetzt gemerkt, wie stark der Alkohol gewesen sein musste. Dicht gedrängt an die Häuserwände, hatte sie den Weg zurück eingeschlagen. Der Sturm hatte fürchterliche Geräusche verursacht, die ihr Angst eingejagt hatten. Die Straßen waren wie leergefegt gewesen. Mit jedem Schritt hatte die Beklemmung, die sie auf dieser Insel empfand, zugenommen. Warum bloß war sie hierhergekommen?

In der Nacht hatte sie schlecht geschlafen. War aufgeschreckt und hatte wild geträumt. Sie fühlte sich ausgesetzt und verlassen. Genervt, genervt, genervt!

*

Als Daniela erwachte, schwebte sie für einen Moment in einem Zustand totaler Unkenntnis, wer sie war, was sie war und wo sie war. Sie fühlte sich wohlig zufrieden, spürte aber gleichzeitig eine bleierne Müdigkeit, der sie am liebsten nachgeben würde. Mach die Augen bloß nicht auf, schien eine innere Stimme zu ihr zu sprechen. Aber von Sekunde zu Sekunde wurde das Leben wieder realistischer und plastisch. Hier lag sie, nach einer Nacht voller Unterbrechungen noch mehr als schlafbedürftig, doch ein Gedanke, den sie nicht richtig fassen konnte, kitzelte an ihrem Unterbewusstsein.

War es ein Traum gewesen? Ihr Blick fiel auf das Handy – und augenblicklich fiel es ihr ein. Ihr Abend mit Ruth und die Begegnung mit Frank Prinzen. Sie rief ihre Facebookseite auf und war mit einem Schlag hellwach.

›Sherlock Holmes trifft auf Miss Marple. Was für ein lustiger Abend mit dir, Daniela Rick!‹ Darunter hatte er das Bild gepostet, das sein Bruder gestern Abend von ihnen beiden gemacht hatte.

Wie süß war das denn? Sie kuschelte sich tief in ihre Kissen und Decken und zog das Foto größer. Sie gefiel sich durchaus, wie sie so mit Augenaufschlag in die Kamera guckte. Als hätte sie es tausendmal geübt. Na ja, dem war natürlich in Wirklichkeit auch so. Aber überhaupt: Der Lidstrich stand ihr gut und betonte ihre Augen perfekt. Sie war schon sehr fotogen, wenn sie so geschminkt wie gestern fotografiert wurde. Frank blickte auf dem Foto neckisch zu ihr hinüber. Er hatte in dem Augenblick, als sein Bruder den Fotobutton gedrückt hatte, gerade einen super lustigen Joke gemacht. Daniela war stolz, dass sie für das Foto ihre coole Miene trotzdem beibehalten hatte. Danach waren sie beide in haltloses Gelächter ausgebrochen und hatten sich gar nicht mehr beruhigen können. Cool sah er aus, wie er so von der Seite zu ihr blickte. Richtig cool.

Sie scrollte durch sein Profil. Jahrgang 76, also zwei Jahre jünger als sie selbst. Kein Beziehungsstatus. Telekommunikationstechniker. 172 Freunde. Fußballfan von Werder Bremen. Urlaub in Holland, Ibiza und im letzten Jahr eine USA-Reise. Liebte alle Filme mit Michael Douglas. Cool. Da gab es nichts zu meckern.

Er war wohl niemand, der sein ganzes Leben postete. Seine Einträge in der Chronik waren übersichtlich. Sprücheklopfer fehlten, wenn überhaupt war mal ein Artikel aus dem Postillon oder ein lustiger Cartoon dabei.

Musik von Depeche Mode bis Nirvana. Und wenn die Fotos recht behielten, auch durchaus offen für Karnevals- und Partymucke. Nicht schlecht!

Daniela hüpfte aus dem Bett und war augenblicklich voller Energie. Das war mal ein Tagesbeginn ganz nach ihrem Geschmack.

Sie würde duschen und sich beim Frühstück überlegen, was sie ihm antwortete. Wow, war das Leben auf einmal spannend!

*

›mein augenstern! bin seit gestern abend auf der insel. ich muss aber heute noch einmal in ärztliche obhut, habe gleich einen termin im krankenhaus. Mache dir bitte keine sorgen, ich erkläre es dir heute abend genau. Ich verzehre mich nach dir und verfluche das schicksal, das sich immer neue umwege für uns einfallen lässt. Ich verspreche dir, ab heute abend wird uns nichts mehr trennen.

ich warte auf dich. 18.00 milchbar zum sundowner. mach dich schön. du weisst: das kleid. in verzehrender sehnsucht dwsw‹

*

›Juliane, bitte, ich weiß nicht, wie ich dich um Verzeihung bitten kann. Mir ist klar, dass du seit zwei Tagen auf der Insel auf mich wartest. Ich weiß, dass du mich verstehen wirst, wenn ich es dir erkläre. Wenn du nicht gewesen wärst in den letzten Monaten, hätte ich es überhaupt nicht bis hierhin geschafft. Juliane, ich danke dir für deine Freundschaft, dein Mitgefühl, deine Wärme. Ich hatte es mir so sehr ausgemalt. Wie gerne hätte ich dir das ganz Besondere geboten. Ich schäme mich, dir einzugestehen, dass ich es nicht geschafft habe. Nicht so, wie es geplant war. Ich bin mir sicher, du verstehst es, wenn ich es dir erkläre. Ich stehe so sehr in deiner Schuld. Bitte lass es mich wiedergutmachen. Auch, wenn nichts so gelaufen ist, wie ich es für uns überlegt hatte. Das erste Kennenlernen: Auge in Auge. Vielleicht Mund an Mund. Wer weiß, was noch?

Gibst du mir die Chance heute Abend? Noch haben wir eine ganze Nacht, die nur uns gehören kann. Wenn wir es wollen. Wenn du es willst.

Ich berühre dein Haar, deine Augen, deinen Mund auf dem Foto, das vor mir liegt. Wenn Sehnsucht sich in Worte fassen ließe, würden meine Zeilen an dich niemals enden.

Ich bitte dich: heute Abend um 20 Uhr in der Milchbar.

Für immer dein! dwsw‹

*

Daniela summte, seit sie unter der Dusche stand. Von »Que sera« bis »Atemlos« hatte sich ihre Stimme immer höher geschraubt, bis ihr bewusst geworden war, dass jeder Laut durch die alten Rohre bis in den hintersten Teil des Gästehauses dringen konnte. Schon wieder bekam sie einen Lachanfall. Sich vorzustellen, wie ihr Gequäke durch den Abfluss in Frau Rosenbaums Zimmer stieg und die gute Frau, im Glauben an Geister, schrill schreiend Bett und Zimmer verließ, trieb Daniela die Lachtränen in die Augen. Sie hatte wohl zu viele schräge Hollywoodkomödien gesehen, aber sie fand, das könnte schon ein Szenenentwurf für eine neue Sitcom sein. Merle Rosenbaum flieht vor den Geistern aus dem Abfluss. Denn die Geister, die ich rief …

Okay, es waren eher Wünsche ans Universum gewesen, aber dann waren eben Geister gekommen. Es konnte ja schon mal zu Verwechslungen kommen.

Sie duschte ausgiebig warm und kalt, um nach der kurzen Nacht ihren Kreislauf in Schwung zu bringen. Ratlos stand sie anschließend vor dem Schrank. Wenn sie doch wüsste, was sie heute unternehmen würde. Sie schlüpfte lieber in die Anziehsachen von gestern. Erst mal die Lage checken und schauen, was der Tag so brachte. Vielleicht auch mit Frank Prinzen, wenn er denn Lust dazu hätte. Davon hing dann ab, was sie später anziehen würde.

Daniela öffnete das Fenster und löste den Haken des Fensterladens. Bevor sie zum Frühstück ging, musste sie frische Luft durchpusten lassen. Sie erschrak, als der Sturm mit Wucht die Läden aus ihren Händen riss und sie laut klappernd hin- und herwarf. So heftig, dass sie sie nicht wieder zu fassen bekam und der Wind ungehindert ins Zimmer fegen konnte und alle losen, leichten Dinge umblies und herumwirbelte.

Sie war sich sicher gewesen, dass es ruhiger geworden war, trotz der Orkanwarnung, die der Wetterdienst herausgegeben hatte. Heute Morgen hatten die Geräusche von außen längst nicht mehr so bedrohlich geklungen wie noch in der Nacht. Die Dunkelheit verstärkte schließlich alles noch mehr, hatte sie gedacht. Oder die Helligkeit vermindert die Eindrücke, seufzte sie, während sie in einem glücklichen Moment die Läden zu packen bekam und vor ihrem Fenster verriegelte.

Wie seltsam, dass sie weiterhin nichts, aber auch gar keine anderen Geräusche im Haus hörte. Nun, Frau Dirkens war sicher wach und hatte das Frühstück bereitet. Es war also höchste Zeit, nach unten ins Esszimmer zu gehen. Sie warf ihrem Spiegelbild einen augenzwinkernden Blick zu. Sturm hin oder her. Für sie hatte der Tag mehr als gut begonnen. Von dem bisschen Wind würde sie sich doch nicht umpusten lassen, der konnte ihr die gute Laune nicht verderben.

*

›Du weißt nicht, wie sehr du mir mit deiner Geheimniskrämerei auf die Nerven gehst. Kannst du nicht einmal einen Satz lang Klartext reden. ICH BIN SO SAUER! Was bildest du dir eigentlich ein? Du weißt um meine Situation. Ich habe ein kleines Kind, ich bin alleinerziehend, ich arbeite Vollzeit in einem Beruf, in dem man kaum Rechte, geschweige denn Geld und Ansehen hätte. Und Urlaubstage übrigens auch nicht im Übermaß. WAS BILDEST DU DIR EIN? Mich mit deiner Jammerei einzuwickeln, ist dir bis jetzt gut gelungen. Bist du deshalb auf mich angesprungen? Weil ich KRANKENSCHWESTER bin? Hast du so was gesucht? Jemanden, der ein riesengroßes Appellohr hat, wenn einer jammert und um Mitleid heischt? Ja, du hast recht! So eine bin ich! Und deswegen bin ich auch in diesem Beruf gelandet. Und deswegen bin ich auch schon einmal an ein ARSCHLOCH von Mann geraten. Der mich hat sitzenlassen, weil ich nicht gut genug war. Nicht attraktiv genug. Zu sehr Durchschnitt. Und dann hat das Helfen und Mitleiden halt nicht mehr gereicht. NIE WIEDER, habe ich mir damals geschworen. Auch wenn ich das BESTE bekommen habe, was man aus so einer Zeit mitbekommen kann: meinen Sohn. ER ist es, den ich über alles liebe. Und wenn ein Mann auch nur noch einmal annähernd in diese Gefühlsebene zu mir dringen will, muss er sich etwas ANDERES einfallen lassen als nur rumzujammern und mich zu allem Übel zu versetzen. So gut kann keine Entschuldigung der Welt sein, um das noch rauszureißen. Vergiss ES, vergiss MICH! Es war ein Irrtum mit uns beiden. Ich reise heute ab. Steck dir die Milchbar sonst wohin. Schade um jede Minute, in der ich an dich gedacht habe. ikdn (ich kenn dich nicht)‹

*

»Frau Dirkens?«

Daniela stand ratlos vor der Küche der Pension. Sie lauschte angestrengt, ob sie etwas hören konnte im Haus. Noch einmal klopfte sie an die geschlossene Küchentür, die sonst immer weit aufstand.

»Frau Dirkens?«

Keine Reaktion. Sie öffnete die Tür vorsichtig einen Spalt weit und schaute in die Küche hinein. Frau Dirkens schien dabei gewesen zu sein, alles für das Frühstück vorzubereiten. Die Brötchentüte und der ›Norderneyer Morgen‹ bestätigten, dass Frau Dirkens schon beim Bäcker gewesen war. Im Esszimmer war auch alles gedeckt. Seltsam, dachte Daniela. Wo Frau Dirkens wohl stecken mochte?

Sie wandte sich um und wollte eben an der Tür des kleinen Wohnzimmers klopfen, als im Esszimmer das Mobilteil des Telefons klingelte. Daniela wusste, dass die Basisstation oben in Frau Dirkens Schlafzimmer war. Wenn das Mobilteil schnell schwieg, wüsste sie zumindest, dass Frau Dirkens oben war. Doch das Telefon läutete beharrlich. Fast hätte Daniela es nicht mehr ausgehalten und zum Hörer gegriffen. Aber sie war hier Gast und nicht zu Hause, musste sie sich selbst ermahnen.

Als das Telefon endlich verstummte, klopfte Daniela an die Wohnzimmertür.

»Frau Dirkens, sind Sie da?« Daniela klopfte mutig noch etwas lauter. »Frau Dirkens?«

»Hallo? Oh Gott! Moment, ich komme ja schon.«

Daniela hörte die eiligen Schritte, die sich hinter der Tür näherten. Mit einem Ruck riss Frau Dirkens die Tür auf. »Oh Gott, Kindchen, ich bin eingeschlafen. Wie konnte das denn passieren? Ach, ist mir das unangenehm.«

»Ist doch nicht schlimm, Frau Dirkens«, versuchte Daniela ihre Pensionswirtin zu beruhigen. »War ja auch eine unruhige Nacht.«

»Ach Gottchen, hast du auch schlecht geschlafen? Ach, das tut mir so leid. Ich beeile mich, damit du schnell deinen Kaffee bekommst. Ist denn Frau Rosenbaum auch schon im Esszimmer? Ist mir das peinlich!«

»Ist wirklich alles halb so wild. Und von Frau Rosenbaum ist noch nichts zu sehen, also immer mit der Ruhe. Soll ich Ihnen schnell beim Kaffeekochen helfen?«

»Aber Kind, das kommt überhaupt nicht in die Tüte. Das würde ja noch fehlen! Dann könntest du zu Recht sagen, bei der alten Frau Dirkens, da geht das mit den Gästen überhaupt nicht mehr. Nein, nein, nein, das lasse ich mir nicht nachsagen.«

»Um Gottes willen, Frau Dirkens, das würde ich niemals so erzählen. Ich komme so gern zu Ihnen. Und das Frühstück ein wenig früher oder später ist nicht schlimm. Ich habe doch Urlaub.«

»Genau deswegen setzt du dich jetzt an den Tisch. Hier, ich habe dir den neuen NOMO mitgebracht. Lies den schon mal, gleich ist alles fertig.«

»Ich gehe mal lieber auf die Terrasse, wenn es recht ist. Eine kleine Zigarettenlänge. Wenn ich wirklich nicht helfen soll?«

»Nix da, raus mit dir! Auch wenn Rauchen nicht gesund ist, aber du sollst tun und lassen können, was du willst. Und wenn der Kaffee durch ist, klopfe ich bei Frau Rosenbaum. Ungewöhnlich, dass sie so lange schläft.«

»Na, es hat auch ganz schön gescheppert in der Nacht. Wahrscheinlich hat sie auch schlecht geschlafen. Ich schau mal im NOMO, was die zum heutigen Wetter meinen.«

Daniela durchquerte das Esszimmer, betrat durch die Terrassentür die gepflasterte Fläche, die von einem Blumenbeet eingefasst war, und überlegte kurz, ob sie sich im Garten in den Strandkorb setzen sollte. Sie war jedoch mit ihrer weiten schwarzen Leinenhose, der dunkelgrauen Tunika und der passenden weiten Jerseyjacke viel zu dünn angezogen, um dem Wetter lange standzuhalten. Schon als sie mehrere Male vergeblich versuchte, die Zigarette anzuzünden, zitterte sie wie Espenlaub. Sie drückte sich schließlich mit dem Gesicht zur Regenrinne, und es gelang ihr, im Windschatten das Feuerzeug auflodern zu lassen. Wie gut ein tiefer Zug am Morgen doch tut, überlegte sie, während ihr Blick über die vielen Äste glitt, die der Sturm in der Nacht abgerissen hatte. Das würde ein ganzes Stück Arbeit sein, hier wieder aufzuräumen.

Daniela warf einen Blick auf die Zeitung in ihrer Hand. Der Sturm war auch hier das beherrschende Thema. Im Wetterbericht für heute und morgen stand:

›Das Sturmtief Xenia streift heute unsere Insel. Es werden Sturmböen der Windstärke zehn den ganzen Tag und in die Nacht hinein erwartet. Stundenweise sind am Nachmittag Orkanböen möglich. Es besteht eine amtliche Wetterwarnung bis Sonntag früh. Bitte beachten Sie, dass es durch den Wind zu erheblichen Einschränkungen und Gefährdungen kommen kann. Der Schiffs- und Flugverkehr ist bis auf Weiteres ausgesetzt!‹

Abgeschnitten von der Welt! Daniela lachte. Das hatte sie immer schon erleben wollen. Wie oft hatte sie sich das ausgemalt. Insgeheim hatte sie die romantische Vorstellung, dass dann alle näher zusammenrücken müssten.

Daniela nahm ihr Handy aus der Hosentasche und rief den Messenger auf. Der gestrige Abend war zu schön gewesen, als dass sie zu lange einen auf cool und unbeteiligt machen wollte.

»Hast du Lust, heute mit mir dem Wetter zu trotzen und den Orkan von der Milchbar aus zu betrachten?«

Ein schnarrendes Geräusch verkündete den Ausgang der Mail. Jetzt konnte sie nur noch Kaffee trinken und abwarten.

Noch während Daniela ihre Zigarette in den Sand des bereitstehenden Blumentopfs drückte, klingelte im Esszimmer erneut das Telefon. Sie trat schnell ein und rief Frau Dirkens zu: »Soll ich rangehen?«

»O ja, bitte, ich bin gerade hier oben, um bei Frau Rosenbaum zu klopfen, das ist lieb!«

Daniela nahm das Mobilteil in die Hand.

»Pension Dirkens, Daniela Rick am Apparat.« Sie lauschte in den Apparat. »Moment, Sie können Frau Dirkens selber sprechen.«

Die Pensionswirtin betrat gerade kopfschüttelnd das Zimmer. »Wie seltsam, Frau Rosenbaum meldet sich gar nicht«, murmelte sie.

Daniela hielt ihr den Hörer hin und zog fragend die Schultern hoch: »Die Polizei ist dran!«

»Dirkens hier. Wie kann ich Ihnen helfen?«

Daniela wandte sich ab und setzte sich an ihren angestammten Platz am Frühstückstisch. Sie wollte Frau Dirkens nicht das Gefühl geben, sie lausche. Aber es blieb gar nicht aus, jedes Wort zu verstehen.

»Merle Rosenbaum? Ja, ja, sicher, die ist hier Gast. Aber was ist denn los? Ist was passiert? Ist sie in Schwierigkeiten?«

Ein Geräusch, das sie nicht zuordnen konnte, veranlasste Daniela, sich zu Frau Dirkens herumzudrehen. Gerade rechtzeitig sah sie, wie die alte Dame weiß um die Nase wurde und hin- und herzuschwanken begann. Daniela nahm einen Stuhl, schob ihn hinter die Wirtin und drückte sie an den Schultern herunter.

Daniela lauschte der mittlerweile fast tonlosen Stimme: »Natürlich können Sie vorbeikommen. Ja, natürlich. Bitte. Ich bin hier!«

Frau Dirkens drückte den Aus-Knopf des Telefons und ließ den Hörer auf ihre Brust sinken. Unendlich langsam drehte sie den Kopf zu Daniela: »Sie ist tot. Merle Rosenbaum ist tot.«

*

Was bildet sich diese Juliane eigentlich ein? Die sollte sich mal ganz bedeckt halten. Unter den vieren, die ich ausgewählt habe, ist sie doch das allerkleinste Licht. Glaubt die wirklich, sie hätte Chancen an jeder Ecke? In ihrer Situation wäre ich mal schön kleinlaut. Bei der stehen sie nicht Schlange, wer bindet sich denn so was ans Bein? Alleinerziehend, ein Kind im Kindergartenalter und von Figur kann bei ihr wirklich keiner reden. Findet sich wahrscheinlich sportlich in der Kleidung, in der sie unterwegs ist. Ich behaupte, Sport hat die zum letzten Mal während der Schulzeit gemacht und auch nur, weil sie musste. Und beruflich? Na, da kann sie den anderen auch nicht das Wasser reichen, es sei denn, sie macht einen auf Pflegerin für alte Herren. Danach allerdings hört sie sich so gar nicht an. Nichts mit kleine Brötchen backen, sondern Forderungen stellen. Da ist sie bei mir an der richtigen Adresse!

Nichtsdestotrotz wirbelt sie nun meinen Zeitplan gehörig durcheinander. Abreisen will sie, hahaha! Gut gelacht. Vielleicht will sie ja ans Festland schwimmen. Nein, die läuft mir nicht weg. Aber die heutige Taktung ist viel zu eng, als dass ich mir von ihr Vorschriften machen lassen könnte. Ich habe nicht die Muße, den Kavalier zu spielen, heute zumindest nicht. Also habe ich mich entschlossen, den Plan zu ändern. Flexibel muss man nun mal sein. Das wäre doch gelacht, wenn ich wegen so einer den ganzen Plan über den Haufen schmeißen müsste. Nun, sie wird sich wundern. Abgerechnet wird auch hier immer noch zum Schluss. Mit mir nicht. Mit mir auf gar keinen Fall. Nie wieder!

*

»Wie, tot?«

»Tot eben. Da gibt es keine Abstufungen. Tot wie tot.«

»Frau Dirkens, bitte, das ist mir schon klar. Aber was war denn am Telefon? Was ist denn passiert? Wieso denn die Polizei? War es ein Unfall?«

»Das haben sie nicht gesagt. Ich habe auch gar nicht gefragt. Die wollen sowieso jetzt vorbeikommen. Aber dass es Frau Rosenbaum wäre, könnten sie relativ sicher sagen. Alles andere wollen sie gleich besprechen.«

»Ich glaube das nicht. Das ist echt gruselig. Das war doch keine alte Frau. Das war mit Sicherheit ein Unfall. Oder …«

»Oder was?«

»Na ja, sie war doch gestern Abend so überdreht und faselte die ganze Zeit von der Verabredung und dem, den das Universum ihr geschickt hätte. Nicht, dass da was ganz Mysteriöses dahintersteckt.«

»Was meinst du damit, mein Kind? Warte, ich hole uns den Kaffee aus der Küche. Den brauche ich jetzt, mir zittern die Knie, dass ich mich kaum halten kann. Und du, hol dir ruhig mal einen der alten Aschenbecher aus dem Schrank. Die habe ich da verwahrt, falls das mit der Raucherei eines Tages wieder üblich wird. Schau mal, ganz unten links.«

Erst da fiel Daniela die Zigarette auf, die sie unangezündet die ganze Zeit zwischen ihren Fingern hielt. »Nein, nein, ich kann rausgehen zum Rauchen.«

»Papperlapapp! Wir beide sind alleine und wegen des Sturms kommt auch kein neuer Gast. Morgen wird gelüftet. Aber heute bleibst du mir hier drinnen zum Rauchen. Nicht, dass du auch noch tot auf der Terrasse liegst – vom Dachziegel erschlagen.«

Daniela war insgeheim erleichtert, bei dem schaurigen Wetter drinnen bleiben zu können, zumal auch bei ihr der Schock groß war.

»Aber das könnte es gewesen sein! Eine Dachpfanne, ein umgestürzter Baum, ein herumfliegendes Reklameschild – alles Gründe für einen lebensgefährlichen und dann tödlichen Unfall«, hob sie sofort an, als Frau Dirkens mit dem Kaffeetablett das Esszimmer betrat.

»Wir werden wohl warten und hören müssen, was die Polizei sagt«, antwortete die Pensionswirtin, während sie Zuckerdose und Milchkännchen auf den Tisch stellte, dann die Porzellan-Kaffeekanne nahm, um Daniela und sich einen schwarzen, frischgebrühten Kaffee einzugießen. »Sag mir trotzdem mal, was du eben so Geheimnisvolles vermutet hast?«

»Ach, ich weiß nicht. Aber das waren schon komische Geschichten, das mit den Wünschen ans Universum und den ganzen Horoskopen. Und irgendwie sah sie auch etwas verrückt aus, so wie sie immer den Lippenstift über dem Mund verschmiert hatte.« Daniela nestelte unruhig an ihrem großen roten Ring herum, der sehr eng auf dem Finger zu sitzen schien. »Man hört ja schon mal so Geschichten von Leuten, die an so was glauben und dann Tischrücken machen oder anders die Geister beschwören. Und dann finden sie es auf einmal doch komisch und lachen und werden dann bestraft. Von den Geistern, meine ich. Habe ich jedenfalls mal so gehört.«

»Ach Gott, Kindchen, was erzählst du mir denn da für Geschichten? Ich wusste gar nicht, dass du so leichtgläubig sein kannst. Nee, nee, hier im Norden geistern so Geschichten auch rum. Vor allem im Herbst und Winter, wenn es sowieso schon schaurig genug bei uns ist. Aber glaube mir: Das sind nur alte Geschichten, an denen ist nichts dran, aber auch gar nichts. Nein, nein, wenn der Tod ins Spiel kommt, gibt es immer eine Erklärung dafür.« Bei den letzten Worten war sie aufgestanden, weil sie gehört hatte, wie ein Auto vorfuhr. »Und ich glaube, diese Erklärung werden wir jetzt bekommen. Ich öffne der Polizei die Tür.«

*

Ich muss mich endgültig entscheiden, sonst scheitert der ganze Plan. Ich darf auf der Zielstrecke nicht die Nerven verlieren. Wenn ich könnte, würde ich jetzt eins meiner Helferchen einwerfen. Aber ich muss – ICH MUSS – einen klaren Kopf bewahren. Ich habe so lange und konzentriert darauf hingearbeitet, jetzt darf nicht auf den letzten Metern noch etwas passieren. Ich würde es mir nicht verzeihen. Und die Kraft, das alles noch einmal durchzustehen, die habe ich nicht, das spüre ich.

Also, von vorn:

Augenstern ist nicht gefährdet, da wird alles nach Plan laufen, da bin ich mir sicher.

Juliane, Kandidatin Nummer zwei für heute, bockt und verweigert sich. Mittlerweile wird sie sicher festgestellt haben, dass sie auf der Insel festsitzt. Dennoch wäre für morgen ihre Abreise vorgesehen, und ich kann nicht darauf vertrauen, dass das Wetter mir mehr Spielraum einräumt. Nach den Wetterprognosen sind wir bis morgen abgeschottet, aber Juliane wird die erste Fähre nehmen, die geht, und wenn es erst am frühen Abend wäre.

Dörthe wiederum rechnet noch nicht damit, dass ich auf der Insel bin. Sie hat ein paar Tage zusätzlich gebucht, ich könnte das also gelassen angehen. Allerdings muss ich den Takt erhöhen, um jegliche Warnung und Vorsichtsmaßnahme auszuhebeln. Wenn das Muster erkennbar wird, ist die Panik nicht mehr weit.

Also, es bleibt dabei: Heute wird es zwei von ihnen treffen. Ich werde Juliane und Dörthe gegeneinander tauschen.

Ich kann es mir nicht leisten, den Tag damit zu verplempern, Juliane nachzulaufen. Sie sitzt fest – basta! Heute spät am Abend, wenn das andere erledigt ist, wird mir schon etwas einfallen. Und dann wird sie am Sonntagmorgen gehen. Sie ist die Letzte. Da ist alles erlaubt. Mir wird etwas einfallen, sie gefügig zu machen.

Was ist nun zu tun?

Bei Dörthe muss ich mich melden und mich für heute wieder ins Geschäft bringen. Das wird gehen, da bin ich mir sicher.

Danach steht ein Einkauf an. Alles, was ich brauche, gibt es auf der Insel. Einen Rucksack muss ich kaufen, in dem ich alles transportieren kann. Beiläufig kann ich überlegen, an welchem Ort es sich morgen bewerkstelligen ließe. Den Sturm muss ich mit einkalkulieren. Attraktivität und Diskretion der Fundstelle gegeneinander abwägen. Das wird nicht einfach, aber es wäre lächerlich, an dieser Stelle aufzugeben.

*

»Dörthe Brandstetter.«

»Frau Brandstetter, hier spricht Andreas Heller von der Rezeption. Ich habe einen Telefonanruf für Sie. Darf ich durchstellen?«

»Natürlich, ja bitte. Wer ist es denn?«

»Eine Dame. Sie sagt, es sei dringend, sie würde Sie auf Ihrem Handy nicht erreichen.«

»Auf meinem Handy nicht erreichen? Was für ein Quatsch. Es liegt hier vor mir und funktioniert ausgezeichnet.« Dörthe drehte und wendete ihr Smartphone nach allen Seiten, als ob das zu einer Erklärung führen könnte. »Nun, wie es auch sei, stellen Sie bitte durch.«

Ein Knacksen in der Leitung signalisierte, dass an der Rezeption aufgelegt wurde.

»Dörthe Brandstetter«, meldete sie sich erneut.

»Frau Brandstetter, bitte entschuldigen Sie die Störung. Sie werden sich sicher wundern, aber Herr Köhler hat mich beauftragt, Sie anzurufen. Ich bin die Ehefrau seines Geschäftspartners.«

»Ist etwas passiert? Ist etwas mit Johannes? Was ist los?«

»Bitte regen Sie sich nicht auf. Es ist tatsächlich etwas vorgefallen. Wir hatten gestern einen erfolgreichen Geschäftsabschluss, der sich länger hingezogen hat als erwartet. Als alles unterschrieben war, gab es mit unserem Kunden einen kleinen Umtrunk. Nur ganz kurz, weil mein Mann heute Morgen zu einer Geschäftsreise nach Asien aufbrechen musste. Johannes hat dann gesehen, dass durch eine Sturmwarnung die Überfahrt nach Norderney gefährdet ist und dass auch die Flüge eingestellt werden würden. Er hat sich also noch ins Auto gesetzt und es wohl auch gerade zur letzten Fähre nach Norderney geschafft. Er wollte Sie schon anrufen, als es eine Rangelei mit einigen jungen Männern gab, die ziemlich angetrunken auf derselben Fähre waren. Dabei ist Johannes' Handy über Bord gegangen. Danach muss ein Wort das andere gegeben haben und einer der Männer hat Johannes einen Kinnhaken verpasst.«

»Nein, das glaube ich nicht!« Dörthe war blass beim Zuhören geworden. »Was ist das denn für eine abenteuerliche Geschichte? Und warum ruft Johannes mich nicht selber an?«

»Ich kann Ihre Aufregung gut verstehen. Ich weiß, das klingt alles völlig absurd. Aber manchmal schreibt das Leben absurde Geschichten. Sie können es mir glauben, ich bin Psychoanalytikerin.«

»Aber was ist denn mit Johannes? Jetzt sagen Sie doch schon! Ist es etwas Schlimmes? Sie sind Psychoanalytikerin und wollen mir eine schlechte Nachricht überbringen?« Dörthe merkte, wie ihre Stimme sich in hysterische Höhen hochschraubte.

»Nein, nein, beruhigen Sie sich. Johannes ist so weit okay. Wieder okay. Er hat eine leichte Gehirnerschütterung. Mit der war er über Nacht im Norderneyer Krankenhaus. Er hat mit den Ärzten verabredet, dass er am Nachmittag auf eigene Verantwortung gehen kann, wenn keine weiteren Symptome auftreten.«

»Aber warum ruft er mich dann nicht selber an? Ich verstehe das alles immer noch nicht.«

»Also, sein Handy war über Bord gegangen und er hatte durch die Gehirnerschütterung ganz kurz Schwierigkeiten mit dem Erinnerungsvermögen. Die Ärzte haben ihn vorsichtshalber ruhiggestellt. Er hat mir gesagt, er hätte versucht, Sie zu erreichen, aber das wäre nicht gelungen. Er hat sich dann bei mir gemeldet, und ich habe ihm zugesagt, mich zu kümmern.«

»Das kann nicht sein, mein Handy funktioniert einwandfrei.«

»Wie dem auch sei, jetzt habe ich Sie ja erreicht. Ich soll Ihnen von Johannes ausrichten, dass er Sie unbedingt sehen möchte heute Abend. Ob Sie bitte um 20 Uhr in der Milchbar auf ihn warten würden.«

Dörthe lachte unsicher auf.

»Wenn mir jemand eine solche Story erzählen würde, dann wäre mein Rat: Geh da nicht hin. Ich finde die Geschichte, die Sie mir erzählen, wirklich merkwürdig.«

Die Stimme am anderen Ende der Leitung wurde wärmer.

»Das kann ich sehr gut verstehen. Und ich finde es vollkommen richtig, dass Sie einem seltsamen Anruf misstrauen. Aber ich versichere Ihnen, es ist alles so, wie ich es gesagt habe. Ich kenne Johannes übrigens schon sehr lange. Er hat mir von Ihnen erzählt. Glauben Sie mir, Johannes hat alles Glück dieser Welt verdient. Er ist ein ganz besonderer Mann. Ich glaube, dass Sie das schätzen werden.«

Dörthe blieb stumm. Ihre Gedanken ratterten. Sie hielt sich für eine besonnene und abwägende Frau. Als sie das Online-Dating begonnen hatte, war sie mehr als misstrauisch gewesen und hatte sehr vorsichtig agiert. Deswegen hatte sie die Idee, sich an einem neutralen Ort zu treffen, auch so bevorzugt. Und nun lief diese ganze Geschichte die letzten beiden Tage aus dem Ruder. Wie sollte sie da nicht misstrauisch sein?

Sie hörte ein leichtes Glucksen aus der Leitung. Die Stimme klang nun belegt, als sie sagte: »Er wird Sie auf Händen tragen, wenn Sie es zulassen. Glauben Sie mir, ich weiß es. So war es auch bei seiner ersten Frau. Bis zu ihrem tragischen Tod. Ich weiß es, weil ich ihre beste Freundin war. Johannes hat alles getan, was er konnte, und er hat es verdient, ins Leben zurückzufinden.«

Bis zum Tod seiner ersten Frau. Dann war das das Geheimnis, das sie immer um ihn gespürt hatte. Das, was es ihr schwer gemacht hatte, sich eher auf ihn einzulassen.

Sie überlegte. Was hatte sie schon zu verlieren? Alles war genau so, wie sie es vereinbart hatten. Ein Treffen an einem neutralen Ort. Jeder konnte, wenn er wollte, danach wieder seiner Wege gehen. Warum also nicht?

»Okay, heute Abend um 20 Uhr in der Milchbar.« Dörthe zögerte. »Und richten Sie ihm aus, wie sehr ich mich darauf freue.«

*

Als Frau Dirkens die Tür öffnete, sah sie sich nicht nur dem netten Herrn gegenüber, der seit einiger Zeit das Polizeirevier auf der Insel leitete und von dem sie nur Gutes gehört hatte, sondern auch einer Frau in Zivil. Beide schauten sie ernst an und nickten ihr zu.

»Danke, dass wir sofort kommen konnten«, begrüßte Martin sie. »Sie werden mich wahrscheinlich kennen. Mein Name ist Martin Ziegler. Und das hier ist eine Kollegin vom Festland. Frau Keiser.«

Ruth Keiser schob sich vor und streckte Frau Dirkens die Hand hin. »Moin. Ruth Keiser ist mein Name. Frau Dirkens, richtig? Dürften wir eintreten und genau erklären, warum wir hier sind?«

Frau Dirkens öffnete die Tür etwas weiter und lächelte die beiden Personen unsicher an.

»Bitte, treten Sie ein. Ich kann gar nicht fassen, was Sie mir am Telefon gesagt haben. Das muss doch ein Irrtum sein.«

Im gleichen Augenblick packte eine heftige Windböe die offen stehende Haustür. Frau Dirkens wankte und wäre fast gestolpert. Martin Ziegler konnte sie mit einer schnellen Handbewegung am Arm stützen.

Die Fensterläden klapperten und schienen sich der Umklammerung der Halterungen mit aller Macht entwinden zu wollen. Am gegenüberliegenden Haus, das eingerüstet war, schlugen Metallrohre aneinander und erzeugten einen hell klingenden metallischen Ton, der Ruth wie ein Blitz durch den Kopf fuhr. Sie griff nach ihrer Schläfe.

Frau Dirkens stand wieder fest. Sie reckte den Kopf an Ruth und Martin vorbei und schaute die Straße entlang nach rechts und links und hob dann den Blick zum Himmel. Ihre Miene war noch sorgenvoller als beim Öffnen der Tür.

»Wenn das man gut geht mit dem Sturm. Da mache ich mir wirklich Sorgen. Nu kommen Sie mal rein in die Stube. Ich habe einen Frühstücksgast.«

Ruth betrat das Haus hinter Martin. Auch sie blickte noch einmal zum Himmel. Die Wolken zogen in immens hoher Geschwindigkeit über ihren Kopf hinweg. Es hatte auch schon mehrere dieser Windböen gegeben wie gerade eben.

Aber insgesamt schien ihr der Sturm noch recht verhalten. Allerdings waren sie eben ein Stück an der Kaiserstraße entlang gefahren. Als sie das aufgepeitschte Meer gesehen hatte, war ihr klar geworden, warum die Fähre seit gestern Abend nicht mehr fuhr. Aber im Ortskern schien ihr die Lage bei Weitem nicht so dramatisch, wie sie von den Nachrichtendiensten angekündigt war.

Sie riss sich von den Gedanken an das Wetter los. Sie hatten nun eine andere Aufgabe. Der Staatsanwalt hatte sie beide telefonisch und per Fax ersatzweise mit den Ermittlungsarbeiten beauftragt. »Ich gehe davon aus, dass wir es mit einem natürlichen Todesfall zu tun haben oder höchstens mit einem Unfallgeschehen. Also keine große Sache. Sichern Sie nur alles so ab, dass es später auch für die Angehörigen und die Versicherungen hieb- und stichfest ist. Ich habe keine Lust, mich wegen irgendwelcher fragwürdigen Kleinigkeiten auseinanderzusetzen.«

Ruth hatte allerdings eher seine Haltung fragwürdig gefunden. Sie selbst hatte ein weitaus schlechteres Bauchgefühl bei der ganzen Sache. Aber dafür war sie zu lange im Geschäft und viel zu sehr Profi, als dass sie einem Staatsanwalt mit Bauchgefühl gekommen wäre. Vielleicht war es tatsächlich nur so, dass sie doch Sehnsucht nach dem kriminalistischen Alltag hatte und mehr vermutete, als die Faktenlage hergab. Man würde sehen.

Ruth nahm als Erstes den Geruch eines alten, schon lange bewohnten Hauses wahr, als sie den Flur betrat. Nicht unangenehm oder abgestanden, sondern urig und heimatlich. Sie fühlte sich sofort an das Haus ihrer Tante erinnert, in dem sie als Kind ihre Ferien verbracht hatte.

Neben dem Eingang verlief eine geschwungene Holztreppe nach oben. Dem altmodisch gemusterten Teppichläufer auf den Stufen sah man die vielen Gäste an, die hier schon hinauf- und hinuntergegangen waren. Die Türen, die im Erdgeschoss vom Flur abgingen, standen größtenteils ein Stück weit offen, sodass Ruth nacheinander einen Blick in die Küche und ein kleines Wohnzimmer werfen konnte, bevor sie hintereinander ein mit mehreren Tischen bestücktes Esszimmer betraten.

»Bitte, kommen Sie rein. Das ist mein anderer Gast, Frau Rick, die Ihnen vielleicht mit mir zusammen weiterhelfen kann. Sie hat mit mir und Frau Rosenbaum gestern beim Tee zusammengesessen.«

»Ruth?«

»Daniela?«

Die beiden Frauen schauten sich verwundert an.

»Ich verstehe gerade gar nichts mehr«, ließ Daniela in ihrem rheinischen Singsang vernehmen. »Du machst doch Fortbildungen und keinen Polizeidienst, hast du mir gestern erzählt.«

»Moment, wieso kennst du denn die Polizistin, Daniela?«, fragte Frau Dirkens verwundert, während sie von einem zum anderen schaute. »Kann mich mal jemand aufklären?«

»Na, das ist die Dame, mit der ich gestern Abend verabredet war, um dem Mörder im Krimi ihrer Freundin auf die Spur zu kommen.« Betroffen schwieg Daniela. »Wir haben aber jetzt nicht einen echten Mord, oder? Frau Dirkens sagt, dass Frau Rosenbaum tot ist«, schob sie hinterher.

»Wie kommen Sie denn darauf, dass es ein Mord sein könnte?«, fiel Martin Ziegler ihr ins Wort.

»Na, weil Ruth hier steht. Und Sie auch. Tot und Polizei und sogar Kriminalpolizei ergibt im Fernsehen immer Mord«, antwortete Daniela schlagfertig und warf Martin einen schrägen Blick zu. Was wollte der denn jetzt von ihr? Sie hatte nun weiß Gott nichts damit am Hut.

»Moment, Moment, ich erkläre erst einmal alles«, schritt Ruth Keiser hastig ein. »Also, heute Morgen wurde eine Frau tot aufgefunden. Und da sind wir, das heißt natürlich Martin, dazugerufen worden. Ich kenne Martin von früher, von der Polizeihochschule, und er wusste, dass ich auf der Insel bin. Bei einer unklaren Todesursache wird immer die Kriminalpolizei verständigt. Frau Rosenbaum war noch jung und ist nicht in ihrem Bett gestorben, beides führt dazu, dass die Kripo genauer guckt. Und da die Kollegen von Aurich, die jemanden hätten schicken müssen, zur Zeit nicht auf die Insel können, haben wir das Okay bekommen, hier vor Ort zu ermitteln.«

Daniela sah Ruth bewundernd an. Sie war so vollkommen anders als sie selber. Nicht aufgebrezelt und nicht künstlich, sondern total lässig und entspannt. Die blonden Haare sahen perfekt wind- und wettergegerbt aus, das würde kein Friseur so hinbekommen, war sich Daniela sicher. Die Jeans trug sie im Boycutschnitt, und das Langarmshirt steckte so leger in der Hose, dass es den Gürtel mit der Schnalle betonte. Tolle Figur, dachte Daniela etwas neidisch. Da werde ich nie hinkommen. Aber das waren nur Sekundenbruchteile, in denen diese Gedankenfetzen durch ihren Kopf jagten. Sie war total fasziniert, wie Ruth auftrat. Bis jetzt hatte sie sich überhaupt nicht vorstellen können, dass diese Frau beruflich so erfolgreich war. Schließlich war sie nicht so von oben herab wie die meisten, die studiert hatten. Und die sich gar nicht erst mit einer wie ihr, einer Friseurin mit Hauptschulabschluss, abgegeben hätten. Aber mit Ruth war es anders. Gestern Abend hatte sie eine total witzige Frau erlebt, die über jeden kleinen Scherz in so herzhaftes Gelächter ausbrechen konnte, dass schließlich das ganze Lokal auf sie aufmerksam geworden war. Und das hatte dazu geführt, dass sie später mit dem Männertisch zusammengerückt waren. Oh Gott, Frank! Ihr Handy! Das hatte sie fast vergessen. Sie musste gleich unbedingt auf ihr Handy schauen. Nicht, dass sie eine Nachricht von Frank verpasste. Aber jetzt auf das Handy zu schielen, wäre ihr unhöflich und unpassend vorgekommen.

Martin Ziegler räusperte sich. Obwohl er mit seinem Kopf fast an die dunkle Holzkassettendecke zu stoßen schien, war er neben Ruth zuerst gar nicht aufgefallen. Daniela überlegte, warum er wohl so sehr die Schultern hängen ließ. Vielleicht hatte er es sich angewöhnt, um mit seiner Größe weniger aufzufallen. Aber es gab seinem ganzen Aussehen einen traurigen, niedergeschlagenen Touch. Obwohl er sie eben so rau angesprochen hatte, bekam sie Mitleid mit ihm.

»Ja, nun, wo Frau Keiser das jetzt erklärt hat. Wir hätten ein paar Fragen und würden gerne das Zimmer von Frau Rosenbaum sehen. Frau Rosenbaum hatte ein Einzelzimmer und war alleine hier?«

»Ja, sie hatte das Zimmer telefonisch gebucht und ist am Donnerstag angekommen.«

»Den Meldeschein hat sie doch sicher unterschrieben, oder? Wir müssten ihn mit dem Personalausweis, den wir bei ihr gefunden haben, abgleichen.«

»Sicher, ich gehe ihn holen, ich bin sofort zurück.«

Daniela wandte sich an Ruth. »Mir geht das nicht in den Kopf. Wir haben hier gestern noch gesessen. Ich meine, sie war schon komisch, und ich habe mich echt amüsiert, was sie so erzählt hat. Aber tot? Wo ist sie denn gefunden worden?«

Ruth antwortete nicht direkt, sondern sah zu Martin hinüber. Der schüttelte ganz leicht den Kopf.

»Das würden wir gerne noch für uns behalten«, übernahm er das Antworten. »Wir möchten erst einmal vorbehaltlos Fragen stellen können, ohne dass Ihre Antworten beeinflusst sind. Und mich macht das sehr neugierig, was Sie sagen. Wieso war Frau Rosenbaum komisch?«

Hätte ich bloß den Mund gehalten, dachte Daniela erschrocken.

In gleichen Augenblick kam Frau Dirkens zurück. »Hier ist der Meldezettel. Hat alles seine Richtigkeit bei mir. Merle Rosenbaum aus Zwickau. Wollen Sie ihn sehen?«

Ruth und Martin machten beide gleichzeitig einen Schritt auf Frau Dirkens zu, um ihr den Meldezettel aus der Hand zu nehmen.

»Wie, Zwickau?«, rief Martin Ziegler überrascht. »In ihrem Perso steht Mannheim. Bitte lassen Sie mich mal sehen!«

Das war der Augenblick, in dem Daniela entschied, doch besser zu erzählen, warum sie Merle Rosenbaum komisch gefunden und sich im Stillen über sie amüsiert hatte.

»Ich glaube nicht, dass sie das alles beim Universum bestellt hat«, machte sie mit ihrem trockenen Humor auf sich aufmerksam. »Aber kann ich erst mal einen Kaffee und eine Zigarette haben, bevor wir weiterreden?«

*

»Hi, Steffi, ich bin's, Stance. Schläfst du noch? Bitte ruf mich mal zurück, ja?«

Constance legte langsam ihr iPhone auf den Tisch. Den ganzen Morgen tigerte sie schon unruhig durch die Wohnung. Hatte alles ausprobiert: noch mal einzuschlafen, ein Buch zu lesen, die Fingernägel zu lackieren, Fernsehen zu gucken. Alle paar Minuten stand sie auf und begann etwas Neues. Wie oft sie schon den Button ihres Handys gedrückt hatte, wusste sie selbst nicht. Button drücken, App öffnen, scrollen und genervt das Handy beiseitelegen, war der Takt, der den Morgen durchzog. Manchmal blieb sie auf Facebook an einem Post hängen, der ihre Aufmerksamkeit ein paar Minuten fesselte. Aber dann wurde sie darüber traurig. Warum nur waren alle anderen so glücklich, satt und zufrieden? Posteten Urlaub, Mann und Landhaus-Leben in alle Welt. Hatten ein so reiches Leben, dass es einen Blog wert war. Setzten ihren Alltag in Szene und bekamen Applaus.

Warum gelang ihr das nicht? Warum war sie einfach nicht zufrieden? Sie wollte doch nicht wirklich ihr selbstbestimmtes Leben gegen ein Hausmütterchen-Dasein eintauschen, in dem Nähen, Backen, Dekorieren ihren Alltag bestimmten. Modepüppchen, Shopping-Queen, Promiluder, Spielerfrau? Waren alles Themen für den Mädelsabend. Einen Abend lachen, Blödsinn machen, Quatsch erzählen und dann gingen alle heim in ein busy Leben in der Stadt oder in das Reihenmittelhaus. Waren Freundin, Geliebte, Ehefrau. Und Mutter.

Was, verdammt, war sie? Alle Energie hatte sie hineingelegt ins Abitur, ins Studium, um rauszukommen aus dieser kleinen, überschaubaren Welt ihrer Eltern. Hatte alles erreicht. Eins der besten Staatsexamen. Und dann war sie endlich Studienrätin gewesen. Aber der Glanz und die Anerkennung blieben aus. Heute dachte sie: Nur Studienrätin. Für Schüler und Eltern noch nicht mal das. Lehrerin xy. Mal streng, mal nachgiebig. Ziemlich launisch. Sie wusste, was sie dachten, alle, auch die Kollegen: Die bräuchte mal einen …

Doch woher nehmen, wenn nicht backen? Und dann hatte sie sich eines Tages angemeldet. Nur mal zum Schnuppern. Weil diese Abende und Wochenenden so verdammt langweilig geworden waren. Und sie nicht ein Leben lang Klausuren korrigieren wollte. Und weil sie Kinder mochte. Und nicht nur Schüler haben wollte, denen sie die Welt erklärte. Wenn sie ganz ehrlich war, war es nur das: ein Kind, ein eigenes.

Finden Sie den Partner mit Niveau. Seriöses Auswahlverfahren. Erfolgreiches Matching.

So hatten sie sich kennengelernt. Aber seit gestern Abend war sie sich nicht mehr sicher. Dieses sinnlose Warten am Wochenende, diese dämlichen Mails, Kurznachrichten, Whatsapps. Erreichbarkeit immer nur mit Zeitverzögerung.

Ja, sie wollten es beide langsam angehen. Man wusste ja nie, wer sich wirklich hinter einem Profil verbarg. Sie wussten auch jetzt noch nicht, ob es wirklich passen würde. Was hatte sie sich da nur vorgemacht? Hatte sie wirklich geglaubt, so ihren Traummann finden zu können? Den Vater ihrer zukünftigen Kinder?

Ihre Gedanken schweiften zu gestern Abend zurück. Wenn es nach ihrem Bauchgefühl ginge, dann hätte sie ihn, den Einen, gefunden. Weit weg von der virtuellen Welt. Im tatsächlichen Leben. Ob sie gleich doch mal zur Milchbar gehen sollte? Und wenn es nur wegen des Frühstücks wäre?

Das Telefon brummte auf dem Tisch. Endlich, Steffi!

»Steffi, bin ich froh, dass du anrufst. Ich glaube, ich habe mich verliebt.«

*

Juliane stand vor dem Badezimmerspiegel. Sie hatte die letzten Stunden weinend im Bett verbracht. Der Fernseher lief auf Dauerschleife. Sie schaltete von einem Wetterbericht zum nächsten. Die lokalen norddeutschen Sender berichteten den ganzen Morgen über die Verwüstungen, die der Sturm bis jetzt angerichtet hatte. Strommasten waren abgeknickt, entwurzelte Bäume hatten Straßen versperrt, Dächer waren abgedeckt. Die Feuerwehren hatten alle Hände voll zu tun. Es gab Verletzte, und die Rettungsdienste stellten sich auf eine unruhige Nacht ein. Unaufhörlich wurde gewarnt: Sich unnötigerweise dem Sturm auszusetzen, konnte lebensgefährlich sein. Erschwerend kam hinzu, dass im ganzen Bereich Oldenburg/Aurich eine Salmonelleninfektion grassierte, die einen hohen Krankenstand bei Feuerwehr, THW und Polizei nach sich zog. Die Politiker hatten den regionalen Notstand ausgerufen.

Juliane betrachtete ihr verweintes Gesicht. Die Augen waren verquollen, ihre Haut sah teigig und aufgedunsen aus. Das Haar, das mit seinen straßenköterblonden Strähnen, in denen sich noch Reste des letzten Färbeversuchs mit Hennarot fanden, sowieso schon strohig aussah, stand in alle Richtungen von ihrem Kopf ab.

Sie würde duschen gehen und sich den ganzen Schmerz mit heißem Wasser abzuwaschen versuchen. Die Tränen schossen ihr schon wieder in die Augen. So müde, ausgezehrt und traurig hatte sie sich noch nicht einmal bei der Trennung von Heiko gefühlt. Dabei war das doch so viel mehr, wenn eine Ehe kaputtging, als von einem Internet-Date sitzen gelassen zu werden.

Juliane strich müde unter ihren Augen entlang. Wie alt sie geworden war in der letzten Zeit. Alle Mühen hatten sich auch in ihrem Aussehen niedergeschlagen. Als Heiko damals gegangen war, erschien ihr das nur folgerichtig zu all den vorausgegangenen Streitigkeiten und Enttäuschungen. Und sie hatte schon fast euphorisch gedacht, mit Noah alleine neu beginnen zu können. Sie hatte es sich nicht ausmalen können, was es hieß, Tag für Tag allein die Verantwortung zu stemmen. Den Dienst in der Klinik immer so voll konzentriert zu meistern, wie die Patienten es verdienten. Noah eine gute Mutter zu sein, die mit Lust und Begeisterung Türme baute, Spielplätze erkundete und Abenteuerbücher las, auch wenn sie am liebsten nur noch vor dem Fernseher abgehangen hätte. Die Freundinnen von früher waren ihr so fremd geworden. Die einen kinderlos und ständig auf der Piste, die anderen glücklich verheiratet in trautem Familienleben. Ihr waren die geblieben, denen es wie ihr ergangen war. Sie war so dankbar für die WG, in der sie zusammenlebten, weil es alles etwas leichter machte. Wenn sie sich halfen, sich trösteten und manchmal ihren Kummer gemeinsam ertränkten.

Aber das WG-Leben forderte sie auch, alles musste genau abgesprochen und ausgehandelt werden, und wenn die beiden anderen sich um Noah gekümmert hatten, dann war sie in ihrer freien Zeit umgekehrt für die anderen Kinder zuständig. Nur Christiane, ihre Schwägerin, blieb ein Lichtblick. Sie war immer für sie da, ein sicherer Fels, der sie jederzeit auffing und es mit ihrem bodenständigen Humor schaffte, sie wieder einzunorden.

Sie stellte sich unter die heiße Dusche. Ließ das Wasser in Strömen ihren Körper entlanglaufen, hielt das Gesicht so lange ins Wasser, bis sie es vor Schmerz abwenden musste. Griff dann zu Shampoo und Duschgel, während ihre Gedanken weiter Rückschau hielten.

Es hatte ihr etwas gefehlt. Das hatte sie immer stärker gespürt. Sie hatte zwar alles im Griff. Hatte es Heiko gezeigt, wie sie ohne ihn klarkam. War anfangs beschwingt davon, wie gut sie alles organisierte und managte. Aber sie war immer häufiger traurig gewesen, und wenn Noah sie dann mit seinen kleinen Händen streichelte, sie ernst anblickte und fragte: »Mama traurig?«, dann konnte sie die Tränen nicht zurückhalten.

Letztendlich war es so einfach gewesen. Sie musste nicht durch die Kneipen und Discos tingeln, wofür sie weder Zeit noch Geld hatte. Sie brauchte niemanden, der in dieser Zeit auf Noah aufpasste. Egal, was gerade anstand, egal, wie sie sich fühlte, egal, wie sie gerade aussah, es war kein Aufwand nötig, um im Chat zu suchen, zu träumen und zu flirten, bis ihr Selbstwert wieder auf Normalmaß angestiegen war. In ruhigen Bereitschaftsnächten freute sie sich, wenn sie in ihrem kargen Dienstzimmer die späten Abendstunden nutzen konnte, um durch die sozialen Netzwerke zu surfen. Aus Neugierde hatte sie sich vor geraumer Zeit erst kostenfrei bei verschiedenen Dating-Agenturen angemeldet. Mit der Zeit hatte sie Gefallen daran gefunden und sich eingeredet, dass es der Schlüssel zum Glück für sie sein könnte, angesichts der unzähligen Profile, die hier zur Verfügung standen. Für das Portal, das ihr am besten gefiel und das gar nicht mal das teuerste war, hatte sie schließlich eine bezahlte Mitgliedschaft abgeschlossen. Für jeden Freundinnenabend in der Disco hätte sie wahrscheinlich genauso viel Geld ausgeben müssen, und der Erfolg wäre viel unwahrscheinlicher gewesen.

Seltsamerweise hatte es ihr lange Zeit gereicht, mal hier, mal da, mal mit diesem, mal mit jenem im Austausch zu sein. Es hatte ihr Spaß gemacht, ihr Profil an der einen wie der anderen Stelle etwas aufzuhübschen und zu sehen, wie schnell sich das in Matchingpunkten niederschlug. Klar wusste sie, dass das bei den Männern nicht anders lief, und so hatte sie jedem Gegenüber automatisch ein paar Kilos dazugedichtet, aus den Zeilen herausgelesen, wenn jemand Quasimodo ähnlicher war als Clooney, und sich amüsiert, wie unbeholfen sich so mancher Typ im Internet den Frauen näherte. Kaum einmal hatte sie das Bedürfnis verspürt, aus all dem etwas Ernsthaftes erwachsen zu lassen, hatte keine Lust auf Begegnungen gehabt, sondern sich gefreut über Komplimente und Schmeicheleien, die sie im wahren Leben so nicht kriegen würde. Zur Tankstelle fahren, hatte sie ihr nächtliches Chatten oft genannt, weil sie sich danach besser und begehrter gefühlt hatte.

Und dann war sie im Netz Johannes begegnet. Johannes, der so vorsichtig und zurückhaltend und ängstlich war, dass es sie zutiefst berührt hatte. Sie hatte die verletzte Seele gespürt, wie nur jemand, der selbst verletzt worden war. Und ihr Helfersyndrom, das sie ganz sicher in ihren Beruf geführt hatte, war unweigerlich angesprungen.

Zum ersten Mal seit Langem hatte sie sich erlaubt, nicht nur Fantastereien zu erträumen. Sie hatte angefangen zu glauben, was er schrieb: Füreinander, Miteinander, Rücksicht und Verlässlichkeit. Seelenverwandt.

Wie lächerlich sie sich jetzt fühlte. Lächerlich und betrogen und verlassen.

Sie spülte ihre Haare aus, und das Shampoo brannte in ihren vom Weinen gereizten Augen. Einem plötzlichen Impuls folgend, drehte sie das kalte Wasser auf. Sie schnappte nach Luft, als der Kältereiz ihren Körper traf. Wie gut es tat, sich so zu spüren. Sich spüren, sich selber spüren. Wieder sie selbst sein. Nicht auf andere hören. Nur sie selbst. Sie selbst und Noah. Und sonst nichts!

*

»Na ja, und das alles zusammen fand ich schon mehr als komisch«, schloss Daniela ihren Bericht über alles, was ihr an Merle Rosenbaum aufgefallen war. Der verhuschte Eindruck, der übermalte Lippenstift, ihre Leidenschaft für Zeitschriften, in denen sie aber nur die Horoskope zu interessieren schienen. Und überhaupt: »Das ist doch Quatsch, was die da erzählt hat, Wünsche ans Universum zu richten. Wenn das helfen würde, dann wäre ich aber schon lange dabei.«

»Und gestern Abend hat sie von einer Verabredung erzählt?«

Daniela und Frau Dirkens schauten sich an und nickten gleichzeitig.

»Den Tag über war Frau Rosenbaum unterwegs. Wahrscheinlich in den Dünen oder am Strand, so war sie jedenfalls angezogen. Auf der Treppe hat sie eine ziemliche Sandspur hinterlassen«, berichtete die Pensionswirtin. »Ich habe das nämlich gestern Abend noch weggemacht. Ich lasse mir nicht nachsagen, hier wäre es nicht sauber.«

»Und am Nachmittag haben wir zusammen Tee getrunken, und da war sie auf einmal so total anders. Ich meine, als sie das mit der Verabredung sagte. So angeberisch. Als wäre sie was Besseres. Als hätte sie gewonnen«, ergänzte Daniela.

»Stimmt«, warf Frau Dirkens ein, »und das passte nicht dazu, wie sie sonst wirkte. Ich habe sie vorher für eine Einzelgängerin gehalten, die gar nicht so sehr auf Kontakte aus ist. Ich bilde mir immer was auf meine Menschenkenntnis ein, aber bei ihr habe ich von Anfang an nicht durchgeblickt.«

»Hat sie denn erzählt, wie sie sonst lebt oder was sie auf der Insel machen möchte?« Ruth hatte am Fenster gestanden und leise telefoniert, hatte dabei aber auch ihr Gespräch verfolgt.

»Nein, da frage ich als Wirtin auch nicht nach. Die meisten Gäste erzählen so was gerne, aber wenn keiner was sagt oder mich fragt, was man unternehmen könne, dann dränge ich mich auch nicht auf.«

»Wir haben bei Frau Rosenbaum ein GPS gefunden. Sagt Ihnen das etwas?« Martin Ziegler schaute von einer zur anderen.

Daniela schüttelte den Kopf: »GPS? Hört sich an wie ein Paketdienst.«

Auch Frau Dirkens konnte mit dem Begriff nichts anfangen.

»Eine Art moderne Schatzsuche«, erklärte Ruth ihnen. »Im Internet werden Koordinaten hinterlegt, und mit einem sogenannten GPS-Gerät kann man dann diese Stellen finden. Meist entdeckt man kleine Tupperdosen oder nur Filmdöschen, in denen das sogenannte Logbuch liegt, in das man sich einträgt. Geocaching nennt sich das Ganze.«

»Die Welt wird immer verrückter«, meinte Frau Dirkens. »Ich komme da nicht mehr mit. Aber wo Sie Internet sagen. Das war Frau Rosenbaum total wichtig. Ob es hier im Haus Internet gäbe und WLAN und der ganze neumodische Kram. Deswegen hat sie ein paar Mal hier angerufen. Ich habe dann gesagt, ja, das haben wir, aber irgendwie hat sie mir das wohl nicht so geglaubt, weshalb sie mehrfach nachgefragt hat. Ich selber habe da auch gar nicht die Ahnung von, und wenn etwas nicht klappt, muss ich auch immer bei der Firma anrufen, die das alles eingerichtet hat.«

Ruth schaltete sich wieder ein. »Das passt dazu, was ich gerade von den Kollegen erfahren habe. Merle Rosenbaum kommt tatsächlich aus Mannheim und arbeitet dort als IT-Referentin.« Sie rollte die Augen. »Was immer das heißen mag, blickt man ja nicht durch, bei diesen neuartigen Berufsbezeichnungen.«

»Ich denke, wir sollten uns das Zimmer von Frau Rosenbaum anschauen. Vielleicht finden wir dort einen Hinweis.« Martin Ziegler hatte sich schon zur Tür gewandt. »Frau Dirkens, würden Sie uns bitte aufschließen?«

»Kann ich mit rein?«, fragte Daniela, deren Schock über den Tod von Merle Rosenbaum nun langsam der Neugierde wich. Immerhin hatte man nur selten Gelegenheit, so nah an der Polizeiarbeit zu sein.

»Nee, sorry, das geht nicht, Daniela.« Ruth hob bedauernd die Schultern. »Aber wenn ich noch Fragen habe, komme ich auf jeden Fall auf dich zu.«

»Na, dann bin ich draußen eine rauchen, wenn ihr mich sucht. Ich nehme mir noch einen Kaffee mit.«

»Das kommt überhaupt nicht infrage.«

Daniela sah Frau Dirkens erstaunt an.

»Du gehst bitte nicht nach draußen. Hörst du denn nicht, wie stark der Wind ums Haus bläst? Das fehlte mir noch, dass du mir von einer Dachpfanne erschlagen wirst. *Ein* toter Gast reicht mir allemal. Setz dich hin!«

Daniela musste trotz allem grinsen. Das war Frau Dirkens, wie sie sie kannte. Und wenn die Polizisten das Zimmer untersucht hätten, würden sie sicher nicht davonkommen, bis sie mit Frau Dirkens an der ›richtigen‹ Teezeremonie teilgenommen hätten. Egal, was die Dienstvorschriften sagten.

Daniela aber goss sich einen Kaffee ein, zündete sich eine Zigarette an. Betont langsam holte sie ihr Handy hervor. Ihre Hände zitterten, und sie spürte, wie ihr Herz flatterte. Sie zögerte und wollte den Augenblick am liebsten hinausschieben. Sie wäre enttäuscht, wenn sie noch keine Antwort von ihm hätte, das spürte sie. Und solange sie nicht nachschaute, konnte sie zumindest hoffen. Verrückt! Dabei hatte sie ihn gestern noch gar nicht gekannt.

*

»Möchten Sie zuerst unsere Schlickpackung in der Schwebeliege ausprobieren und dann anschließend die kosmetische Behandlung?« Die Angestellte der Wellnessabteilung hatte Dörthe direkt einen Termin anbieten können, als sie im Untergeschoss des Hotels nachgefragt hatte. Jetzt bekam sie den Prospekt mit den verschiedenen Anwendungen vorgelegt.

»Das hört sich ganz passend an. Die Hot-Stone-Massage, würde die im Anschluss an die Schlickbehandlung auch noch gehen? Ich liebe diese heißen Steine, nichts bringt mehr Entspannung.«

»Selbstverständlich, das können wir gerne so machen.«

»Hören Sie, wäre es auch möglich, mir für heute Nachmittag einen Friseurtermin zu besorgen? Sie haben sicher bessere Beziehungen als ich.«

Die Kosmetikerin lächelte. »Das ist Samstagnachmittag wirklich nicht ganz einfach. Aber ich bin zuversichtlich, dass ich da etwas für Sie tun kann.«

In der Schwebeliege, bepackt mit der wohlig warmen Schlickanwendung, hatte Dörthe ihren Gedanken freien Lauf gelassen. Sie hatte nach dem Anruf heute Morgen neue Hoffnung geschöpft. Die Dame am Telefon war sehr nett gewesen, hatte auf jeden Fall kultiviert geklungen. Das sprach doch für

Johannes. Es fügte sich zumindest in das Bild, das sie sich bis zu dieser Reise von ihm gemacht hatte. Und war es nicht wirklich so? Das Leben schrieb manchmal total verrückte Geschichten. Sollte sie jetzt wegen ihres Misstrauens diese Chance vorüberziehen lassen? Nein, das würde sie nicht tun. Manchmal musste das Glück nun mal gezwungen werden.

Sie merkte, wie schläfrig sie wurde. Einfach nachgeben und sich in die Zukunft träumen. Nicht immer alles krampfhaft kontrollieren wollen. Hatten ihr nicht alle dazu geraten? Und jetzt war die Gelegenheit, mal etwas anderes auszuprobieren. Loszulassen. Und das Glück zu finden.

Was konnte schon passieren? Sie waren in der Öffentlichkeit, und wenn es nicht passte, würde man auseinandergehen. Warum nicht? So machte man das heute.

*

»Echt? Ist er wirklich so, wie du ihn dir vorgestellt hast?« Steffis Stimme war ganz atemlos.

Mensch, Steffi, du bist echt eine Freundin, dachte Constance. Sie kannte so viele, die ihr nie im Leben Glück und Erfolg gewünscht hätten.

»Na ja, nicht ganz.« Constance schwieg. Wie sollte sie das Steffi erklären? Sie fand das alles selber total abwegig, und Steffi würde sie für vollends verrückt halten.

»Jetzt mach es nicht so spannend. Wie war's? Wie sieht er aus? Jetzt komm! Ich will alle Details hören.«

»Also, ich habe, ehrlich gesagt, keine Ahnung.«

»Du hast keine Ahnung? Ja, sag mal, spinnst du? Zu viel Nordseeluft, oder was ist los?«

Constance konnte Steffi nicht böse sein. Sie wusste nur zu gut, wie sie das meinte. Ihr Ton war manchmal rau und ganz oft auch rücksichtslos ehrlich. Aber sie wusste, sie konnte sich auf Steffi absolut verlassen und ihre Freundin wäre immer für sie da.

»Wie soll ich dir das bloß erklären? Also, Johannes habe ich immer noch nicht getroffen. Irgendwie war er in der Notaufnahme und hier auf der Insel beim Arzt. Er sagt nicht genau, was los ist, aber heute Abend wollen wir uns tatsächlich sehen.«

»Stance, spuck aus, was ist los? Wenn ich deine Stimme höre, weiß ich, irgendwas ist im Busch. Wo ist deine ganze Euphorie hin? Und was sollte das dann mit dem Verliebtsein?«

»Ach, ich bin total verwirrt. Ich hatte mich so sehr auf dieses Wochenende gefreut und so viel Hoffnung hineingelegt. Dieser ganze Mist der letzten Zeit. Der Stress in der Schule. Die Schüler, die mir sofort auf der Nase rumtanzen, wenn ich nicht total straight bin. Diese nervenden Eltern. Dieses alte Kollegium. Die wissen immer alles besser, aber in Wahrheit tobt bei denen der Bär im Klassenzimmer. Ich habe wirklich gedacht, ich bräuchte noch was anderes in meinem Leben.«

»Mensch, Stance, das weiß ich doch alles. Und das hast du auch verdient. Ich finde es gut, dass du endlich mal zulässt, dass es neben der toughen, erfolgreichen Studienrätin eine andere Constance gibt. Aber ich verstehe immer noch nicht, was los ist.«

»Na ja, ich bin halt so enttäuscht. Wie das Wochenende abgelaufen ist. Dass ich in Wahrheit gar nicht weiß, auf wen ich da warte. Dass ich mich selber nicht leiden mag, weil ich so offensichtlich einen Mann an meiner Seite brauche. Und wenn ich hier nicht diesen ganzen Packen Zeitungsannoncen hätte, mit denen Johannes die ganze Zeit um mich geworben hat, würde ich glauben, ich wäre einem Phantom aufgesessen. Ich habe schon in alle Richtungen überlegt, ob es eine Finte gewesen sein kann. Irgendein Betrug.«

»Was denn für ein Betrug?«

»Das liest man doch immer mal wieder. Aber ich habe ihm bisher weder meine Kontodaten noch meine Adresse gegeben. Und zu googeln bin ich nicht. Da habe ich immer aufgepasst, damit nicht Schüler und Eltern bei mir vor der Wohnung stehen können. Er hat definitiv nichts von mir. Also kann das auch keine Einbruchgeschichte oder so werden. Glaube ich jedenfalls. Hoffe ich doch. Magst du nachher mal bei mir vorbeifahren und nachsehen, ob alles in Ordnung ist, Steffi?«

»Das mache ich, wenn es dich beruhigt. Also, komisch ist das Ganze schon, da gebe ich dir recht.«

»Und dann das mit dem Verliebtsein. Das ist eine ganz andere Geschichte. Ich war wirklich gestern Abend in der Milchbar. Und da war ein Typ, der hat mich umgehauen. Du weißt schon. Liebe auf den ersten Blick. Wenn es so was gäbe.« Constance machte eine Pause. »Ich kenne ihn natürlich nicht. Ich habe auch nicht mit ihm gesprochen.«

»Constance Tarnow! Ich kenne dich. Was ist los? Raus mit der Sprache. Jetzt!«

»Also, er hat schon was zu mir gesagt. Dass das Frühstück in der Milchbar gut wäre. Und dass er das heute testen wolle. Und gute Nacht.« Constance machte eine Pause. »Nach ziemlich intensiven Blicken.«

»Wow! Das war also der Traumtyp, von dem du geschrieben hast. Und nicht dein geheimnisvoller dwsw. Oookay!«

»Und was mache ich jetzt?«

»Na, ist doch klar. Schwing dich auf. Los, los. Noch ist Zeit. Mach, dass du in die Milchbar kommst, und danach will ich sofort einen Bericht.«

»Meinst du echt? Ach, Steffi, du bist die Allerbeste! Ich drück dich!«

*

Daniela seufzte erleichtert. Ja, da war eine Antwort. Und er wollte sie sehen. Sie atmete tief ein und aus. Na komm, sagte sie zu sich selber, jetzt mach daraus mal keine Welle. Das heißt schließlich noch gar nichts. Sie hatten einen lustigen Abend, er hat Zeit am Wochenende und vielleicht war er auch nur zu höflich, um sie vor den Kopf zu stoßen. Was vergab er sich schon, wenn er sie traf? Egal, was dabei herumkam, er würde spätestens nach dem Wochenende auf Abstand zu ihr gehen können.

Mensch, Daniela, jetzt hör auf, alles so schlechtzureden. Sie hatte einfach Angst. Sie wollte nicht schon wieder enttäuscht werden. Einmal mehr sein als der lustige Kumpel, die Zuhörerin, die Allesversteherin. Einfach mal der Mittelpunkt der Welt für jemanden sein. Aber je nüchterner sie an die Sache ranging, umso weniger enttäuscht wäre sie, wenn es doch wieder nur das alte Lied wäre.

»So ein Quatsch«, sagte sie nun laut zu sich selbst. »Ich kann mir vormachen, was ich will, enttäuscht wäre ich auf jeden Fall. Aber wer nicht wagt … Komm, jetzt mach schon!« Und immerhin war seit gestern Abend Unglaubliches passiert. Gesprächsstoff würde es also genug geben.

›Um 14 Uhr zu Milchkaffee und Kuchen im Conversationshaus? Du wirst dich wundern, was ich zu erzählen habe.‹

›Das hört sich ja nach spannenden Neuigkeiten an! Ist dir etwa in der Nacht noch Mister Stringer begegnet, Miss Marple? Sherlock Holmes mag keine Konkurrenz.‹

Upps. Daniela schluckte. Der traute sich aber was. Das war mal ein Ton, wie sie ihn super gerne mochte. Oder wollte er sie nur vorführen, sich über sie lustig machen? Um später die Nachrichten zwischen ihnen mit seinen Freunden schenkelklopfend zu kommentieren?

»Jetzt reiß dich mal zusammen, Daniela«, schimpfte sie erneut laut mit sich. »So musst du dich nicht wundern, wenn das nie was wird.«

›Nein, Mister Stringer nicht, aber du bist auf der richtigen Spur. Ich sage nur: Polizeibesuch!‹

›Nein! Du hast doch wohl nicht noch randaliert nach unserem netten Abend gestern? Oder Hasen gejagt? Oder wilde Sachen am Strand gemacht? Du warst doch schon in Begleitung von der Polizei. Oder hat Ruth mich etwa angeflunkert und sich als etwas anderes ausgegeben?‹

Daniela lachte, als sie seine Antwort las.

›Na, du traust mir ja Sachen zu. Das mit Ruth, das hatte schon seine Richtigkeit. Und die war heute Morgen auch dabei. Du wirst nicht glauben, was passiert ist.‹

›Uh, du machst es aber spannend! Wie soll ich das denn aushalten bis 14 Uhr? Vielleicht doch ein klitzekleiner Hinweis?‹

Daniela überlegte und zögerte. Sie konnte doch nicht so flapsig über den Tod von Merle Rosenbaum reden. Aber warum eigentlich nicht? Sie hatten sich nicht gekannt, sie war komisch gewesen und außerdem, sie war nun mal tot. Also konnte sie sich auch nicht mehr aufregen.

Sie griff erneut zu ihrem Handy: ›Okay. Nur so viel: Es hat Tote gegeben! Mehr dazu um 14 Uhr!‹

*

Den Rucksack und alle anderen Zutaten zu besorgen, war ein Leichtes. Auch wenn es jetzt richtig ungemütlich wird da draußen. Da war das Windchen in der Nacht richtig harmlos. Das macht mir schon Sorgen. Für heute am Nachmittag ist die Spitze des Sturms zu erwarten. Es steht wohl fest, dass er Orkanstärke haben wird. Wie lange das ungefähr anhalten wird, ist noch nicht sicher vorauszusagen. Wenn nun Dörthe und Augenstern absagen, weil sie das Haus nicht verlassen wollen? Dazu gibt es einfach keinen Plan B. Ich werde mich auf keinen Fall darauf einlassen können, zu ihnen zu kommen. Wahrscheinlich werden beide das auch nicht vorschlagen. Sie sind aufgeklärt und misstrauisch genug, niemanden, den sie nur aus der virtuellen Welt kennen, ohne Weiteres in ihrer Wohnung zu treffen. Wobei – wenn ich mir überlege – niemals hätte ich das alles für möglich gehalten, als ich das Projekt gestartet habe. Ich denke, ich könnte tatsächlich noch vieles mehr haben, als ich bisher bekommen habe, Geld nicht ausgeschlossen. Und es sind beileibe nicht nur die, von denen man annehmen könnte, dass keiner sonst sie will. Solche habe ich sofort aussortiert. Das war schnell klar, wenn man sich mal eingelesen hat. ›Ich gehe mit dir durch dick und dünn. Biete ganz viel Herzenswärme. Kompakt, aber sportlich. Sehr fraulich. Barocke Figur. Lege Wert auf die innere Schönheit.‹ Bei so was war mir immer schon klar, wen ich vor mir haben würde. Oder wenn die Profilbilder mindestens zehn Jahre alt waren und damals schon nichts Ansprechendes boten. Nein, nein, da habe ich sofort abgewunken. Das waren nie meine Zielobjekte. Weil ich in solchen Fällen auch Mitleid hatte. Wenn denn jemand wie ich noch Mitleid haben konnte. Oder überhaupt Gefühle. Die sind mir abhandengekommen. Seit damals. Seit diesem einen Tag, als mein Leben zerbrach. Und ich lange gebraucht habe, um zu verstehen, was passiert war. Und als ich verstanden hatte, wusste ich, was zu tun ist, um mich wieder zu heilen. Um wieder in den Spiegel schauen zu können. Um wieder Ich zu sein. Egal, was danach kommen würde. Und dafür brauchte ich solche Frauen nicht. Nicht die, von denen sowieso keine Gefahr ausging. Die, die sowieso übrig blieben. Die, die sich selbst schon aufgegeben haben. Nein, ich wollte die anderen. Die Hübschen, die Selbstbewussten, die Karrierefrauen, die Überzeugten. Die, die an das Leben glaubten. Die nicht wussten und ahnten, wie schnell mal eben ein fremdes Leben zerstört war.

Wie leicht es doch war! Als hätte es die frauenbewegten Zeiten nie gegeben. Alles, fast alles waren sie bereit zu glauben. Alles, fast alles haben sie unkritisch hingenommen. Wie groß die Sehnsucht war. Alles für das eine: endlich einen Mann zu haben.

Nun: Sie haben gesucht, und ich habe gefunden. Alles wird gut.

*

Ruth und Martin hatten sich von Frau Dirkens das Gästezimmer aufschließen lassen. Ein erster Blick zeigte einen schlichten Raum, der mit einem Doppelbett, einem Schrank, einem kleinen Tisch und zwei Stühlen ausgestattet war. Die Möbel waren alle aus hellem Holz, dennoch schien nichts richtig zum anderen zu passen. Die gelben Tapeten hatten dem Zimmer früher sicher ein freundliches Aussehen verliehen, waren mittlerweile aber verschlissen und ausgebleicht. Die braunen Vorhänge sollten dem Zimmer wohl einen Hauch von Gemütlichkeit geben, machten aber in Wirklichkeit das Zimmer düster und drückend. Einer der Fensterladen war nicht richtig eingehakt und schlug draußen im Wind schwer gegen die Hauswand.

»Ach Gott, der Fensterladen. Lassen Sie mich mal eben durch, ihn festhaken. Jetzt weiß ich auch, wo das Geräusch die ganze Zeit herkam.« Frau Dirkens, die hinter Ruth und Martin das Zimmer betreten hatte, wollte sich rasch an ihnen vorbeischlängeln.

»Moment, Frau Dirkens. Lassen Sie uns das machen. Ich würde gerne erst Handschuhe anziehen.« Martin Ziegler zog zwei Paar aus seiner Jackentasche und reichte auch Ruth welche hinüber.

Frau Dirkens machte große Augen. »Handschuhe? Wie an einem Tatort? Sie wollen doch nicht sagen …« Die Worte blieben in der Luft hängen.

»Nein, keine Sorge. Eine reine Vorsichtsmaßnahme. Wir wissen noch gar nicht, was los ist. Aber weil wir vom Festland abgeschnitten sind und unsere Kollegen derzeit nicht auf die Insel kommen können, wollen wir alles hieb- und stichfest aufnehmen.« Ruth hatte Frau Dirkens beruhigend bei der Schulter gefasst. »Ich glaube nicht, dass da mehr dahintersteckt. Auf der Insel passiert doch nichts Schlimmes.«

Martin Ziegler nickte. »Das stimmt. Hier hat man als Polizist ein verhältnismäßig ruhiges Leben. Die Einzigen, die mal Ärger machen, sind die Clubs, aber da haben wir auch unsere Methoden, mit umzugehen. Einmal mit der Ausnüchterungszelle drohen, da wird so manch einer schlagartig nüchtern.

Dazu kommt ab und an mal ein Nachbarschaftsstreit, aber die Insulaner wissen, dass sie weiter zusammen auf der Insel leben müssen. Da geht man sich lieber aus dem Weg, als dass man die Polizei zum Schlichten ruft.«

»Aber warum dann dieser Aufwand? Wenn sowieso nichts dahintersteckt?«

»Nun, wir wissen nichts von Merle Rosenbaum«, erklärte Ruth mit tröstender Stimme. »Wenn sie jemanden dabeihätte, der uns sagte, sie hatte die und die Krankheit oder sie war depressiv oder was auch immer. Aber wir wissen einfach viel zu wenig. Und deswegen müssen wir alles überprüfen. Sie wissen doch, nachher kommen immer alle an und sagen, hättet ihr mal.«

»Ja, ja, das stimmt«, sagte Frau Dirkens. »Das wird immer mehr, dass sich die Leute hinterher beschweren. Das ist bei mir mit der Pension genauso. Na, dann machen Sie mal. Und wenn ich was tun kann, Sie finden mich in der Küche. Ich mache uns allen einen starken Tee auf den Schrecken hin.«

»Das ist gut, Frau Dirkens, danke schön.« Ruth lächelte der Pensionswirtin freundlich zu. »Wir werden sicher nicht lange brauchen.«

Martin und Ruth warteten, bis sie alleine im Zimmer waren. »Sonderlich ordentlich war unsere Frau Rosenbaum aber nicht«, deutete Martin auf einen Stapel von Kleidungsstücken, die einfach übereinander auf einem der Stühle abgelegt worden waren. »Da liegen wohl die getragenen Sachen, alles andere ist wahrscheinlich noch im Koffer.«

Tatsächlich lag ein mittelgroßer Stofftrolley geöffnet auf dem Boden, was die Enge des Zimmers noch mehr betonte. Martin zog den Kleiderschrank auf, der wie erwartet leer war. »Das werde ich nie verstehen, warum man sich nicht die Zeit nimmt, seine Sachen für den Urlaub einzuräumen. Dann ist es doch viel wohnlicher und heimischer.«

»Na, Martin, sind nun mal nicht alle so gemütlich unterwegs wie du.« Ruth schubste ihn scherzhaft in die Seite und lächelte ihn an. Dann wurde ihr Gesicht ernst. »Ich denke, es sind Menschen, die sich woanders nicht sofort wohlfühlen. Die alles, was ihnen gehört, beieinander halten wollen. Ein bisschen so, als wenn sie sich sofort wieder auf den Weg machen könnten. Hat ganz viel mit Kontrolle zu tun. Perfektionistische Menschen im Job. Können sich schlecht auf andere, fremde, neue Bedingungen einlassen. Es muss meist nach ihren Spielregeln gehen. Tatsächlich gibt es aber manchmal genau bei diesen Menschen eine unerwartet irrationale Seite, die sie dann zuweilen seltsam oder eigenbrötlerisch erscheinen lässt. Das könnte zu dem passen, was wir bisher gehört haben. Ich meine, zu dem, was Daniela Rick eben erzählt hat.«

»Stimmt, das mit den Wünschen ans Universum würde man von einer IT-lerin wohl nicht erwarten. Der Job dagegen entspricht dem, was du sagst, von wegen Kontrolle behalten, Regeln aufstellen, logische und mathematische Vorgänge, die vorausschaubar sind.« Martin nickte bedächtig zu seinen eigenen Überlegungen.

Ruth gab sich einen Ruck. »Also los, guckst du den Koffer durch und ich schaue mir den Klamottenberg an, ja? Danach machen wir das Badezimmer und untersuchen, ob sich im Nachttisch oder in der Matratze geheime Botschaften finden lassen, die Merle Rosenbaum uns hinterlassen hat.«

Martin schaute Ruth schräg von der Seite an. »Liest du zu viele Krimis oder ist dir der Respekt vor unserem Job verloren gegangen, seit du dich nur noch in theoretischen Gefilden herumtreibst?«

Ruth lachte verhalten. »Ach Martin, sei mal locker! Schließlich haben wir es mit einer Geocacherin zu tun. Und die lieben es nun mal, kryptische Botschaften zu hinterlassen.«

Sie nahm das oberste Kleidungsstück auf. »Und wer zuerst was findet, bezahlt heute Abend das Essen.«

*

Klopfenden Herzens betrat Constance um zwanzig vor zwölf die Milchbar. Vor lauter Aufregung zerrte sie an der Fischkopfklinke, ohne zu merken, dass sich die Tür nach innen öffnete. Ein paar junge Frauen, die hinter ihr standen, stöhnten genervt auf.

Im gleichen Augenblick zog jemand von innen an der Tür: »So geht es einfacher.«

Oh nein, das durfte doch nicht wahr sein! Constance wäre vor Schreck fast in Ohnmacht gefallen. Irgendwie hatte sie gedacht, sie könnte sich drinnen erst mal umsehen, nach einem Platz Ausschau halten und dann entscheiden, ob sie überhaupt bleiben wollte. Und jetzt stand er schon im Eingang vor ihr und lächelte sie genauso an, wie sie es sich im Stillen seit gestern Abend erhofft hatte.

»Das Frühstück ist wirklich lecker«, richtete er das Wort weiter an sie, als wären sie noch im selben Geplauder vom vergangenen Abend. Und als ob sie sich schon ewig kennen würden.

»Wenn Sie Lust haben, können Sie sich gerne an meinen Tisch setzen. Meine Freunde hatten heute Morgen noch keine Lust mitzukommen. Ich würde mich über Gesellschaft wirklich freuen.«

Constance wusste überhaupt nicht, wie sie reagieren sollte. Am liebsten wäre ihr, der Boden würde sich unter ihr auftun. Oder noch besser schien es ihr, jetzt endlich aufzuwachen und erleichtert festzustellen, dass sie nur träumte. Doch nichts davon geschah. Sie konnte sich lebhaft vorstellen, wie sie auf ihn wirken musste. Sprachlos und mit einem dümmlichen Grinsen im Gesicht stand sie vor ihm.

»Äh, ja also, ich weiß nicht so recht …«, begann sie nach einer gefühlten Ewigkeit zu stottern.

»Sie wissen gar nicht, wo ich sitze. Entschuldigen Sie«, überspielte er mit viel Charme ihren einsetzenden Einwand. »Schauen Sie mal, da vorn, der erste Platz neben der Tür zur Terrasse, da hängt meine Jacke am Stuhl, und mein Rucksack steht daneben. Bringen Sie doch Ihre Sachen dorthin, und dann schauen wir gemeinsam, was wir zum Frühstück wollen. Oder, vielleicht noch besser, Sie setzen sich und lassen sich von mir überraschen. Sie müssen mir nur sagen, was Sie trinken wollen. Auch einen Latte macchiato?«

Constance war von so viel selbstsicherer Offensive wie geflasht. Sie konnte nur nicken und seine Worte wiederholen: »Ja, gerne einen Latte macchiato.« Plötzlich kehrte etwas Lebendigkeit in sie zurück. »Und so einen Joghurt.« Sie deutete in die Auslage der Theke und war froh, ein winzig kleines Stück Souveränität wiedergewonnen zu haben. »Okay, ich setze mich dann schon mal«, warf sie ihm mit schüchterner Stimme zu, während sie ihre Beanie vom Kopf zog und ihre langen Haare ausschüttelte, bevor sie sie mit einer lässigen Handbewegung nach hinten warf. Während sie den Tisch ansteuerte, war sie sich sicher, dass er ihr hinterherschaute. Sie war froh, die enge Röhren-Jeans angezogen zu haben. Zusammen mit den Boots, die einen ziemlich hohen Blockabsatz hatten, wirkten ihre Beine darin noch länger, als sie tatsächlich waren.

Mit zitternden Beinen setzte sie sich so, dass sie durch die großen Panoramascheiben auf das Meer schauen konnte. Sie war ordentlich durchgepustet worden auf dem Weg hierhin. Alle sprachen von dem Orkan, der aber wohl nicht so recht kommen wollte. Sie hatte sich das am Meer viel gewaltiger vorgestellt. Da war ja mancher Sturm auf dem Festland schlimmer. Nun, umso besser. Sonst säße sie wohl kaum hier. Ach, was denke ich mir bloß, erschrak sie. Eigentlich wäre alles besser, als hier zu sein. Schließlich war sie schon für heute Abend verabredet. Genau an diesem Ort. Mit jemandem, der sich seit Wochen in ihr Leben geschlichen hatte. Ihr immer wichtiger geworden war. Auf dessen »Pling«, das seine Nachrichten anzeigte, sie sehnsüchtig wartete, egal, wo sie war. Und dem sie an diesem Wochenende zum ersten Mal im wirklichen Leben begegnen sollte. Was also machte sie hier?

Ihr Herzklopfen nahm wieder zu. Dieser Typ sah so verboten nett aus. Wäre sie ihm doch schon vor drei Monaten begegnet. Dann hätte sie diese ganze Internetgeschichte gar nicht erst beginnen müssen. Sie hatte sich anfangs so erniedrigt gefühlt. Hast du das wirklich nötig? Dir einen Mann im Internet zu suchen? Partnersuche zweiter Klasse, hatte sie es selbstironisch genannt. Aber die Freundinnen, denen sie es erzählte, hatten entspannt reagiert. Macht doch heute jeder, hatten sie gesagt. Entspann dich, du vergrößerst nur die Auswahl. Und dann war sie so positiv überrascht worden, als sie auf Johannes getroffen war. Shit! Was sollte sie jetzt bloß machen?

»So, hier ist eine kleine Auswahl des Frühstücksangebots der Milchbar. Wählen Sie aus, was Sie möchten. Ich kann gerne etwas nachholen.«

Gekonnt setzte dieser Mann, dessen Züge ihr seltsam vertraut vorkamen, obwohl sie nichts, aber auch gar nichts von ihm wusste, noch nicht einmal seinen Namen, ein randvolles Tablett vor ihr ab.

»Den Pfannkuchen können wir uns, wenn Sie mögen, teilen, und ich hole dann noch einen nach, wenn es nicht reicht.«

Constance schaute verwirrt auf Brötchen, Marmelade, Wurst und Käse. Sie hätte gerade nicht sagen können, was sie essen wollte.

»Hm, sieht gut aus«, brachte sie unsicher hervor. »Ich trinke gerne erst mal meinen Latte macchiato.«

»Kein Problem. Ganz, wie Sie wollen. Bedienen Sie sich einfach. Ganz nach dem Milchbar-Motto: entspannt.«

Constance konnte sich nur wundern, wie lässig und souverän er mit ihr sprach. Und dabei ganz eindeutiges Interesse an ihr zeigte. So was hatte sie bisher noch nie erlebt. Die meisten Männer, die sie kannte, machten einen auf supercool und unnahbar. Nur nicht zu viel versprechen. Nur nicht zu viel signalisieren. Unverbindlich bleiben. Sich nicht festlegen. Einen hängen lassen. Hängen lassen? War das nicht genau das, was ihr an diesem Wochenende gerade passierte? Sie, die mal wieder da saß und auf Mr. Right wartete, der einen Teufel tat, sich verständlich zu äußern, sondern sie wie eine Marionette auf- und abmarschieren ließ. Constance spürte, wie der Ärger über dieses sinnlose Wochenende erneut in ihr aufstieg.

»Ich denke, wir sollten uns erst einmal richtig vorstellen.« Ihr Gegenüber hob sein Latte-macchiato-Glas. »Ich bin Jan. Jan Jahnke.« Er hob die Hand. »Bitte keine Nachfragen. Ich weiß, doofer Name, aber ich kann nichts dafür. Bitte machen Sie meine Eltern dafür verantwortlich.« Er lachte. »Und Sie? Sind Sie mit Ihrem Namen auch gestraft? Hat das Schicksal uns deswegen zusammengeführt? Damit wir das Leid gemeinsam tragen?«

Constance musste nun auch lachen. »Nein, bei mir ist es nicht so schlimm. Constance heiße ich, Constance Tarnow. Manchmal auch nur Stance.«

»Ja dann, Stance, auf ein nettes gemeinsames Frühstück.« Leise klirrte er sein Glas an das ihre. »Ist doch okay, wenn wir uns duzen?«

Sie konnte wieder nur lächeln. »Mmh, ist okay.« Sie schaute in seine braunen Augen. Oh Gott! Sie merkte, wie ihr Körper vibrierte. Sie sollte den Kaffee trinken, sich nett verabschieden und gehen. Nichts war passiert, nichts würde passieren.

In diesem Augenblick summte ihr Handy. »Entschuldigung, ich muss mal eben.« Sie deutete auf das Smartphone.

»Gar kein Problem. Lass dich nicht stören.«

Es war eine Nachricht von Steffi. Sie hatte ein Foto mit einer dieser Spruchkarten geschickt, die so oft zum eigenen Leben zu passen schienen:

›Versuchungen sollte man nachgeben. Man weiß nie, ob sie wiederkommen.‹

Ach, Steffi!

*

Der Tag zieht sich unendlich in die Länge. Ich wünschte, es könnte alles gleich passieren. Aber ich darf die Geduld nicht verlieren.

Doch es macht mich nun mal verrückt, wie sich alles gegen mich wendet. Monate der Planung können doch nicht vergebens gewesen sein. Was für eine Arbeit! Was für ein Aufwand! Die Auswahl der Frauen. Das Chatten und Schreiben. Koordination von Zeit und Ort, Planung der Art und Weise. Alles bis zu Ende denken. Jedes Wort mit Gold aufwiegen. Nur keine von ihnen verprellen, verletzen, verlieren.

Was das anlangt, wird Juliane noch eine harte Nuss. Aber

als ich eben einkaufen war, drängte sich mir förmlich eine Lösung auf. Ich gebe sie noch nicht auf. Das wäre ja auch zu schön. Nein, nein, die Zeiten sind endgültig vorbei. Ich lasse mich nicht mehr vorführen. Mit mir nicht!

Jetzt neigt sich auch noch die Tinte ihrem Ende zu. Ich habe vorhin schon alle Taschen durchgesehen. Nirgendwo kann ich das Tintenfass finden. Ich werde mich wohl noch mal auf den Weg machen müssen. Meine Tinte ist mir wichtig. Die Tinte und der Federhalter. Sie bringen mir Glück und Gelassenheit. Ich will jetzt nichts riskieren. Ich glaube, das könnte ich mir nie verzeihen.

*

»Frau Brandstetter?«

»Mmh. Ja?« Benommen fuhr Dörthe auf.

»Frau Brandstetter. Sie sind eingeschlafen. Das ist nicht schlimm, das passiert vielen unserer Kundinnen in der Schwebeliege. Das zeigt, wie entspannend die Therapie ist.«

Dörthe ergriff das Handtuch, das ihr die Kosmetikerin hinhielt.

»Tut mir leid, das ist sonst nicht meine Art, mich so gehenzulassen.«

»Aber Frau Brandstetter, da kann keine Rede von sein. Wie gesagt, Sie sind da bei Weitem nicht die Einzige. Wir wünschen uns, dass unsere Gäste sich bestmöglich entspannen. Da sollte man auch einfach mal nachgeben dürfen.«

Dörthe runzelte die Stirn und blickte die Kosmetikerin an. ›Lilian Molitor‹ stand auf dem Namensschild. Sie sah noch ziemlich jung aus. Einfältig war sie mit Sicherheit, dachte Dörthe. Sie hielt prinzipiell alle Frauen, die in der Schönheitsbranche arbeiteten, für schlichtweg einfach strukturiert. Nichtsdestotrotz nahm sie die Dienste nur zu gerne in Anspruch. Aber der Ton der jungen Frau gefiel ihr absolut nicht.

»Nun, ich finde nicht, dass ich irgendeiner Schwäche nachgeben sollte«, sagte Dörthe so von oben herab, wie es ihr nur möglich war. »Dazu habe ich sicher später im Alter noch genug Gelegenheit.«

Die Kosmetikerin schaute Dörthe Brandstetter verwundert an. Was war denn mit der Kundin los? Bis eben war sie ihr noch relativ normal erschienen, aber jetzt wirkte sie sehr verärgert und arrogant. Nun, sie konnte es sich nun mal nicht aussuchen.

»Haben Sie wenigstens etwas wegen des Friseurs erreicht?«, fragte Dörthe mit unwirscher Stimme.

»Wieso denn wenigstens?«, platzte es aus der jungen Frau heraus. Sie spürte im gleichen Augenblick, dass sie sich gerade im Ton vergriff. Die Kundinnen hatten schließlich immer recht. Aber verdammt noch mal, sie hatte nichts falsch gemacht, sondern sich tatsächlich richtig ins Zeug gelegt. Immerhin hatte sie vor der Schlickbehandlung noch gedacht, einen netten Gast vor sich zu haben.

Dörthe schaute sie nur an. Mit einem Blick, der alles sagte. Die würde sich gar nicht erst mit ihr einlassen, sondern sich gleich an der Rezeption beschweren gehen. So welche gab es immer mal wieder. Und dann musste sie noch Kratzfüße obendrauf machen, weil es heutzutage sofort eine schlechte Bewertung im Internet gab.

»Also, ’tschuldigung«, bemerkte sie deswegen nun etwas flapsig. »Ich habe etwas erreichen können. Alle Friseure auf der Insel schließen um 13 Uhr. Meine Freundin aber wäre bereit, nach ihrem Feierabend ins Hotel zu kommen und Sie hier zu frisieren.«

»Ihre Freundin?« Dörthes Stimme war eisig, und so schaute sie die Kosmetikerin nun auch an.

Diese straffte ihren Rücken. Alles wollte sie sich auch nicht gefallen lassen. Sie hatte sich echt bemüht, um Natascha an Land zu ziehen. Die war samstagnachmittags oft ausgebucht.

»Ja, meine Freundin. Natascha Worm. Ausgebildete Friseurin. Sie ist hier bei unserem besten Friseur angestellt. Nach Feierabend betreibt sie einen mobilen Haarschneideservice. Natürlich mit Genehmigung ihres Chefs. Sie spart für die Meisterschule.«

»Und Ihre Freundin, Natascha, ja? Ihre Freundin frisiert dann nur?«

»Nein, nein, sie macht alles. Wie Sie wollen. Waschen, Schneiden, Föhnen. Gerne auch mit Farbe oder Strähnchen.«

»Und sie ist wirklich gut?«

»Die Beste. Ich vertraue ihr voll.«

Dörthe schaute sich die Frisur der Kosmetikerin genauer an. Tatsächlich. Ein akkurater Schnitt, der die längliche Kopfform vorteilhaft umrahmte. Wenn die honigblonden Haare auch das Werk der Friseurin wären, dann Hut ab, dachte sie.

»Also, Natascha könnte das hier im Hotel machen. Auf Ihrem Zimmer oder hier unten in den Kosmetikkabinen. Und ich würde Ihnen gerne anbieten, anschließend ein Make-up zu machen. Wir haben eine ganz besondere Kosmetikmarke im Angebot, die sicher hervorragend Ihren makellosen Teint betont.« Die Kosmetikerin atmete aus. Nun hatte sie aber wahrlich genug geschleimt.

Dörthe überlegte einen kleinen Moment. Ganz sicher würde sie jetzt nicht in Begeisterung ausbrechen, weil sie ein Kompliment erhalten hatte.

Das war auch Lilian Molitor klar. Dennoch hoffte sie, mit ihren Worten die Wogen geglättet zu haben.

»Nun ja, das hört sich nicht schlecht an und entspricht schon meinen Vorstellungen«, erwiderte Dörthe nun auch mit versöhnlicher Stimme. »Würde Ihrer Freundin 15 Uhr passen?«

»Das wird sicher gehen. Ich rufe sie gleich an. Wenn Sie möchten, können Sie nun zur Hot-Stone-Massage wechseln. Meine Kollegin wird sich um Sie kümmern. Dann schieben wir Natascha anschließend ein, und ich setze Sie dann für 16 Uhr auf meine Liste für die kosmetische Gesichtsbehandlung und das Make up.«

*

Beunruhigt drehte Frau Dirkens das Radio lauter. Sie hatte es angestellt, als sie in die Küche gegangen war, um Tee für alle zu machen. Daniela war auf ihr Zimmer gegangen. Sie hatte was davon gemurmelt, gleich etwas vorzuhaben. Frau Dirkens schüttelte den Kopf. Was meinte das Kind damit? Bei dem Wetter und jetzt, wo das mit Merle Rosenbaum passiert war. Sie würde gleich beim Tee mit ihr sprechen.

Im Radio jedenfalls berichteten sie nur noch von dem Sturm. Was schon alles passiert war. Und was sie in den nächsten Stunden alles erwartete. Das hörte sich nicht gut an. Sonst wurden sie hier auf den Inseln meist nur gestreift, es kam nur selten vor, dass ein Sturm mit voller Wucht auf die Insel traf. Heute würden sie wohl nicht davonkommen.

Frau Dirkens klapperte mit dem Geschirr, wie es sonst gar nicht ihre Art war. Alt und klapprig, dachte sie bei sich. Ich sollte wirklich aufhören mit der Pension. Das ist alles nichts mehr für mich. Jetzt hatte sie auch noch eine Tote unter den Pensionsgästen. Nein, so hatte sie sich das nicht vorgestellt.

Die Musik im Radio, die ihr sehr getragen vorkam, verstummte. Der Sprecher las die amtliche Wetterwarnung vor. Sie drehte den Lautstärkeregler weiter nach rechts. »Der amtliche Wetterdienst warnt vor Sturmböen der Stärke 12 an der Nordseeküste und der Stärke 11 im Binnenland. Auf den Inseln sind laut DWD extrem starke Böen von mehr als 140

Kilometern pro Stunde möglich. Mit Einschränkungen des Bahn- und Flugverkehrs ist zu rechnen. Für die Inseln gilt, dass der komplette Fährbetrieb eingestellt ist. Auch Flugzeuge steuern die Inseln derzeit nicht an.«

Marthe Dirkens verharrte einen Moment. Sie trat ans Fenster und sah hinaus auf die Straße. Die Bäume in den Nachbargärten schaukelten hin und her. In den Straßen trieb der Wind Laub und Fetzen von gelber Dämmwolle vor sich her. Die Baustellen waren immer die Ersten, die vom Sturm geplündert wurden. Sie atmete tief aus. Hier in ihrem Haus waren sie sicher. Daran glaubte sie fest. Und alles andere? Wahrscheinlich würde es sich als harmlos herausstellen. Ein natürlicher Todesfall. Kam doch immer mal vor. Hatte sie schon ganz oft gehört und passierte wohl gar nicht so selten, wenn die Leute das Klima nicht vertrugen. Wobei es ihr immer ein Rätsel war, wie man die Nordseeluft nicht vertragen konnte. Reizklima hin oder her.

Etwas ruhiger geworden, bestückte sie das Tablett. Die Tassen mit der ostfriesischen Rose, das Sahnekännchen, den Kluntje-Pott und die Teekanne im selben Dekor. Das alles beruhigte sie schon beim Anblick. Die meisten Teile des Services waren uralt und schon lange in ihrer Familie. Ab und an hatte sie einen Teller, eine Tasse austauschen müssen. Und das Service, in denen sie den meisten Gästen den Tee servierte, war auch ein neues. Die hätten kein Verständnis für den ein oder anderen Riss oder die Verfärbungen, die der jahrzehntelange Teegenuss nun einmal mit sich brachte. Aber an Tagen wie diesen musste es das alte sein, das Familienservice, das ihr versicherte, das Leben ging immer weiter, egal, was für Stürme es auch manchmal über sie hinwegbrausen ließ.

Und so würde es auch diesmal sein, da war sie sicher.

*

»War meine Freundin.« Constance legte ihr Handy neben ihrem Teller ab. Sie griff nach dem Latte macchiato und sog den Kaffee durch den Strohhalm hoch. Das gab ihr einen Moment Zeit, darüber nachzudenken, wie es weiterging.

Jan schaute sie lächelnd an. »Lecker, der Latte macchiato, oder? Und dann der Blick aufs Meer. Die Musik von Blank & Jones. Eigentlich unbezahlbar.«

Constance lächelte mit dem Strohhalm zwischen den Lippen zurück. Wenn sie das Glas absetzte, wäre sie mit Reden dran. Stattdessen rückte sie ihren Stuhl etwas seitlich, um besser durch das Panoramafenster nach draußen sehen zu können.

»Unglaublich! Da draußen stürmt es wie verrückt, und wir sitzen hier vollkommen entspannt und genießen das alles. Ich hatte schon befürchtet, hier wäre alles zu wegen der Wetterwarnungen.«

Okay, ein wenig Small Talk über das Wetter würde gehen. Constance setzte ihr Glas ab, griff aber zu einem Brötchen, um ihre Hände zu beschäftigen, während sie sprach. »Ja, unglaublich, wie stark der Sturm ist. Ich hatte Mühe hierherzukommen. Und als ich die Fluttore sah, die aufgestellt waren, wollte ich schon umkehren.«

»Gut, dass du das nicht gemacht hast.« Er lächelte wieder in einer Art, die Constance schwindelig werden ließ. »Magst du mal die Marmelade probieren? Schmeckt auf dem Brötchen genauso gut wie auf dem Pfannkuchen.«

Constance nickte und verteilte Margarine und Marmelade mit langsamen kreisenden Bewegungen.

»Und du willst wirklich nichts vom Pfannkuchen? Ich hole uns gerne einen zweiten.« Jan bestrich seinen gerade mit Marmelade, schnitt sich ein großes Stück ab und faltete es mit dem Besteck. »Kann gar nicht süß genug sein«, lachte er und zeigte mit dem Messer auf Zimt und Zucker, mit denen er den Pfannkuchen schon an der Theke hatte bestreuen lassen.

»Nein, nein, ist schon gut so.« Constance blickte nach draußen. Die Scheiben waren mit großen Wassertropfen bedeckt, und sie konnte sehen, wie aufgepeitscht das Meer war. Sollte das schon der Orkan sein?

»Draußen ist ja kein Mensch zu sehen.« Sie wies auf den Strand und die Promenade, die vor den Fenstern entlangführte. »Im Ort hingegen lässt man sich von dem Sturm gar nicht beeinträchtigen. Das kommt mir so seltsam vor.«

»Nun, solange wir hier nicht die Einzigen sind oder die Milchbar geräumt wird, sind wir wohl sicher. Die Insulaner wissen bestimmt, wie es richtig ist.«

»Das glaube ich auch.« Constance biss in ihr Brötchen. Sie fühlte sich unbehaglich, obwohl ihr Jan sehr sympathisch war. Und nichts in seinem Benehmen musste ihr Sorgen machen, im Gegenteil, er verstand es auf unglaublich angenehme Weise, locker zu bleiben und dennoch Interesse zu zeigen. So verklemmt, wie sie heute war, kannte sie sich gar nicht.

»Sind Sie öfters auf der Insel? Ups. Ich meine natürlich du. Bist du schon öfters auf Norderney gewesen?«

Wie dämlich war denn das, was sie von sich gab. Schlimmer konnte man eine Unterhaltung nicht in Gang bringen. Sie war ja wohl eine totale Kommunikationslegasthenikerin, seit sie hier saß.

»Em. Ja. Bin ich tatsächlich.«

Nun musste Constance doch lachen. »Oh, in was für ein Wespennest habe ich denn nun gestochen?«

»Ach, eigentlich nichts Schlimmes. Aber heute ist es mir schon ein bisschen peinlich. Ich war das allererste Mal mit meinen Freunden hier, also anderen als jetzt.«

»Mit deinen Freunden? Ist doch okay. Was ist daran schlimm?«

»Nun ja, es war so eine Fahrt, wie ich sie heute nicht mehr machen würde. So eine richtige Jungs-Tour. Mit Bier schon auf der Anreise und auf dem Schiff. Und hinterher nicht mehr so genau wissen, was eigentlich passiert ist.«

»Nein, ist nicht wahr!« Constance schaute Jan an. »Und womöglich noch alle in den gleichen T-Shirts mit einem total peinlichen Spruch drauf?«

Jan nickte, sichtbar verlegen.

Constance kicherte vor sich hin. »Echt jetzt? Oder nimmst du mich auf den Arm?«

Jan schüttelte den Kopf. »Nein, wirklich. Wir reden hier von einer meiner schwärzesten Stunden.« Er lächelte sie entwaffnend an. »Aber ich dachte, ich lege das Schlimmste gleich zu Anfang auf den Tisch.«

»Dem Anfang von was?« Noch im Reden verstand Constance den Sinn seiner Worte. Sie würde doch hoffentlich nicht rot. Nein, das war ihr sicher nicht mehr seit über zehn Jahren passiert. »Also, ich meine …« Sie stammelte. »Ich meine, und wie ging es dann weiter? Mit dir und Norderney, meine ich?«

»Ich hatte die Insel als ziemlich spießig und prollig abgespeichert. Aber auf einmal redeten immer mehr Leute von Norderney, und das hörte sich ganz anders an. Mein Bruder ist großer Fan von Blank & Jones und hat mich mal mitgenommen, als die beiden hier auflegten. Hast du das schon mal erlebt, wie das ist, wenn sich hier abends alle zum Sundowner treffen?«

»Wow. Du hörst dich ja richtig schwärmerisch an.«

»Ja, ich bin seitdem in die Insel und in die Milchbar verliebt. Komme immer wieder hierhin. Meist für ein Wochenende oder einen Kurzurlaub. Und wenn ich Glück habe, auch schon mal für eine Fortbildung.«

»Für eine Fortbildung? Bist du in der Gastronomie tätig oder Meeresbiologe oder was macht man hier für Fortbildungen?«

»Nein, nein, aber hier finden über das Jahr Ärztekongresse statt. In dem Job weiß man schon, wo es schön ist, und verbindet gerne das Nützliche mit dem Angenehmen.«

»Dann bist du einer der Halbgötter in Weiß? So siehst du gar nicht aus.«

»He, beurteilst du Menschen immer nach ihrem Äußeren? Wie müsste ich denn aussehen, wenn ich Arzt wäre? Aber wenn es dich beruhigt: Bin ich nicht.«

»Sondern?«

»Ich habe tatsächlich mal angefangen, Medizin zu studieren. Ich habe aber schnell gemerkt, dass das nichts für mich ist. Zumindest, als es dann an den klinischen Teil ging. Also habe ich umgesattelt und Medizintechnik studiert. Ich arbeite heute an der Weiterentwicklung von Beatmungsgeräten mit.«

»Wow. Hört sich echt nach einem Männerjob an.«

»Das ist es auch. Immer noch. Aber es kommen immer mehr Frauen in die technischen Berufe. Und das ist auch gut so. Ich schätze das.«

»Oh, auch noch Frauenversteher?« So langsam taute Constance auf und gewann Freude an ihrem Gespräch.

Jans Gesicht hingegen verdüsterte sich.

»Nein, ich glaube nicht. Zumindest, wenn man meine letzte Freundin fragt.«

»Entschuldigung, da habe ich wohl einen wunden Punkt getroffen. Das wollte ich nicht.«

»Schon gut. Kannst du ja auch nicht wissen. Ist auch schon ein paar Monate her, seit wir uns getrennt haben. Oder: seit sie sich von mir getrennt hat.«

»Das kenne ich«, entgegnete Constance leise.

Jan nickte. »Es gibt ziemlich viele in der gleichen Situation. Aber es ist auch ganz schön schwierig auf dem Singlemarkt.«

Constance lachte auf. »Da sagst du was.«

Jan schien sie gar nicht zu hören. »Irgendwie will das jeder ändern. Aber niemand will sich heute mehr festlegen. Könnte ja noch was Besseres kommen, oder so. Und Zeit, durch die Discos zu ziehen, habe ich nicht mehr.«

Constance nickte nachdenklich. Schön zu hören, dass es den Männern eigentlich nicht anders ging.

»Ich habe die letzte Zeit alles ausprobiert. Dating-Apps und auch die halbwegs seriösen Partneragenturen. Aber auf was für Existenzen man da trifft, na, da kann man ein ganzes Buch zu schreiben. Man glaubt gar nicht, wie viele kaputte Menschen es da draußen gibt.«

Constance zuckte zusammen.

»Über meinen Bruder bin ich in den ganzen Facebook-Gruppen, in denen sich Norderney-Fans zusammengeschlossen haben. Das fand ich ganz nett, da hat man ein gemeinsames Thema und trägt die Partnersuche nicht so vor sich her. Es sei denn, man ist in der Gruppe der Singles und Alleinreisenden.«

»Die gibt es auch?«

»Ja, aber die meisten sind sowieso in allen Gruppen. Und die Insel ist so klein, da lernen sich unweigerlich über das Jahr diejenigen kennen, die immer wieder kommen, auch ohne Facebook, aber so hält man Kontakt und verabredet sich für das nächste Mal. Ist zumindest ein Mittel gegen die Einsamkeit.«

Beide schauten auf das Meer hinaus. Constances Augen brannten. Es war, als würde ihr jemand den Spiegel vorhalten.

Jan räusperte sich. »Entschuldige, ich rede nur von mir.« Er schob seinen Stuhl zurück. »Ich hole uns noch einen Latte macchiato, und dann bist du dran mit Erzählen. Ich bin froh, endlich mal wieder jemand so Nettes im analogen Leben kennenzulernen.«

*

»Frau Dirkens, ich trage Ihnen das Tablett ins Esszimmer.«

Marthe Dirkens zuckte zusammen. Sie hatte gar nicht gehört, wie Daniela die Küche betreten hatte.

»Ach Kind, ich glaube, ich werde alt. Ich weiß gar nicht, was heute mit mir los ist.«

»Sie werden nicht alt. Es ist nur der Sturm, der schlechte Schlaf und das, was mit Frau Rosenbaum passiert ist.« Daniela nahm die Pensionswirtin in die Arme. Sie würde es nie laut sagen, aber auch ihr war aufgefallen, wie sehr Frau Dirkens seit dem letzten Mal nachgelassen hatte. Und dünn war sie geworden. Sie sollte sich tatsächlich langsam zur Ruhe setzen, auch wenn es Daniela das zweite Zuhause nehmen würde.

»Daniela, du bist wirklich ein gutes Kind. Nimm das Tablett, ich suche uns was zum Essen dazu.«

»Das kann ich auch machen. Unten im Keller?«

»Ja, in den Vorratsregalen stehen die Dosen mit dem fertigen Gebäck. Aber du bist hier Gast, Daniela. Wenn auch einer, der mir sehr ans Herz gewachsen ist.« Sie lächelte.

Daniela antwortete: »Und deswegen habe ich hier Sonderrechte. Sie setzen sich also schon ins Esszimmer, ich hole die Kekse und schaue dann mal nach, wie weit unsere beiden Ermittler am Tatort sind.«

»Also, Kind, bitte, rede nicht von meinem Haus als Tatort. Immerhin ist Frau Rosenbaum nicht hier gestorben. Was für ein Glück! Ist so schon alles schlimm genug. Aber wenn das auch noch hier passiert wäre. Das spricht sich doch rum. So ein Zimmer bekommt man doch gar nicht mehr vermietet.«

»Schon gut, schon gut, es sollte nur ein Scherz sein, Frau Dirkens.« Daniela schämte sich. Mit ihrem flotten Spruch hatte sie Frau Dirkens nicht aufregen wollen.

»Keiner denkt beim Tod von Frau Rosenbaum an Ihre Pension.«

»Dein Wort in Gottes Ohr, Kindchen. Hol du mal die Kekse, und ich schau mal in meinen Giftschrank, damit der Tee uns aufmuntert.«

»Giftschrank? Habe ich gerade *Giftschrank* verstanden?« Martin Ziegler zog den Kopf ein, als er durch die Tür ins Zimmer trat.

»Oje, ich mache es noch schlimmer. Jetzt bringe ich mich auch noch bei der Polizei in Verdacht. Was ist das nur für ein schrecklicher Tag.« Marthe Dirkens reckte sich. »Herr Ziegler, ich als selige Witwe meines viel zu früh verstorbenen ehrwürdigen Mannes, Pensionswirtin mit tadellosem Ruf seit Jahrzehnten, versichere Ihnen hiermit angesichts der Zeugin Daniela Rick, die mich seit ihrer Kindheit kennt, dass ich nichts mit dem Tod dieser merkwürdigen Person Merle Rosenbaum zu tun habe.« Marthe Dirkens ließ die Schultern sinken, atmete aus und ließ sich auf den nächsten Stuhl fallen. »Nein, was ist das für ein merkwürdiger Tag!«

Martin Ziegler schaute verwundert zu Daniela hinüber. Diese zuckte mit den Schultern und schaute besorgt zu Frau Dirkens.

Im gleichen Augenblick betrat Ruth Keiser den Raum. Sie streifte gerade ihre Handschuhe ab und schien die Stimmung im Raum gar nicht zu erfassen. »Wie ich mich auf einen starken Tee freue.«

»Wenn Sie keine Angst haben, dass ich Sie vergifte, dann bitte«, reagierte Marthe Dirkens erschöpft, aber schnippisch.

»Was ist denn hier los?«, fragte Ruth und schaute alle der Reihe nach an.

»Ich kann es erklären.« Daniela stellte sich hinter Frau Dirkens und legte ihre Hand beruhigend auf deren Rücken. »Frau Dirkens bewahrt im Schrank den Whiskey auf, mit dem sie die *richtige* Teezeremonie zubereitet. Das ist schon ein ganz altes Ritual für besondere Gäste. Und seitdem heißt der Schrank nun mal Giftschrank. Was leider heute mit der Polizei im Haus wohl falsch verstanden wurde.«

Martin Ziegler und Ruth Keiser lachten beide auf.

»Ach, so ein Giftschrank! Nun, den gibt es doch in jeder ostfriesischen und norddeutschen Stube, nicht wahr?«, sagte Ruth in die Runde. »Machen Sie sich mal keine Gedanken, so schnell werden wir Sie nicht verhaften.«

Frau Dirkens warf ihnen allen einen bösen Blick zu. »Na, ich weiß nicht, was ich von der ganzen Sache halten soll. Aber dann wird jetzt auf meine Art und Weise der Tee getrunken. Setzen Sie sich! Daniela holt das Gebäck. Frau Keiser, Sie können einschenken, wenn alle die Kluntjes in ihren Tassen haben.« Sie warf einen strengen Blick zu Martin Ziegler. »Und Sie holen die Flasche aus dem Giftschrank! Ohne weiteren Kommentar!«

*

»Noah? Noah, mein Schatz, hörst du mich? Hier ist die Mama.«

»Mama?«

»Ja, mein Schatz, ich bin es. Geht es dir gut?«

»Wo bist du, Mama?«

»Schatz, das hat Christiane dir doch erklärt. Die Mama brauchte mal ein Wochenende, um ein paar Sachen zu erledigen. Aber morgen komme ich zu dir zurück.«

»Ist gut. Ich geh dann wieder spielen.«

»Noah, jetzt warte doch. Einen Moment. Vermisst du die Mama denn gar nicht?« Juliane stiegen die Tränen erneut in die Augen, obwohl sie sich geschworen hatte, nicht zu weinen. Sie hatte es nicht mehr ausgehalten, ohne Noahs Stimme zu hören.

»Mama, ich spiele mit dem Frederic Star Wars. Das ist so cool. Und ich schlafe bei ihm im Zimmer. Kann der Frederic morgen bei mir schlafen?«

»Das schauen wir dann mal, Schatz. Vielleicht nächstes Wochenende.«

»Mama, was ist? Weinst du? Nicht traurig sein.«

»Nein, mein Schatz, ich freue mich nur, dich morgen wiederzusehen. Das sind Freudentränen. Ich habe dich so schrecklich lieb. Bis ans Ende der Welt.«

»Ich dich auch. Tschüs, Mama!«

Als Christiane den Hörer nahm, hörte sie das haltlose Schluchzen von Juliane.

»Juliane, was ist los? Ist was passiert? Jule, bitte sag doch, was los ist.«

»Ach Christiane, ich war so blöd. Jetzt sitze ich hier auf dieser Insel fest. Es geht kein Schiff und nichts. Und ich vermisse Noah so schrecklich und überhaupt.«

Wieder war nur Weinen und Schluchzen zu hören.

»Jule, bitte, was ist denn?«

»Ich habe dir doch heute Morgen geschrieben, dass kein Schiff geht und ich heute nicht kommen kann.«

»Ich habe die Nachricht bekommen, aber du reagierst auf keinen Anruf und keine Whatsapp. Ist doch nicht schlimm, du wolltest doch sowieso bis morgen bleiben.«

»Ja. Als ich noch dachte, hier meinem Traummann zu begegnen.« Erneut setzte das laute Weinen ein.

»Und das war er nicht, ein Traummann?«

»Keine Ahnung. Ich war so sauer, dass er mich versetzt hat. Ich hatte keine Geduld mehr. Immer dieses Gesülze. Und so Drumherum. Ich brauche Taten. Und dann fand ich das auf einmal alles falsch und habe ihm das genau so geschrieben.«

»Und dann?«

»Und dann? Und dann?« Juliane merkte, dass sie einen ungerechten Ton gegenüber Christiane anschlug, aber sie wusste nicht mehr anders mit ihrem Frust umzugehen. »Und gar nichts dann. Seitdem habe ich nichts mehr gehört.«

»Wie bitte? Er hat sich nicht mehr bei dir gemeldet? Obwohl du extra für ihn nach Norderney gereist bist?«

»Na ja, ich habe ziemlich deutlich gemacht, dass ich nichts mehr von ihm hören will. Und das war auch so. Ich will nur noch abreisen. Aber es geht kein Schiff mehr.«

»Umso mehr wundert mich das. Das muss er doch auch wissen. Dass er dich nach der ganzen Zeit so abblitzen lässt – ist echt komisch.«

»Aber so läuft das nun mal, wenn man sich über das Internet kennenlernt. Ach, ich hätte es wissen müssen.«

»Aber er war so einfühlsam und zurückhaltend, ich habe doch seine Mails an dich gelesen. Da stimmt doch was nicht.«

»Das glaube ich auch. Entweder mit ihm stimmt was nicht. Oder viel wahrscheinlicher: Mit mir stimmt was nicht.«

»Jule, mach mal halblang!«

»Na, wer hat mich denn verlassen? Dein Bruder! Und wollte mich danach irgendein anderer? Nein, auch nicht! Also?«

»Jule, bitte, glaube doch so was nicht. Mein Bruder hat dich gar nicht verdient.«

»Schöner Kalenderspruch, Christiane. ’tschuldige, ich weiß, ich bin ungerecht. Ich glaube, Johannes hat mich auf der Insel gesehen und hat dann nach einer Möglichkeit gesucht, mich galant abzuservieren. Da bin ich nur froh, ihm mit meiner Mail zuvorgekommen zu sein.«

»Und wenn es anders herum ist? Dass wirklich etwas dazwischengekommen ist und deine Mail ihn vor den Kopf gestoßen hat? Weil er genauso unsicher ist wie du? Oder auch schon mal verletzt worden ist?«

»Was weiß ich«, maulte Juliane etwas schuldbewusst ins Telefon. »Aber ich kann ja nicht immer nur an die anderen denken.«

»Weise Worte.« Christiane lachte. »Vielleicht nur ausgerechnet zum falschen Zeitpunkt.«

»Und jetzt?«

»Also, lass mich mal zusammenfassen: Von der Insel kommst du nicht runter. Du wirst dich auch nicht noch mal bei ihm melden wollen, wie ich dich kenne, stimmt's?«

»Stimmt. Aber mir fällt die Decke auf den Kopf. Wenn nur endlich das Schiff wieder führe.«

»Wie ist es denn mit dem Sturm?«

»Na, wie Sturm halt eben ist. Windig und ungemütlich.«

»Wirklich so schlimm, wie sie im Fernsehen sagen?«

»Ach, ich weiß nicht. Sieht eigentlich viel harmloser aus. Ich glaube, die sichern sich mit ihren Unwetterwarnungen nur ab.«

»Du könntest also schon nach draußen?«

»Klar, da sind auch andere auf der Straße.«

»Gut, dann habe ich eine Idee. Du brauchst jemanden zum Reden. Nicht nur am Telefon. Ich höre doch, wie schwer es dir ums Herz ist. Und wie viel alles ist. Und das hat nicht nur etwas mit der Enttäuschung vom Wochenende zu tun.«

»Soll ich einfach Leute auf der Straße ansprechen?«

»Nein, aber du gehst zur Kurklinik. Die kennen dich noch. Da hast du dich wunderbar aufgefangen und betreut gefühlt, als du dort mit Noah warst. Und da gab es doch die nette Mitarbeiterin. Frau Pfeifer, wenn ich mich recht erinnere.«

Christiane glaubte sehen zu können, wie sich Julianes Miene aufhellte.

»Frau Pfeifer, stimmt.«

»Du gehst da hin und fragst nach ihr.«

»Aber, Christiane, es ist Samstag und ich bin keine Patientin in der Klinik.«

»Jule, du versuchst das jetzt. Du sagst, es ist ein Notfall. Wie wäre das denn, wenn bei dir im Dienstfrei jemand dringend Hilfe benötigt?«

»Aber ich bin kein Notfall. Das kann ich nicht machen.«

»Und ob. Du bist ein Notfall und brauchst jemanden, der mit dir redet. Oder soll ich da anrufen?«

»Nein, nein, ist schon gut. Vielleicht hast du recht. Frau Pfeifer wäre die Richtige für mich. Ich versuche es. Danke, Christiane.«

»Schon gut, Jule. Mach das und rufe mich nachher an, ja?«

*

»So, hier ist die nächste Runde Latte macchiato. Wenn wir den anstandshalber trinken, können wir anschließend auf Aperol-Spritz oder eine Flasche Wein umsteigen.« Umsichtig stellte Jan den Kaffee vor Constance ab.

Diese lachte: »Alkohol schon am Mittag, das ist nicht dein Ernst? Hast du nicht eben gesagt, du hast mal Medizin studiert?«

»Bestimmt war das der wahre Grund, warum ich abgebrochen habe. Weil ich sonst meinen eigenen Lastern hätte abschwören müssen.«

»Haha, so lasterhaft siehst du aber gar nicht aus.«

»Na, täusche dich da mal nicht. Vielleicht bin ich so was wie der Wolf im Schafspelz.«

»Nee, glaube ich nicht. Ich glaube, das kann ich beurteilen.«

»Na dann erzähl mal, was dich zu so viel Lebenserfahrung gebracht hat. Solange ich noch nüchtern bin und dir folgen kann. Sieh mal, rund um uns wird schon getrunken.«

Tatsächlich standen auf einer Vielzahl der Tische schwarze Eiskübel und auf den Tischen glitzerten weiße, rote und orange Flüssigkeiten in großen Weingläsern.

»Das ist ja unglaublich. Um diese Uhrzeit!«

»Ab zwölf Uhr wird Alkohol ausgeschenkt, und ab dann wird er auch getrunken.«

»Das könnte ich nicht. Ich vertrage ja so schon kaum mal ein Glas.«

»Alkoholunverträglichkeit bei Schilddrüsenerkrankung, schon klar.«

Constance sah Jan fassungslos an. »Wie? Du zauberst einfach so Diagnosen aus der Luft? Bist du Magier oder ein Medizinmann, ein Schamane?«

»Nein, nur ein guter Beobachter. Könnte fast eine normale Halsfalte sein, aber ich habe deine Narbe gesehen. Und kombiniert. Auch als Medizintechniker habe ich mein grundsätzliches Interesse an der Materie nicht verloren. Ich arbeite nur lieber mit Maschinen als am Menschen.«

»Und dass ich keinen Alkohol mag, schiebst du auf die Schilddrüse?«

»Kommt gar nicht so selten vor. Herzklopfen und Schlaflosigkeit nach Alkoholgenuss.«

»Das ist ja unglaublich. Warum kann mir mein Arzt das nicht erklären?«

»Wird wahrscheinlich für solche Infos nicht gut genug bezahlt, tippe ich mal. Blutbild und Szintigramm zu interpretieren, bringt jedenfalls mehr.«

»Das stimmt. Mit all meinen Fragen hänge ich in der Luft. Ich habe mich ein paar Foren angeschlossen. Im Internet. Selbsthilfegruppen. Auch bei Facebook. Aber man muss auch erst auf die Idee eines Zusammenhangs kommen, um Fragen stellen zu können.«

»Manchmal liefern diese Internetforen aber auch Bullshit oder schüren Ängste. Deswegen mögen die Mediziner sie nicht.«

»Ist bei meinem Arzt auch so. Dem darf ich das gar nicht

sagen. Aber egal. Mir hat das schon ein paar Mal echt geholfen. Außerdem falle ich nicht auf die erstbeste Meinung rein, sondern google dann weiter.«

»Das spricht für dich. Und für einen gewissen Bildungshunger. Erzähl mal: Was machst du und was treibt dich nach Norderney? Nach Mutter-Kind-Kur siehst du nicht aus.«

Constance gefiel der Ton, in dem sie sich unterhielten, immer besser. Was für ein netter Typ. Hätte sie ihm nicht schon viel früher begegnen können? Sie saß in der Zwickmühle. So fühlte es sich zumindest an.

»Nein, eine Mutter-Kind-Kur ist es nicht. Obwohl ich ganz viele Kinder habe.«

Sie genoss den erschrockenen Blick, der ihre Figur streifte. Nur einen kleinen Augenblick, dann hatte er zu seiner schlagfertigen Art zurückgefunden.

»Das glaube ich nicht. Oder hast du sie alle im Waisenhaus untergebracht?«

Constance kicherte. »Das traust du mir zu? Nein, ich bin Lehrerin. Am Gymnasium. Deutsch und Geschichte.«

»Und alle Oberstufenschüler sind in dich verliebt, wette ich.«

»Das wäre schön. Na gut, der eine oder andere schon. Tut auch meinem Selbstbewusstsein gut. Ist allerdings nichts, auf das ich in einsamen Zeiten zurückgreifen könnte.«

»Einsame Zeiten? Ich habe wohl nicht richtig gehört? Du doch nicht!«

»Na, das könnte ich genauso zurückgeben. Aber scheint häufiger vorzukommen, als man glauben möchte.«

»Und keine Anwärter, die auf deine Gunst warten?«

Constance schüttelte unsicher den Kopf.

»Na, da gibt es doch einen, das sehe ich dir doch an.« Er senkte künstlich die Stimme und warf sich in die Brust: »Vertraue mir, Holde, deine Geheimnisse sind für immer bei mir.«

Constance lachte wieder. »Also, wenn ich ehrlich sein soll, ich bin eine von den kaputten Menschen, die sich in Dating-Apps rumtreiben. Eine, von denen du eben geredet hast.«

»Autsch! Da habe ich wohl voll in die Kacke gehauen. Oh, sorry, so redet man nicht neben einer Deutschlehrerin. Jetzt verspiele ich aber alle meine Boni.«

»Schon gut. Ich habe die Vorurteile bei anderen auch. Und es ist ja auch so: Viele schräge Vögel, die einem da im Internet begegnen. Man muss Geduld und einen langen Atem mitbringen.«

»Und das hattest du? Und bist dort Mr. Right begegnet?«

Constance schaute auf ihre Hände hinunter. Schwieg einen Moment. Sagte dann leise und mit gebeugtem Kopf: »Kann sein. Ich weiß es nicht. Deswegen bin ich hier auf Norderney. Ich treffe ihn heute Abend.«

»Das ist nicht wahr!« Jan schaute sie fassungslos an. »Da lässt das Schicksal dich meinen Weg kreuzen, nur um mir dann eine lange Nase zu zeigen? Nein, liebes Schicksal, das nehme ich so nicht hin.«

Und er schaute ihr lange und unverwandt in die Augen, als sie ihr Gesicht hob.

*

»So, dann greifen Sie mal zu. Alles selbst gebacken.«

Ruth Keiser, Martin Ziegler und Daniela Rick saßen alle etwas verlegen am Tisch und starrten in ihre Teetassen, in denen sich die Sahne gerade wolkenartig ausbreitete. Den Whiskey hatte Frau Dirkens noch vor dem Tee über die Kluntjes gegeben, und nun war allen etwas unwohl, weil sich Ruth und Martin ja offiziell im Dienst befanden.

»Nun habt euch man nicht so. Wir sind hier in Ostfriesland. Dem Land der alten, unabhängigen Häuptlinge. Nu macht euch mal nicht in die Hosen wegen eines kleinen Schlückchens, das eure Lebensgeister weckt. Es wird euch schon nicht den Kopf vernebeln.«

Sie lächelten einander alle höflich und zurückhaltend zu, dann hoben alle gleichzeitig ihre Tassen an.

»Darf man denn fragen, ob es was Neues gibt?«, fragte Daniela vorsichtig.

»Das würde ich auch gerne wissen. Ist ja meine Pension, die damit in Verbindung gebracht wird.«

Ruth und Martin sahen sich an und zuckten die Schulter.

»Also, wir haben keine Anhaltspunkte für ein Verbrechen. Die Kollegen aus Aurich haben nachgeforscht. Frau Rosenbaum kam gebürtig aus Zwickau, lebte dort aber schon lange nicht mehr. Sie hat über verschiedene Stationen schließlich in der IT-Branche in Mannheim gearbeitet. Unauffälliges Leben. Unauffällig, aber erfolgreich auf der Arbeit. Die ITler setzen kein großartiges soziales Leben voraus, deswegen gab es kaum private Kontakte zu den Arbeitskollegen. Man weiß, dass es keine Verwandten mehr gibt, die Eltern sind schon länger tot. Bekannt ist einzig ihre Leidenschaft für das Geocachen, das sie auch auf der Insel betrieben hat.« Martin schaute in die Runde, als wartete er auf Nachfragen.

»Genau«, übernahm nun Ruth. »Wir haben sonst kaum was gefunden. Technisch allerdings war sie gut ausgerüstet. GPS, iPhone, iPad und MacBook. Wer so unterwegs ist, hat keine Notizheftchen oder Adressbücher mehr dabei.«

»Wir müssen nun mal sehen, wie wir an die Passwörter gelangen. Die Kollegen aus Aurich sind fast alle krank, eigentlich sollen die uns telefonisch beraten. Aber das wird das Einzige sein, was wir noch tun können.« Martin nahm einen großen Schluck aus der Tasse und schaute dann bedauernd, weil sie schon leer war.

»Na, Herr Ziegler, auf einem Bein kann man nicht stehen. Einen müssen Sie noch nehmen.«

Martin schaute schräg zu Ruth hinüber, die aber gar nicht reagierte. Also nickte er Frau Dirkens zu. »Na gut, einen letzten. Mensch, genau das Passende bei dem Sauwetter. Das wärmt ja man richtig von innen.«

»So soll es auch sein.« Frau Dirkens hielt die Kanne hoch und schaute alle der Reihe nach an. Aber die anderen Tassen waren noch gefüllt, und Ruth legte vorsichtshalber die Hände über ihre Tasse.

»Also, das Einzige, was wir noch erfahren konnten, war eine längere Erkrankung, wegen der Frau Rosenbaum im letzten Jahr behandelt wurde. Irgendeine Schilddrüsenerkrankung, die sie aus der Bahn geworfen hatte. Habe noch nie davon gehört. Irgendetwas chinesisches oder so im Namen.«

»Nein, nein, Ruth, etwas Japanisches. Das immerhin habe ich mir gemerkt. Den genauen Namen habe ich mir aufgeschrieben. Moment, wo habe ich den Zettel hingetan?« Er suchte in seiner Hosentasche.

»Hashimoto«, warf Daniela an dieser Stelle ein.

Alle am Tisch schauten sie verblüfft an.

»Könnte sein«, meinte Ruth.

»Stimmt genau«, bestätigte Martin, der den Zettel vor sich auf den Tisch legte und mit seinen großen Händen glättete.

»Aber wieso?«, hob Frau Dirkens an.

»Habe ich selber, deswegen kenne ich mich aus.«

»Du bist krank, Kind, und ich weiß nichts davon? Ist das was Schlimmes?«

»Das ist eine bestimmte Schilddrüsenerkrankung, durch die man ohne Medikamente in eine Unterfunktion gerät. Bei mir ist das schon lange bekannt, und ich bin gut eingestellt. Von daher merke ich nichts, außer meinen Frühlingsrollen.«

Sie lachte und zeigte auf ihren Bauch und die Hüften. »Aber das ist ja auch was Asiatisches.«

»Damit kann der Tod von Frau Rosenbaum also nicht zusammenhängen?«, fragte Frau Dirkens.

»Das wissen wir noch nicht genau«, antwortete Martin Ziegler. »Die Kollegen aus Aurich meinten, Frau Rosenbaum hätte früher schon Probleme mit der Erkrankung gehabt. Das äußert sich ganz unterschiedlich und kann bei einigen ganz heftig werden, wenn die Einstellung nicht gelingt.«

»Also doch davon sterben?« Frau Dirkens flüsterte die Frage nur und schaute besorgt zu Daniela, als könne diese jeden Moment tot auf ihrem Stuhl zusammensacken.

»Nun, nicht direkt, Frau Dirkens«, übernahm Ruth das Gespräch. »Aber bei manchen gibt es Probleme mit dem Herzen. Das kommt bei allen Schilddrüsenerkrankungen manchmal vor. Wir müssen rauskriegen, ob das bei Frau Rosenbaum der Fall war. Wirklich wissen werden wir es erst, wenn die Gerichtsmediziner die Obduktion durchgeführt haben.«

»Dann kann man nur auf das Ergebnis warten?« Frau Dirkens Blick wanderte zwischen Ruth und Martin hin und her.

»Im engeren Sinne schon«, nickte Martin.

»Na, dann seid ihr streng genommen gar nicht mehr im Einsatz. Also gibt es doch noch eine Runde Teezeremonie für alle. Irgendwie müssen wir hier auf der Insel dem Wind, dem Teufel und dem Tod trotzen.«

*

»Hallo!«

»Hallo, wie schön, dass du dich loseisen konntest. Ich wollte die Hoffnung schon aufgeben.«

»War auch nicht so einfach. Meine Pensionswirtin wollte mich nicht gehen lassen.«

»Hört sich nach Mädchenpensionat an. Bist du dafür nicht etwas alt?«

»Wenn das so einfach wäre. Sie kennt mich noch aus der Zeit, als ich ein junges Mädchen war. Und deswegen glaubt sie, auf mich aufpassen zu müssen.«

»Ist ja auch ein gefährliches Pflaster hier auf Norderney. Du wolltest mir doch von Toten erzählen.«

Frank stand hinter dem Pfeiler am Eingang zum Conversationshaus. Hier war der Wind nicht so stark wie überall sonst. Daniela hielt immer noch die Kapuze vor dem Gesicht zusammen. Sie war noch ganz außer Atem, so sehr hatte sie gegen den Wind kämpfen müssen.

»Mache ich gleich. Sollen wir noch eine rauchen, bevor wir reingehen?«

Frank zog sofort eine Packung aus seiner Jackentasche. »Solche Angebote sind ja selten geworden. Da sage ich nicht Nein. Mal sehen, was mein Sturmfeuerzeug leistet. Komm, nimm eine von mir.«

Beide inhalierten tief und sahen sich dann an, als sie den Rauch ausstießen. Und fingen gleichzeitig zu lachen an.

»Ist wie früher in der Schule, wenn man sich zum Rauchen in der Pause verabredet hat, oder?«

»Jep! Was Verbotenes tun und bei den coolsten Leuten der Klasse stehen. Ist schon ein wenig ähnlich.«

»Oho, danke für das Kompliment. Darf ich mich geschmeichelt fühlen?« Frank lächelte sie an.

»Ich halte da nicht mit hinter dem Berg, wenn ich jemanden nett finde. Ich bin nun mal Rheinländerin.«

»Da habe ich gar nichts gegen. Ist mir tausendmal lieber als das Rumgerede.« Er ließ seinen Blick über den Kurplatz schweifen, während er erneut an der Zigarette zog.

»Ach du Scheiße, guck dir das an!« Eine junge Frau hatte sich gegen den Wind gestemmt und auf Höhe des Rathauses den Arkadengang verlassen, um den Kurplatz mittig zu queren. Eine plötzliche Windböe erfasste sie und schien sie mit in die Luft zu reißen. Nur einen Augenblick und nur ein klein wenig vom Boden, um sie dann mit aller Macht zu Boden stürzen zu lassen.

Fassungslos schauten sie beide in die Richtung. Die Frau saß einen Moment ungläubig auf dem Boden, ging dann in den Vierfüßlerstand und richtete sich vorsichtig auf. In langsamen Schritten ging sie zurück zu den Arkaden, um den Kurplatz dann möglichst im Schutz der Häuser zu umrunden.

»Wird wohl doch heftiger. Hier fuhr eben die Feuerwehr vorbei, scheint schon etwas passiert zu sein. Lass uns lieber reingehen.« Frank deutete auf den Eingang.

Sie löschten ihre Zigaretten und warfen sie in den Aschenbecher. Frank drückte den Türöffner, und die Tür öffnete sich langsam und knarzend. Sofort fühlten sie sich geborgen. Daniela streifte ihre Kapuze ab. Mit drei Schritten war sie beim zweiten Türöffner und betätigte diesen. »Hinein in die gute Stube! Jetzt was Leckeres zum Aufwärmen.«

Obwohl der Wetterdienst den ganzen Tag unaufhörlich davor gewarnt hatte, das Haus zu verlassen, war die Innenhalle des Conversationshauses gut besucht wie immer. Rechter Hand verteilten sich die Zeitungsleser oder Gäste, die nach Informationen und Veranstaltungstipps suchten, über die Sitzgruppen. Links saßen Besucher an den kleinen Bistrotischen und genossen Kaffee und Kuchen.

Daniela wagte kaum zu hoffen, dass in dem kleinen Separee, das wie ein englisches Clubzimmer aussah, noch ein Platz frei wäre. Aber sie hatten Glück, weil gerade im Augenblick zwei Frauen aufstanden und ihnen den Tisch überließen.

Daniela griff nach der Speisekarte.

»Ich glaube, ich brauche dringend etwas Herzhaftes. Ich musste schon Tee mit Whiskey trinken.«

»Tee mit Whiskey? Na, du hast den Tag ja gut angefangen.«

»War nicht freiwillig, das kannst du mir glauben. Aber meine einzige Chance, dem gutgemeinten Zugriff von Frau Dirkens zu entkommen. Sie schläft jetzt. Drei Whiskey am helllichten Tag waren auch für sie zu viel.«

»Drei Whiskey? Um die Mittagszeit? Wo bist du denn hingeraten? Und was ist das mit den Toten? Lest ihr nicht nur Krimis, sondern spielt auch welche nach, oder wie? Da lag ich mit meiner Miss Marple wohl gar nicht so daneben.«

»Das war total süß!«

»Das ist keine Antwort.«

»Kann ich nicht erst mal was bestellen?«

»Stimmt, sorry, aber ich fange an, mir Sorgen zu machen. Also, ich kann dir besonders die Sandwiches empfehlen. Obwohl, ich mag auch den Salat und die Suppen. Kannst also nichts falsch machen. Oder lieber ein Stück Kuchen?«

»Sandwich ist klasse, das habe ich noch nie probiert. Hört sich auch so nach England und Miss Marple an.« Sie lachte Frank an.

Er verdrehte die Augen. »Na, da habe ich mir ja was eingefangen mit dir.«

»Also, wenn du willst, kannst du Mr. Stringer sein. Ist nicht so eindrucksvoll wie Sherlock Holmes, aber ohne die Hilfe von Mr. Stringer kann auch Miss Marple keine Fälle lösen.«

»Na gut, Miss Marple, dann ganz Ihnen zu Diensten. Aber war Mr. Stringer nicht immer etwas vertrottelt?«

»Ach, nicht doch. Das scheint nur so. Keine Angst. Wir werden ein genauso erfolgreiches Duo wie die beiden sein.«

»Na gut, und welchen Kriminalfall belieben Miss Marple denn nun zu lösen?«

Frank blieb der Mund offen stehen, nachdem Daniela die Ereignisse der letzten Stunden zusammengefasst hatte. Dass Ruth, mit der sie beide gestern Abend zusammengesessen hatten, nun in einem echten Todesfall ermittelte, überraschte ihn nicht minder als die Tatsache, dass die Tote Gast in Danielas Pension gewesen war.

»Und du hast das den ganzen Tag nicht mitgekriegt, dass sie heute Morgen eine Leiche auf der Insel gefunden haben?«

»Nein, ich hatte eine Menge Sachen aus der Woche nachzuarbeiten. Habe mich überhaupt noch nicht richtig mit jemandem unterhalten. Das ist ein Ding!«

»Ja, und so richtig weiß niemand, was los ist.«

»Aber doch kein Mord?«

»Pscht, sei doch leise. Nicht so laut. Bisher weiß man es nicht. Aber es könnte doch sein.«

»Warum sollte es denn?«

»Allein, weil die so komisch war. Ich kann das gar nicht sagen. An der war alles komisch. Und dann war sie auch noch verabredet. Aber es war wohl niemand bei ihr, als sie gestorben ist. Zumindest hat keiner den Notruf gewählt. Und das ist doch seltsam. Und wo sie gefunden wurde: am Standesamt-Badekarren.«

»Aber wenn du sagst, da könnte auch eine Krankheit hinterstecken?«

»Schon. Aber ich habe ein komisches Gefühl. Hatte ich von Anfang an. Ich wette mit dir: Da stimmt was nicht.«

Das Sandwich kam zusammen mit der Suppe, die Frank sich bestellt hatte.

»Wow, wie soll ich das denn essen? Das ist ja riesig. Aber es sieht super lecker aus.«

»Ist es auch. Also: Guten Appetit!«

»Dir auch.«

Einige Minuten herrschte Schweigen, ab und an unterbrochen davon, dass Frank auf den Löffel mit der heißen Suppe blies.

Daniela kaute langsam und bedächtig, doch ihre Augen gingen hin und her, und man sah ihr an, wie ihre Gedanken all das zurechtlegten, was sie als Nächstes sagen wollte.

Auch Frank schien die Sache weiter zu hinterfragen.

»Aber gibt es denn irgendetwas, was wir tun können?«

»Hm, ich weiß nicht.« Es dauerte einen Moment, bis Daniela den Mund leer hatte. »Sie haben nichts Verdächtiges im Zimmer gefunden. Aber Merle Rosenbaum hatte einen halben Apple-Laden bei sich, und da wollen sie mit Hilfe der Auricher Kollegen die Passwörter rausbekommen.«

»Na, dann warten wir das mal ab.« Frank nahm den letzten Löffel Suppe, leckte ihn genussvoll ab und lehnte sich im Sessel zurück. »He, warum schaust du mich so an?«

»Na, du bist doch Computerfachmann. Du könntest Ruth deine Hilfe anbieten.«

»Daniela, bitte, das ist doch kein Spiel. Da müssen die polizeilichen Fachleute ran.«

»Aber die sind in Aurich. Und wer weiß, vielleicht ist es wichtig und Ruth verliert viel zu viel Zeit.«

»Ach komm, das bringt doch nichts. Lass die mal machen, und wenn sie nicht weiterkommen, kannst du mich immer noch ins Spiel bringen.«

Daniela willigte kleinlaut ein. Aber so richtig wollte sich kein anderer Gesprächsstoff finden lassen.

Immer wieder kamen sie auf den Tod von Merle Rosenbaum zurück. Daniela zählte noch einmal alles auf, was sie wusste. »Und dann dieses GPS, oder wie das heißt. Für die Schatzsuche. Das haben sie bei ihr gefunden.«

»Ist nicht wahr«, sagte Frank. »Die war Geocacherin? Na, das ist doch mal eine Spur, die sich zurückverfolgen lässt.«

Er klappte seinen Rucksack auf und holte ein Tablet raus. »Du bist ja auch einer von dieser Apfel-Fraktion.«

Frank nickte verlegen. »Das ist wie früher mit Pelikan oder Geha. Man muss sich halt entscheiden.«

»Eindeutig Pelikan«, sagte Daniela, »obwohl ich sonst mit Schule reichlich wenig am Hut hatte.«

»Siehst du, ich auch. Pelikan, Raucher und Apple. Eindeutig die coolere Wahl.«

»Na, wenn du meinst. Dann hole ich mein Handy gar nicht erst raus.«

»Ach, komm. Ist doch nur Scherz. Ich kriege meine Sachen von der Firma gestellt.«

»Na, dann ist ja gut. Aber was willst du nachsehen?«

»Ich bin auch Geocacher. Nicht sehr regelmäßig und nur außergewöhnliche Caches, aber immerhin. Und ich habe einen Premium Account. Das heißt, ich zahle dafür und sehe alle Caches.«

»Ja, und?«

»Das heißt, wir gehen jetzt die Norderneyer Caches durch und schauen mal, ob wir was finden, was auf Merle Rosenbaum hinweist. Wenn sie einen Namen hatte, der eindeutig auf sie verweist, können wir sehen, welche Caches sie besucht hat und was sie geloggt hat.«

»Verstehen tue ich es noch nicht, es hört sich aber sensationell nach Ermitteln an. Also los, schmeiß die Kiste an!«

*

»Bitte, schau mich nicht so an. Ich bekomme ein ganz schlechtes Gewissen. Ich habe dich doch bis eben gar nicht gekannt.« Constances Stimme klang gepresst.

Jan wandte den Blick von ihr ab und nickte nachdenklich. »Ja, stimmt. Trotzdem!« Er erhob sich. »Ich hole mir mal ein Bier. Oder möchtest du dir vielleicht doch einen Wein mit mir teilen?«

»Nein, danke, wirklich nicht. Ich glaube, es ist wichtiger denn je, dass ich heute einen klaren Kopf behalte.«

»Kann ich dir noch etwas anderes mitbringen?«

»Ich weiß nicht.« Constance sah sich ratlos um, als könnte die Entscheidung auf den anderen Tischen zu finden sein. Voll war es geworden in der letzten Stunde. Die Menschen saßen dicht gedrängt um die Tische herum. Eine kalte Feuchtigkeit schien sich im Raum auszubreiten. »Ach, ich nehme eine heiße Schokolade. Mit Sahne.«

»Das ist eine gute Wahl. Aber ich freue mich auf ein kühles Helles.«

Constance zückte ihr Handy, sobald Jan zur Theke gegangen war. Wie gern würde sie Steffi schreiben, was ihr gerade passierte. Aber die würde sofort reagieren, und Jan würde wahrscheinlich sofort kapieren, dass es um ihn ging. Oh Mann! Wenn sie heute Abend nicht verabredet wäre, sie wüsste sofort, wie es weiterginge. Aber sie konnte doch jetzt keinen Rückzieher bei Johannes machen. Das wäre einfach unfair. Würde sie umgekehrt auch nicht wollen.

Sie holte ihr Notizheft heraus. Warf einen Blick auf die ausgeschnittenen Kleinanzeigen, die sie darin verwahrte. Allein der Blick auf die oberste ließ das Schmetterlingsgefühl zurückkehren, das in den letzten Wochen immer mittwochs und samstags entstanden war, wenn sie die Zeitung aufgeschlagen hatte.

@augen*: mein herz schlägt anders, seit wir uns kennen. sein rhythmus skandiert: endlich angekommen. dwsw

Constance blätterte weiter.

@augen*: nach der insel wird nichts mehr so sein, wie es war. alles anders. alles besser. unzertrennlich. dwsw

@augen*: kann es nicht erwarten. ich bin mir schon jetzt sicher, dass ich dich nie wieder gehen lasse. dwsw

Als sie die Anzeigen entdeckt hatte, glaubte sie an einen verrückten Zufall oder an einen Streich ihrer Freunde. Der engste Kreis war eingeweiht in ihr Projekt »Traummann finden«, wie sie es nannte. Aber dann hatte er beim Chatten nachgefragt, ob sie die Kleinanzeigen schon gelesen habe. Und sie hatte seitdem mit Herzklopfen zweimal die Woche auf neue Nachrichten von ihm gewartet.

Das gemeinsame Chatten mit ihm hatte von Anfang an ihren Nerv getroffen. Er war jung, frech, gebildet und fröhlich. Die perfekte Mischung. Sie hatten sich immer etwas zu schreiben, und Constance war es zunehmend schwerer gefallen, ihren Chat anonym zu halten, wie sie es sich geschworen hatte. Als er die Idee mit Norderney hatte, war sie froh, endlich auf eine neue Ebene gehen zu können. Sie wollte es nun wissen. Könnte er all das halten, was sie in ihm gelesen hatte? Ihr war klar, dass sie bereit war, nun Nägel mit Köpfen zu machen. Wahrscheinlich hatte er ihren Ernst gespürt. Oder das Gleiche empfunden. Denn ab dann hatte er begonnen zu inserieren. Und sie war gerührt gewesen. Er hatte einen Nerv getroffen, von dem sie jederzeit bestritten hätte, ihn zu haben. Doch tief in ihrem Inneren war sie wohl eine total romantische Seele.

Nein, sie konnte das nicht einfach abbrechen, nur weil das Wochenende so schräg begonnen hatte. Das wäre nicht gerecht. Wer weiß, was ihm passiert war. Extra hatte er sie sicher nicht warten lassen. Nein, das hatte er nicht verdient, dass sie das Ganze ohne Erklärung abbrach. Auch wenn ihr Bauchgefühl gerade etwas anderes verlangte. Verdammt, warum musste sie ausgerechnet jetzt einem Typen wie Jan begegnen?

»Du glaubst nicht, was da draußen los ist.« Jan kam mit den Getränken an den Tisch. Sein Gesicht war ernst, und er deutete mit dem Kopf nach vorne zum Eingang.

»Na, ich nehme mal an, die Hölle. Ist ja schon hier hinten voll. Die Schlange an der Theke kann ich mir vorstellen.«

»Wenn es das mal wäre. Nein, der Orkan fegt gerade über uns drüber.«

Constance schaute ungläubig Jan an und dann zum Fenster hinaus.

»Ich sehe nichts. Und merke nichts. Woher willst du das wissen?«

»Na, dann fühl mal meine Schultern. Ich war gerade da draußen und habe zwei älteren Damen geholfen, die keinen Schritt mehr vorwärts kamen. Jeder, der versucht, den Weg ohne Schutz zu queren, liegt augenblicklich auf der Nase.«

»Du erzählst mir Geschichten. Das glaube ich dir nicht.«

»Doch, doch. Geh ruhig mal gucken. Deswegen ist das hier auch so voll. Draußen geht nichts mehr.«

Constance sah sich um. Tatsächlich schauten die Menschen beunruhigt auf ihre Handys. Vom Nebentisch drangen Fetzen eines Telefonats an ihr Ohr:

»… fährt nicht. Der Regenradar zeigt … Was meinst du? Im NDR? Wenn ich hier wieder rauskomme.«

»Wenn ich hier wieder rauskomme – was meint der damit?«, flüsterte Constance, die nicht dabei erwischt werden wollte, dass sie Telefonate belauschte.

Im selben Augenblick kam eine der Thekenmitarbeiterinnen zu Jan. »Entschuldige bitte! Du hast doch eben zwei Frauen zu uns reingeholt. Da steht an derselben Stelle schon wieder jemand. Könntest du noch mal?«

Constance schaute fassungslos. Das war doch wohl ein Witz.

»Da zahlt es sich aus, wenn man die 1,90 m deutlich überschreitet«, lachte Jan. »Klar mache ich das.«

Als er zurückkam, hatte er eine ältere Dame am Arm.

»Wie nett, dass Sie mir geholfen haben. Und ich störe auch wirklich nicht, wenn ich mich mit an Ihren Tisch setze? Dass mir so was aber auch passiert.«

Constance konnte nicht mehr an sich halten. »Ist das so schlimm da draußen?«

»Das können Sie sich gar nicht vorstellen. Ich habe den ganzen Morgen gedacht, die übertreiben doch alle. Aber von jetzt auf gleich konnte ich keinen Schritt mehr gehen. Ich habe Schutz gesucht oder eine Pause abgewartet. Aber vor dem Eingang zur Milchbar wird man sofort umgehauen.«

Constance schaute aus dem Fenster. Niemand war draußen zu sehen. Das Meer war aufgepeitscht, und die weiße Gischt spritzte hoch bis zur Promenade, aber sie konnte nicht einschätzen, ob das schlimmer war als eben.

»Seien Sie froh, dass Sie warm hier sitzen. Ich rühre mich nicht mehr vom Fleck.«

Jan lächelte die alte Dame an. »Das ist ein guter Entschluss. Ich habe gar nichts dagegen, hier in so netter Gesellschaft gefangen zu sein. Wer weiß, vielleicht müssen wir bis morgen zusammenbleiben?« Er zwinkerte Constance zu. »Manchmal denkt sich das Schicksal seltsame Wege aus, um Menschen zusammenzubringen.«

*

Das Wetter macht mir immer mehr Sorgen. Die Feuerwehr rast unaufhaltsam durch den Ort. Gerade kam im Radio, dass der Sturm auf Norderney schon ein Dach abgedeckt hat. Niemand soll nach draußen gehen.

Na, die sind lustig. Als ob ich Zeit hätte, das Wetter abzuwarten.

Doch selbst wenn ich dem Wetter trotze! Was mache ich, wenn die beiden heute Abend deswegen nicht kommen?

Ich bin viel zu unruhig, um einen klaren Gedanken fassen zu können. Dabei muss ich unbedingt Juliane umgestimmt bekommen. Wie soll das alles gehen? So viele Pläne. So durchdacht. Und dann kommt ein Orkan!

Es hilft nichts. Ich muss etwas einnehmen. Eine Tablette nur, eine einzige. Ich muss ruhiger werden. Atmen und schreiben. Schreiben und atmen. Wie ich es gelernt habe. Mein Mantra schreiben. Mit Tinte. Und Federhalter. In gestochener Handschrift. Dabei atmen. Tief ausatmen.

Ich handle. Ich kann das kontrollieren.

Ich handle. Ich kann das kontrollieren.

Ich handle. Ich kann das kontrollieren.

*

»Vielen Dank für Ihre Auskunft. Das hat uns wirklich weitergeholfen.« Ruth legte den Telefonhörer auf und vervollständigte die Notizen, die sie sich während des Telefonats gemacht hatte. Anschließend griff sie zu einem Blatt, das links von ihr lag, und strich schwungvoll einen der dort gelisteten Punkte durch.

Sie seufzte. Sie nahm ihre Brille ab und rieb sich die Augen. Einen Moment entspannen, das würde die Konzentrationsfähigkeit erhöhen. Wie hatte sie sich nur auf diesen Whiskey bei Frau Dirkens einlassen können. Müde ließ sie sich in ihrem Schreibtischstuhl zurückfallen, bis die Lehne gefährlich weit nach hinten kippte. Sie drehte sich einmal im Kreis und stützte sich dann mit den Händen auf den Knien ab, um aufzustehen.

Komm, Ruth, ermunterte sie sich selbst. Mach deine Übungen, dann ist die Müdigkeit wie weggeblasen.

Sie begann, mit leicht gebeugten Knien die Schultern nach hinten zu kreisen. Erst links, dann rechts. Durch die Nase einatmen, doppelt so lange durch den Mund ausatmen. Dann dehnte sie Hals und Nacken, indem sie den Kopf Richtung

Schulter beugte und gleichzeitig den entgegengesetzten Arm weit nach unten und zur Seite streckte. Langsam legte sie den Kopf auf die andere Seite, um die Dehnung auch hier durchzuführen. Mit einer weichen, weiten Bewegung über die Seiten hob sie beide Arme zur Decke und streckte sich so hoch wie möglich. Sie spürte, wie sich ein Lächeln in ihr Gesicht schob. Diese Übungen waren die ersten gewesen, die eine Freundin mit ihr eingeübt hatte, als es ihr wegen ihrer Scheidung so schlecht gegangen war. Anfangs hatte sie abgewehrt und sich darüber lustig gemacht, obwohl sie als Kriminalpsychologin natürlich um solche hilfreichen Anker und Strategien gewusst hatte. Wie so oft halt: Theorie und Praxis. Aber sie hatte es damals schätzen gelernt, und es war ein jederzeit abrufbares Instrument geworden, um Verspannungen und Müdigkeit zu lösen und Konzentration und Entspannung herzustellen, je nachdem, was gerade wichtiger war.

Sie ließ die Arme sinken, bis die Ellbogen auf Schulterhöhe waren. In Hände-hoch-Haltung bewegte sie ihre Arme nun nach hinten bis sich ihre Schulterblätter deutlich zusammenzogen. Diese Übung war ihr die liebste. Hat wahrscheinlich einfach was mit meinem Job zu tun, mutmaßte sie. Noch einmal zog sie abschließend ihre Arme einatmend ganz nach oben, faltete dort die Hände ineinander und beugte sich mit einem tiefen Ausatmen, in das sie allen Stress der letzten Stunde legte, waagerecht nach vorne, als wolle sie sich an einem imaginär gespannten Tau vor ihr festhalten.

»Was soll das denn werden? Und ich dachte, du telefonierst mir hier die Liste ab?« Unbemerkt war Martin ins Zimmer getreten.

Ruth lachte. »War klar, dass du mich bei so etwas erwischst. Nur eine kleine Auszeit. Hilft, den Kopf freizubekommen, und schärft die Sinne. Solltest du auch mal probieren.«

Martins Gesicht verdunkelte sich. »Vielen Dank, Frau Psychologin. Habe genug Tipps bekommen, wie ich meinen Seelenhaushalt managen soll.«

»Mensch, Martin, das war doch keine Anspielung. Glaube mir, wenn ich da was im Hinterkopf hätte, würde ich damit nicht so plump rüberkommen. Du kannst dir sicher sein, dass ich mich nicht über dich lustig mache. Ganz im Gegenteil, ich bewundere dich, dass du in der Lage warst, für dich die richtigen Konsequenzen zu ziehen.« Ruth war auf Martin zugegangen und schaute ihn von unten an. »Wirklich, Martin, du kannst mir vertrauen.«

Martin nickte. »Ich glaube dir das. Sind auch eher die eigenen Zweifel oder Erwartungen. Im Grunde bin ich froh, dass es so ist, wie es nun mal ist.« Er lächelte sie an. »Und im Moment ist es noch schöner, weil du hier bist. Auch wenn es mir um Frau Rosenbaum natürlich leidtut, aber ich bin richtig froh, mit dir zusammen eine Leiche zu haben.«

Ruth lachte: »Na, nur gut, dass wir keine Leiche im Keller haben.« Sie wurde ernst. »Habt ihr was rausbekommen? Sollen wir mal abgleichen, was wir erreichen konnten?«

»Gerne. Deswegen bin ich auch gekommen. Willst du einen Kaffee? Ich habe nebenan einen aufgesetzt.«

»Sehr gut. Irgendetwas muss den Whiskey wieder aus meinem Körper vertreiben. Das ist ein hartes Völkchen hier an der Nordsee mit seiner ›ordentlichen Teezeremonie‹.«

»Na, das ist wohl speziell Frau Dirkens, aber stimmt schon, es gibt immer wieder Überraschungen mit den Insulanern. Aber sonst wäre das auch zu trist, besonders in den Wintermonaten.«

Sie waren über den Flur in Martins Dienstzimmer gegangen. Ruth hatte ihre Notizen vom Schreibtisch mitgenommen. Als sie eintraten, drehte sich ein Polizist in Uniform, der gerade an der Kaffeemaschine stand, zu ihnen.

»Hallo«, nickte er zu Ruth, »Kaffee ist gleich durch. Tassen habe ich in die Besprechungsecke gestellt.« Er kam auf Ruth zu. »Noch mal hallo, Heiner Kunert. Gehöre zum Inventar.«

Bevor Ruth sich vorstellen konnte, fiel Martin ihr ins Wort. »Habe dir ja schon von Heiner erzählt. Er hätte heute eigentlich frei, aber er ist sofort in den Dienst gekommen, als ich angerufen habe.«

»Ehrensache, Chef! Wenn schon mal was los ist.«

»Ich werde es in der nächsten Beurteilung auf jeden Fall lobend berücksichtigen. Einsatzwille, Zuverlässigkeit, Pflichtbewusstsein, das ist nicht mehr selbstverständlich.«

»Ach nein, Chef, für mich ist es das aber«, antwortete Heiner Kunert.

»Und noch wichtiger«, Martin drehte sich zu Ruth und zeigte auf Heiner, »der Mann hier hat deutlich mehr Computersachverstand als ich. Und auch wenn wir nur den Anweisungen der Kollegen aus Aurich gefolgt sind, hätte ich das so nicht hinbekommen.«

Ruth schaute zwischen den beiden Männern hin und her. Die waren sich sympathisch und ziemlich ähnlich. Ruth wusste, dass Martin sein Licht unter den Scheffel stellte, um den jungen Kollegen zu stärken und anzuspornen. Das gefiel ihr an Martin: Dass er das Fortkommen anderer immer mit im Blick hatte. Er war kein Egoshooter. Vielleicht aber zu wenig Egoshooter für diesen Job. Aber sie fand es richtig, dass es solche Polizisten gab. Die mit dem weichen Kern. Wenn sie denn genug auf sich aufpassten.

Ruth lächelte Heiner an. »Nun, dann wollen wir uns die Ergebnisse mal anschauen. Ich habe etwas rausbekommen. Martin hat bestimmt schon ein bisschen über mich erzählt, dass wir uns nicht mit Vorstellen aufhalten müssen. Nennen Sie mich gerne Ruth.«

*

»Hat schon was von Shopping-Queen, das Programm bei Ihnen.«

»Ja, nicht wahr? Das ist auch meine absolute Lieblingssendung. Ich nehme sie mir jeden Tag auf und schaue sie dann abends oder am Wochenende.« Die Friseurin hatte Dörthes Haare geföhnt und sprühte nun vereinzelte Haarsträhnen mit Haarspray an, um der Frisur den letzten Pfiff zu geben.

Dörthe schaute zufrieden in den Spiegel. Das hatte sie gar nicht erwartet, auf Norderney so qualifiziertes Personal zu treffen. Diese Natascha hatte was drauf, das musste man ihr lassen. Das war nicht so ein Standardprogramm wie bei jedem herkömmlichen Salon. Nein, sie kannte die neuesten Trends und Techniken und hatte mit sehr wenig Coloration und einem Schnitt, der nur korrigierend eingegriffen hatte, eine jüngere Ausgabe ihrer Selbst hervorgezaubert. Vielleicht lag es auch an der Nordseeluft, den Anwendungen oder dem Ausblick auf den Abend, aber sie fühlte sich rundum wohl und ansehbar.

Lilian Molitor war im Türrahmen erschienen und hatte Dörthes Spiegelbild einen nach oben gereckten Daumen gezeigt.

»Okay, perfekt«, lobte Natascha Worm sich selbst. »Dann mal ab zum Schlusstuning bei Lilian, und dann steht der Höchstbewertung von Guido nichts mehr im Wege.«

»Guido, wieso Guido? Er heißt doch gar nicht Guido.«

»Guido Maria Kretschmer, meine Liebe. Von ihm sprachen wir doch eben.«

»Ach so, stimmt. Ich war in Gedanken woanders.«

»Das dürfen Sie auch, das dürfen Sie auch. So hübsch, wie Sie aussehen. Und wenn jetzt noch Lilian Hand anlegt …«

Dörthe waren die Bemerkungen der Friseurin etwas zu flapsig, aber sie sah den bewundernden Blick der jungen Frau, der an ihr entlangglitt. Und es war ja auch so: Sie sah verdammt gut aus. Das hatten die Blicke und Bemerkungen während des Wellnesstages ihr deutlich gemacht. Ach, herrlich! So konnte sie gestärkt in den Abend gehen.

Lilians Stimme schallte nun aus dem anderen Raum zu ihr herüber: »Sie können ruhig sitzen bleiben, ich bringe mein Equipment zu Ihnen rüber.«

Kurz darauf erschien sie und schob den großen Kosmetikwagen mit der rechten Hand vor sich her. In der Linken hielt sie eine Sektflöte.

»Hier, bitte, zum Entspannen fehlt nun ein kleines Gläschen. Trinken Sie ruhig, danach legen wir los.«

»Oh, ich trinke um diese Uhrzeit keinen Alkohol.«

Auf die verwunderten Blicke von Lilian und Natascha beeilte sie sich, erklärend hinzuzufügen: »Ich vertrage Alkohol nicht so gut. Und wenn ich abends verabredet bin, spare ich mir das lieber auf.«

Sie sah die beiden enttäuschten und verständnislosen Gesichter.

»Das versteht einfach keiner. Das kenne ich schon.« Sie lächelte. »Und bei Shopping-Queen wird schließlich auch immer Sekt getrunken.«

»Das gehört bei uns auch dazu«, versicherte Lilian Molitor, unschlüssig, was sie nun mit dem Sektglas machen sollte.

»Ach, was soll es. Ich glaube, ich sollte mal wieder mutiger im Leben sein. Also dann: Vielen Dank, meine Lieben. Ich selber würde mir glatt zehn Punkte geben! Und nun auf Ihr Wohl und auf einen aufregenden und erfolgreichen Abend für mich!«

*

Constance wurde zunehmend nervöser. Die Milchbar war mittlerweile rappelvoll. In der letzten Stunde waren immer mehr Menschen hereingeströmt, und die Gesichter waren immer angespannter und verstörter gewesen. Über die Tische hinweg hatte man sich auf den neuesten Stand gebracht. Wie sehr der Wind die Menschen umpustete. Dass draußen die Feuerwehr von Einsatz zu Einsatz fuhr. Dass schon Dächer abgedeckt seien.

Viele saßen über ihre Smartphones gebeugt und teilten die dort gewonnenen Erkenntnisse: Vorhersage, Regenradar, Windgeschwindigkeit, Prognosen der Frisia. Bis 17 Uhr. Dann wäre der Sturm geschafft. Dann hätte der Sturm sie geschafft.

Hier drinnen legte sich eine schwere, nasse, dampfende Luft über alles, die kalte Nässe der dicken Jacken, Mützen und Schals stieg auf und mischte sich mit dem Atem der aufgeregten Worte, der Glut des Kaminfeuers und der Wärme aus den Kakao- und Kaffeebechern.

Sonst war nichts zu spüren. Kein Wackeln der Wände und Fenster, kein Rütteln, kein Rattern.

Dasitzen und Tee trinken. Das Auge des Sturms abwarten.

Constance schaute in immer kürzeren Abständen abwechselnd auf ihre Uhr und auf ihr Handy. Sie rutschte auf ihrem Stuhl hin und her. Von der gemütlichen Atmosphäre, die am Mittag geherrscht hatte, war nichts mehr zu spüren. Die Menschen saßen nun so eng beieinander, dass alle miteinander Gespräche führten. Die Musik war nur noch in einzelnen Fetzen zu hören, das Gemurmel der Menschen hatte sich darübergelegt und gab dem Ganzen das Flair einer Bahnhofshalle.

»Ich finde das richtig gemütlich hier«, sagte nun die ältere Dame wieder, die Jan vorhin vor dem Sturm gerettet hatte. Mit jedem warmen Getränk war sie munterer geworden und hatte ihnen von sich, ihrem verstorbenen Mann, den Kindern in Neuseeland und ihrer Einsamkeit zu Hause erzählt. »Was bin ich froh, dass ich hier sitze und nicht alleine in meiner Wohnung. Die ist ziemlich weit oben, und da hätte ich schon etwas Angst.«

Constance verdrehte innerlich die Augen. Klar, in den Betonburgen, die die ganze Skyline verschandelten, in erster Strandreihe wohnen, aber dann, wenn es ungemütlich wurde, rumjammern. Das hatte sie besonders gerne!

Jan spürte ihren zunehmenden Unwillen, den Ausführungen der alten Dame zu lauschen. Er hob die Schultern. Klar, was sollte er auch tun.

Einem plötzlichen Impuls folgend, stieß sich Constance ruckartig vom Stuhl ab. »Ich muss los. Sturm hin oder her. Ich kann nicht noch länger bleiben.«

Jan war erschrocken aufgestanden. »Aber du kannst doch jetzt nicht gehen.«

»Doch, kann ich. Schau mal auf die Uhr! Ich sitze schon über vier Stunden mit dir hier.«

»Für mich war es keine Minute zu lang.« Jan hatte die Stimme gesenkt und schaute ihr in die Augen.

Constance wurde heiß und kalt. Das durfte ja wohl nicht wahr sein, dachte sie. Was war denn das für ein Tag?

»Bitte. Ich will wirklich gehen. Ich … ich, ach, ich bin vollkommen durcheinander.«

»Die Plätze hier werden frei?« Kaum waren Constance und Jan aufgestanden, waren mehrere Personen auf sie zugestürmt, um die freien Sitze für sich zu ergattern. Erst jetzt sah Constance, dass die Menschen auf den Sofas und im Loungebereich eng zusammengerückt waren. Dennoch standen überall Pärchen und Familien, Freundinnen und Singles, die keinen Platz mehr bekommen hatten. Sie schauten sehnsuchtsvoll immer wieder über die sitzenden Gäste, in einer stillen Hoffnung, von der sie wussten, dass sie kaum erfüllt werden würde. Doch dann waren Constance und Jan aufgestanden.

»Nein, nein, nur der eine«, deutete Constance auf ihren Stuhl.

»Kommt gar nicht infrage. Wenn du gehst, gehe ich auch. Das lasse ich nicht zu, dass du draußen alleine unterwegs bist.«

»Das ist eine gute Idee«, sagte nun einer der wartenden Gäste, der schon eine Hand auf Jans Stuhl gelegt hatte, um seinen Besitzanspruch zu untermauern.

Constance schüttelte zwar leicht den Kopf, aber sie wollte gar nicht lange Widerstand vortäuschen. In Wahrheit war sie froh, dass Jan sie nach draußen begleitete.

»Komm, ich kann dir wirklich Schutz bieten. Ich bringe dich zu deiner Ferienwohnung. Ohne böse Absichten, Ehrenwort!«

Constance lachte erleichtert. »Na, wenn das so ist. Dann mal los. Das bisschen Sturm wird uns beide schon nicht umhauen.«

*

Frank tippte auf den Bildschirm. »Also, da besteht wohl kein Zweifel. Das muss sie sein. Nicht sehr einfallsreich, ihr Cachername, aber das kann uns nur recht sein. The_Rose.«

»Und sie hat wirklich so viele Caches in den letzten Tagen geloggt?«

»Ja. Aber hauptsächlich die normalen Filmdöschen, die hier überall liegen. Alles, was zentrumsnah liegt, da war sie. Dann gibt es noch ein paar, die sie in Richtung Meierei und Weiße Düne absolviert hat. Aber keine, die ganz weit draußen in den Dünen liegen oder irgendwelche Multis oder Mysteries.«

»Hä? Ich verstehe kein Wort.«

»Na, es gibt so unterschiedliche Cacherformen. Das ist eine Geheimwissenschaft. Bei einem Multi müssen wie bei der klassischen Schatzsuche mehrere Stationen gelöst werden, durch die man an die Koordinaten des Verstecks gelangt.

Und dann gibt es unterschiedliche Größen und verschiedene Schwierigkeitsgrade. Für manche Caches braucht man eine Kletterausrüstung oder einen Taucheranzug.«

Daniela sah Frank zweifelnd an. »Du bindest mir doch einen …«

»Nein, ernsthaft. Ist so. Da wird auch ein totaler Kult drum getrieben. Und jeder will der Beste sein.«

»Na, das ist wohl wie überall.«

»Stimmt. Tun aber so, als wären sie ein friedliches Trüppchen. Sind die meisten auch. Aber wie überall gibt es auch die Spinner, die tricksen mit allen Mitteln.«

Daniela dachte nach. »Und dieser Mist … wie hieß der noch?«

»Ein Mystery. Das ist ein sogenannter Rätselcache. Da löst man zu Hause ein Rätsel, dadurch ergeben sich die Koordinaten, und wenn man diesen sogenannten Indoor-Teil geschafft hat, kann man draußen in der freien Wildbahn den Outdoor-Teil lösen, also den Cache suchen.«

»Das ist ja unglaublich. Und das machen erwachsene Menschen? Das kostet doch richtig Zeit.«

»Wohl wahr, das ist ein zeitschluckendes Hobby. Vor allem, wenn man selber Caches auslegt und pflegen muss. Aber das ist keine Pflicht. Und man muss auch nicht jeden Cache heben. Ich bin selber auch eher so eine Sissi-Cacherin.«

Daniela brach in lautes Gelächter aus. »Hast du vergessen, mir etwas zu erzählen? Ich dachte, du bist ein Kerl und heißt Frank. Und nicht Sissi.«

Frank schaute leicht eingeschnappt. »Heißt halt so. Bedeutet, dass man eher die harmlosen Caches macht. Nicht die aufregenden oder gefährlichen. Also, die Caches für Mädchen halt.«

»Schon klar. Scheint mir ein ganz schönes Macho-Hobby zu sein. Klettern, tauchen, Gefahr, Konkurrenz – uijuijui! Da, wo Männer noch Männer sind.«

»Bei manchen ist das schon so. Aber es gibt auch viele Frauen, die dabei sind. So wie unsere Merle Rosenbaum.«

»Die ja wohl auch eine Sissi-Cacherin ist.«

Frank scrollte auf seinem Bildschirm auf und ab. »Nun, anhand der letzten Tage könnte man das meinen. Aber wenn man sich ihre Statistik anschaut – eigentlich macht die alles bis hin zu D5 und T5.«

»Du sprichst Mystery-Deutsch mit mir. Ich verstehe dich nicht.«

»Sorry. D5 steht für die höchste Schwierigkeit beim Lösen und Finden des Caches und T5 für die höchste Geländewertung. Das sind in der Regel die Klettercaches. Aber auf Norderney hat sie sich an die einfachen gehalten. Bis auf eine Ausnahme.«

»Und welche?«

»Einen Cache gibt es Richtung Weiße Düne. Den muss man gesehen haben. War einer meiner ersten Caches auf der Insel. Das ist etwas ganz Besonderes, total liebevoll und romantisch. Ist ein Hochzeitscache gewesen, der danach für alle freigegeben wurde. Der ist ein absolutes Muss für jeden Cacher, der auf die Insel kommt.«

»Und den hat Merle Rosenbaum gefunden?«

»Ja, und jetzt kommt es: Sie hinterlässt im Internet zu jedem Cache die Uhrzeit. Deswegen ist ganz offensichtlich: Dieser war der letzte vor ihrem Tod. Und dann, hör dir das an, was sie schreibt:

›Diesen wundervollen Cache habe ich nicht ohne Eigennutz aufgesucht. Erst einmal danke und Glückwünsche an das Brautpaar, dem wir dieses Erlebnis zu verdanken haben. Auf dass euer Glück währe, bis dass der Tod euch scheidet. In der Hoffnung auf ähnliches Glück habe ich meinen Wunsch ans Universum heute hier hinterlegt. Duweißtschonwer, ich bin mir schon vor unserem Treffen sicher: Du bist der Richtige!‹«

Daniela sah Frank mit großen Augen an. »Ich brauche was zu trinken. Heißt das, wir haben eine Spur?«

»Sieht zumindest so aus, als könnte uns das weiterbringen. Vielleicht einen Jägermeister?«

»Einen Jägermeister?«

»Du wolltest doch was trinken!«

»Hallo, schau mal auf die Uhr! Noch ist Nachmittag. Ich musste schon bei Frau Dirkens mittrinken. Weiterer Alkohol bitte erst nach Sonnenuntergang.«

»Schau mal raus. Da geht die Welt im Sturm unter, aber keine Sonne.«

»Egal. Ich nehme noch einen Latte macchiato. Wir müssen nachdenken.«

Während Daniela für sie beide die Getränke orderte, schaute Frank sich das Profil von Merle Rosenbaum näher an.

»Also, sie cacht schon einige Jahre und zwar überall dort, wo sie gerade ist. Sie ist zahlendes Mitglied, hat also Zugriff auf alle gelisteten Caches. Sie nimmt auch regelmäßig an sogenannten Events teil, dann treffen sich die Cacher zu einem festgelegten Zeitpunkt an einem bestimmten Ort oder es findet so eine Art Stammtisch statt.«

»Und was ist mit diesem Duweißtschonwer?«

»Das ist ein anderer Cacher. Noch nicht lange dabei. Noch sehr übersichtliche Funde, aber immerhin schon einen T4 und mehrere D5. Scheint auf jeden Fall ein Rätseltüftler zu sein.«

»Und die beiden kennen sich?«

»Sie sind auf Geocaching miteinander befreundet. Das sagt aber nichts darüber, ob sie sich wirklich kennen. Man kann damit anzeigen, dass man sich kennt, es hat aber im realen Alltag kaum Bewandtnis. Also nicht so wie die üblichen sozialen Netzwerke.«

»Wozu ist es dann gut?«

»Es verbindet mit dem gemeinsamen Hobby. Man kann

sich schnell mal Tipps geben oder verabreden. Und man kann das unter seinem Cachernamen laufen lassen, muss also seinen richtigen Namen nicht preisgeben.«

»Okay.« Daniela rührte in ihrem Latte macchiato. »Das heißt: Merle Rosenbaum war mit Duweißtschonwer befreundet, aber sie hat ihn noch nicht getroffen.«

»So wie sie es loggt, ist das die Schlussfolgerung.«

»Dann könnte das derjenige sein, mit dem sie sich am Freitag treffen wollte.«

»Würde ich auch so sehen.« Frank nickte.

»Und man kann gar nichts anderes über diesen Duweißtschonwer rausbekommen? Was ist denn das für ein bescheuerter Name?«

»Ach, das ist schon so ein typischer Nickname. Nichts wirklich Ungewöhnliches, wenn du dir die anderen Namen anschaust.« Frank schob Daniela das Tablet hin und zeigte auf die anderen Loggs im Hochzeitscache.

Daniela prustete. »Das ist ja der Hammer, wie die Leute sich so nennen. *Armes Würstchen.* Haha. Und hier: *die_schwarze_Witwe. Dornroeschen459.* Und *MeisterPropper.*

Da kriegt man schon Lust, mal zu schauen, wer dahintersteckt.«

»Das ist oft sehr witzig. Manches passt wie die Faust aufs Auge, bei anderen würde man das glatte Gegenteil erwarten. Aber genau damit spielt ja das ganze Internet. Nicht nur hier. Auch Facebook, Instagram, Tinder oder was auch immer. Ein reales Leben und mindestens eins in der virtuellen Welt. Manchmal auch noch mehr nebeneinander. Multiple Persönlichkeit 2.0.«

»Ich weiß schon, warum ich das nicht mag. Ich bin bei Facebook, und da kann mich jeder finden. Daniela Rick. Fertig. Ich habe nichts zu vertuschen.«

»Facebook freut es! Dort besteht zwar die Pflicht zum

Klarnamen, es halten sich aber viele nicht daran. Verständlich, wenn man weiß, wer sich im Netz so alles herumtreibt, da muss wirklich nicht jeder wissen, wer ich bin.«

»Aber die Spinner sind doch die Ersten, die unter den Fakenamen laufen und dann glauben, alles machen zu können.«

»Das stimmt leider. Nicht einfach zu lösen, würde ich mal sagen. Genauso wie unser Rätsel um Merle Rosenbaum.«

»Kannst du denn sehen, wo der herkommt, dieser Duweißtschonwer?«

»Also, die geloggten Caches sind alle aus unterschiedlichen Gegenden und sogar aus unterschiedlichen Bundesländern. Schon eher Südwestdeutschland, also südliches NRW, Rheinland-Pfalz, Hessen, Baden-Württemberg, Bayern. Zwei Caches in Berlin.«

»Etwas in Mannheim dabei?«

»Nein, sieht nicht so aus. Wieso?«

»Merle Rosenbaum wohnte dort wohl. Aber wenn sie sich hier treffen wollten …«

»Der allererste Cache ist meistens der, der am nächsten an dem eigenen Zuhause ist. Homezone nennen die Cacher das. Also, das ist im Fall von Duweißtschonwer Nürnberg gewesen.« Frank tippte auf den entsprechenden Logeintrag.

»Okay, das behalten wir im Hinterkopf.« Daniela rührte in ihrem Latte macchiato. »Aber wie machen wir weiter, Mr. Stringer?«

Frank stand auf und ging zu den großen Fenstern des Conversationshauses. Er kehrte zurück und öffnete schweigend die Wetterapp und die aktuellen Nachrichten. Schließlich blickte er auf und strich sich nervös die braunen welligen Haare aus dem Gesicht.

»Bist du bereit für ein richtiges Abenteuer?«

»He, du machst mir Angst. Du meinst mehr Marlboro-Man als Mr. Stringer?«

»Könnte man so sagen. Aber nur wegen des Wetters. Ein Ausflug in die Dünen ist gerade nicht ohne.«

»Du willst jetzt da raus in den Orkan? In die Dünen? Ich glaube, da spiele ich lieber die Sissi-Cacherin. Da sind wir doch Stunden unterwegs.«

»Natürlich nicht zu Fuß. Ich habe so was wie ein Batman-Mobil. Wenn ich den Weg bis zum Parkplatz schaffe, sind wir sicher. Den Wagen haut so schnell keiner um.«

»Du hast dein Auto mit auf die Insel gebracht?«

»Ist ein Firmenwagen. Für das ganze technische Gerät war das nötig. Und jetzt kommt es uns gelegen. Also, was ist? Übrigens darf ich im Auto rauchen – trotz Firmenwagen.«

»Also, wenn es ein überzeugendes Argument gibt, dann natürlich das. Auf eine Zigarette mit dir dem Orkan entgegen.«

»Okay, ich hole das Auto. In einer Viertelstunde an der Ney-Box? Ich denke, heute schert das keinen, ob ich in der Sperrzone unterwegs bin. Und trink doch noch schnell einen Jägermeister!«

*

Juliane nahm langsam ihre Jacke vom Haken, schlüpfte hinein und zog den Schal um den Hals, steckte die Enden tief in den Jackenkragen und stülpte sich schließlich die selbst gehäkelte Boshi-Mütze über ihre langen Locken. Sie atmete tief durch und drehte sich dann entschlossen zu ihrem Gegenüber.

»Vielen, vielen Dank, Frau Pfeifer. Ich weiß es so sehr zu schätzen, dass Sie sich die Zeit für mich genommen haben. Es hat so gutgetan!«

Angela Pfeifer sah Juliane prüfend an. Sie lächelte. »Das freut mich, Frau Kamper. Ich habe mich gefreut, Sie zu sehen. Und wenn ich helfen konnte, freut es mich umso mehr.«

»Ich weiß, dass das nicht selbstverständlich ist. Ich bin kein Kurgast mehr, und dann ist auch noch Wochenende.«

»Schon gut, schon gut. Sie arbeiten doch selbst in einem helfenden Beruf. Da kommt man nicht immer mit den offiziellen Sprech- und Arbeitszeiten aus. Und wir bilden uns auch etwas darauf ein, dass wir den Begriff ›Caritas‹ wörtlich nehmen.«

»Stimmt. Nächstenliebe. Das leben Sie hier wirklich. Mir hat das sehr gutgetan. Einfach mal reden, alles rauslassen, selber mal jammern.«

»Und das ist auch wichtig. Gerade, wenn man wie Sie in einem sozialen Beruf arbeitet. Und die ganzen Belastungen des Lebens alleine tragen muss. Jeder Mensch braucht eine Anlaufstelle. Und das wollen wir gerne sein.«

»Das sind Sie. Nochmals danke! Mir geht es viel besser als noch heute Mittag.«

»Vergessen Sie nicht, die nächste Kur zu beantragen. Das wird Ihnen und Noah guttun. Und ich schicke Ihnen mal ein paar andere Angebote. Manchmal hilft auch ein Wochenende auf der Insel.«

Juliane schüttelte den Kopf. »Aber bitte unter ganz anderen Voraussetzungen als diesmal.«

»Nun, vielleicht muss man tatsächlich die Geduld haben, Dinge geschehen zu lassen. Nichts erzwingen wollen. Nichts vorantreiben. Aber, das habe ich Ihnen auch gesagt: Ich kann das verstehen. Und manchmal sind diese Möglichkeiten, die das Internet bietet, eine Chance. Aber auch nur das. Sie sind kein Heilsversprechen.«

»Das habe ich gemerkt.« Juliane nickte. »Aber es stimmt, irgendetwas nimmt man immer mit. Für mich war es ein Wochenende, das mir aufgezeigt hat, was wirklich wichtig ist. Und das ist Noah.«

Angela Pfeifer drückte Julianes Arm. »Warten Sie es ab. Dinge verändern sich manchmal schnell. Bleiben Sie offen, aber hören Sie auf Ihren Bauch *und* Ihren Kopf. Das machen Sie bisher ganz richtig. Ich wünsche Ihnen das Allerbeste. Und Gottes Segen!«

»Danke, Frau Pfeifer! Ich Ihnen auch.«

Angela Pfeifer öffnete die schwere Eingangstür. »Ach, gut, der Fahrer wartet schon. Es ist mir lieber, dass er Sie fährt. Bei dem Sturm mag ich Sie nicht draußen auf der Straße wissen.«

Juliane hatte wieder Tränen in den Augen. Selten genug kümmerte sich mal jemand so fürsorglich um sie. »Ich wollte doch keine Umstände machen.«

»Kein Problem. Norbert freut sich, wenn er auch am Wochenende was zu tun bekommt. Und unsere Autos dürfen in der Sperrzone fahren. Also, keine Umstände, nur Vorsicht, bei dem Wetter!«

Juliane konnte nicht anders, sie musste Angela Pfeifer zum Abschluss fest umarmen. »Sie sind ein Engel! Wenn es nur viel mehr solcher Menschen gäbe, wie Sie es sind.«

Angela Pfeifer hatte nun selber vor lauter Rührung einen Kloß im Hals, als sie Juliane ins Auto steigen sah. Es stimmte schon, dass der Helferberuf manchmal etwas für einen selber abwarf. Sie lachte in sich hinein: Ist zwar nicht ganz die richtige Religion, aber heute habe ich wohl etwas für mein Karma getan.

*

Es läuft nicht rund. Ich mag das nicht. Aber alle meine Versuche, ruhig zu werden, schlagen fehl. Immer, wenn ich glaube, die Dinge wieder unter Kontrolle zu haben, kommt der nächste Rückschlag. Komme gerade von einem kleinen Rundgang zurück. Ich kann die Sache nicht mehr allein vom Tisch aus weitersteuern, weil sich zu viele der Gegebenheiten verändert haben. Wer hätte denn auch mit einem solchen Sturm gerechnet? Die Insulaner Gott sei Dank auch nicht, was es mir wiederum einfacher machte, ihr Mitleid zu wecken und so an die Sachen zu kommen, die ich brauche, um Plan B zu verfolgen.

»Entschuldigen Sie bitte, mein Sohn Hanno plante, heute am Strand seiner Freundin einen Heiratsantrag zu machen. Aber das Wetter macht ihm einen Strich durch die Rechnung, und deswegen haben wir uns eine andere Überraschung ausgedacht. Er selber ist mit seiner Freundin unterwegs, und ich versuche nun, alles zusammenzubekommen, um in der Ferienwohnung eine ganz besondere Aktion vorzubereiten. Wären Sie so nett, uns eine weiße Tischdecke, eine Kellnerschürze, zwei große Weingläser und ein Tablett zu leihen? Wir kommen gerne für die Unkosten auf und zahlen selbstverständlich eine Kaution.«

Die Vorstellung, an einer solchen Romanze beteiligt zu werden, führte zu einer unglaublichen Hilfsbereitschaft. Es gab keine kritischen Nachfragen, und von einer Kaution wollten die italienischen Restaurantbesitzer schon gar nichts wissen. Im Gegenteil: Sie holten Kinder und Enkelkinder, und sie alle schwadronierten so auf mich ein, dass ich meine Frage schon fast bereute und am liebsten laut geschrien hätte. Als ich mit hunderttausend guten Wünschen, was das zukünftige Eheglück und die Anzahl der daraus resultierenden Bambini betraf, und einem prall gefüllten Jutebeutel das Lokal verlassen hatte, atmete ich tief durch. Hier zwischen den Häusern war der Orkan gar nicht so stark, wie ich das aufgrund der Nachrichtenlage erwartet hätte. So beschloss ich, auf jeden Fall zur Sicherheit eine Runde zu drehen, die mich davon überzeugen sollte, dass mit den finalen Orten alles in Ordnung wäre. Was soll ich sagen? Nichts, gar nichts ist in Ordnung. An mehreren Stellen hat es Dächer und Schornsteine runtergeholt, ein Baugerüst ist umgekippt. Überall knattert

Absperrband, man kann sich nur wundern, dass es dieser Windstärke standhält und nicht auch fortgerissen wird. In der Nordhelmsiedlung muss es noch schlimmer aussehen. Nun, das tangiert mich allerdings weniger. Aber alles, was in Strand-, Dünen- oder Waldlage ist, ist derzeit nicht begehbar. Die Bäume im hinteren Kurpark an der Napoleonschanze sind reihenweise entwurzelt worden, so erzählte es einer der Feuerwehrmänner. Besonders die Waldkirche wäre zum Teil zerstört worden. Schade, sehr schade. Nein. Das ist viel zu milde. Ärgerlich! Fatal! Nicht auszuhalten!

Wie schön hätte ich mir das vorstellen können, wenn ich Juliane dorthin hätte führen können. Ein heiliger Ort für unsere heilige Mutter und Krankenschwester! Das Altaropfer, das mich geheilt und gereinigt hätte von der Sudelei, mit der ich befleckt worden bin. Ich muss mich beruhigen. Vielleicht sollte ich noch etwas einnehmen, bevor ich weitermache. Keine Fehler machen. Nichts darf jetzt mehr schiefgehen. Glücklicherweise hat es das Argonnenwäldchen nicht ganz so heftig getroffen. Rund ums Fischerhausmuseum ist zwar einiges runtergekommen, aber wenn die Prognosen stimmen, ist der Sturm durch. Das, was ich gesehen habe, ist also der Status quo, mit dem ich in den nächsten Stunden arbeiten muss.

Erstaunlicherweise gibt es, soweit man das bisher weiß, keine nennenswerten Personenschäden. Und wenn ich dachte, dass der Ort menschenleer wäre, weil dazu aufgerufen wurde, die Häuser nicht zu verlassen, dann habe mich getäuscht. Die Cafés und Eissalons waren voll, und wahrscheinlich lockte das Schauspiel, das das Wetter mit seinen Kapriolen bot.

Dabei kommt man, sobald der Schutz der Häuser wegfällt, kaum einen Schritt voran. Der Wind bläst auch stärkere Menschen als mich einfach um. Ich muss ein seltsames Bild abgegeben haben, wie ich, die Tasche unter den einen Arm geklemmt, mit der anderen Hand krampfhaft mein Haupt schützend, versucht habe, von Ort zu Ort zu gelangen. Mehrfach boten mir fremde Menschen Hilfe an, wenn ich, eng an eine Fassade gepresst, stehen geblieben war. Einmal bin ich sogar gefallen, und man musste mir aufhelfen. Ich hatte so gehofft, dass dieses Wochenende das meines Triumphes werden würde, das mir helfen würde, allen Schmerz, alles Elend der letzten Jahre zu tilgen und zu vernichten. Aber derzeit sieht es so aus, als könnte es mein Schicksal endgültig in Stein meißeln, indem es mich meines Sieges beraubt und damit auch auf immer meiner Würde und meines Stolzes. Das darf einfach nicht passieren! Monate der minutiösen Vorbereitung, der Arbeit, der taktischen und logischen Planung und nicht zu vergessen der endlosen Sülzerei mit diesen widerlichen Schlampen da draußen, die denken, jeden Mann bekommen zu können, ohne auch nur nachzudenken – all diese Monate wären vergebens gewesen. Was ich nicht alles getan habe! Ich habe mich in Schilddrüsen-Foren herumgetrieben, das Geocachen in der Theorie erlernt, den geduldigen, einfühlsamen und verständnisvollen Berater gegeben, Zeitungsinserate geschaltet, auf jeden Zweifel, jede Sorge reagiert. Nein, ich lasse mir das nicht kaputt machen. Ich werde das nicht zulassen. So was macht man nicht mit mir. Mit mir nicht. Ich werde das Spiel gewinnen.

*

»Frau Pfeifer? Ruth Keiser hier. Entschuldigen Sie bitte, dass ich mich erst jetzt melde, ich hatte es vorhin schon mal versucht, aber da waren Sie in einem Gespräch.«

»Frau Keiser, schön, dass Sie anrufen. Das war eben so was wie ein Notfall. Eine junge Frau, alleinerziehende Mutter, die bei uns schon mal zur Kur war. Und sich jetzt mit einer neuen Liebe auf der Insel treffen wollte. Sollte das erste Aufeinandertreffen werden. Was wohl mächtig in die Hose gegangen ist und dann das Herz und die Belastung zum Überlaufen gebracht hat.«

»Oje, das hört sich echt nach Notfall an. Gut, dass es Menschen wie Sie gibt, die Rat und Hilfe bieten können.«

»Das ist bei Ihnen ja nicht anders, Frau Keiser.« Ruth konnte hören, wie Frau Pfeifer durch das Telefon lächelte. »Der Inselfunk hat mir zu Ohren getragen, dass Sie uns abtrünnig geworden sind. Zurück zu den beruflichen Wurzeln quasi.«

»Ich bin regelrecht reingeschlittert. Diensthilfe unter besonderen Umständen. Wo doch die Insel komplett abgeschnitten ist.«

»Das ist unglaublich! Das passiert uns hier auf Norderney sehr selten. Manchmal kommt es zu Schiffsausfällen, weil der Ostwind bei Niedrigwasser die Schiffe ins Watt drückt. Aber dann gehen normalerweise noch die Flieger. So heftige Herbststürme wie heute sind selten.«

»Deswegen wollte ich auch mit Ihnen Rücksprache halten. Ich habe eben mit meinen Kollegen telefoniert. Die beiden wollten ja morgen anreisen. Leider liegt aber auch das Bahnnetz größtenteils brach, sodass nicht damit nicht zu rechnen ist, dass die Anreise morgen klappt. Selbst wenn die Schiffe wieder fahren.«

»Mit den Schiffen sieht es gut aus. Ich habe eben mit der Frisia telefoniert. Die wollen, wenn alles so kommt wie vorhergesagt, ab morgen Mittag wieder fahren.«

»Das ist immerhin schon was. Da werde ich den beiden Kollegen direkt eine Nachricht schicken.«

»Aber es wird wahrscheinlich wirklich so sein, dass sich das mit der Anreise schwierig gestaltet. Wir haben heute den ganzen Nachmittag schon Anrufe, weil sich An- und Abreisen verzögern und verschieben. Die Kollegen und Kolleginnen aus dem Bistum, die wir zu der Fortbildung eingeladen haben, werden es wahrscheinlich nicht alle schaffen.«

»Oje! Was machen wir denn nun? Absagen? Aber das wäre zu schade. Zumal ein großer Teil der teilnehmenden Mitarbeiter von der Insel ist.«

»Das stimmt. Ich weiß ja nicht, ob das möglich ist, aber wenn wir das ganze Programm straffen und sogar etwas kürzen, könnten wir …«

»Ja, das ist eine gute Idee. Das lässt sich auf jeden Fall machen. Dann fangen wir statt Montagmorgen erst Montagmittag an, in der Hoffnung, dass die meisten es bis dann geschafft haben.«

»Frau Keiser, Sie sind einfach klasse. Ich ahnte das schon, als wir Sie gebucht haben. Da haben die Buschtrommeln recht behalten.«

»Die Buschtrommeln?«

»Nun, das, was man sich so über Sie erzählt. Nämlich, dass Sie neben Ihrer Kompetenz auch ein Höchstmaß an Flexibilität und Lockerheit mitbringen.«

Ruth lachte schallend durch das Telefon.

»Haben Sie gerade Lockerheit gesagt? Das hätten Sie mal vor zehn Jahren zu meinem Mann und meiner Tochter über mich sagen sollen. Aber das war auch ein anderes Leben, stimmt. Ich habe mich tatsächlich verändert. Die Reife des Alters nennt man das wohl.«

»Das Älterwerden bringt nicht nur Nachteile. Wenn man sich darauf versteht. Das ist auch einer unserer Ansätze bei der Caritas, das den Menschen mitzugeben: Es ist nie zu spät, um noch mal neue Wege einzuschlagen.«

»Wahre Worte, die ich nur bestätigen kann. Ich kann das Kompliment nur zurückgeben. Ich freue mich, wie unaufgeregt und konstruktiv Sie mit der Situation umgehen. Ich bekomme das mit meinen beiden Kollegen hin, das Programm entsprechend zu straffen.«

»Vielen, vielen Dank, Frau Keiser! Ich gebe es umgehend

weiter und informiere die Teilnehmer per Mail. Ich denke, da werden die meisten erleichtert sein.«

»Wenn es noch besondere Wünsche gibt oder Absprachen nötig sind, rufen Sie mich ruhig an. Ich bin den ganzen Abend auf meinem Handy zu erreichen.«

»Gibt es was Neues zu der Toten? Das war doch bestimmt ein Unglücksfall, oder?«

»Wenn wir das mal wüssten. Alles etwas dubios und nicht ganz einfach festzustellen. Aber wir gehen mal nicht vom Schlimmsten aus.«

»Das beruhigt mich. Denn die Vorstellung, dass da jemand anderes den Tod herbeigeführt hätte – kein schöner Gedanke angesichts der Tatsache, dass wir auf einer derzeit abgeschlossenen Insel sitzen.«

»Oh, wohl wahr. Nein, machen Sie sich mal keine zu großen Sorgen. Wahrscheinlich haben Martin, ich meine Herr Ziegler und ich, zu lange nicht mehr zusammen ermittelt.«

»Ah ja«, antwortete Frau Pfeifer mehr als doppeldeutig, und Ruth fragte sich, nachdem sie sich verabschiedet und aufgelegt hatte, welche Bedeutung, die aus dieser Antwort herauszuhören war, ihr unangenehmer sein sollte. Aber es war viel zu viel zu tun, um sich darüber lange Gedanken zu machen.

*

»Ruth? Hier ist Daniela. Ich bin mit Frank unterwegs, und wir haben was rausgekriegt zu unsrer toten Merle Rosenbaum.«

»Wie bitte? Was soll das denn heißen? Um Gottes willen, wo seid ihr denn?«

»Wir sind draußen in den Dünen, ein Stück vor der Weißen Düne. Da, wo der Cache liegt, den Merle Rosenbaum als letzten vor ihrem Tod gefunden hat.«

»Woher wollt ihr das wissen?«

»Frank ist auch Geocacher. Und der konnte das im Internet sehen. Und das ist der Hammer hier. Ich habe so was noch nie gesehen.«

»Wie kommt ihr denn bei dem Sturm da raus? Das ist doch lebensgefährlich.«

»Quatsch. Nicht, wenn man Franks Auto hat. Und seit wir hier sind, ist der Wind deutlich weniger geworden. War kein Problem. Gibt ja kein Dach, was uns um die Ohren fliegt. Und die Dünen schützen etwas.«

»Ihr seid ja wahnsinnig. Und was habt ihr gefunden? Sollen wir zu euch ausrücken?«

»Nein, nein, aber wir würden gerne zu euch kommen. Seid ihr auf dem Revier? Vielleicht haben wir ein Puzzlestück, das euch hilft.«

»Aber ihr habt keine Beweise zerstört? Warum habt ihr nicht vorher angerufen? Das ist keine gute Idee, auf eigene Faust zu ermitteln.«

»Worüber haben wir denn die ganze Zeit geredet, als wir von unserem Krimi gesprochen haben?«

»Daniela, der Krimi ist ein Buch! Ich bitte dich, das ist was ganz anderes.«

»Ach was, wir kommen vorbei, und dann seht ihr ja, ob das so blöd war, was wir gemacht haben. Also, wo finden wir dich?«

»Ich bin bei Martin auf dem Revier. Wir stehen mit Aurich und Mannheim in Kontakt. Also gut, kommt vorbei.«

»Gut, dann bis gleich. Setzt schon mal einen Kaffee auf, den brauchen wir.« Daniela hatte schon aufgelegt.

»Was ist denn los?«, fragte Martin, der am Schreibtisch saß. Er hatte konzentriert auf seinen Computer geschaut, aber jedes Wort mitbekommen.

»Meine beiden Hobbydetektive von gestern Abend kommen gleich vorbei. Angeblich haben sie Erkenntnisse, die uns interessieren könnten.«

Martin verdrehte die Augen. »Nicht auch noch so was.«

Ruth lachte: »Ach komm, möglicherweise haben die beiden tatsächlich was für uns. Und wenn nicht, ist es doch egal.«

Martin schaute zu Ruth hinüber. Ihr wurde ganz unbehaglich, weil er nichts sagte. Dann seufzte er tief. »Mir macht das gerade verdammten Spaß mit dir, und ich habe keine Lust, dich schon wieder zu teilen.« Sein Blick blieb auf ihr ruhen.

Ruth wurde rot. Ein Gefühl, das sie lange nicht mehr gespürt hatte, flutete ihren Körper. Sie räusperte sich. »Martin, dich macht das Inselleben doch nicht etwa einsam?«

Martin gab keine Antwort, sondern schaute sie weiter an. Ruth stand auf und wuschelte sich mit den Händen durch die Haare. Sie streckte sich und steckte dann beide Hände in die Hosentaschen. »Komm, heute Abend trinken wir zusammen ein großes Glas Roten. Aber bis dahin lass uns gucken, was wir alles haben. Nicht, dass uns unsere Hobbydetektive den Rang ablaufen.«

*

Liebe Juliane,

ich habe lange nachgedacht! Ich weiß, ich habe alles falsch gemacht, und ich habe hin und her überlegt, ob ich deine Nachricht als Zeichen nehmen soll. Vielleicht ist es tatsächlich besser, wenn wir uns im wirklichen Leben nicht kennenlernen. Als du diese Entscheidung für dich getroffen hast, habe ich sie zuerst dahingehend gedeutet, dass wir wahrscheinlich alle beide besser dran sind, wenn wir die letzten Wochen als das ansehen, was sie waren: ein freundliches Miteinander in der virtuellen Welt, mit dem es uns gelungen ist, eine Paral-

lelwelt zu eröffnen, die wenig mit dem Alltag zu tun hat. Du hast es in deiner Mail geschrieben.

Aber du hast auch geschrieben, dass ich mir etwas anderes einfallen lassen muss. Und deswegen schreibe ich dir heute noch einmal.

Allerdings: keine weitere Jammerei, keine Entschuldigung, keine Erklärung.

Nur der eine Wunsch: morgen früh! Ich weiß, dass du noch auf der Insel bist, weil die Schiffe nicht fahren. Ich habe nur eine Bitte, die dich nichts kostet und dich zu nichts verpflichtet. Aber schau dir an, was ich dir anbiete, und entscheide DANN. Wenn alles gegen uns spricht, kannst du dich auf dem Absatz umdrehen und gehen. Und die nächste Fähre nehmen.

Ich erwarte dich morgen früh um neun Uhr an der Hochtiedsstuv. Bitte komme um das Haus herum. Es wird dich eine nette Dame erwarten, die dir den weiteren Ablauf erklärt. Du kannst zu jedem Zeitpunkt wieder gehen, aber schau dir bitte an, was ich für dich vorbereitet habe, und DANN entscheide!

Johannes

*

Marthe Dirkens fuhr erschrocken hoch. Ihr Herz klopfte wie wild. Sie tastete nach ihrer Brille, die sie auf dem Tisch neben sich abgelegt hatte. Wieso war sie überhaupt in ihrem Wohnzimmer und nicht im Bett? Sie setzte sich vorsichtig auf und fasste nach ihrem Kopf, den ein stechender Schmerz durchjagte.

Draußen dämmerte es. Marthe Dirkens konnte sich dennoch nicht sofort orientieren. Welche Uhrzeit mochte es wohl sein? Sie griff nach der Fernbedienung des Fernsehers.

Einen Moment hatte sie gedacht, sie hätte die ganze Nacht auf dem Sofa verbracht und sähe vor dem Fenster den Morgen heranziehen. Aber dieses Boulevardmagazin, das ihr auf dem Bildschirm entgegenflimmerte, kam doch am späten Nachmittag, wenn sie sich recht entsann, und so langsam kam die Erinnerung stückweise zurück. Der Orkan in der Nacht, der Tod von Merle Rosenbaum, die Polizei im Haus, die besondere Teezeremonie, bei der sie eine Tasse zu viel getrunken hatte.

Ach Gott, und Daniela, ihr anderer Gast, war im Haus und konnte erwarten, dass sie als Pensionswirtin zur Verfügung stand. Und nicht den Nachmittag angeschickert auf der Couch verbrachte.

Schwerfällig erhob sich Frau Dirkens und schlurfte in die Küche hinüber. Nein, sie wurde wahrlich nicht jünger und musste sich bald etwas überlegen. Ihr Auskommen hatte sie, und über die Jahre konnte sie einiges zurücklegen. Wenn sie das Haus verkaufen würde, gäbe es bei den derzeitigen Immobilienpreisen ein sattes Sümmchen, das sie wahrscheinlich gar nicht mehr verleben konnte. Sie würde den bevorstehenden Winter nutzen, um einen inneren Kassensturz zu machen. Wie hieß es doch so schön: Wenn sich eine Tür schließt, öffnet sich eine andere.

Sie würde sich einen Kaffee aufsetzen. Vom Tee hatte sie heute genug. Auch wenn es ehrlicherweise nicht der Tee gewesen war, der sie in den Schlaf hatte sinken lassen.

Auf dem Küchentisch lag ein Zettel. Wo kam der denn her? Frau Dirkens griff danach und erkannte gleich die Schrift von Daniela. Ach Gott, nun war das Kind doch gegangen. Wollte sich trotz des Sturms verabreden. Wenn ihr was passierte, würde sie sich das nie verzeihen.

›Bin noch mal ausgegangen. Keine Sorge, der Sturm soll am Nachmittag abflauen. Ich passe gut auf mich auf. Kann heute spät werden. Liebe Grüße, Daniela‹

Kann spät werden! Sie glaubte es nicht. Bei dem Wetter, ausgerechnet. Auf der anderen Seite: So gut sie Daniela auch kannte, letztendlich war sie ihr Gast und auf Urlaub. Sie hatte kein Recht, sich in Danielas Leben einzumischen. Aber sie mochte sie nun mal so. Wie ein eigenes Kind fast. So war das nun mal, wenn man keine eigenen hatte. Dann suchte man sich halt welche, denen man ein Teil des eigenen Herzens schenkte. Und das war so bei Daniela. Die war so ein gutes Menschenkind. Zu allen nett und gefällig. Viel zu nett, denn es wurde oft nicht gut mit ihr umgegangen. Wie wütend sie wurde, wenn das Kind ihr so Geschichten erzählte. Und deswegen wollte wenigstens sie gut auf sie aufpassen. Aber das war wohl wie bei richtigen Eltern: Irgendwann musste man loslassen.

Marthe Dirkens beschloss, es sich mit einem Kaffee und einem Toast vor dem Fernseher gemütlich zu machen. Daniela schien recht gehabt zu haben. Vom Sturm war nichts mehr zu hören und zu sehen. Gleich würden die Regionalnachrichten kommen. Dort würde sie sehen, was der Sturm angerichtet hatte. Und ob das Schlimmste überstanden wäre.

*

»Ruth? Hallo! Wir sind es, Daniela und Frank.«

Daniela hatte die Tür zum Polizeirevier aufgezogen und hielt sie nun mit dem Fuß auf, während sie nach drinnen rief. »Hallo? Ist hier niemand?«

»Wo brennt es denn?« Ein Polizist in Uniform kam ihr entgegen, während er sich die Hände an der Hose abwischte. »Man wird ja wohl zur Toilette gehen dürfen. Also, was kann ich für Sie tun?«

»Wir wollen zu Ruth Keiser. Sie weiß Bescheid, dass wir kommen.«

»Stimmt, der Chef hatte Sie angekündigt. Ich bring Sie nach hinten. Das scheint mir ja eine ganz besondere Expertenrunde zu werden, die der Chef da zusammenstellt.« Er schaute skeptisch von Daniela zu Frank. »Sind Sie auch alte Kollegen vom Chef?«

»Nein, nein, keine Angst. Nur Hobbydetektive. Und die stehen mit der Polizei eher auf Kriegsfuß.« Frank hatte Lachfältchen im Gesicht, während er sprach, aber um seinen Mund herum wirkte er todernst.

Der Polizist blickte unsicher zu ihnen und klappte den Mund auf und wieder zu. Dann schien er sich zu besinnen und winkte großzügig mit der Hand: »Na, dann kommen Sie mal mit.«

Ruth und Martin hatten die Köpfe eng beieinander, als der Polizist die Tür öffnete. »Ihr Besuch ist da.«

Martin fuhr herum und legte einen Finger an die Lippen und wies auf das Telefon in seiner Hand. Ruth saß vor dem Computer der Dienststelle, daneben stand aufgeklappt das MacBook, das sie am Nachmittag aus Merle Rosenbaums Zimmer mitgenommen hatten. Daniela erkannte die beiden Aufkleber wieder, die rechts und links vom Apfellogo prangten. Ruth fuhr mit der Maus über den Bildschirm und scrollte dabei ganz offensichtlich durch einen Dating-Account. Daniela erkannte das sofort. Schließlich war sie bei einigen selbst registriert. Gebracht hatte ihr das allen Versprechungen zum Trotz rein gar nichts. Je länger sie dabei war, umso mehr festigte sich ihr Eindruck, es dort nur mit sexgeilen Spinnern zu tun zu haben. Aber sie hatte einige Kundinnen, die darüber einen neuen Partner gefunden hatten, und, wenn sie ehrlich war, die Hoffnung starb halt zu allerletzt.

Ruth winkte ihnen kurz zu und verwies auf die Stühle am Besprechungstisch. »Wir haben gleich Zeit«, flüsterte sie ihnen zu und ließ dabei den Bildschirm kaum aus den Augen.

»Ja, ja, die Zugänge am PC haben wir alle. Ruth sucht schon. Da haben wir schon eine heiße Spur. Es gibt jedenfalls einen intensiven Kontakt, der über Wochen ging. Da war auch eine Verabredung, ein Treffen geplant, soweit wir das bisher sehen konnten. Aber anscheinend sind unsere Turteltauben dann aufs Handy umgestiegen, denn hier reißt die weitere Planung ab. Sie hat ihm jedenfalls ihre Handynummer geschickt, das ist hier ersichtlich.« Martin Ziegler spielte nervös mit einem Kugelschreiber, während er in den Hörer sprach und gleichzeitig dicht an Ruths Kopf auf dem Bildschirm mitlas. Von Zeit zu Zeit hielt Ruth beim Scrollen inne und zeigte mit dem Finger auf eine Mitteilung.

»Ja, den Facebook-Account nehmen wir uns auch noch vor. Die Zugangsdaten, die ihr uns mitgeteilt habt, stimmen. Und gerade sind Ruths Freunde eingetroffen, die uns wohl etwas vom Geocachen berichten wollen.« Er lauschte wieder in den Apparat.

»Wir schicken euch die Daten, die uns aus dem Account vorliegen. Wäre super, wenn ihr schnell rauskriegen könntet, wohin sie führen. Aber am meisten Kummer macht mir das iPhone. Den Code zu knacken, kann doch nicht so schwer sein, oder? Den ganzen anderen Mist könnten wir uns sparen, wenn wir wüssten, mit wem sie telefoniert hat.« Martin verdrehte die Augen, während er weiter zuhörte. »Okay, ich habe es ja verstanden. Ja, wir sind erreichbar. Versucht es notfalls über mein Handy. Irgendwann muss der Mensch ja auch mal essen. Bis später also.« Martin stellte das Mobilteil in die Ladestation zurück.

»ITler halt. Wenn man sie mal braucht. Ich finde, dass die total umständlich sind. Ich wette, wenn wir googeln, wie man so einen Code knackt, hätten wir schneller ein Ergebnis. Wie blöd, dass Heiner dann doch weg musste. Sein Dach hat es auch erwischt.«

Ruth räusperte sich laut und schüttelte unmerklich den Kopf. Mit den Augen wies sie auf Frank, der amüsiert vor sich hin schmunzelte. Nun stand er auf. »Kann ich helfen? Ich bin auch einer von dieser ungeliebten Truppe.«

»Oh, entschuldigen Sie bitte!« Martin Ziegler waren seine Äußerungen sichtlich unangenehm. »Manchmal rutscht einem da was raus. War nicht so gemeint.«

»Nicht schlimm. Ich kenne die Sprüche. Von meiner Mama, meiner Schwester und all denjenigen meiner Freunde, die sich mit Informatik und Telekommunikation überhaupt nicht auskennen.«

»Touché! Der war gut retourniert. Okay, ich reihe mich schuldbewusst in die genannte Zielgruppe ein. Und als Zeichen meiner Demut darf ich das Du anbieten? Wäre das okay? Soweit ich weiß, habt ihr euch mit Ruth schon dahingehend geeinigt. Ich heiße Martin.«

»Von mir aus sehr gerne. Ist mir sogar lieber. Ich bin Daniela«, meldete diese sich nun lautstark. Sie stand auf und trat zu den beiden Männern. »Und ich würde so gerne erzählen, was wir gefunden haben.«

»Sehr gerne duzen auch von mir aus. Ich bin Frank.« Die Männer gaben sich die Hand. »Und Daniela hat recht, wir würden gerne berichten, was wir in dem Cache gefunden haben.«

»Einen konkreten Hinweis auf einen Mord?« Die Stimme von Martin klang noch tiefer, fast streng, und er richtete sich mehr auf.

Daniela zuckte zusammen. »Einen Mord? Na ja, so direkt kann ich das nicht sagen.«

Frank schüttelte den Kopf. »So gut sind wir als Ermittlerduo noch nicht. Ist ja auch unser allererster gemeinsamer Fall.« Er lächelte Daniela an, die davon ganz weiche Knie bekam.

»Das habe ich gehofft«, tönte Martin Ziegler.

Alle Augen sahen ihn überrascht an. Hatte er sie tatsächlich als Konkurrenten angesehen? Das konnte niemand von ihnen recht glauben.

»Ich habe es gehofft, weil ich einen Bärenhunger habe. Und gerne eine Ermittlungspause hätte. Die ich nicht nehmen dürfte, wenn ihr mir einen Mörder samt Motiv präsentieren würdet.« Sie schauten sich verdutzt an und begannen alle gleichzeitig zu lachen.

»Na dann, auf zum Italiener!«, rief Ruth aus, als sie sich beruhigt hatten.

»Welcher Italiener denn?« Martin sah Ruth zweifelnd an. »Du bist kein Inselkind. Was glaubst du denn, wo du heute Abend einen Tisch herbekommst? Entweder musst du Tage vorher reservieren oder nur zu zweit essen gehen oder lange warten und dann möglichst schnell essen, weil dir die Schlange an der Tür, die auf deinen Platz wartet, das gemütliche Sitzen streitig macht. So sind sie, die Ferienzeiten auf Norderney.«

»Och nein! Das hört sich aber blöd an.« Ruth strubbelte ihr Haar, wie immer, wenn sie ratlos war. »Und nun?«

»Also, wir könnten zu mir nach Hause gehen. Ich habe Nudeln, Tomaten, Zwiebeln, Knoblauch und Gewürze. Parmesan natürlich auch. Pasta Napoli, ein grüner Salat und einen wirklich sehr guten Rotwein – das kann ich anbieten. Und meine Küche ist groß genug. Wir können reden, während ich koche. Und ich koche ausgesprochen gerne, wenn ich Fälle zu lösen habe. Irgendwie scheint das meine Verknüpfungen im Gehirn zu aktivieren.«

»Ja, dann.« Ruth schaute in die Runde. »Ich finde das einen ausgezeichneten Vorschlag. Irgendjemand dagegen?«

Im gleichen Augenblick öffnete sich die Tür. Der diensthabende Polizist trat ein. »Da wär Besuch für Sie, Chef. Die Ärztin aus dem Krankenhaus. Frau Wagner.«

Die Ärztin hatte sich schon zur Tür reingeschoben, ohne eine Antwort abzuwarten. »Hallo, ich hoffe, ich störe nicht. Aber ich wollte nur kurz was zu der Toten sagen. Ich musste nach zwei Stunden noch einmal zu ihr, um den Tod endgültig festzustellen. Also amtlich sozusagen.

Und da ist mir erst die Schilddrüsennarbe aufgefallen. Die ist so fein, so etwas habe ich selten gesehen. Super verheilt und genau in der Halsfalte versteckt. Perfekter Schnitt.«

»Ja?« Martin Ziegler schaute Anne Wagner fragend an. »Und das heißt?«

»Ach, vielleicht gar nichts. Aber manche Patienten mit Schilddrüsen-OPs haben andere körperliche Beschwerden. Oder sind nicht richtig eingestellt. Oder beides zusammen. Herzprobleme sind jedenfalls nicht ganz untypisch. Und ich dachte, dass es da einen Zusammenhang geben könnte. Würde sich lohnen, mal beim Hausarzt nachzufragen.«

»Haben Sie eigentlich Feierabend?« Martins Stimme schien mit jeder Frage autoritärer zu werden.

»Ja, habe ich, aber deswegen lege ich mein Wissen doch nicht mit dem weißen Kittel ab.« Die Stimme der Ärztin klang trotzig.

»Das wollte ich auch nicht unterstellen.« Martin schien zu merken, dass er sich im Ton vergriffen hatte. »Es war nett gemeint. Wir brechen gerade auf, um bei mir zu Hause gemeinsam Nudeln zu kochen und dabei weiter zu fachsimpeln. Haben Sie nicht Lust, sich anzuschließen?«

Eine feine Röte überzog das Gesicht der Ärztin. »Wenn ich nicht störe?« Ihre Stimme klang nun viel jünger.

»Nein, ganz im Gegenteil, Ihr Fachwissen hilft uns«, war auch Ruth zu vernehmen, die zwischen Martin und der Ärztin hin- und hergeschaut hatte.

»Na, dann mache ich das sehr gerne. Hört sich nach Studentenzeiten an. Zusammen Nudeln kochen und diskutieren. Herrlich!«

»Also dann, was hält uns noch? Frank, würdest du mir helfen, den gesamten Apfelvorrat unserer Toten einzupacken?

Dann können wir bei mir noch etwas weiter daran rumtüfteln. Vielleicht schaffe ich es mit deiner Hilfe schneller als Aurich, den Code zu knacken.«

»Das machen wir so. Ich kann dir zumindest beim Googeln helfen.«

Und wieder begannen alle zu lachen, als sie Martins verdattertes Gesicht sahen.

»Na warte, lass mich mal meinen Rotwein trinken, dann nehme ich es mit deiner Schlagfertigkeit wieder auf.«

»Wenn ich gewusst hätte, wie lustig und trinkfreudig das Polizistenleben ist, hätte ich mich jobmäßig besser dafür entschieden«, seufzte Daniela, als sie den anderen aus der Polizeiwache folgte.

*

Constance zog die Tür ihrer Ferienwohnung energisch hinter sich zu. Sie atmete tief durch. Nun war es also so weit. Die Stunde der Entscheidung war gekommen. Jetzt würde sie Mr. Unbekannt endlich kennenlernen. Und prüfen können, ob er ein Mr. Right wäre, so wie sie es sich seit Monaten vorgestellt hatte. Wie sehr hatte sie diesen Augenblick erwartet, sehnsüchtig darauf hingefiebert.

Und nun?

Ein Gefühl von Ohnmacht und Verzweiflung erfasste sie. Sie wünschte, sie könnte hier zu Boden sacken und jemand nähme ihr die Entscheidung ab.

Warum ausgerechnet jetzt? Warum ausgerechnet an diesem Wochenende? Wie sollte jemand das noch toppen können, was sie heute in der Milchbar erlebt hatte? Was sollte noch perfekter sein als das Zusammentreffen heute Mittag?

Eigentlich hatte sie keinerlei Lust, zu dem Treffen in der Milchbar zu gehen. War sie fair, wenn sie wegblieb? Hätte sie das umgekehrt nicht unverschämt gefunden? War sie nicht immer schnell dabei, über andere zu urteilen, die so handelten?

Aber war es nicht noch viel unfairer, hinzugehen in dem Wissen, dass der andere keine Chance mehr haben würde, allen Zeitungsannoncen zum Trotz? Ach Shit! Sie würde das durchziehen. Sie könnte etwas anderes einfach nicht vor sich vertreten. Mit offenen Karten spielen. Auf die vereinbarte Unverbindlichkeit hinweisen. Und so weiter und so fort. Sie war Studienrätin. Sie wüsste zu reden und zu argumentieren. Und sie hatte alles Recht der Welt dazu. Warum also fühlte sie sich dann so schlecht? Das Kleid, das sie verabredet hatten, ließ sie jedenfalls im Schrank hängen. Das konnte sie auf das Wetter schieben. Aber es anzuziehen, wäre ihr erst recht verlogen und heuchlerisch vorgekommen.

Sie schlug den Weg zur Milchbar ein. Jan war total klasse gewesen. Hatte sie unterstützt. Bring das zu Ende, hatte er gesagt. Du musst alle Seiten kennen, um eine Entscheidung zu treffen. Ich will nicht schuld sein, dass du es später bereust. Und er hatte ja recht.

Aber, und das hatte er ihr auch mit einem tiefen Blick in die Augen versichert: Er würde warten. Und hoffen. Wenn sie sich für ihn entschiede, wäre er innerhalb von Minuten bei ihr. Und würde nicht mehr gehen.

Constance durchfuhr ein Schauder, der nichts mit dem unangenehmen Wetter zu tun hatte. Ach, Jan! Sie tastete nach ihrem Handy. Als er sie bis zu ihrer Ferienwohnung gebracht hatte, war er vor ihr stehen geblieben. Hatte ihr wieder in die Augen geschaut. Ganz vorsichtig ihr Kinn mit zwei seiner Finger angehoben. »Ruf mich an. Wann immer du willst.«

Mit der anderen Hand holte er einen Zettel aus seiner Hosentasche, den er schon vorhin in der Milchbar geschrieben hatte. »Meine Telefonnummer. Für dich.«

Dann hatte er sich zu ihr vorgebeugt, und als sie ihm schon mit ihren Lippen begegnen wollte, hauchte er einen unglaublich zärtlichen Kuss auf ihre Wangen. Ein letzter Blick in die Augen und er hatte sich abgedreht und war, ohne noch einmal zurückzublicken, gegangen.

Sie tastete nach ihrem Handy. Sie hatte die Nummer sofort eingegeben. Ein Knopfdruck würde reichen, und sie wäre mit Jan verbunden. Vielleicht, vielleicht heute Abend noch.

Warum nur musste sie gerade an diese blöde Bachelor-Sendung denken? Für einen von beiden würde sie heute Abend keine Rose haben.

*

»Christiane Kamper, ja bitte?«

»Ich bin es, Jule.«

»Ach, Jule, ich habe gar nicht aufs Display geschaut. Ich dachte, wer ruft denn jetzt schon wieder an.«

»Du bist ganz schön müde. Sorry, dass ich dir Noah für das ganze Wochenende aufs Auge gedrückt habe. Ich weiß, wie anstrengend unsere Racker sind.«

»Jule, hör auf. Mach dir deswegen bitte keine Sorgen. Das geht gut mit den beiden. Frederic ist meistens viel umgänglicher, wenn ein Besucherkind hier ist. Und Noah ist darüber hinaus nicht irgendein Besucherkind, sondern sein Cousin. Das ist wirklich in Ordnung, Jule.«

»Aber ich rufe dich dauernd an und jammere rum. Kein Wunder, dass dir alles zu viel wird.«

»Jule, jetzt mach mal halblang. Ich habe einfach ein kleines Zwischentief. Immerhin sind es noch mindestens zwei Stunden, bis Ruhe einkehrt und ich mit einem Wein und einem guten Buch auf der Couch versinken kann. Jetzt sag du lieber: Geht es dir besser?«

»Ja, danke, das war ein super Tipp mit der Kurklinik. Frau Pfeifer hat sich richtig lange Zeit genommen und mich mit dem leckeren Streuselkuchen, den es damals auch immer gab, aufgepäppelt. Und anschließend wurde ich sogar zur Ferienwohnung gefahren. Das alles hat richtig gutgetan. Ich war einsam. Und wenn man Ruhe hat, kommen auch die Gedanken.«

»Das stimmt. Deswegen bin ich auch lieber müde als ohne Beschäftigung«, lachte Christiane. »Jedenfalls hörst du dich wesentlich besser an. Der Caritas sei Dank.«

»Na ja, nicht nur der Caritas!« Julianes Stimme war deutlich leiser geworden.

»Wem denn sonst noch? Habe ich was verpasst?«

Juliane schwieg einen Augenblick. »Na ja, ich …, also …«, druckste sie herum.

»Jule, gib nicht die Geheimnisvolle. Wenn ich zu lange telefoniere, geht das mit den Jungs nicht gut. Du weißt doch, welches Gespür die Kids für Situationen wie diese haben.«

Juliane räusperte sich. »Sorry. Ich mache es kurz. Also: Er hat sich gemeldet.«

»WER hat sich gemeldet?«

»Er halt. Johannes. Der, wegen dem ich überhaupt auf der Insel bin.«

»Nein, ich fasse es nicht! Was sagt er denn? Ich blicke echt nicht mehr durch. Schenkst du ihm doch Gehör?«

»Ach, Christiane, ich weiß, das ist wahrscheinlich nicht zu verstehen. Aber ich habe ihm ja vorgeworfen, dass er immer nur jammert. Und dass er schon was anderes aufweisen müsse.«

»Ja und?«

»Das scheint er kapiert zu haben. Er hat jedenfalls irgendetwas vor. Will mich wohl überraschen. Und ich soll ihm diese Chance noch geben und danach entscheiden.«

»Ach nee! Auf die Idee kommt er aber früh – mit dem Überraschen, meine ich.«

»Christiane, vielleicht hat er noch eine Chance verdient. Wer weiß, warum es zuletzt so blöd lief. Ich jammere ja im Moment auch nur rum und gehe damit allen auf den Keks.«

»Erstens: Mir gehst du nicht auf den Keks. Und zweitens: Du hast auch berechtigten Grund zum Jammern. Also: Wie hat er dich rumgekriegt?«

»Ich schicke dir die Nachricht von ihm. Dann kannst du selber lesen. Ist schon unterwegs. Es ist nur so, dass noch nie jemand mal etwas ganz Besonderes für mich gemacht hat. Selbst damals bei deinem Bruder. Der ganze Romantikkram lag bei mir: Die Burg, auf der wir geheiratet haben, war meine Idee, das Lied, das ich für ihn gesungen habe, treibt mir heute die Schamesröte ins Gesicht und am aller-, allerschlimmsten ist, dass ich diejenige war, die um seine Hand angehalten hat. ICH habe den Heiratsantrag gemacht. Die Frage aller Fragen gestellt. Und was daraus geworden ist, wissen wir alle. Ich hätte es damals schon merken und wissen müssen, dass es nicht gut geht.«

»Was daraus geworden ist? Mensch, Jule, du hast das Beste überhaupt. Du hast Noah.«

»Aber ich stände so gerne auch mal im Mittelpunkt. Wäre so gerne mal für einen Menschen das Allerwichtigste. Also nicht nur für Noah. Sondern so auf Augenhöhe. Ich möchte nur ein einziges Mal, dass ich es jemandem wert bin, dass er sich etwas ganz Besonderes einfallen lässt.«

»Du meinst aber nicht so wie bei Kai Pflaume und ›Nur die Liebe zählt‹, oder? Da haben wir uns doch immer vor Lachen ausgeschüttet.«

»Ich weiß. Ich will das auch nicht im Fernsehen oder vor Publikum. Aber so was Romantisches stelle ich mir schon schön vor. Und ich soll zur Hochtiedsstuv kommen.«

»Das lese ich hier gerade. Deine Nachricht ist gerade eingegangen. Na, ist das nicht eine Nummer zu groß? Wo du den doch gar nicht kennst?«

»Ach was! Er schreibt extra deswegen auch, ich muss mir keine Sorgen machen. Die Hochtiedsstuv ist nicht weit weg von den nächsten Gebäuden. Es ist morgen früh, also hell, und es werden Leute unterwegs sein. Und eine Frau wird mich erwarten, wir werden also gar nicht allein sein. Also, ich glaube, er hat sich wirklich Gedanken gemacht.«

»Na, ich finde das alles komisch. Ich habe kein gutes Gefühl.«

»Christiane, ich bringe mich nicht in Gefahr. Er schreibt, ich kann jederzeit gehen. Ich werde morgen früh auschecken und meinen Koffer mitnehmen. Dann kann ich von dort zur ersten Fähre – so oder so.«

»Okay. Ich denke, du wirst das ausprobieren müssen. Sonst wird dich auf immer der Gedanke verfolgen, du hättest die Chance deines Lebens verpasst. Aber ich möchte, dass du mich morgen früh anrufst und das Handy griffbereit hältst. Falls doch irgendetwas …«

»Ja, das machen wir so. Du bist ein Schatz, Christiane. Danke für alles, beste Schwägerin der Welt«, juchzte Juliane ins Telefon. »Ich drück dich ganz fest. Und drück Noah. Ich gehe jetzt etwas essen. Der Sturm ist wohl rum. Und danach packe ich meine Tasche, gehe früh schlafen, und morgen früh werden wir sehen, was das Leben mir beschert.«

»Ich drück dich auch, Jule. Ich bin mit dir gespannt. Bis morgen!«

*

»Na dann mal hereinspaziert in die gute Stube!«, tönte Martin mit jovialer Stimme und hielt ihnen die Haustür auf, nachdem er aufgeschlossen hatte und als Erster eingetreten war. »Ihr könnt die Schuhe gerne anbehalten, und die Jacken nehmt ihr am besten mit in die Küche, oder halt – noch besser, wir legen sie ins Wohnzimmer, da stören sie nicht so.«

Händereibend und sich schüttelnd betraten sie alle die kleine Wohnung von Martin Ziegler. Sie waren zu Fuß vom Polizeirevier hierhergegangen und hatten unterwegs verwundert bemerkt, wie viele Schäden der Sturm angerichtet hatte. An einem Neubau war eine komplette Betondecke abgerutscht, hatte ein auf der Straße stehendes Auto zerdrückt, in dem glücklicherweise niemand saß, und der Schutt versperrte nun bis auf einen kleinen Durchgang die ganze Straße. An mehreren Stellen waren einzelne Häuserzeilen mit Flatterband abgetrennt, weil ganze Salven von Ziegeln von den Dächern gerutscht waren. An den hässlichen Betonklötzen nahe der Strandpromenade, den sogenannten Kaiserbauten, hatten sich Teile der Hausfassade gelöst.

»Schon unheimlich, wie zerstörerisch die Natur sein kann«, hatte Frank angesichts der Schäden bemerkt.

»Und noch unheimlicher, was der sogenannte kultivierte Mensch an Schäden hinterlassen kann«, hatte Martin trocken erwidert und damit alle daran erinnert, dass es eine Tote gegeben hatte, deren Ableben ihnen allen rätselhaft erschien.

Umso froher waren sie nun, als sie Martin Zieglers Wohnung betraten. »Fühlt euch ganz wie zu Hause. Bei mir gibt es keine Anstandsregeln. Liegt vielleicht daran, dass es keine Dame des Hauses gibt.«

»Na, dafür wohnst du aber ziemlich schick und gemütlich. Respekt! Hätte ich dir gar nicht zugetraut«, merkte Ruth an, die sich ihre Haare verstrubbelte, nachdem sie die Mütze in die Jackentasche gesteckt hatte. Mit schnellen Schritten hatte sie von ihrem Platz im Flur einen Blick in alle Räume geworfen. Als Polizistin war sie es wohl gewohnt, sich einen schnellen Überblick zu verschaffen, dachte Frank, der Ruth beobachtet hatte.

Ganz zuletzt waren Daniela und Anne Wagner in die Wohnung gekommen. Auch mit der Notärztin waren alle unterwegs zum Du übergegangen. Daniela hatte ihr berichtet, dass sie von der Schilddrüsenerkrankung von Merle Rosenbaum schon gewusst hatten, weil die Nachricht aus Mannheim gekommen war. Die Polizisten hätten den Namen aber nicht richtig verstanden, und da hätte sie aushelfen können, weil sie selbst Betroffene sei. Und schon hatten sie sich in ein intensives Gespräch über mögliche Nebenwirkungen und Folgeerscheinungen vertieft.

»Also, dann kann das aber durchaus eine mögliche Ursache für den Tod von Frau Rosenbaum sein«, fasste Daniela beim Betreten der Wohnung das Besprochene zusammen.

»Alleinige Ursache tatsächlich eher nicht. Aber ein Mitauslöser für den Tod könnte es sein. Es wäre wichtig zu wissen, ob es weitere Hinweise auf Erkrankungen gibt.«

»So, kommt alle in die Küche. Gefachsimpelt wird gleich, wenn alle versorgt sind«, rief Martin über alle Köpfe hinweg.

Sie betraten die ausgesprochen geräumige Küche der Erdgeschosswohnung. Von hier aus gab es sogar einen Zugang zu einer kleinen Terrasse und einem handtuchgroßen Garten.

»Darf ich vorstellen: Das Herzstück meiner Wohnung.«

»Martin, das gibt es doch gar nicht. Wie kommst du an eine solch tolle Wohnung? Also, alles hätte ich dir zugetraut, was in meinem Kopf unter Junggesellenapartment gespeichert ist, aber so eine wunderschöne und liebevoll dekorierte Wohnung? Das ist ja der Hammer!«

»War bestimmt Tine Wittler«, ließ sich Daniela vernehmen und landete damit einen Lacherfolg.

»Ja, ja, macht euch nur über mich lustig. Aber so ähnlich war es. Die Wohnung ist möbliert zu mieten gewesen. Und dann sind meine Schwestern eingefallen und haben den ganzen Dekokram aus den Läden angeschleppt. Schließlich wurde ihnen klar, dass ich das niemals pflegen könnte und würde, und deswegen haben sie einen wöchentlichen Reinigungsservice beauftragt. Auf meine Kosten natürlich«, brummte er hinterher.

»Das ist doch perfekt. Solche Schwestern hätte ich auch gerne«, ließ Frank verlauten. »Gibt es denn hier auch ein Bier?«, kam er auf das Wesentliche zu sprechen.

»Klar, bei mir gibt es alles, was das Herz begehrt. Also lasst uns mal planen: Frank und Daniela, im Kühlschrank und dort hinten im Regal sind Bier und Wein. Gläser findet ihr nebenan im Wohnzimmerschrank. Wenn ihr Lust habt, könnt ihr danach die mitgebrachten Geräte an den Strom anschließen. Anne, hätten Sie Lust, mir beim Schnippeln zu helfen? Als Ärztin können Sie das sicher gut.«

»Haha, den Witz höre ich fast jeden Tag. Ich helfe gerne, aber nur, wenn wir beim Du bleiben.«

»Oh, sorry, da muss ich mich noch dran gewöhnen. Aber das wird, keine Sorge. Schau mal, da hinten stehen die Schneidebretter, daneben steht der Messerblock, Tomaten sind im Kühlschrank und Zwiebeln und Knoblauch in dem Topf obendrauf.« Martin selbst wirbelte bei seinen Worten gelenkiger durch die Küche, als es für seine Größe und Statur erwartbar gewesen wäre. Hier nahm er den Flaschenöffner aus der Schublade, dort griff er nach dem großen Topf, den er mit Wasser gefüllt auf den Herd stellte. Er drehte sich, um aus dem Apothekerschrank zwei Packungen Spaghetti zu nehmen, und rieselte eine Prise Salz in das Wasser, als es zu kochen begann.

»Ruth, könntest du vielleicht den Salat zu putzen?«, rief er in den Flur. Und als keine Antwort kam, noch einmal: »Ruth?«

Ruth erschien in der Küchentür. »Entschuldige, ich bin vor deinem Bücherregal hängen geblieben. Das ist immer das Erste, was ich mir an einer Wohnung ansehen muss.«

»Und dann ziehst du daraus Rückschlüsse auf den Charakter desjenigen, der dort wohnt, was?«

»Ein wenig schon«, lachte Ruth. »Aber keine Sorge, bei dir spricht dein Bücherregal nur für dich.«

»Na, dann bin ich ja beruhigt. Komm, magst du auch helfen? Der Salat müsste geputzt werden.«

»Klar, mache ich.« Ruth stellte sich vor die Spüle, die vor dem Fenster und neben der Tür zum Garten stand. Im Spiegelbild sah sie alle in die verschiedenen Arbeiten vertieft. Auf dem rauen, ungeölten Holztisch, an dem sechs Stühle standen, hatte Martin ein Windlicht entzündet. Wie in einer WG zu Studentenzeiten, dachte Ruth. Schön, richtig schön. Aber auch, weil es nur für den einen Abend war und morgen wieder jeder seiner Wege gehen konnte. Sie wäre kein Mensch für ein friedvolles Zusammenleben, darüber war sie sich im Klaren. »Mensch, dass es schon so dunkel draußen ist. Dabei ist es gerade mal halb sieben. Wie wird das denn, wenn Ende des Monats die Uhr umgestellt wird?«, fragte sie laut in die Runde.

»Na, so wie jedes Jahr, noch dunkler. Kommt, lasst uns darauf anstoßen. Auf diesen Abend, den wir miteinander verbringen.« Martin hob sein Glas.

»Heute ist es aber auch wegen des Wetters so dunkel. Ich bin froh, hier drinnen zu sein«, ließ sich Daniela vernehmen.

»Ihr müsst unbedingt erzählen, was ihr draußen in den Dünen entdeckt habt«, merkte Ruth an. »Habt ihr Fotos gemacht?«

»Klar doch, ich kann die an deine Mail senden, Martin, dann sehen wir sie später auf deinem Laptop größer.«

»Gute Idee.« Martin war unterdessen ins Wohnzimmer gegangen und hatte die Musik angestellt. Die raue Stimme von Paolo Conte drang zu ihnen herüber.

Ruth jaulte auf: »Noch mehr Klischee geht nicht, oder?«

»Ist doch schön«, murmelte Anne Wagner. »Mir gefällt's.«

»Na, dann ist doch alles in Ordnung. Ruth, du musst da einfach durch. Alle mit Getränken versorgt?«

»Ähm, ich will ja kein Spielverderber sein, aber darfst du denn schon wieder Alkohol trinken, ich meine, im Dienst?« Daniela hatte auf das Rotweinglas von Martin gedeutet.

»Wieso denn schon wieder? So lange kennst du mich doch gar nicht?« Martin war verwundert.

»Ja, aber die Teezeremonie bei Frau Dirkens.«

»Ach, stimmt, hatte ich glatt vergessen. Das war etwas grenzwertig. Aber heute Abend, das ist okay. Ich habe offiziell dienstfrei, auch wenn wir uns miteinander beratschlagen wollen.«

»Und wenn die Polizei gebraucht wird?«, wollte Frank wissen.

»Wir sind auf Norderney eine sogenannte Bereitschaftspolizei. Wenn das Revier nicht besetzt ist, gehen die Anrufe im Revier in Norden ein. Und die informieren uns dann. Jede Nacht haben zwei von uns Bereitschaft. Immer im Wechsel. Aber keine Anwesenheitspflicht auf dem Revier.«

»Und das klappt?«

»Einwandfrei. Zu den Zeiten, in denen die Touristen da sind, werden wir aufgestockt. Im Winter sind wir weniger, aber das lässt sich gut regeln. Und heute Abend haben zwei Kollegen Bereitschaft, deswegen also noch mal Prost!«

»Ich mache auch das Dressing«, warf Ruth ein. »Irgendwelche besonderen Wünsche?«

»Mach ruhig, wie du meinst«, bestimmte Martin. »Heut wird gegessen, was auf den Tisch kommt.« Mit Schwung warf er die Nudeln ins kochende Wasser und holte Teller und Besteck aus den Schränken. »Und ihr da hinten in der IT-Ecke, alles startklar für unsere Dienstbesprechung?«

Frank nickte. »Wenn du noch Stift und Papier holst, können wir beim Essen ein Brainstorming machen und eine Mindmap erstellen. Vielleicht hilft uns das weiter.«

»Oho, Stift und Papier, ganz old school, warum mal nicht. Das habe ich natürlich im Haus.«

»Stopp! Was redet ihr denn da? Ich bin Friseurin. Und wenn ihr so geschwollen daherredet, steige ich aus. Dann könnt ihr mal sehen, wie ihr ohne Miss Marple klarkommt.«

*

Jan war den Weg von Constances Ferienwohnung zurück zum Inselloft ganz langsam gelaufen. In Gedanken ging er jeden Satz durch, den sie am Nachmittag gesprochen hatten. Wie war das bloß möglich? Er war sich sicher, dass ihm in Constance seine Traumfrau begegnet war. Sie hatte alles, was er an Frauen liebte und schätzte. Klar, das gute Aussehen, die tolle Figur, das harmonische Gesicht mit den blonden Haaren. Schwedischer Typ, hätte sein Vater fachmännisch analysiert, der bisher für jede Frau, die sein Sohn ihm präsentierte, eine Schublade gefunden hatte.

Aber es war mehr als das. Sie war nicht eine dieser Abziehpuppen. Wenn man genauer hinsah, dann entdeckte man das Funkeln in den Augen, den Witz, die Lust am Wort und ganz sicher auch die Intelligenz. Er mochte kluge Frauen und konnte sich nicht vorstellen, mit einer Dumpfbacke, die sich nur für ihr Äußeres interessierte, zusammen zu sein. Und er hatte diesen Ansatz zum Schmollmund bemerkt. Das war bestimmt auch eine Seite an ihr und sicher eine Herausforderung. Er konnte sich schon vorstellen, dass es an Constances Seite nicht langweilig würde, und ausschließlich harmonisch würde eine Beziehung mit ihr nicht ablaufen.

War es das, was ihn reizte? Sein Vater und sein Bruder, beides keine Frauenverächter, foppten ihn schon mal, wie wählerisch er sei. Und dass eine Frau seinen Jagdtrieb antriggern müsse, damit er überhaupt Interesse zeigte. Vielleicht stimmte es. In diesem Fall hier würde es sogar hundertprozentig stimmen. Nicht nur, dass Constance sich noch heute Abend mit einem anderen treffen wollte, der vielleicht das Rennen um sie machte, nein, auch dieser Zug um die Lippen reizte ihn mehr als alles andere. Ach, wenn er doch irgendwie Einfluss nehmen könnte.

Er hatte ihr nicht verraten, dass er im Inselloft, das neben der Milchbar lag, abgestiegen war. Nie im Leben hätte sie ihm erlaubt, sie zu der Ferienwohnung in der Benekestraße zu begleiten. Dabei fand er es angenehm, nach den Stunden in der Milchbar an der frischen Luft zu sein. Gerade zum Schluss hin war es doch sehr stickig geworden.

Immerhin hatten sie auf dem Rückweg Glück mit dem Wetter gehabt. Die ersten Meter aus der Milchbar heraus hatte er Constance fest im Arm gehabt, um sie vor den Windböen zu schützen. Doch schon als sie gegenüber in die Friedrichstraße einbogen, waren sie weitestgehend geschützt. Das Schlimmste war wohl überstanden.

Leider hatte er damit keinen Grund mehr, sie so eng in seinen Armen zu halten. Wenigstens hatte er das Gefühl, dass es auch ihr nicht unangenehm gewesen war und sie sich nur zögerlich von ihm löste.

Sie hatten über dies und das gesprochen. Er hatte berichtet, dass er mit drei Freunden auf der Insel sei. Aber im Gegensatz zu früher waren das keine Kneipentouren mehr. Stattdessen konnte jeder das machen, was er wollte, und wenn es passte, unternahmen sie Dinge zusammen. Mal am Strand joggen, ein andermal zusammen essen gehen und wie gestern Abend das Zusammentreffen in der Milchbar mit zweien seiner Freunde, während der vierte in ein klassisches Konzert im Conversationshaus gegangen war.

Für heute Abend hatte er noch nichts vor. Und daran würde er nichts ändern. Er hatte eine stille und heimliche Hoffnung, dass Constance sich noch am Abend bei ihm melden würde. Er hatte ihr seine Telefonnummer vor ihrer Ferienwohnung zugesteckt und war noch nicht weit gekommen, da hatte sie ihm ihre geschickt. Er freute sich, als er sah, wie ihr Profilbild bei Whatsapp erschien, nachdem er die Nummer in seinem Adressbuch gespeichert hatte.

Er hoffte, dass keiner seiner Freunde im Hotel sein würde. Er hatte keine Lust, heute mit ihnen zu ziehen. Natürlich würden sie ihn in Ruhe lassen, wenn er darauf bestand. So war auch die gemeinsame Absprache. Und trotzdem würde er sich rechtfertigen müssen.

In Wahrheit hatte er Angst, dass sie ihm an der Nasenspitze ansähen, was passiert war. Was passiert war? Nichts war passiert. Bisher. Oder doch? Vielleicht, oder eher ganz wahrscheinlich, hatte er sich bis über beide Ohren verliebt.

Er hatte die Lobby mit einem kurzen Gruß durchquert und war froh, als er das Zimmer leer vorfand. Sie hatten wie immer zwei Maxistudios nebeneinander gebucht. Sie kannten sich lange genug, um im Doppelzimmer zu schlafen, und so blieben die Preise für sie alle im Rahmen. Dass es die geilste Unterkunft am Ort war, da waren sie sich alle vier einig.

Er hatte Jacke und Schuhe ausgezogen. Sein Portemonnaie legte er neben dem Fernseher ab und warf die Fernbedienung schon mal aufs Bett.

Im Bad schaltete er auch den Kosmetikspiegel an. Er betrachtete sein Gesicht und fuhr mit den Fingern unter die Brille, um sich die Augen zu massieren. Sein Blick glitt über den immer weiter zurückweichenden Haaransatz. Manche Frauen mögen das, tröstete er sich meistens, heute allerdings wäre ihm lieber gewesen, er hätte schon in der Vergangenheit eine Haartransplantation ins Auge gefasst. »Mädchen«, hätten seine Freunde zu ihm gesagt, wenn sie wüssten, mit welchen Gedanken er sich herumschlug. Es half auch nichts. Er war, wie er war, aber anscheinend hatte sie das bisher nicht abgeschreckt.

Er holte das Handy aus der Hosentasche. Das würde er jedenfalls ganz nahe bei sich tragen. Später konnte er noch eine Kleinigkeit essen gehen, aber erst mal wollte er einfach für sich sein und hoffen, dass sie sich für ihn entschied.

Das Fernsehprogramm konnte ihn nicht fesseln. Er schaute mal hier rein, mal da, zappte sich durch furchtbare Realitysoaps mit unsagbar schlechten Schauspielern, konnte schon bald die Bilder des Orkans nicht mehr sehen, die über alle Regionalsender ausgestrahlt wurden, und war, nachdem er sich durch seine Timelife bei Facebook gescrollt hatte, tatsächlich eingeschlafen. Als sein Freund im Zimmer stand und sich laut räusperte, fuhr er erschrocken hoch.

»Was ist? Wie spät ist es?« Er setzte sich im Bett auf und drückte die Taste seines Smartphones. 18.07 Uhr. Verdammt. Jetzt war sie wahrscheinlich schon in der Milchbar. Keine 100 Meter von ihm entfernt. Und er saß hier und konnte nichts machen.

»Was ist denn mit dir? Bist du etwa krank? Zu viel gute Seeluft, oder was?«

Jan schnaufte. »Ach, lass mich einfach. Bin nicht so gut drauf. Lass mir ein, zwei Stündchen, dann geht es wieder.«

»Hey, ist dir dein Chef über den Weg gelaufen oder hat dir irgendeine holde Fee die lange Nase gezeigt? Kein Grund, gleich depri zu werden.«

»Ach komm, Klaus, keine Sprüche heute Abend. Brauche nur eine kleine Auszeit.«

»Okay, ist schon in Ordnung. Ich wollte nur eben die nassen Schuhe und die Jacke wechseln. Das war ja mal ein Wetterchen heute.«

»Allerdings. Ich habe zum ersten Mal Leute fliegen sehen.«

Klaus lachte. »Wir auch. Waren gut geschützt und haben uns das Spektakel von drinnen angesehen. Aber jetzt ist wieder Ruhe. Die Ruhe *nach* dem Sturm mal zur Abwechslung.«

»Kam auch so im Fernsehen.«

Klaus hatte sich die Schuhe zugeschnürt und eine andere Jacke übergezogen. »Na, dann viel Spaß mit der Flimmerkiste. Wir sind im Brauhaus, wenn du nachkommen willst.«

»Danke, gut zu wissen, vielleicht mache ich das später.«

Er war froh gewesen, als Klaus die Zimmertür von außen zugezogen hatte.

Sollte er doch den Kumpels hinterhergehen, hatte er kaum eine Viertelstunde später überlegt. Sich hier herumzuquälen, brachte rein gar nichts und würde am Lauf der Dinge nichts ändern. Und wenn sie ihn heute Abend noch anriefe, wäre er auch unterwegs erreichbar. Und wenn sie nicht anriefe, konnte er sich immerhin einen gepflegten Männerabend gönnen. Er stand auf und ging erneut ins Bad. Machte sich frisch und sprühte noch mal seinen Duft auf. Ein frisches Hemd half ihm, sich besser zu fühlen. Er holte den Cashmere-Pullover aus dem Schrank, den ihm seine Mutter zu Weihnachten geschenkt hatte. Geht doch, sagte er zu seinem Spiegelbild.

Er band sich gerade die Schuhe, als sein Handy klingelte. Sein Herz setzte einen Moment aus. Constance! Sie war es. Sie rief tatsächlich an.

»Hey! Wie schön, dass du dich meldest. Ist das ein gutes Zeichen für mich?« Oh Gott, wie plump war er denn unterwegs, aber es war aus ihm herausgerutscht.

Er lauschte in den Hörer. Alles, was er hörte, war ein extremes Rauschen.

»Constance? Hallo? Constance, hörst du mich?« Ob sie aus Versehen angerufen hatte? Bei manchen Handys passierte das.

Wie blöd, sein Herz klopfte, so sehr hatte er sich gefreut.

»Constance?«, fragte er noch einmal, etwas lauter.

Da hörte er die Worte. Kaum zu verstehen. Undeutlich artikuliert. Als wäre sie vollkommen betrunken.

»Komm. Schnell. Janus. Schlecht.«

Er hatte sofort im Gefühl, dass es ernst und eilig war. Sie konnte nur den Januskopf gemeint haben. Der war glücklicherweise nicht weit weg. Schon hatte Jan die Jacke vom Haken gerissen und rannte die Treppe hinunter. Wie gut, dass er regelmäßig trainierte. Hinter dem Deich würde er ziemlich mühelos vorankommen, denn hier war der Wind kaum noch zu spüren. Das ist ernst, schoss es ihm durch den Kopf. Und sicherheitshalber wählte er deswegen die 112.

*

»Mmh, das duftet ja unglaublich gut!« Ruth hielt ihre Nase über die Tomatensauce. »Ich befürchte, wenn ich so etwas Leckeres esse und einen Rotwein dazu trinke, kann ich unmöglich gleichzeitig logisch denken.«

»Das nimmt dir keiner ab, Ruth«, widersprach Martin lachend. »Nach dem Essen gibt es einen starken Espresso für alle, das wird uns wieder ans Kombinieren bringen. Ruth glaubt sowieso, dass die besten Ergebnisse als Teamleistung hervorgebracht werden. Weil sich die Perspektiven erweitern, je mehr Menschen am Tisch sitzen.«

»Gemeinsame Lösungssuche, stimmt, das ist ein bewährtes Mittel, das ich in meinen Fortbildungen propagiere. Leider vergesse ich selber viel zu oft, es bei Problemen einzusetzen«, erwiderte Ruth.

»Dann ist es höchste Zeit, es mit uns einzuüben«, ermunterte Frank sie. »Dann können wir alle etwas davon lernen.«

»Prima Idee«, ließ Daniela trocken einfließen. »Machen wir demnächst im Friseursalon, wenn die Kundin nicht weiß, was sie will. Dann beraten wir alle gemeinsam.«

»Und wir wenden das im OP an«, warf Anne Wagner ein.

Sie schüttelten sich alle aus vor Lachen, während sie sich rund um den Esstisch verteilten. »Ihr könnt sitzen, wo ihr wollt, nur den Platz hier am Tischende, den lasst bitte mir. Ich kann schneller etwas nachholen, wenn was fehlt.«

Nachdem die Schüsseln um den Tisch gekreist und die Getränke eingeschenkt waren, herrschte einige Minuten andächtige Stille.

»Wie lecker ist das denn?« Daniela war die Erste, die das Gespräch wieder anstieß. »Dabei sah das so einfach aus.«

»Ich habe halt die richtigen Gewürze im Schrank, mit denen ich meine Gäste bezirzen kann«, lachte Martin.

»Womit wir wieder beim Thema wären. Mitten in media res«, bemerkte Ruth. »Wie steht es mit Merle Rosenbaum? Wurde sie auch bezirzt und – entschuldige, Martin, die weitere Schlussfolgerung – sogar umgebracht?«

»Ich wäre dafür, dass erst einmal Daniela und Frank erzählen. Dafür seid ihr ja extra gekommen.«

Die beiden nickten einander zu.

»Frank kann erzählen. Ich hole mein Handy, weil ich die Fotos gemacht habe. Nachher könnt ihr sie euch auf Martins Computer ansehen.«

»Okay, dann fasse ich zusammen: Ich bin auch Geocacher, und wir haben ziemlich schnell rausbekommen, dass Merle Rosenbaum unter dem Cachernamen ›The_Rose‹ auf Geocaching registriert ist. Der letzte Cache, den sie auf Norderney gemacht hat, ist ein ganz besonderer, ich kannte den, weil ich selbst schon da war. Bei ihrem virtuellen Log wurde uns schnell klar, dass Merle Rosenbaum im Cache etwas hinterlegt haben musste. Und da haben wir uns gedacht, das sehen wir uns an.«

»Also, dieser Cache, das ist echt der Hammer«, fiel Daniela ihm ins Wort. »Schaut euch mal diese Bilder an, und ich habe auch ein Video. Das ist wegen des Windes nicht wirklich gut, aber diese Spieluhr in dem Cache, da kommt wirklich der Hochzeitsmarsch raus.«

»Das ist unglaublich«, bestätigten alle.

»Wer macht denn so was?«, fragte Anne.

»Also die richtigen Cacher, die sind schon ein verrücktes Völkchen. Die basteln die ungewöhnlichsten Sachen, das könnt ihr euch im Internet auf entsprechenden Seiten mal anschauen. Vieles kann man heute auch kaufen. Man ist richtig lange mit Suchen beschäftigt, wenn der Cache gut gemacht und versteckt ist.«

»Dass das keiner zerstört«, merkte Martin an.

»Passiert leider oft genug«, antwortete Frank. »Aber es gibt ein paar Schutzmaßnahmen, so wie bei dem hier. Den können nur zahlende Cacher sehen, das Versteck ist nicht direkt einsehbar, es gibt ein Rätsel und ein Schloss.«

»Und was hat nun Frau Rosenbaum mit dem Cache zu tun?«, fragte Anne.

»Wie gesagt, es war der letzte Cache vor ihrem Tod. Und sie hatte angedeutet, dass sie dort etwas abgelegt hatte. Anhand der Logs konnten wir sehen, dass wohl nach ihr keiner mehr am Cache war. Als wir die Dose öffneten, fanden wir diesen Brief.«

»Den gebt mal zu mir herüber, der dient als Beweismaterial.« Martin streckte die Hand aus.

»Gleich, wir zeigen ihn nur mal. Fingerabdrücke sind da wahrscheinlich nur von Frau Rosenbaum und uns drauf.«

Martin guckte etwas konsterniert, nickte ihnen dann aber zu.

»Also, der Brief ist an dwsw adressiert, und hier ist ein Kussmund mit orangem Lippenstift.«

»Genau der Lippenstift, den sie immer um den Mund herum verschmiert hatte«, fiel Daniela ein.

»Der Brief war verschlossen und hinten noch ein Kussmund, der wohl als Siegel dienen sollte. Ich bin mir sicher, dass ihn vor uns niemand geöffnet hat.«

»Das ist der Hammer, was jetzt kommt«, kündigte Daniela ungeduldig an. »Ich hätte das niemals erwartet. Also, wenn man die so erlebt hat wie ich.«

»Kommt, macht es nicht so spannend«, war nun auch Ruth zu vernehmen.

»Also«, Frank griff in den Umschlag. »Hier sind sechs Tarotkarten. Der Eremit, der Tod, Das Rad des Schicksals, Der Stern, Das Gericht und zuletzt Die Liebenden – so sind die Namen und die Reihenfolge, in denen sie abgelegt waren. Einige der Karten sind quasi selbsterklärend, die anderen haben wir unterwegs gegoogelt.«

»Das ist wie eine kleine Bildergeschichte«, ergänzte Daniela. »Zuerst geht es bergab, Unglück und Trennung, dann kommt das Schicksal ins Spiel, und das, was Merle Rosenbaum immer als Universum bezeichnet hat, an das sie ihre Wünsche richten konnte, ist die Karte des Sterns. Das Gericht zeigt den glücklichen Neuanfang, und die Liebenden brauche ich ja nicht zu erklären.«

»Eine Bildergeschichte oder wahrscheinlich eher eine Liebeserklärung oder ihr Wunsch ans Universum«, stimmte Frank ein. »Da der Umschlag mit dwsw beschriftet ist, gehe ich davon aus, dass ihr das Universum schon einen Kandidaten beschert hat.«

»Cool, ich werde das auch mal probieren«, lachte Daniela. »Schon gut, war nur ein Scherz, guckt nicht alle so entgeistert.«

»Wir wollen nur beim Thema bleiben«, sagte Frank, aber der Blick, den er ihr zuwarf, schien noch etwas anderes sagen zu wollen. Daniela spürte eine warme Welle ihren Körper fluten.

Doch Frank hatte wieder in den Umschlag gefasst. »Und jetzt, liebe Freunde, haltet euch fest, so was habe ich auch noch in keinem Cache gefunden.«

Vor ihnen auf dem Tisch breitete Frank ein halbes Dutzend Nacktaufnahmen von Merle Rosenbaum aus. Mal sitzend, mal liegend, in der einen Hand eine Peitsche, in der anderen Handschellen, das nächste Bild zeigte sie mit einer Maske, dann wiederum kniete sie und blickte mit dem Kopf zurück in die Kamera, und auf dem letzten hielt sie kokett eine überdimensionale Spritze in der Hand und trug eine dieser alten quadratischen Schwesternhauben auf dem Kopf.

Eine ungläubige und fassungslose Stille ergriff alle am Tisch.

»Das ist jetzt nicht wahr, oder?«, fasste sich als Erste Anne. »Das ist hier eine versteckte Kamera, in die ihr mich gelockt habt, gebt es zu.«

»Nein, leider nicht«, sagte Frank. »Das sind Bilder, die ich mir gerne erspart hätte. Ob ich die noch mal loswerde, weiß ich nicht.«

»Mensch, die ist doch keine 20 mehr gewesen, und das sieht man verdammt noch mal auch.« Martin fasste sich an den Kopf. »Was wollte die denn damit bezwecken? Damit verscheucht sie doch nur jeden ernsthaften Anwärter.«

»Du Chauvi«, blinzelte Ruth ihn herausfordernd an. »Auch reifere Frauen haben ein Recht auf Körperlichkeit und Sex. Wir müssen uns nicht verstecken.«

»Nein, natürlich nicht. Aber so? Also, ich weiß nicht. Too much information, würde ich sagen.«

»Und wieder ist dieser orange Lippenstift total übermalt. Ich frage mich langsam, ob die das extra gemacht hat.« Daniela zog eines der Bilder zu sich heran. »Ich habe die ganze Zeit im Auto darüber nachgedacht. Die wirkt doch damit voll psycho. Und dann die Fotos. Das macht doch kein normaler Mensch, die in einen frei zugänglichen Kasten zu legen. Wollte die, das die gefunden werden? Ist das so was, was die Fantasie anheizt?«

»Wir haben im Auto auch darüber diskutiert. Will sie provozieren, ist das so ein Spiel unter zweien mit besonderen Neigungen oder will sie wirklich damit jemanden bezirzen?« Frank tippte auf die Bilder. »Also, für mich ist das nicht normal.«

Mittlerweile hatten sie alle ihre Teller zur Seite geschoben. Ruth nahm die Bilder und legte sie auf einen Stapel. »Okay. Super, dass ihr das übernommen habt, diesen Cache aufzusuchen. Ich denke, ihr könnt ruhig hören, was wir in der Zwischenzeit rausbekommen haben. Lasst uns das so machen, wie vorhin besprochen. Wir sammeln ganz ungefiltert all das, was wir haben und wissen. Und dann schauen wir weiter, okay?«

»Ist das nicht zu unsystematisch?«, hakte Martin nach, und nachdem er einen Seitenblick auf Daniela und Frank geworfen hatte: »Und zu unprofessionell?«

»Komm, Martin, mach dich mal locker. Ich weiß, das ist alles gegen den üblichen reglementierten Ermittlungsstil der Polizei. Ich bin schließlich lange genug selbst dabei. Aber in der Psychologie und erst recht in der freien Wirtschaft hat man erkannt, dass Lösungssuche anders besser funktioniert.«

»Was sollen wir denn nun genau machen?«, fragte Daniela verunsichert.

»Also jeder darf sagen, was ihm einfällt. Ganz ungefiltert. Es wird nicht bewertet und diskutiert. Nur gesammelt. Ruhig auch Kleinigkeiten, Nebensächlichkeiten und scheinbar Unwesentliches. Streichen können wir später immer noch. Okay? Noch Fragen? Wenn es euch recht ist, schreibe ich.«

»Aber bitte leserlich«, brummte Martin, der noch nicht überzeugt schien.

Ruth hatte Blätter und einen Stift zu sich herangezogen. »Frank, holst du mal bitte Laptop, iPad und Handy dazu?«

»Ich koche aber vorher einen Kaffee.« Martin schob seinen Stuhl zurück und stand auf. »Ich kann auch von der Maschine aus mitdenken. Also, wer möchte was? Espresso, Cappuccino, Latte macchiato?«

Nachdem alle ihre Wünsche geäußert hatten, breitete sich ein verlegenes Schweigen um den Tisch aus, und alle schauten betreten vor sich, als hätten sie wie früher in der Schule Angst, vom Lehrer aufgerufen zu werden.

Schließlich räusperte sich Anne Wagner: »Ich kann den Anfang machen. Also, Frau Rosenbaum hatte keine äußeren Verletzungen. Im Nachhinein ist mir ihre Schilddrüsennarbe aufgefallen, sie war also operiert und in irgendeiner Form schilddrüsenkrank.«

»Ja, das wurde uns übermittelt. Diese chinesische Krankheit, wie hieß die noch?«, warf Martin von der Kaffeemaschine aus ein.

»Nicht chinesisch, japanisch. Die heißt Hashimoto, habe ich auch«, antwortete Daniela in Martins Richtung.

Und als der Anfang gemacht war, fiel jedem Weiteres ein, sodass Ruth beim Schreiben Mühe hatte mitzukommen. »Jetzt mal langsam und nicht alle durcheinander«, bat sie. »Und lasst mich bitte an meinem Cappuccino trinken.«

Nach kurzer Zeit hatte Ruth mehrere Blätter mit Hinweisen gefüllt.

»Wow, das ist eine ganze Menge. Hätte ich gar nicht gedacht«, meinte Anne Wagner. »Aber was machen wir damit?«

»Wir überprüfen jeden Punkt auf mögliche Relevanz«, antwortete Ruth. »Und dann sehen wir weiter, ob wir Merle Rosenbaum nicht einfach begraben können.«

*

Jan war gelaufen, als ginge es um sein eigenes Leben. Intuitiv hatte er gewusst, dass etwas Schlimmes passiert sein musste. Internetbekanntschaft, ging ihm nur durch den Kopf. Er hatte sofort ein doofes Gefühl gehabt, als Constance ihm davon berichtet hatte. Aber was hätte er denn sagen sollen? Er kannte sie erst ein paar Stunden und ein Treffen an so einem öffentlichen Ort wie die Milchbar, dagegen konnte er doch nichts sagen. Schließlich saß er ja selbst mit Constance da.

Die Kaiserstraße war trotz der frühen Uhrzeit wie leer gefegt. Auch oben auf der Deichkrone war niemand unterwegs. Wer wollte nach diesem stürmischen Tag freiwillig draußen sein? Das hatte nichts mehr von ›sich ein büsken Nordsee um die Nase wehen lassen‹. Und selbst jetzt, nachdem der Sturm vorüber war, war es noch windig, kalt und ungemütlich.

Er rannte vorbei an dem Hotel, das nach der gleichnamigen Düne ein Stück weiter benannt war, und vorbei an großen, leicht abgedunkelten Panoramascheiben, hinter denen sich der Speisesaal der Reha-Klinik befand. Beide Häuser waren belebt von Menschen, die gerade ihr Essen einnahmen. Verdammt, der Januskopf war doch nun auch nicht aus der Zivilisation. Was konnte denn bloß passiert sein?

Am Aufgang zur Georgshöhe, der großen Düne direkt am Januskopf, begann er zu rufen. »Constance! Constance!« Er blieb gar nicht erst stehen, um auf eine Antwort zu horchen. Vielleicht kam sie mit ihrer Stimme nicht gegen Wind und Wellen an, die hier am Übergang zum Nordstrand wieder stärker wurden und ihm zusammen mit seinem Puls in den Ohren rauschten.

Keine Zeit verlieren, trieb er sich selber an. Unschlüssig, ob er nach oben auf die Aussichtsdüne laufen sollte oder weiter bis zum Surfcafé, entschied er sich des Ausblicks halber für die erste Möglichkeit. Mit Riesensprüngen sprintete er über den schmalen Fußweg und die Trittstufen nach oben. Sein Atem ging stoßweise, obwohl er so gut trainiert war, und seine Lungen brannten.

Als er oben ankam, sah er sie nicht. Das kleine Plateau war leer, und auch auf der einen halben Meter darunter liegenden Fläche, auf der ein alter Flaggen- und Signalmast stand, war nichts zu sehen. Sein Atem beruhigte sich ganz langsam. Er musste besonnen weitermachen. Panik und Kopflosigkeit würden Constance nicht helfen. Ihm war klar, dass im Krisenfall nur Ruhe weiterhalf.

Er atmete tief ein und aus. Dann ging er systematisch an der Brüstung entlang und tastete jeden Fleck des Hügels mit aufmerksamen Blicken ab. Nach vorne zu Treppe und Mast, dann nach rechts, wo der Weg wieder Richtung Ort verlief und der Minigolfplatz lag. Nichts. Weit und breit nichts zu sehen, auch nicht Richtung Nordstrand.

Jan stieg über die schmiedeeiserne Kette, die rund um den Anker lief, der hier zum Gedenken an die Norderneyer Seefahrer aufgestellt war, die auf dem Meer umgekommen waren. Er beugte sich wieder weit über den hölzernen Zaun. Und da sah er sie! Ein dunkler, menschengroßer Fleck, der bewegungslos am Zaun lag. Unten am Weg, der ins Ortsinnere führte.

»Constance, Constance!« Seine Stimme hörte sich in seinen eigenen Ohren schrill an. Von ganz weit her hörte er ein Martinshorn. Wenigstens wäre gleich Hilfe da.

Ohne länger nachzudenken, stieg er über die hölzernen Latten und rannte den Dünenhügel herab. Als er fiel, versuchte er gar nicht erst aufzustehen, sondern rutschte, sich mit Händen und Beinen abstützend, auf das leblose Bündel zu. Unten richtete er sich auf und stieg über den hölzernen Lattenzaun, der die Düne vom Weg abgrenzte. Er hatte sich nicht getäuscht. Es war Constance.

»Constance, Constance!« Er beugte sich zu ihr hinab. Sie lag zusammengekauert wie ein Kind. »Constance, bitte. Hörst du mich?« Er drehte sie auf den Rücken, um Puls und Atmung zu überprüfen. Er spürte nichts und wusste nicht, ob das an seiner Aufregung lag oder ob sie ihm wirklich wegstarb. Er zog sie ein Stück weiter auf den Weg, sodass sie möglichst flach auf dem harten Untergrund lag. Besser mit einer Reanimation starten als gar nichts tun, hörte er den Lehrsatz, der mittlerweile Standard war. Auch wenn er nur noch für Maschinen zuständig war und nicht mehr für den Patienten direkt, war er mit seinem theoretischen Wissen immer auf dem neuesten Stand.

»Komm, Constance, komm! Das müssen wir beide schaffen. Da musst du jetzt durch!«, murmelte er, bevor er alle Kräfte zusammennahm und mit der Herzlungenreanimation begann. Was für eine Ironie, aber auch was für ein Segen doch diese Lieder waren, in deren Takt die Druckmassage durchgeführt werden sollte. Und so stimmte er in seinem Kopf ›Life is life‹ an, weil er die Bee Gees und das Gekreische von ›Staying Alive‹ noch nie gemocht hatte.

*

»Das sieht doch schon richtig gut aus.« Ruth lehnte sich zufrieden zurück, nachdem sie den Stift beiseitegelegt hatte und mit beiden Händen das vor ihr liegende Blatt geglättet hatte. »Ich finde, wir sind ein Spitzenteam.«

»Also, so richtig was in Richtung Fremdverschulden haben wir bisher glücklicherweise nicht. Die Kollegen aus Aurich werden sich freuen, dass wir ihnen gute Argumente liefern. Wenn dann bei der Obduktion nicht noch eine Überraschung auftritt.« Martin schob sein Glas hin und her.

»Trotzdem«, ließ Ruth nicht locker. »Wir sollten ein letztes Mal alle Ergebnisse durchgehen. Und wenn dann niemandem von uns etwas Besonderes auffällt, schließen wir auf Norderney schon mal die Akte.«

»Einverstanden, ich mache mir noch einen Espresso, und dann würde ich dich bitten, noch mal vorzulesen, was wir haben.« Martin nahm seine Tasse, blieb dann aber sitzen. »Oder ich lege das Blatt auf meinen Kopierer, dann hat jeder die Zusammenfassung vor sich.«

»Das ist eine gute Idee.« Daniela stützte den Kopf auf beide Arme. »Mir raucht schon der Kopf. Erst seitenlange Listen und nun diese Zusammenfassung auf einer Seite. Das habt ihr gut gemacht.«

»Aber Daniela, stelle dein Licht nicht so unter den Scheffel. Dein Hinweis, bei Facebook nachzusehen, ob Merle Rosenbaum in diesen Schilddrüsengruppen ist, war total wichtig. Da wäre keiner von uns drauf gekommen.« Ruth lächelte Daniela freundlich an.

»Stimmt genau«, fiel auch Frank ein, »zumal wir ohne dich gar nicht auf die Seiten gekommen wären, weil es alles geschlossene Gruppen sind. Das ist schon der Hammer, dass wir Merle Rosenbaum gefunden haben.«

»Was mich wundert, ist, dass die da unter ihrem Namen zu finden war. Ich dachte, die ITler sind immer so besorgt um ihre Datensicherheit. Aber das kann uns ja nur recht sein.« Martin erhob sich nun doch. »Wer will noch was? Ich stehe gerade.«

»Hast du noch ein Bier?« Frank deutete auf seine Flasche. »Und dann gehe ich mit Daniela eine rauchen. Übrigens hatte mich gewundert, dass ihr Nickname bei Geocaching nicht besonders einfallsreich war.«

»Wahrscheinlich war ihr das gar nicht so wichtig, weil sie sowieso nicht so viele Kontakte im Netz hatte.« Anne Wagners Stimme war wie immer eher zaghaft, aber Martin gefiel es, wie sie sich immer wieder mit guten Gedanken einbrachte.

»Richtig. Nur 37 Freunde. Unglaublich.« Daniela schaute auf das Facebookprofil, das auf dem Laptop aufgerufen war.

Frank lachte. »Das kann ich glauben, dass dich das wundert. Ich fasse es als gutes Zeichen auf, dass ich dein 222. Freund geworden bin. Das kann kein Zufall sein.« Daniela wurde schon wieder heiß und kalt, als sie seinen Blick auffing. So selten sie sonst um einen guten Spruch verlegen war, aber Franks offensichtliches Anflirten war ihr langsam unheimlich. Als wenn er das ernst meinte, schoss es ihr durch den Kopf.

»Also, Kinners, damit das hier mal weitergeht. Dann geht ihr zwei eine rauchen, ich hole eine neue Runde Getränke, und Ruth, würdest du bitte an meinem Drucker die Kopien ziehen?«

»Wenn ihr glaubt, meine Schrift lesen zu können, dann bitte. Und mach mir auch einen Espresso mit, ich steige später mit Rotwein ein.«

»Ich würde auch los.« Anne Wagner hatte ihren Sportrucksack vom Boden aufgehoben. »Ich habe morgen früh wieder Dienst.«

»Och bitte, bleib noch ein wenig bei uns. Schließlich haben wir bisher nur gearbeitet. Nun kommt der gemütliche Teil. Wenigstens noch auf einen meiner weltbesten Kaffees.«

»Ich weiß nicht recht.« Anne sah unschlüssig auf ihre Uhr.

»Außerdem musst du noch auf deine Kopie warten. Also, ein Kaffee ist da mindestens drin«, bat Ruth nun auch.

»Na ja, gut, wenn ihr meint.« Anne stellte den Rucksack wieder ab. »Aber dann helfe ich wenigstens beim Kaffeekochen.«

*

Dörthe stand in ihrem Hotelzimmer und drehte sich vor dem Spiegel. Sie war mit dem Resultat mehr als zufrieden. Gerade eben hatte sie an der Rezeption ein Taxi für 19.30 Uhr bestellt. Sie würde gerne zuerst da sein. Sie mochte es nicht, wenn sie sich offensichtlich nicht auskannte und sich dabei beobachtet fühlte. Sie hatte die Dinge gerne unter Kontrolle. Sie merkte, wie die Aufregung stieg. Es gab für sie so viel zu verlieren. Sie wollte unbedingt, dass es heute Abend einen Erfolg gab und dass sich ihr Leben wieder positiv entwickelte.

Vielleicht war es gut so, wie es gekommen war mit all den Verzögerungen am Wochenende. So hatte sie heute so viel Zeit und Muße mit dem Wellnessprogramm verbringen können. Und ihre Haare sahen einfach klasse aus. Natürlich wäre es nicht wirklich nötig gewesen, weil sie auch zu Hause spätestens nach vier Wochen zum Friseur ging. Und die waren noch lange nicht vorbei. Das Ergebnis gab ihr jedenfalls recht.

Auch die auf der Insel geshoppten Kleidungsstücke gefielen ihr noch besser. Alles wirkte harmonisch und aufeinander abgestimmt. Die Kombination aus Grau und Rosétönen schmeichelten ihrem Teint, und das Make-up war einfach perfekt. Sie sah jung und gepflegt, modisch und elegant aus. Mindestens fünf Jahre jünger, als sie tatsächlich war, aber auf gar keinen Fall billig oder berufsjugendlich, wie ihre Freundin die Sorte Frauen nannte, die nicht wusste, ab wann man bestimmte Kleidungsstücke nicht mehr trug. Nein, bei ihr passte alles perfekt: zum Alter, zur Figur, zum Portemonnaie. Ihr Aussehen als ihre Visitenkarte. So hatte sie es gern. Fehlte nur der passende Mann an ihrer Seite.

Automatisch schweiften ihre Gedanken zu Marc. Sie konnte bis heute nicht verstehen, dass er sie gegen dieses Hippiemädchen eingetauscht hatte. Sie stellte ihn sich bei den Anlässen vor, die sie auch gemeinsam besucht hatten. Das Abendessen mit dem Chefarzt, die Opernbesuche, sogar in Bayreuth und in Salzburg, und nicht zu vergessen die Charity-Einladungen, die zuletzt immer häufiger gekommen waren. Marc hatte gute Aussichten, der nächste Chefarzt an der Klinik zu werden. Ob er nicht wusste oder es unterschätzte, dass man da durchaus auch auf Umgebungsfaktoren achtete? Sie jedenfalls dachte da konservativ. Umso mehr hatte es sie erschreckt, wie schnell sie von gemeinsamen Bekannten fallen gelassen worden war und die andere, das Naturkind, wie sie sie mal in einem Streit mit Marc bezeichnet hatte, den Platz an seiner Seite eingenommen hatte. Auf nichts war in dieser Welt mehr Verlass! Sie konnte es nicht nachvollziehen und wünschte nur, Marc sähe sie heute, wie sie hier stand. Sie war sich sicher, dass der Tag kommen musste, da er der anderen überdrüssig wäre und sich nach einer Frau ihres Formates zurücksehnen würde. Nun, dann könnte es zu spät sein.

Nervös schaute sie auf ihr Handy. Nein, es war keine Nachricht eingegangen. Wie seltsam, dass Johannes sie nicht auf dem Handy erreicht hatte. Nun, sie musste das hinnehmen. Die Dame am Telefon war jedenfalls sehr nett gewesen, und alles, was sie erzählt hatte, hatte ein sehr positives und angenehmes Bild von ihm gezeichnet. In spätestens einer Stunde würde sie selber eine Meinung dazu haben.

Etwas irritiert hatte sie der Treffpunkt in der Milchbar. Sie hatte ein Treffen im ›da Sergio‹ erwartet, aber so, wie sie es verstanden hatte, als sie an der Rezeption vorsichtige Fragen gestellt hatte, war die Milchbar der sogenannte Place to be für einen Sundowner oder Aperitif. Nun gut, dann würde sie sich überraschen lassen, zumal sowohl die Kosmetikerin als auch die Friseurin davon geschwärmt hatten.

»Heute bekommen Sie sicher einen Platz, ohne lange warten zu müssen, bei dem Sturm ist sicher weniger los. Und einen richtigen Sonnenuntergang gibt es heute auch nicht zu sehen bei dem Schietwetter.« Ja, das Wetter. Sie hatten zu dritt überlegt, ob es überhaupt Sinn machte, am

Abend auszugehen, wenn der Sturm wütete, aber dann war er zunehmend abgeflaut, und auch das Radio, das sie wegen der Wetterprognose eingeschaltet hatten, sprach von einer Beruhigung der Lage.

»Also auf jeden Fall ein Taxi bestellen.« Das war der Tipp gewesen, mit dem die beiden jungen Frauen sie verabschiedet hatten.

Und damit hatten sie natürlich recht. Ihr Outfit war keineswegs wind- und regenfest, und sie wollte sich ungern mit einer Windjacke das aus ihrer Sicht perfekte Styling kaputt machen. Nein, sie würde ihre Chanel-Bouclé-Jacke tragen, für die sie ein unglaubliches Geld hingelegt hatte. Dazu den rosafarbenen Schal, den sie in der Boutique gekauft hatte, und um das Ganze zu durchbrechen, eine schwarze Edeljeans, schwarze Ancleboots mit einem Absatz, der weder zu hoch noch zu tief war und einen schönen Gang machte, und als besonderes Mode-Highlight die graue Cashmere-Beanie, deren Farbe durch ihre Handtasche aufgegriffen wurde. Früher, als alles zwischen ihnen in Ordnung war, hatte Marc sie manchmal mit amerikanischen Schauspielerinnen verglichen, in denen sie sich selbst nie wiederfand. Heute allerdings fühlte sie sich selbst wie eine hippe und gleichzeitig elegante Ausgabe von Jessica Biel. Das Outfit stand für ein neues Leben, das anfing, ein winzig kleines bisschen hippiehaften Stilbruch zuzulassen. Jedenfalls passte sie damit vorzüglich auf das neue, angesagte und hippe Norderney. Sie freute sich. Endlich passierte mal wieder etwas, was ihr guttat. Sie streifte sich als einziges Schmuckstück den Edelstahlring mit der Perle über, den sie gestern bei ihrer Shoppingtour entdeckt hatte und dem sie nicht hatte widerstehen können. Perfekt! Sie war sich sicher, dass es der Start in ein neues Leben war.

*

»Komm schon! Komm, Constance, komm zurück! Du schaffst das!« Jan stand wenige Meter entfernt und schaute wie gelähmt auf das Szenario vor seinen Augen.

Die blauen Lichter des Rettungs- und des Notarztwagens zuckten durch die Dunkelheit und warfen gespenstische Kreise auf die umliegende Umgebung. Aus dem Surfcafé und dem Riffkiecker waren mittlerweile Schaulustige zusammengeströmt. Der Notarzt und die Rettungssanitäter hatten Constance übernommen, einen Zugang gelegt, mit dem Ambobeutel die Beatmung gesichert und Constance defibrilliert. Jetzt sah er, wie der Notarzt den Daumen hob und aufstand. Die Rettungssanitäter schoben ihre Hände vorsichtig unter den Körper von Constance und hoben sie auf die Trage, befestigten diese auf dem Fahrgestell und rollten sie anschließend zum Rettungswagen. Der Notarzt kam schnellen Schrittes zu Jan.

»Das haben Sie gut gemacht, alles richtig. Wir haben sie erst mal wiedergeholt. Sie gehören zu ihr? Sie können mit uns ins Krankenhaus fahren.«

»Ja, nein, eigentlich nicht, oder doch, schon. Entschuldigung, ich bin total durcheinander. Ich kenne sie, aber erst kurz.«

»Kommen Sie trotzdem mit. Sie können uns in der Ambulanz berichten, was genau vorgefallen ist. Wir brauchen noch Angaben zur Person.«

»Ich weiß gar nicht, ob ich da helfen kann. Aber Sie sollten auf jeden Fall die Polizei verständigen.«

»Die Polizei?«

»Ja, Constance war mit einem Unbekannten verabredet, und sie hat mich zu Hilfe gerufen. Ich bin mir sicher, da stimmt was nicht.«

Der Notarzt ließ seinen Blick nachdenklich auf Jan ruhen. Dann sagte er mit rauer Stimme: »Bitte kommen Sie mit. Das könnte noch ganz anderes erklären. Wir verständigen im Auto sofort die Kripo.«

*

»Also, ich lese noch mal vor:

Angaben zur Person (Meldezettel und Informationen aus Mannheim)

- Merle Rosenbaum
- geb. 12.03.1976
- wohnhaft in Mannheim, Adresse ist überprüft
- lebt alleine
- stammt ursprünglich aus Zwickau
- wirkt sehr unsortiert, verhuscht, redet sehr schnell und viel, interessiert sich sehr für sich selbst
- hat immer verschmierten orangen Lippenstift

Beruf

- arbeitet im IT-Bereich

Erkrankungen (bestätigt aus Mannheim und anhand von Facebook-Posts in einer Schilddrüsengruppe)

- Hashimoto
- Schilddrüsen-OP
- nimmt L-Thyroxin und seit ein paar Monaten Betablocker wegen Herzstoppern

Hobbys

- Geocaching
- Esoterik (Horoskope, Tarot, Wünsche ans Universum)

Kontakte

- nur wenige Facebook-Freunde
- Account bei mehreren Partneragenturen (kostenpflichtig)
- war auf jeden Fall am Todesabend verabredet

Besonderheiten

- war verliebt oder sexuell interessiert an jemandem
- besaß Nacktfotos, die sie in einem Cache für jemanden hinterlegt hatte
- iPhone lässt sich nicht entsperren, damit kein Zugang zu letzten Kontakten
- MacBook und iPad sind ungesichert, Kontakte und Chats in den Partneragenturen werden überprüft

Das sind die harten Fakten, die wir haben.

Alles andere, was wir rausgestrichen haben, war zu sehr Spekulation und Interpretation. Trotzdem wichtig, weil es zeigt: Wir haben alle ein ähnliches Bauchgefühl.« Ruth guckte in die Runde. Alle saßen nach der kleinen Pause wieder.

»Es ist komisch mit dieser Verabredung. Und wenn da jemand bei ihr war, als sie kollabierte, hätte doch jeder einen Arzt gerufen, oder etwa nicht?«, fragte Frank.

»Da gibt es tatsächlich eine große Hemmschwelle.« Anne Wagners Stimme klang auf einmal richtig hart. »Das ist wirklich schlimm, wie viele Menschen Angst haben und dann gar nichts tun oder weggucken.«

»Vielleicht hat er sie schon tot entdeckt und Angst bekommen«, bemerkte Daniela.

Anne nickte. »Oder es hat Streit gegeben oder eine Enttäuschung oder sie hat sich in dem Sturm aufgeregt oder zu sehr angestrengt, und dann hat das Herz Probleme gemacht. Immerhin war sie vorbelastet. Den Betablocker nimmt man ja nicht zum Spaß. Und sie hat in dieser Gruppe auch immer wieder Fragen dazu gestellt.«

»Ist das denn typisch für eine Schilddrüsenerkrankung?«, fragte Ruth. »Weil so viele darauf geantwortet haben.«

Anne zuckte mit den Schultern. »Das ist umstritten. Bekannt sind die Probleme schon. Und wenn eine Unter- oder Überfunktion vorliegt, treten Herzrhythmusstörungen häufig auf. Das sollte sich aber mit einer guten Einstellung beheben lassen. Tatsächlich gibt es aber viele Patienten, bei denen die Beschwerden nicht mit den Blutwerten erklärbar sind. Die werden zu gern in die Psychoecke geschoben und der Kreislauf geht los. Und dann wird schon mal der Betablocker verschrieben, um den Patienten ein Gefühl der Sicherheit zu geben.«

»Also könnte es bei ihr tatsächlich eine krankheitsbedingte Ursache geben?« Martin nahm die Flasche Wein und blickte alle fragend an.

»Mir bitte nicht mehr.« Anne hielt die Hand schützend über ihr Glas. »Das müssten wir die behandelnden Ärzte fragen. Hausarzt und Internist, Nuklearmediziner oder Endokrinologe, je nachdem, wer alles behandelt hat. Aber auszuschließen ist es nicht.«

»Fakt ist jedenfalls, dass es keine Zeichen äußerer Einwirkung gibt. Und das sollte für uns das Signal sein, den imaginären Aktendeckel zu schließen.« Martin klappte seine Handflächen zusammen, um seinen Worten Nachdruck zu verleihen.

»Und diese Internetbekanntschaft?« Frank zeigte auf Merles iPad und iPhone und das Macbook.

Martin nickte. »Kümmern sich die Kollegen in Aurich drum. Aber wenn es keinen Hinweis auf Fremdeinwirkung gibt … Also, ich glaube, so bedauerlich ihr Tod auch war, aber Ruth, du musst weiter Krimis lesen, wenn du einen Mord haben willst.«

»Ich gehe aber jetzt wirklich mal. Das war sehr nett. Vielen Dank für das leckere Essen.« Anne packte den Rucksack, stand auf und schulterte ihn.

»Immer gerne wieder. Ich freue mich, dass wir uns kennengelernt haben. Da hoffe ich schon fast, dass ich bald wieder dienstlich ins Krankenhaus gerufen werde. Wenn irgendeiner sich besinnungslos betrunken hat und meint, herumrandalieren zu müssen. Ich hole dir die Jacke aus dem Wohnzimmer und bringe dich raus.«

»Also dann, euch allen einen schönen Abend. War wirklich nett!« Anne Wagner ging um den Tisch herum und gab jedem ihre Hand. Ruth fand diese Geste total nett. Warum waren solche Höflichkeiten irgendwann aus der Mode geraten, fragte sie sich. Aber sie selbst würde niemals auf die Idee kommen, dafür war ihr Auftreten viel zu burschikos. Schade fand sie es trotzdem.

Im Nebenraum hatte das Telefon geklingelt, und Anne stand etwas ratlos in der Küche, weil sie auf ihre Jacke wartete. Sie fand es unhöflich, selbst nach nebenan zu gehen, da Martin offensichtlich einen Anruf erhalten hatte, bei dem sie ihn nicht stören wollte. Sie würde auch nicht gut gehen können, ohne sich persönlich von ihm zu verabschieden.

»Ich glaube, da hat jemand etwas dagegen, dass du uns verlässt«, rief Daniela gut gelaunt. »Besser, du setzt dich noch mal.«

»Der Wein ist auch noch nicht leer«, ermunterte Frank sie. »Vielleicht sollten wir mal die Karten befragen, ob du bleiben oder gehen sollst.«

Anne Wagner setzte sich unter dem Gelächter aller wieder hin und ließ sich von Daniela das Glas halb füllen.

»Geht doch«, gluckste Frank. »So ist das viel gemütlicher.«

Keiner hatte bemerkt, dass Martin die Küche wieder betreten hatte.

»Ich weiß nicht, wie das mit den Wünschen ans Universum geht. Aber ich muss sofort ins Krankenhaus. Dort ist eine junge Frau mit einem Herz-Kreislauf-Zusammenbruch eingeliefert worden. Sie war mit einem Unbekannten verabredet. Ruth, kommst du bitte mit?«

*

Juliane atmete die Seeluft tief ein. Sie war sofort um 18 Uhr, als die Restaurants für den Abend öffneten, essen gegangen. Zuerst wollte sie sich einen Salat bestellen, weil es gesünder und ihrer Figur zuträglicher wäre, aber schon als sie die Namen der Pizzen sah und ihr der herzhafte Geruch aus der Küche in die Nase stieg, wurde sie schwach. Wer mich nicht so nimmt, wie ich bin, den kann ich auch nicht gebrauchen, entschuldigte sie ihre Entscheidung vor sich selber. Außerdem – bis morgen früh würde sie nichts Grundlegendes mehr an ihren Rundungen verändern können, da kam es auf ein Kilo mehr oder weniger nicht an. Seelenhunger war es wahrscheinlich, was die Pizza so verführerisch machte. Mehr denn je hatte sie das Gefühl, sich selbst mit etwas Warmem trösten zu müssen. Immerhin würde sie viel besser schlafen können, wenn ihr Magen gut gefüllt war, das wusste sie aus Erfahrung. Und gut schlafen wollte sie unbedingt, um nicht über den morgigen Tag nachdenken zu müssen. Sie haderte immer noch und überlegte hin und her, ließ sich die Worte von Christiane durch den Kopf gehen und dachte auch an das Gespräch, das sie am Nachmittag mit Frau Pfeifer geführt hatte. Ach, wenn ihr nur irgendjemand die Entscheidung abnehmen könnte, was würde sie dafür geben.

Aber mit jedem Bissen war sie ruhiger geworden und hatte sich auf das besinnen können, was ihre Schwägerin gesagt hatte. Sie hatte ja recht. Was hatte sie denn zu verlieren? Das

Schlimmste, was passieren konnte, war, dass es nicht passte. Und dann könnte sie es abhaken und müsste sich nicht weiter mit Illusionen herumschlagen, die nichts mit dem wahren Leben zu tun hatten.

Als sie die Pizzeria verlassen hatte, war sie überrascht gewesen, wie gut ihr die kalte, feuchte Luft tat. Sie fühlte sich rundum wohl, und ein Gefühl der Stärke und Sicherheit durchflutete sie. Sie hatte schon ganz andere Herausforderungen gemeistert! Der Entschluss war gefasst: Den Knaben würde sie sich morgen mal ansehen und auf Herz und Nieren prüfen. Wer wusste es schon, vielleicht bot das Leben doch mal eine Überraschung.

Sie zückte ihr Handy und tippte beim Gehen in die Tasten:

›Okay! Eine letzte Chance. Wir sehen uns morgen früh. Ich bin gespannt … J.‹

Und jetzt wollte sie schnell zurück in die Ferienwohnung. Das Einzige, was sie noch brauchte, war eine heiße Milch, ein Stück Schokolade und ein kitschiger Film im Fernsehen, bei dem sie einschlafen konnte.

*

Jan hatte vor dem Schockraum zusammengekauert auf einem der harten Stühle, die an der Wand befestigt waren, gesessen, als der behandelnde Internist zu ihm trat.

»Guten Abend, Sievers mein Name. Sie gehören zu der jungen Dame, die als Notfall eingeliefert wurde?«

»Ja, ich kenne Constance, aber erst seit heute. Sie hat mich benachrichtigt, als ihr schlecht wurde.«

»Was für ein Glück. Mein Kollege hat erzählt, dass Sie sie wiederbelebt haben. Ohne Sie hätte sie es wahrscheinlich nicht geschafft.«

»Und nun? Wie geht es ihr? Ist sie wieder okay?«

Der Arzt schaute sich verlegen im Wartezimmer um und räusperte sich dann. »Ich darf Ihnen leider überhaupt keine Auskunft geben. Sie sind ja kein Angehöriger.«

»Hallo? Sie wollen mich mit so einem Standardspruch hier stehen lassen? Sie haben doch gerade selbst gesagt, dass ich ihr wahrscheinlich das Leben gerettet habe. Und sie hat mich angerufen. Mich. Das hat doch was zu bedeuten, meinen Sie etwa nicht?« Jans Stimme war mit jedem Satz lauter geworden, und er rückte immer näher an den Arzt heran.

»Ich verstehe Sie ja, beruhigen Sie sich doch. Aber was soll ich denn machen? Mir sind rechtlich die Hände gebunden.«

»Rechtlich?«, brüllte Jan. »Und was ist mit menschlich? Das ist ja total bescheuert. Gut, dass ich doch kein Arzt geworden bin.«

Marcel Sievers nahm Jan beruhigend beim Arm. »Ich weiß, dass das immer sehr unverständlich ist. Aber ich habe ja angedeutet: Sie ist stabil, und ich gehe davon aus, dass wir sie durchbekommen. Können Sie mir noch Hinweise geben, was passiert ist?«

Jan streifte die Hand des Arztes unwillig ab. »Ach, ich soll Infos liefern, Sie aber sagen mir nichts? Guter Witz!«

»Bitte! Im Interesse der Patientin. Je besser wir verstehen, was passiert ist, desto mehr können wir adäquat reagieren. Sie scheinen sich doch auszukennen. Immerhin haben Sie sehr fachmännisch reagiert.«

Jan nickte. Es ging nicht um ihn, sondern allein darum, dass Constance überlebte.

Mit ruhiger Stimme antwortete er: »Ja, vier Semester Medizin und danach Medizintechnik. Ich kann Ihnen Ihre Intensivgeräte blind auseinander- und zusammenbauen.«

»Dachte ich es mir doch. Also, gibt es irgendwelche Hinweise? Irgendeine Erklärung?«

»Ich weiß nicht. Wir haben uns heute durch Zufall kennengelernt. Constance war heute Abend verabredet. Mit jemandem, den sie nicht kannte. Und sie war hin- und hergerissen, ob sie dort hingehen sollte.«

»Das heißt, sie hatte emotionalen Stress, war aufgeregt?«

»Da gehe ich von aus. Ist doch normal in so einer Situation.«

»Wissen Sie sonst irgendetwas zu Krankheiten oder Besonderheiten, Allergien oder Drogenmissbrauch? Ist sie Raucherin, hat sie Alkohol getrunken?«

»Jetzt, wo Sie es sagen. Nein, geraucht hat sie sicher nicht. Wir waren vier Stunden zusammen, da wäre sie bestimmt mal nach draußen gegangen. Und Alkohol wollte sie ausdrücklich nicht, weil sie ihn nicht verträgt. Ich habe den Zusammenhang zu ihrer Schilddrüsennarbe hergestellt, so von wegen Alkoholunverträglichkeit bei Schilddrüsenerkrankung.«

»Das haben Sie in den ersten vier Semestern Medizin gelernt? Respekt!«

»Nein, das habe ich später mal mitgekriegt. Ich bin so ein Lesejunkie und ziehe mir alles Medizinische gerne rein. Solange ich nicht selbst am Patienten stehen muss.«

»Verstehe.« Doktor Sievers nickte. »Aber die Hinweise sind hilfreich. Könnte ins Bild passen.«

»In welches Bild denn? Können Sie mir nicht irgendetwas sagen? Kann ich denn zu ihr?«

»Wir bringen die Patientin auf Intensiv. Sie braucht über Nacht auf jeden Fall Monitoring und Sauerstoff. Sie ist derzeit nicht orientiert, das heißt, nur eingeschränkt ansprechbar. Mein Vorschlag ist, wir warten auf die Polizei und schauen dann weiter.«

Jan nickte. »Die Polizei. Die kommt also auf jeden Fall?«

»Meine Kollegen haben das Revier schon auf der Fahrt informiert. Der Fahrer hat aus dem Notarztwagen in Norden angerufen.«

»In Norden? Was soll denn die Polizei in Norden machen? Die Insel ist doch durch den Sturm abgeschnitten.«

»Die Nordener Polizei ist geschaltet, wenn das Polizeirevier auf der Insel nicht besetzt ist. Es wird aber von Norden aus der Bereitschaftsdienst auf der Insel aktiviert. Ach, schauen Sie mal, ich glaube, da kommen sie schon.«

*

Juliane hatte sich auch heute unter die heiße Dusche gestellt und es genossen, wie die warmen Dämpfe ihren Körper einhüllten und weich machten. Sie hatte sich mit der wohlduftenden Körperlotion, die Christiane ihr geschenkt hatte, eingecremt und ihren flauschigen Schlafanzug angezogen.

Nun sprudelte die Milch leicht und Juliane löffelte das kleine Portionspäckchen Honig, das sie aus der Mensa der Klinik in weiser Voraussicht mitgenommen hatte, in die weiße Tasse. Dann kippte sie die Milch langsam darüber und rührte nachdenklich mit dem Löffel um, bis sich die zähflüssige goldene Masse in dem warmen Getränk aufgelöst hatte.

Warum drehten sich ihre Gedanken denn bloß immer wieder von Neuem im Kreis? Sie hatte doch eine Entscheidung getroffen. Wollte sie die etwa schon wieder rückgängig machen? Oder wartete sie auf eine weitere Nachricht von ihm? Auf eine Antwort, die bekräftigen würde, dass sie sich richtig entschieden hatte?

Was für ein Quatsch. Sie machte sich schon wieder zur Sklavin anderer. Sie hatte die Entscheidung getroffen, und genau so würde sie es jetzt machen.

Entschlossen trug sie die warme Milch zum Beistelltisch und schaltete den Fernseher ein. Schon nach einigem Hin- und Herschalten fand sie einen Liebesfilm. Er hatte zwar schon begonnen, aber sie kannte ihn und würde schnell in die Handlung finden. Perfekt! Das würde reichen, um müde zu werden, und durch nichts würde sie sich verrückt machen lassen.

Sie ging ein letztes Mal zum Handy, das sie an die Steckdose der Küchenzeile zum Laden gehängt hatte. Sie musste noch einmal mit Christiane reden.

»Störe ich dich?«, fragte sie, als ihre Schwägerin abnahm.

»Du störst nie, Lieblingsschwägerin. Gibt es was Neues?«

»Nein, nur dass ich ihm zugesagt habe. Und nun gucke ich ständig aufs Handy, ob er sich noch mal meldet. Er macht mich wahnsinnig.«

»Vielleicht will er genau das erreichen. Attraktivität steigern, indem er sich rarmacht. Machen doch sonst die Frauen.«

»So Spielchen fand ich schon immer doof!«

»Aber das weiß er nicht von dir. Komm, es ist nur noch eine Nacht, und dann weißt du, woran du mit ihm bist.«

»Stimmt, ich habe mir eine warme Milch mit Honig gemacht und einen Film angestellt. So bekomme ich hoffentlich die richtige Bettschwere.«

»Bestimmt. Hast du den kleinen roten Wecker mit, den ich dir mal geschenkt habe?«

»Christiane, bin ich schon mal ohne ihn auf Reisen gegangen? Klar habe ich den dabei.«

»Dann stell dir den für morgen. Und dann schaltest du dein Handy aus. Damit du gar nicht in Versuchung kommst, die halbe Nacht nachzusehen, ob er nicht doch noch was schreibt.«

»Aber das kann ich doch nicht machen.«

»Und warum nicht?«

»Wegen Noah.«

»Wegen Noah? Noah ist bei mir, wie du weißt. Und er wird dich nicht diese Nacht anrufen.«

»Aber wenn was mit ihm ist? Wenn er mich braucht?«

»Dann bin ich doch da.«

»Aber … wenn er eine plötzliche Blinddarmentzündung hat oder hohes Fieber oder wenn es bei dir brennt …«

»Jule, jetzt hör augenblicklich auf, solche Schreckensszenarien heraufzubeschwören. Es wird nichts sein. Du kommst sowieso vor morgen nicht von der Insel. Und wenn irgendetwas wäre, ich verspreche dir hoch und heilig, ich wecke die ganze Insel, um dich zu benachrichtigen.«

Juliane lachte nun doch. »Und weißt du was, genau das traue ich dir zu. Also gut, ich stelle das Handy ab. Gute Nacht, Lieblingsschwägerin. Gib meinem Kleinen einen Kuss im Schlaf. Und sag ihm, dass seine Mama morgen Abend wieder bei ihm ist.«

»Das mache ich, Lieblingsschwägerin. Und jetzt: Handy aus und husch, husch ins Körbchen. Gute Nacht und träum was Schönes.«

»Gute Nacht, Christiane. Und danke für alles!«

*

Dörthe hatte dem Taxifahrer ein nettes Trinkgeld gegeben, als er sie vor dem Haus am Meer absetzte. Schon bei den wenigen Schritten bis zur Milchbar spürte sie, wie unpassend sie für die Inselverhältnisse und das heutige Wetter angezogen war. Sie ärgerte sich, dass die Verabredung hier stattfand und nicht in einem schönen Lokal im geschützteren Ortszentrum. Sie war jedenfalls froh, ein Taxi genommen zu haben, auch wenn der Fahrer sie wegen der Kürze der Strecke verwundert gemustert hatte.

Sie war erstaunt, wie viel in der Milchbar los war. Was hatten die anderen ihr prophezeit? Von leeren Tischen und Sesseln war jedenfalls nichts zu sehen. Zwar war die Theke vorne fast leer geräumt, aber auf ihre irritierte Nachfrage hatte man auf die Cocktailbar im hinteren Teil verwiesen.

Nun stand sie neben dem Kamin, dessen Feuer eine angenehme Wärme ausstrahlte, und ließ den Blick über alle Anwesenden schweben. Nein, er war glücklicherweise noch nicht da. Zumindest niemand, der so aussah, wie sie ihn von seinen Bildern kannte. Sie atmete auf. So hatte sie sich das erhofft. Dummerweise war aber kein einziger Tisch unbesetzt, und auch im rechten Teil saßen viele Leute in den Loungesesseln.

Einen Moment fühlte sie sich sehr verloren und am falschen Ort. Mit ihrer Chanel-Jacke war sie eindeutig overdressed, und sie war nur froh, dass sie, wie so viele hier, wenigstens eine dieser Beanies trug, die auf der Insel wohl ein absolutes Must have waren.

Nun, es würde ihr nichts anderes übrig bleiben, als sich an einem Tisch dazuzusetzen und zu warten, bis ein anderer frei würde. Das Meer war um diese Uhrzeit sowieso nicht mehr zu sehen, von daher suchte sie einen Platz, der ihr einen guten Überblick bieten würde. Da hinten in der Ecke saß eine ältere Dame alleine am Tisch, von da würde sie alles im Auge behalten können.

»Entschuldigen Sie, ist hier noch frei?«

Etwas unwillig schaute die Frau aus ihrem Buch auf. »Eigentlich erwarte ich noch jemanden. Aber wenn Sie allein sind.«

»Ich erwarte auch noch jemanden. Aber wir wechseln den Tisch, sobald etwas frei wird. Ist das in Ordnung?«

»Na, dann setzen Sie sich mal. Wird sich wohl gleich leeren.«

Als wäre es das Stichwort gewesen, stand vorne an einem der Tische eine ganze Familie auf.

Dörthe, die sich gerade gesetzt hatte, nahm ihre Tasche und wollte sich erheben, als eine größere Gruppe junger Leute, die gerade gekommen war, den Tisch eroberte und auch Stühle von den Nachbartischen zu sich heranholte.

»Also, heute Abend ist wirklich was los«, murrte ihr Gegenüber und legte das Buch aufgeklappt zur Seite. »Wenn das so laut ist, kann man kaum in Ruhe lesen.«

Dörthe unterdrückte eine Bemerkung, dass eine Bar nun mal eben kein Leseraum sei, und zuckte nur mit den Schultern. Sie hatte keine Lust, jetzt in ein Gespräch jedweder Art gezogen zu werden.

Allerdings wunderte sie sich, dass niemand kam, um eine Bestellung aufzunehmen, sodass sie sich nach einiger Zeit selbst an ihre Tischnachbarin wandte: »Wie funktioniert das denn mit den Bestellungen? Warum holen die Leute alle ihre Getränke selbst?«

»Oh, ein Milchbar-Neuling«, reagierte ihr Gegenüber verwundert. »Hier gibt es keinen Tischservice. Hier gilt Selbstbedienung.«

»Wirklich?« Dörthe schaute sich erstaunt um. »Aber es gibt doch Personal, das an die Tische kommt.«

»Aber nur zum Gläser abräumen. Abholen müssen Sie schon alles an der Theke.«

»Gibt es denn wenigstens eine Karte?«

»Die hängt über der Bar. Da, sehen Sie, die große Tafel, da finden Sie alles, was es gibt. Oder Sie fragen die Barmänner, wenn Sie einen speziellen Cocktail haben wollen.«

Wieder ließ Dörthe den Blick schweifen.

Verwirrt fragte sie mit einem Fingerzeig auf die Nachbartische: »Aber es gibt doch wohl nicht nur Alkohol?«

»Nein, nein«, die Frau lachte. »Natürlich nicht. Und es gibt auch warme Getränke wie Kaffee und heiße Schokolade.«

»Okay, danke.« Dörthe entspannte sich wieder etwas und schaute auf die Uhr. Fünf vor acht. Wenn er pünktlich war, würde er jeden Moment kommen. Also keine Zeit mehr, sich an der Bar anzustellen, zumal dort schon vier Leute warteten. Wenn Johannes da war, könnte er die Getränke für sie beide holen.

»Gibt es denn keinen Verzehrzwang?«, fragte sie allerdings nach.

Die ältere Dame schüttelte den Kopf. »Nein, gibt es nicht. Das ist das besondere Konzept. Wer will, kann den ganzen Tag hier sitzen. Das möchte man auch am liebsten, macht es aber dann doch nicht. Besonders, wenn sich der Laden immer wieder füllt. Wie jetzt, sehen Sie nur.«

Tatsächlich war wieder eine größere Gruppe hereingekommen. Sofort schaute Dörthe, ob Johannes unter den Ankommenden wäre. Ihr Herz begann zu klopfen. Aber schon ein flüchtiger Blick sagte ihr, dass er nicht dabei war. Obwohl sie ihn ja noch nie im wahren Leben gesehen hatte – aber so sehr würden Foto und Wirklichkeit wohl doch nicht auseinanderklaffen. Anscheinend war es eine Gruppe von drei Paaren, die sich an zweien der Nebentische dazusetzte und auch von ihnen einen Stuhl wünschte.

»Ich erwarte noch jemanden«, hatten die Frau und Dörthe wie aus einem Mund gesagt und sich dann angelächelt.

»Also, ich hole mir was zu trinken. Soll ich Ihnen etwas mitbringen? Dann könnten Sie in der Zwischenzeit meinen Stuhl verteidigen?«

Dörthe lächelte. »Nein, danke, mein Bekannter kommt gleich und kann uns dann etwas holen. Trotzdem, sehr nett, das Angebot.«

Noch während die Tischnachbarin in ihrer Handtasche nach ihrem Portemonnaie suchte, überlegte Dörthe, dass es unsouverän auf Johannes wirken könnte, wenn sie ohne ein Getränk hier säße. Es würde sie so passiv, wartend und unselbstständig aussehen lassen. Sie ärgerte sich. Nein, so wollte sie auf gar keinen Fall wirken.

»Entschuldigen Sie bitte, ich würde Ihr Angebot doch

gerne annehmen. Könnten Sie mir etwas zu trinken mitbringen? Einen Latte macchiato? Wissen Sie, ob es den koffeinfrei gibt?«

»Das haben die hier sicher. Mache ich gern.«

Dörthe hatte einen Fünf-Euro-Schein aus ihrer Geldbörse gezogen. »Vielen Dank, das ist super nett von Ihnen.«

Wieder schaute sie auf ihre Uhr. Zwei Minuten nach acht. Pünktlich war er schon mal nicht. Dörthe merkte, wie sie das missbilligend registrierte. Unpünktliche Menschen waren ihr verhasst, und nach dem ganzen Wirbel und den Verzögerungen vom Wochenende konnte sie nicht verstehen, dass er sie warten ließ. Und da war sie durchaus kleinlich. Auch zwei Minuten zu spät war zu spät. Da sollte er bloß nicht mit dem akademischen Viertel kommen.

»Mensch, die haben echt leckere Cocktails da vorne. Da sollten Sie sich mal einen genehmigen. Aber der Kaffee sieht auch lecker aus. Und koffeinfrei, wie gewünscht.«

Dörthe schaute ihr Gegenüber nun etwas aufmerksamer an. Eine Cocktailtrinkerin hätte sie in ihr nicht vermutet. Sie konnte aber nicht sagen, wie alt sie sein mochte. Gesicht, Hals und Arme wirkten ungewöhnlich markant für eine Frau und gaben ihr ein hartes Aussehen. Richtig viele Falten konnte Dörthe allerdings nicht entdecken, einzig die Sorgenfalte hoch zur Stirn war stark ausgeprägt. Die grauen Haare, auf langweilige Art kurz geschnitten, und die nichtssagende, langweilige Kleidung aus beiger Stoffhose und mintgrünem Lurexpullover machten ihre Erscheinung trister, als es wahrscheinlich gemeint war. Auf Anfang oder Mitte 60 würde sie ihr Gegenüber schätzen. Ein Alter, in dessen Richtung sie sich zu bewegen begann, seit sie die 40 überschritten hatte. Dörthe schwor sich, sich niemals so zu vernachlässigen, wie es diese Dame tat. Also bitte, dachte sie, Mitte 60 ist doch heute auch kein Alter mehr. Mit dem Begriff *ältere Dame* sollte man niemanden in den Sechzigern assoziieren können. Wozu gab es schließlich Friseure, Kosmetiker und nicht zuletzt die Schönheitsmediziner? Wenn ihre Tischnachbarin nur einmal ehrlich in den Spiegel schaute, würde sie feststellen: Bei ihr half auch ein Cocktail nicht weiter.

Nun, es war nicht Dörthes Sache. Das musste jede Frau für sich entscheiden. Nachvollziehen konnte sie es nicht, dennoch war es nett gewesen, dass sie den Kaffee für Dörthe mitgebracht hatte. Lecker war er, wenngleich etwas stark. Sie hatte gut daran getan, ihn koffeinfrei zu bestellen.

Dörthe zog ihr Smartphone aus der Hülle. 13 Minuten nach acht. Das war langsam die Höhe. Johannes war immer noch nicht da, und es gab keine Nachricht auf dem Handy. Was bildete er sich bloß ein? Sie war doch keine Frau, die man unentschuldigt warten ließ. Dörthe spürte, wie der Ärger ihren ganzen Körper verspannte. Sie presste die Zähne fest aufeinander und registrierte den ziehenden Schmerz in ihrer rechten Schulter, der langsam Richtung Schläfe zog. Das war meist das erste, nicht mehr umkehrbare Warnsignal für eine heftige Kopfschmerzattacke. Alles, nur das nicht.

Sie würde ihn jetzt anrufen. Vollkommen egal, was er dazu sagte. Immerhin hatte er angeblich versucht, sie telefonisch zu erreichen. Und das wäre auch gegen die Absprache gewesen. Sie hatten sich beim Kennenlernen in der Dating-Agentur darauf geeinigt, bis zum ersten Kennenlernen nur schriftlich in Kontakt zu sein. Er hatte sie überrascht und überzeugt mit seiner geschliffenen Schriftsprache, und die handgeschriebene Karte im Hotel hatte diesen Eindruck unterstrichen. Er hatte ihr damals von Studien erzählt, wie sehr der Eindruck der Stimme, ohne einen Menschen gleichzeitig zu sehen und zu erleben, den ersten Eindruck beeinflusse, was nicht reversibel sei. Manchmal zum Guten, manchmal aber auch zum Schlechten. Nein, er habe keine Pieps- und Fistelstimme, hatte er auf ihre Nachfragen geschrieben, und trotzdem wolle er es nicht riskieren. Nicht riskieren, von ihr verfälscht wahrgenommen zu werden, aber auch von ihr keinen falschen Eindruck zu bekommen. Und dass bei Frauen durch die Bandbreite der Tonlagen die Gefahr noch größer sei, hatte sie überzeugt. Zumal sie sich zunehmend auf dieses Spiel mit geschriebener Sprache, das er hervorragend verstand, eingelassen hatte und es eine erotisierende Wirkung in ihr erzeugt hatte, wie gesprochene Worte es nicht geschafft hätten. Sie wäre viel zu schamhaft gewesen, um im direkten Kontakt darauf einzugehen.

Wenn sie an ihre nächtlichen Chats dachte, rieselte ein leiser Schauer durch ihren Körper. So sehr hatte sie sich auf dieses Wochenende gefreut. Es war, als würden sie gemeinsam auf den ersten Höhepunkt ihrer Beziehung zusteuern und das womöglich im übertragenen wie im direkten Sinne. Doch nun saß sie hier und fühlte sich vergessen, zurückgewiesen und erniedrigt. Mal wieder!

*

Olaf Maternus hatte den Anruf aus Norden entgegengenommen. Er bat die Kollegen, den Chef selber anzurufen, während er sich ins Auto setzte, um bei ihm vorbeizufahren.

»Sagt ihm, ich bin in zehn Minuten da und fahre mit ihm in die Klinik.«

Als er vor Martin Zieglers Haus vorfuhr, wunderte er sich über die kleine Menschentraube, die ihn dort erwartete.

»Danke, Olaf, dass Sie uns abholen. War gut so, denn wir haben alle einen Wein getrunken.«

»Soll ich lieber die anderen Kollegen …?« Der Polizist schien sich nicht recht zu trauen, den Satz zu Ende zu sprechen.

»Nein, nein«, insistierte Martin sofort. »Alles kein Problem. So viel, dass ich nicht dienstfähig wäre, war es beileibe nicht. Und erst mal geht es auch nur um eine Zeugenbefragung, und da sind Sie ja mit klarem Verstand dabei.«

»Okay, Chef, wollen wir los?« Er schaute unsicher die anderen wartenden Personen an.

»Ja, Ruth Keiser fährt mit und auch Anne Wagner. Sie war mit am ersten Tatort und kann uns möglicherweise hilfreiche Hinweise geben.«

Daniela und Frank hatten etwas abseits leise miteinander diskutiert. »Ich nehme Frank mit zu Frau Dirkens. Die macht sich sowieso schon Sorgen, dass ich heute Abend unterwegs bin. Wenn wir helfen können, meldet euch einfach bei uns.«

»Danke jedenfalls für eure Unterstützung!« Ruth hob anerkennend den Daumen. »Das habt ihr echt gut gemacht mit dem Cache. Ich melde mich bei euch.«

»Frau Keiser!« Olaf hielt Ruth die Beifahrertür auf. »Ist doch recht, Chef, wenn Sie hinten sitzen?«

Martin Ziegler schaute einen Moment zu Ruth und fing ihren Blick auf, der zwischen ihm und der jungen Ärztin hin- und herging. »Ähm, ja, sicher.« Unsicher blieb er stehen, aber Ruth war schon eingestiegen und schlug die Autotür lauter zu, als es nötig gewesen wäre. Martin drehte sich zu Anne. »Dann müssen wir beide wohl mit den billigen Plätzen vorliebnehmen. Na ja, ist ja nicht weit bis zum Krankenhaus. Ich erzähle in der Zwischenzeit schon mal, was ich bisher weiß.«

»Soll ich mit Blaulicht und Martinshorn fahren, Chefin?« Olaf hatte sich an Ruth Keiser gewandt, die er wohl eindeutig als die höherrangige Person ansah. »Klang ziemlich dringend, der Anruf, der da in Norden eingegangen war.«

Ruth konnte sich ausrechnen, dass die notfallmäßigen Einsatzfahrten auf der Insel nicht allzu häufig vorkamen. Sie lächelte, als sie den Eifer des jungen Kollegen spürte. »Das

Martinshorn vielleicht nicht, aber mit Blaulicht sollten wir schon fahren. Wir müssen ja nicht gleich die ganze Insel aufschrecken.«

Mit einem filmreifen Kavaliersstart fuhr Olaf Maternus los.

Anne Wagner wurde regelrecht in ihren Sitz gepresst, und Martin legte von hinten die Hand auf die Schulter des Kollegen. »Na, nun mal sachte, wir wollen nicht gleich als Patienten im Krankenhaus ankommen.«

Ruth drehte sich herum: »Was ist denn genau passiert?«

»Eine junge Frau hatte einen Herz-Kreislauf-Zusammenbruch in der Nähe des Januskopfes. Sie hat noch jemanden zu Hilfe rufen können und wurde dadurch gerettet. Es war aber ziemlich knapp. Auch wenn wir nichts Näheres wissen, ist bekannt, dass es bei ihr ebenfalls ein Treffen mit einem Unbekannten geben sollte.«

»Oh, das hört sich nicht nach Zufall an. Aber ein Serientäter? Hier auf Norderney?« Ruth schüttelte den Kopf.

»Das hört sich auch für mich komisch an«, gab Martin zu. »Wir werden ja gleich mehr wissen.«

»Ist die Patientin ansprechbar?« Anne Wagner hatte bisher schweigend auf dem Rücksitz gesessen, lehnte sich jetzt aber vor, um Martin besser ansehen zu können.

Dieser schüttelte den Kopf. »Ich bin mir nicht sicher, vermute aber eher nein. Jedoch wurde der Ersthelfer, der anscheinend etwas wusste, mit ins Krankenhaus genommen und wartet dort auf uns.«

»Ich finde das ganz schön gruselig«, murmelte Anne. »Hier auf der Insel passiert doch sonst nie was Schlimmes. Und überhaupt, wer ist denn so blöd, so was ausgerechnet dann zu machen, wenn die Insel abgeschottet ist. Hier kommt doch im Moment niemand weg.«

»Das ist eine gute Überlegung.« Ruth hatte sich halb umgedreht und betrachtete die junge Ärztin im fahlen Licht der

Straßenlampen, über das der Lichtstrahl des Blaulichts zuckte. Jung sah sie aus, verdammt jung für so einen harten Job. Aber so war es mal bei ihnen allen gewesen, egal ob Kripo oder Krankenhaus. In beiden gab es Tote, viel zu viele Tote nach Ruth Keisers Geschmack.

Martin Ziegler hatte bedächtig mit dem Kopf genickt. »Das ist ein guter Hinweis mit der Insel. Ich glaube, da scheint sich jemand verdammt sicher zu fühlen.«

*

Dörthe Brandstetter wurde von Sekunde zu Sekunde nervöser. Ihr Blick ging vom Handy zu ihrer Armbanduhr, von der Armbanduhr zur Tischnachbarin, die wieder zu lesen begonnen hatte, und von ihr aus ließ sie den Blick zum Kamin schweifen in der Hoffnung, daneben jeden Augenblick Johannes auftauchen zu sehen.

Ihre Gefühle fuhren Achterbahn. In einem Moment spürte sie unglaubliche Wut in sich aufsteigen und würde am liebsten gegen den Tisch treten und die Gläser herunterreißen. Aber selbst zu Hause hätte sie sich in den seltensten Fällen einen solchen Wutanfall erlaubt, auch wenn ihr bei den Streitereien und der Trennung von Marc oft genug danach gewesen wäre. Aber sie hatte schon früh gelernt, dass man sich in gewissen Kreisen und als Frau allemal in jeder Situation zu beherrschen habe. Eine grenzenlose Traurigkeit stieg in ihr auf. Wem hatte sie im Leben wirklich etwas bedeutet? Selbst bei ihren Eltern war es immer nur um das richtige Verhalten, die richtige Umgebung, die richtige Schule und die passenden Freunde gegangen. Immer war alles dem äußeren Schein untergeordnet gewesen, und sie wusste noch, wie erschrocken sie gewesen war, als sie entdeckte, wie viel Kraft es ihre Mutter kostete, das Trugbild einer perfekten Fassade aufrechtzuerhalten. Sie selbst hatte nie die Kraft gefunden, sich dagegen aufzulehnen und zu wehren. Die einzige Tochter, in die die Eltern alle Hoffnungen gelegt hatten. Die sie anfangs auch zu erfüllen schien. Sie war auf dem besten Weg gewesen, das Leben ihrer Eltern weitgehend zu kopieren. Beruhigt waren sie gewesen, als Dörthe mit Marc vor dem Traualtar gestanden hatte. Wirklich, Dörthe fielen die Worte ihrer Mutter ein. Keine Freudentränen in den Augen, weil ihre Tochter ihr Glück gefunden hatte. Stattdessen: »Du weißt gar nicht, wie sehr es uns beruhigt, dass du mit Marc verheiratet bist.«

Ihr Vater hatte ihre Trennung Gott sei Dank nicht mehr miterleben müssen. Ihre Mutter aber war fassungslos. »Einer Frau muss es immer möglich sein, einen Mann zu halten. Dann hättest du eben mehr auf ihn eingehen müssen.«

»Mutter!«, hatte sie geantwortet. »Verstehst du nicht? Marc hat mich verlassen. Für dieses Hippiemädchen.«

Ihre Mutter war kalt und distinguiert geblieben. »Nun, dann hättest du ihm eben ermöglichen müssen, dass es eine Affäre bleibt.« Und leiser: »Was glaubst du denn, warum dein Vater und ich eine so lange Ehe hatten?« Ihre Mutter hatte sich erhoben, war ins Bad gegangen, und als sie wiederkam, ließ ihr Gesichtsausdruck keinen Zweifel daran, dass sie nicht weiter über dieses Thema zu sprechen gedachte.

Dörthe hatte mit der Trennung nicht nur ihren Mann verloren und nach und nach den gesamten Freundeskreis, sondern war in den Augen ihrer Mutter schuldig und hatte versagt.

Die Traurigkeit hatte sich wie ein ungebetener Gast in der folgenden Zeit in Dörthes Körper ausgebreitet. Erst war es die Enttäuschung, dann die Hoffnungslosigkeit. Es waren nicht nur der Auszug und die neue Wohnung, das Alleinsein und die Eifersucht, sondern sie musste wieder zurück in ihren Beruf, sich einen neuen Freundeskreis aufbauen, die Abende und die Wochenenden neu füllen. Dazwischen hatte sie immer häufiger die leise Frage in sich aufsteigen gespürt: Und Kinder?

Vier Monate nach der Trennung von Marc hatte sie an einem dunklen Adventssonntag einen regelrechten Zusammenbruch gehabt. Sie hatte geweint und gezittert. Etwas hatte ihr zunehmend den Hals zugeschnürt, und sie glaubte, keine Luft mehr zu bekommen. Eiskaltes Wasser und zwei Gläser Wein hatten ihr schließlich geholfen, sich zu entspannen. Sie war ins Bett gegangen, mit der Angst, dass der Verlust von nun an ihr Leben bestimmen würde.

Am nächsten Morgen war sie zu ihrem alten Hausarzt gegangen, der ihre Familie seit Jahrzehnten behandelte. Sie hatte gar nicht viel sagen müssen. Er hatte ziemlich weise und beruhigend seinen Blick auf ihr ruhen lassen. Dann hatte er das dünne goldfarbene Brillengestell abgenommen und sich müde die Augen gerieben. Er zog die Schublade auf, entnahm ihr ein Rezeptformular, setzte die Brille wieder auf. Wie Dörthe sehen konnte, war auf dem Formular schon ein Medikament rezeptiert. Der Arzt setzte nun schwungvoll seine Unterschrift darunter und drückte einen Stempel daneben. »Lassen Sie die Damen am Empfang Ihre Versichertendaten darauf drucken. Ich bin für die neue Technik nicht mehr zu haben. Aber die Tabletten werden Ihnen guttun.« Er senkte die Stimme. »Auch wenn ich Ihnen das eigentlich nicht sagen darf: Ihrer Mutter haben sie die Lebensfreude bewahrt.«

Tatsächlich schien sich der Schmerz von diesen kleinen blauen Pillen gefangen nehmen zu lassen. Dörthe wurde wieder aktiv und vor allem kämpferisch. Allen würde sie es zeigen, allen! Und Marc würde sich schwarzärgern, wenn er irgendwann erkannte, was er da aufgegeben hatte.

Zuletzt hatte sie die Tabletten immer unregelmäßiger genommen, was sie nun augenblicklich bereute. Sie wusste natürlich, dass eine einzige Pille nur wenig bewirken würde, trotzdem tastete sie jetzt in den Seitenfächern der Handtasche nach dieser kleinen Dose, in der sie für den Notfall drei Tabletten aufbewahrte. Als sie eine davon mit dem letzten, schon kalt gewordenen Schluck Kaffee herunterspülte, fühlte sie sich schon wieder besser. Wie kam dieser Mann dazu, sie, Dörthe Brandstetter, einfach sitzen zu lassen? Das war doch wohl die absolute Höhe! Sie würde besser daran tun, augenblicklich dieses Lokal zu verlassen. Sie, Dörthe Brandstetter, in einem Selbstbedienungsrestaurant! Da war er aber an die Falsche geraten, das konnte sie ihm sagen. Wutschnaubend schob sie ihr Latte-macchiato-Glas zur Seite und bückte sich nach ihrer Tasche.

»Haben Sie Lust, mit mir zusammen ein Glas Wein oder einen Cocktail zu trinken? Mein Mann lässt auch auf sich warten.« Die Tischnachbarin hatte ihr Buch sinken lassen und sah Dörthe nun freundlich an.

»Ach, eigentlich wollte ich gehen«, antwortete Dörthe verlegen, in Sorge, dass man ihr ihre Wut ansah.

»Schade, da verpassen Sie was. Die Cocktails sind hier etwas ganz Besonderes.« Sie lächelte aufmunternd. »Und manchmal lohnt es sich, etwas länger auf die Männer zu warten. Es kann schließlich keiner von der Insel runter.«

Dörthe ließ sich auf ihren Stuhl zurücksinken. Sollte sie wirklich? Sich die Blöße geben, so lange zu warten? Andererseits hatte sie das ja schon das ganze Wochenende gemacht. Dieser blöde Sturm hatte alles durcheinandergebracht. Vielleicht gab es doch einen guten Grund für Johannes' Zuspätkommen? Immerhin säße sie nicht alleine hier. Sie wäre in Gesellschaft. Mit einem Cocktail würde sie ihm signalisieren, dass sie eine Frau war, die selbstbestimmt zu agieren verstand. Kein Mäuschen, das hier saß und hoffnungsvoll wartete. Das Angebot der älteren Dame war gar keine so schlechte Idee.

Dörthe lächelte. »Wieso eigentlich nicht? Können Sie mir etwas Bestimmtes empfehlen?«

*

Doktor Sievers war mehr als erstaunt gewesen, als er Anne Wagner in Begleitung der Polizei kommen sah. »Anne? Du hast doch erst morgen früh wieder Dienst. Ich verstehe nicht, was …«

Anne winkte ab. »Die genauen Zusammenhänge erkläre ich dir später. Wichtig ist, zu erfahren, was genau passiert ist und wie es der jungen Frau geht. Es könnte sein, dass es Parallelen zu der Leiche beim Hochzeitsbadekarren gibt.«

»Ach so. Ja, das macht Sinn. Wie fangen wir an? Der junge Mann hier hat exzellente Erste Hilfe geleistet und reanimiert. Er kann Ihnen sicher etwas mehr zu den Hintergründen erzählen.« Er zeigte auf Jan Jahnke, der sich erschöpft auf einem der Stühle niedergelassen hatte.

»Mit der Frau selber können wir nicht reden?«, fragte Ruth.

»Nein, tut mir leid«, erwiderte Doktor Sievers. »Sie ist zwar zeitweilig ansprechbar gewesen, aber wir haben sie medikamentös in einen Dämmerschlaf versetzt, damit sich alle Vitalfunktionen beruhigen können. Wir glauben aber, dass wir die Lage im Griff haben.«

Martin Ziegler nickte. »Können Sie uns was Genaueres aus medizinischer Sicht sagen?«

Der Arzt bat sie in einen kleinen Besprechungsraum. »Herr Jahnke kann mitkommen. Ich nehme das auf meine Kappe. Ohne seine Aussagen würden wir noch mehr im Dunkeln tappen. Aber so glauben wir, uns einen Reim auf die Geschehnisse machen zu können.«

Jan stand langsam vom Stuhl auf und schleppte sich mühsam hinter den anderen her. Anne Wagner ging an seiner Seite und fragte mitfühlend: »Geht es? Ganz schön heftig, so eine Reanimation, ich weiß. Körperlich wie psychisch.«

»Ich komme mir vor wie nach einem Marathonlauf, bei dem ich es trotz aller Anstrengung nicht über die Ziellinie schaffe«, antwortete Jan fast tonlos.

Anne Wagner packte ihn impulsiv am Arm. »Hey. Sie hat es aber geschafft. Dank Ihrer Hilfe. Sie haben die Ziellinie sogar mit Erfolg überquert.«

»Wenn sie wirklich durchkommt. Ich habe richtige Angst. Und mache mir Vorwürfe, dass ich sie nicht besser beschützt habe.«

»Wir können im Leben nicht alles kontrollieren«, warf Anne leise ein.

»Ich weiß.« Jan straffte sich etwas. »Es ist nur so verrückt. Ich kenne Constance erst seit ein paar Stunden und habe das Gefühl, als hätte mir das Schicksal das Glück nur kurz vor Augen geführt, um es mir dann zu entreißen.«

Anne strich ihm mitfühlend über den Arm. »Ich glaube, alles wird gut. So wie ich meinen Kollegen verstanden habe. Und Constance wird Ihnen viel zu verdanken haben.« Sie lächelte ihn an. »Ich besorge Ihnen etwas zu trinken und eine Kleinigkeit zu essen. Meist geht es danach etwas besser.«

Als Anne mit einer großen Dose Gebäck, Bananen und Äpfeln sowie Wasser und Apfelsaft ins Besprechungszimmer kam, erläuterte Doktor Sievers gerade die ersten medizinischen Erkenntnisse.

»Gleich gibt es Kaffee und Tee«, flüsterte Anne in die Runde, während sie alles auf dem Tisch verteilte und leise aus einem Wandschrank Geschirr und Gläser holte.

»... fehlender Puls und fehlende Atmung. Herr Jahnke hatte schon den Rettungsdienst informiert, als er den Anruf von Frau Tarnow erhalten hatte. Das hat wertvolle Zeit erspart und war absolut richtig, wie im Übrigen auch alles

Folgende.« Doktor Sievers nickte wieder anerkennend zu Jan Jahnke hinüber. »Als unser Team eintraf, wurde sofort eine Defibrillation durchgeführt, die glücklicherweise anschlug. Das Herz schlägt weitgehend in einem Sinusrhythmus, wenn auch tachykard, von Zeit zu Zeit treten vereinzelt Extrasystolen auf, auch mal ein Bigeminus, aber mit unserem Monitoring haben wir das unter Kontrolle und können reagieren. Insgesamt zeigt sich derzeit eine Beruhigung der Herzaktivität.«

Martin und Ruth schauten sich an. »Okay, das legen wir selbstverständlich vertrauensvoll in Ihre Hände. Aber können Sie uns etwas zu den Ursachen sagen, weshalb die Frau kollabiert ist? Ist ja kein typisches Alter, oder?«, hakte Martin nach.

»Nun ja, typisches Alter hin oder her. Das kann es immer mal geben. Genetische Vorbelastungen. Oder eine sehr große Anstrengung, vielleicht kombiniert mit einem akuten oder nicht ausreichend abgeheilten Infekt. Allerdings haben wir keine Hinweise auf eine vorliegende Herzmuskelentzündung. Möglicherweise auch hohe Dosen von Koffein, wie in diesen neuartigen Cola-Getränken oder in Energydrinks, aber dieses Phänomen ist häufiger bei den ganz jungen Patienten zu beobachten.«

»Irgendetwas anderes?« Ruth rutschte unruhig auf ihrem Stuhl hin und her, musste aber auf eine Antwort warten, weil ein Krankenpfleger zwei Thermoskannen hereinbrachte.

»Einmal Tee und einmal Kaffee.«

»Danke, Herr Henrichs.« Der Arzt zog die Kaffeekanne zu sich und schenkte sich ein. »Bitte, bedienen Sie sich auch«, gab er die Kanne weiter.

Ruth war kurz davor zu platzen. Das Tempo war ihr eindeutig zu gemächlich. »Also, sonst irgendwas?«, versuchte sie mit der Wiederholung ihrer Frage, Druck zu machen.

Der Arzt schaute zu ihr hinüber und lächelte sie an. Ruth fühlte sich ertappt. Wahrscheinlich diagnostizierte er in ihr eine sichere Kandidatin für einen späteren Stresstod. Sie ließ sich vorsichtshalber aus ihrer aufrechten Haltung etwas gegen die Stuhllehne zurücksinken und versuchte, einen halbwegs entspannten Gesichtsausdruck zu machen.

»Ja, etwas anderes, auf das uns Herr Jahnke hinwies. Die Patientin ist chronisch schilddrüsenkrank und hatte in der Vergangenheit Herzrhythmusprobleme, wie sie ihm erzählt hat. Vor allem traten diese in Kombination mit Alkohol auf. Wir haben sofort einen Alkoholtest gemacht. Er zeigt keine beunruhigenden Werte, also nichts, wovon sie und ich wahrscheinlich viel merken würden, aber für Frau Tarnow mit ihrer Vorgeschichte ausreichend, um das Herz zum Stolpern zu bringen.«

Jan, der weiterhin eher apathisch bei ihnen saß, hob nun den Kopf. »Aber bis zu einem kompletten Herz-Kreislauf-Zusammenbruch?«, fragte er zweifelnd.

»Da fragt der Fachmann«, nickte Doktor Sievers anerkennend. »Sie haben recht, in der Regel sind solche drastischen Folgen bei der eher geringen Menge Alkohol nicht zu erwarten.«

»Was könnte es denn dann gewesen sein?« Ruth saß angespannt am Tisch und stützte ihre Ellbogen auf.

»Also, wie gesagt«, der Arzt setzte seine Kaffeetasse an und trank einen großen Schluck. »Ich habe einen konkreten Verdacht, weil ich gerade auf einer Fortbildung war. Eine … Ach, Mist, mein Piepser geht, ich muss sofort auf Station. Ich komme so schnell wie möglich zurück.«

*

Wie sehr man sich in Menschen täuschen kann, dachte Dörthe, als sie dabei zusah, wie sich die ältere Dame mit den beiden blassroten Getränken in den Händen vorsichtig zwischen den Stühlen und Tischen hindurchschlängelte. Die heutige ältere Generation war deutlich cooler als früher, wobei ihre Tischnachbarin dem Äußeren nach durchaus noch der Gattung *alte Dame* zuzuordnen wäre. »So, bitte sehr, der beste Cocktail, den das Haus zu bieten hat, auch wenn er eher unspektakulär aussieht. Ich bin nur zufällig drauf gestoßen, aber seitdem ist er mein Favorit. Ach so, und bitte, Ihr Wechselgeld.«

»Vielen Dank! Auch fürs Holen und für die Empfehlung«, erwiderte Dörthe. Nach einem kurzen Zögern traute sie sich zu fragen: »Sie trinken tatsächlich öfter einen Cocktail?«

Die nette Dame lachte auf. »Ich weiß, was Sie denken. Als ich in Ihrem Alter war, konnte ich mir auch nicht vorstellen, dass man 20 Jahre später noch Spaß am Leben hat. Ist aber so. Und man gehört schneller dazu, als man gucken kann. Ich habe früher auch die Augen verdreht, wenn es hieß, das Leben zerrinnt einem mit den Jahren. Ein Fingerschnipp war es, und jetzt sitze ich hier mit nahezu 60 Jahren und fühle mich im Inneren genauso jung wie alle rundherum.« Sie deutete mit der Hand auf die anderen Gäste. »Und höre genauso gerne die Musik von Blank & Jones und trinke dazu Cocktails.«

Dörthe lächelte etwas angestrengt. Sie hatte sich einen klitzekleinen Moment erschrocken, als ihr Gegenüber ihr Alter nannte. Noch unter 60! Sie hätte sie nach ihrem Äußeren mindestens sechs bis acht Jahre älter geschätzt. Sie hoffte nur, dass ihre Gesichtszüge nicht zu sehr entgleist waren. Dass jemand so wenig für sein Äußeres tat, fand Dörthe wirklich erschreckend. Schnell fragte sie: »Blank & Jones?«

»Die Musik, die hier rauf und runter läuft. Sind so zwei Musiker, die extra für die Milchbar jedes Jahr eine CD zusammenstellen. Das, was Sie die ganze Zeit hören. Und weshalb die Leute zum Sundowner herkommen: Sonnenuntergang, Blick auf das Meer, ein Aperol Spritz und die Musik von B & J. Perfekt!«

»Echt?« Dörthe war die Musik aufgefallen und sie hatte sie als sehr angenehm empfunden. Sie konnte sich vorstellen, wie gut sie zum Blick auf das Meer passte, wenn man in einer anderen Situation als der ihren hier saß.

»Ja, echt«, ahmte ihr Gegenüber ihre etwas lahme Replik nach. »Nun trinken Sie mal. Ich glaube, ich muss Sie tatsächlich etwas aufmuntern. Cheers, auf Ihr Wohl! Dass alles sich zum Guten wende. Ich bin übrigens Brigitta.«

Dörthe ließ ihr Glas an das von Brigitta klirren. »Auch auf Ihr Wohl. Ich heiße Dörthe.«

»Und das erste Mal auf Norderney, wenn ich mich nicht täusche?«

»Das stimmt. Ich kenne eher die nordfriesischen Inseln. Föhr, Amrum und natürlich Sylt. Und noch lieber bin ich am Mittelmeer, aber das ist ja überhaupt nicht vergleichbar.«

»Ach, sagen Sie das nicht. Die Milchbar wird schon manches Mal in einem Munde geführt mit dem Café del Mar auf Ibiza.«

»Nicht wirklich? Das glaube ich nicht.«

»Dann müssen Sie mal sehen, was hier an einem Sommerabend los ist.«

»Ziemlich erstaunlich, diese kleine Insel hier. Auch, wenn man sich die Preise anschaut. Und wie begehrt die Immobilien sind.« Dörthe erinnerte sich, wie beschwingt sie nach den gestrigen Gesprächen mit den Immobilienmaklern gewesen war. Aber da war sie auch noch voller Hoffnung gewesen, Johannes zu treffen.

»Ja, die Insel boomt. Zweites Sylt, wie die Leute es nennen. Die einen mögen es, die anderen nicht. Aber was hilft es schon, dagegen zu sein. So ist der Welten Lauf.«

Dörthe fand Brigitta ziemlich modern mit ihren Ansichten. Na gut, sie war nun jünger, als sie gedacht hatte, aber dennoch. Wenn sie da an ihre Mutter dachte, die immer nur am Bewahren war. Konservativ, anders konnte man es nicht nennen. Niemals würde sie sich zum Sundowner in eine Bar mit jungen Menschen setzen.

»Und Sie? Was machen Sie auf der Insel? Urlaub oder eine Kur?« Dörthe fragte nur aus Höflichkeit und weil sie eine allerletzte kleine Hoffnung hatte, dass Johannes erschien und sie in einem angeregten Gespräch fand. Wo er nur blieb? Sie ging in Gedanken verschiedene Möglichkeiten durch. Wenn sie nur die Nummer der Bekannten hätte …

Von Brigittas Antwort auf ihre Frage hatte sie nichts mitbekommen, deswegen fuhr sie erschrocken zusammen, als Brigitta nun ihrerseits fragte: »Ist das bei Ihnen auch so?«

Dörthe fühlte sich ertappt und begann zu stammeln. Im gleichen Augenblick setzte ihr Herzschlag einen Augenblick aus. Eine warme Welle stieg von unten nach oben. Ihr Hals verengte sich, ihr wurde schwindelig. Mit beiden Händen griff sie Halt suchend nach der Tischplatte und setzte sich kerzengerade hin.

»Was ist los? Haben Sie irgendwelche Gespenster gesehen?« Brigitta schaute sie prüfend an.

»Ich weiß nicht.« Dörthes Mund fühlte sich trocken an. »Mir geht es nicht so gut.«

»Ich hole Ihnen mal schnell ein Glas Wasser.« Innerhalb von drei Minuten war Brigitta zurück. Dörthe hatte in der Zwischenzeit erfolglos versucht, gegen ihre aufsteigende Panik anzukämpfen. Sie hatte nach ihrem Puls gefühlt, der sicher über 100 war. Ab und an stolperte ihr Herz. Sie hatte Angst aufzustehen, aber sitzen bleiben wollte sie auch nicht. Sie hatte sich gerade halb erhoben, als Brigitta zurückkam.

»Jetzt trinken Sie mal. Das ist sicher das Reizklima und die warme Luft hier drinnen.«

Dörthe trank einen großen Schluck Wasser und atmete tief durch. »Geht schon wieder. Ich glaube, ich sollte besser mal …«

»Schauen Sie mal, hier. Ich kenne das. Hatte ich in jungen Jahren ganz oft. Seitdem habe ich immer Rescue-Tropfen dabei.« Sie zückte ein kleines Fläschchen. »Vier Tropfen ins Wasserglas, und das trinken Sie am besten aus.«

Dörthe registrierte verschwommen das kleine Gefäß. Sie kannte diese Tropfen. Was für ein Quatsch, dachte sie noch. Als wenn das was bringt.

»Und jetzt ziehen Sie sich an und ich bringe Sie raus an die frische Luft. Es geht Ihnen dann augenblicklich besser.«

Benommen stand Dörthe auf. Hoffentlich guckte nur niemand vom Nebentisch, ging ihr durch den Kopf. Eine neue Welle von Übelkeit waberte durch ihren Körper. Sie wollte nichts als raus an die frische Luft.

»So, kommen Sie mit hier herum. Wir gehen ein Stück, bis es Ihnen gleich besser ist. Und dann rufe ich Ihnen ein Taxi. Kommen Sie, bleiben Sie in Bewegung, das tut Ihrem Kreislauf gut.«

»Liegen, ich will liegen.«

»Wir haben es gleich geschafft. Wenn es nicht besser wird, kann ich einen Arzt rufen.«

»Nein, nein. Keinen Arzt.« Dörthe taumelte, und Brigitta fing sie auf. »Geht schon wieder.«

Brigitta hatte Dörthe nun fest am Arm gepackt und steuerte sie durch die Straßen, auf denen heute Abend keine Menschenseele zu sehen war. Wenn es zu anstrengend wurde, blieb Brigitta stehen und Dörthe lehnte sich an sie. Brigitta war froh, dass sie festes Schuhwerk trug, das ihr einen guten Halt ermöglichte. Einzig ihre große, schwere Tasche hing störend an der rechten Schulter.

»Geht es wieder?«, fragte sie Dörthe. »Noch ein kleines Stückchen? Damit der Kopf klar wird?«

»Mhm«.

»Dann kommen Sie! Hier lang.« Brigitta zog Dörthe in eine der Straßen, die vom Meer wegführten. Nach einigen Metern strauchelte Dörthe, und Brigitta wäre fast mit ihr zusammen gestürzt. Im letzten Moment hatte sie sich gefangen und konnte auch Dörthe zurückhalten. Wie schwer so ein Mensch doch ist, dachte Brigitta. Selbst eine Frau, die höchstens Kleidergröße 36 trägt.

»Kommen Sie. Noch ein Stück. Gleich ist alles wieder gut.« Sie zog erneut an Dörthe und hielt sie gleichzeitig fest eingehakt.

»Ich kann nicht mehr«, murmelte Dörthe und sackte in den Knien zusammen.

»Sehen Sie mal. Da vorne vor dem Haus steht eine Bank. Kommen Sie, das schaffen Sie. Noch fünf Meter. Sehen Sie? Geschafft! Setzen Sie sich mal einen Moment. Ich kann Sie so schlecht stützen.« Brigitta half ihr, sicher aufrecht zu sitzen, und rückte so nahe, dass Dörthe nicht umkippen konnte.

»So, und jetzt nehmen Sie noch mal ein paar Notfalltropfen direkt in den Mund. Warten Sie, ich helfe Ihnen.« Brigitta wandte sich Dörthe zu, hielt ihr Kinn und tropfte die Flüssigkeit in Dörthes halb offen stehenden Mund. »Jetzt wird es ganz sicher gleich besser. Und ich rufe in der Zwischenzeit schon mal ein Taxi.« Sie kramte in ihrer großen Umhängetasche und holte nacheinander eine Mütze, einen großen Schal, eine Packung Zigaretten, ein Feuerzeug und ganz zum Schluss ein Handy aus der Tasche. Sie warf einen Blick auf Dörthe, die immer mal wieder unter Anstrengung die Augen öffnete und stöhnte. Sie tätschelte Dörthes Knie und tippte anschließend eine Nummer ein. Nur einen Wimpernschlag später hörte Dörthe wie aus einer anderen Welt die Worte: »Hallo, guten Abend, wir brauchen ein Taxi in die Kreuzstraße.«

*

Ruth trommelte mit ihren Fingern auf dem Tisch, sobald sie sich setzte. Die meiste Zeit aber, seit Doktor Sievers den Raum verlassen hatte, tigerte sie im Zimmer auf und ab, öffnete die Tür zum Besprechungsraum, schaute den Gang rauf und runter und unterbrach immer wieder barsch die Gespräche, die Martin und Jan Jahnke miteinander führten.

Nachdem der Arzt das Zimmer verlassen hatte, war sie aufgesprungen und hatte gebrüllt: »Das darf doch wohl nicht wahr sein! Der kann uns doch jetzt hier nicht so sitzen lassen! Das ist doch hier keine Dinnerparty!«

Anne Wagner war ebenfalls aufgestanden. »Bitte, Ruth, beruhige dich. Das ist eben so im Krankenhaus. Marcel ist der diensthabende Arzt. Der kann nicht mal so eben sagen, ich bin jetzt in einer Besprechung. Es ist Samstagabend, und da läuft alles über den Diensthabenden.«

»Wie lange wird das dauern?«

»Kommt darauf an, was es ist. Ich kann aber mal nachgucken, und vielleicht kann ich ihn auch ablösen, damit er das mit euch zu Ende bespricht. Oder gibt es sonst noch was?«

Martin hatte aufgeblickt. »Wir brauchen dringend die genauen Daten der Patientin. Herr Jahnke, können Sie uns weiterhelfen? Und das Handy, das wäre gut, wenn Sie uns das bringen könnten.«

»Okay, mache ich.« Die Notärztin schien erleichtert, etwas tun zu können.

Diese Warterei erschien Ruth endlos. Sie hörte den Gesprächen zwischen Martin und Jan nur mit einem halben Ohr zu, weil ziemlich schnell klar war, dass Jan Constance erst wenige Stunden gekannt hatte, bevor es passiert war.

Immerhin wussten sie nun, dass Constance mit jemandem verabredet war, den sie über eine Dating-Agentur kennengelernt hatte. Aber ohne mit ihr zu sprechen oder ihr Handy zu untersuchen, brachte diese Information alleine sie nicht weiter.

Immerhin zeigten sich deutliche Parallelen zum Fall Merle Rosenbaum. Das war doch kein Zufall. Beide waren verabredet, bevor die eine tot, die andere so gut wie tot aufgefunden worden war. Beide schilddrüsenkrank. Alle beide wohl auf der Suche nach dem Mann fürs Leben. Welches perverse Schwein hatte da seine Finger im Spiel? Ruth merkte, wie die Wut in ihr aufstieg. Aber sie musste ruhig bleiben. Nachdenken. Logische Schlüsse ziehen. Was fiel auf? Sie ließ die Namen langsam an sich vorüberziehen. Merle Rosenbaum. Constance Tarnow. Merle Rosenbaum und Constance Tarnow. Ob es da eine Verbindung gab?

Sie war aufgestanden, schnappte sich einen Stuhl und setzte sich direkt vor den erschrockenen Jan: »Wissen Sie, ob Constance noch jemanden auf der Insel kannte? Eine Frau? Hat sie irgendetwas in diese Richtung erzählt?« Und als Jan verneinend den Kopf schüttelte: »Oder ging Constance geocachen, wissen Sie irgendetwas darüber?«

»Keine Ahnung, wirklich nicht. Wir haben über vieles gesprochen, aber in vier Stunden breitet man ja nicht direkt das ganze Leben vor sich aus.«

»Na, immerhin haben Sie auch über Dating-Agenturen gesprochen, das ist schon sehr privat.«

»Das war aber Zufall. Weil ich darüber hergezogen bin, fühlte sich Constance wohl verpflichtet, mir direkt reinen Wein einzuschenken. Aber wenn Sie mich fragen, das mit dem Geocachen glaub ich nicht. Kann man natürlich nie wissen, aber das passt nicht zu ihr.«

Ruth war aufgestanden. Öffnete die Tür, schaute auf den Gang, schloss sie wieder und seufzte. Plötzlich stieß sie einen Ruf aus: »Ja, klar, das ist auch noch eine Möglichkeit!«

Martin schaute sie irritiert an. »Was denn?«

Sie winkte nur mit der Hand ab, griff in ihre Tasche und holte das Handy und einen kleinen Zettel heraus. Gestern

Abend hatten sie alle ihre Telefonnummern ausgetauscht, und Frank hatte ihr scherzhaft prophezeit, dass sie bald ganz sicher auch Whatsapp und Facebook nutzen würde. Sollte ich doch mal drüber nachdenken, dachte sie, während sie Danielas Nummer wählte.

»Daniela Rick?«

»Daniela, ich bin es, Ruth. Seid ihr in deiner Pension? Ist Frank noch bei dir?«

»Ja, wir sitzen mit Frau Dirkens zusammen. Wir sind alle bedrückt. Was ist denn passiert? Was Schlimmes wie mit Frau Rosenbaum?«

»Ganz so schlimm wahrscheinlich nicht. Aber wir warten noch auf den Arzt. Was wirklich Genaues wissen wir nicht.«

»Können wir was tun?«

»Deswegen rufe ich an. Eigentlich ist das nicht in Ordnung, aber besondere Umstände verlangen manchmal … na ja, du weißt schon. Ist auch egal. Ich werde meinen Kopf dafür schon hinhalten.«

»Ruth, ich verstehe kein Wort. Soll ich dir lieber Frank geben?«

»Nein, nein, nicht nötig. Entschuldige bitte! Also, ich hätte gerne, dass ihr in den sozialen Netzen mal einen Namen sucht und mir alles rausschreibt, was ihr finden könnt. Bitte auch bei dieser Geocaching-Seite und vor allem in den Schilddrüsen-Gruppen suchen, ja? Also, die Frau heißt: Constance Tarnow oder auch Stance Tarnow. Probiert das ruhig in beiden Formen aus. Wichtig ist vor allem, ob es Verbindungen zu Merle Rosenbaum gibt oder ob es einen Mann gibt, den Frau Rosenbaum und Frau Tarnow beide kannten. Wenn, dann melde dich bitte sofort bei mir. Meine Nummer hast du?« Ruth lauschte einen Moment. »Ja, klar, auf dem Display. Ich bin eine Digital-Analphabetin, sag ich doch. Okay, bis später dann. Hoffentlich findet ihr was.« Ruth legte auf und setzte sich hin. Mit beiden Händen strubbelte sie durch ihre Haare, und als sie Martins Blick bemerkte, fuhr sie ihn an: »Was? Lass mal stecken, deine Kritik. Manchmal muss man unkonventionell vorgehen.«

In diesem Augenblick betrat Anne Wagner den Besprechungsraum. »Hier, bitte, ich habe das Portemonnaie mit Personalausweis und Führerschein von Frau Tarnow mitgebracht. Und hier ist das Handy. Doktor Sievers ist in fünf Minuten zurück. Ich soll Sie fragen, Herr Jahnke, ob Constance Ihnen gegenüber irgendetwas von Drogen gesagt hat.«

Ruth stürzte sich auf die Papiere, Martin nahm das Smartphone, das nicht durch einen Code gesperrt war, und durchsuchte die Messenger, das Mailpostfach und die Liste der eingegangenen Anrufe.

»Komm, Martin, wir rufen Aurich an, die sollen anfangen, die ersten Daten zu füttern. Constance Tarnow, geboren am 26.03.1981, aus Wismar, gib das mal durch. Und sag, dass wir alles wissen wollen, jedes Detail!«

Ihr Jagdinstinkt war geweckt. »Dieses Schwein werde ich kriegen, das schwöre ich, und zwar, bevor es weiteres Unheil angerichtet hat.«

*

Brigitta nahm Dörthes Hand und streichelte sie beruhigend. »Bleib ganz ruhig. Gleich wird es dir besser gehen. Ich passe gut auf dich auf.« Dörthe gab nun keine Antwort mehr. Sie saß leicht zusammengesackt neben Brigitta, die sich eng an sie geschoben hatte und den Schal über sie beide ausgebreitet hatte. Sie selber hatte sich die Mütze aufgesetzt und tief über die Haare gezogen. Sie kramte mit ihrer freien linken Hand in ihrer Jackentasche und zog eine altmodische Brille heraus, die sie sich aufsetzte. »Schon besser«, murmelte sie, als sie danach Dörthes Hand zu streicheln begann, die sie in ihrer Rechten hielt. Hier in dieser Querstraße war es ganz windstill und wärmer als in den anderen vom Meer wegführenden Straßen. Die hohen Häuser aus der ersten Strandreihe und die dahinterliegenden Apartmentkomplexe hielten das Wetter weitgehend ab, und hier saßen sie zudem auf einer Bank im etwas zurückliegenden geschützten Eingangsbereich zu einer Ferienwohnanlage. Brigitta hielt ganz still, und ihr Streicheln war eine einzige sich wiederholende Kreisbewegung, so langsam und zart, dass sie selbst ganz schläfrig davon wurde. Ab und an, wenn sie Schritte hörte, schaute sie auf und sah wenige Passanten die Heinrichstraße entlanggehen. Als ein junges Paar in die Kreuzstraße einbog, griff Brigitta zu den Zigaretten und zündete sich eine an. Leise sprach sie dabei zu Dörthe: »Komm, die eine rauche ich noch, und dann sollten wir wieder reingehen. Du schläfst mir ja schon ein.«

Das junge Paar hatte die aufglimmende Zigarette bemerkt und grüßte im Vorbeigehen verhalten. Die Frau drehte sich um und flüsterte dann leise mit ihrem Freund. Anscheinend hatte dieser eine lustige Bemerkung auf den Lippen, denn die Frau lachte laut auf und schaute kurz zu ihnen zurück, bevor sie, eng an ihren Partner geschmiegt, in die Bismarckstraße Richtung Denkmal abbogen. Brigitta sah ihnen lange hinterher und zog dabei nachdenklich an ihrer Zigarette. Sie rauchte langsam und bedächtig, aber bis an den Filter heran. Sie war darauf bedacht, dass der Qualm nicht in Dörthes Richtung zog, und drehte jedes Mal den Kopf, wenn sie den Rauch ausstieß, und wedelte ihn mit einer sanften Bewegung von ihrem Körper weg. Zuletzt warf sie die Kippe in einem weiten Bogen ins Blumenbeet.

»So, meine Liebe«, wandte sie sich an Dörthe. »Jetzt ist es aber genug, es wird Zeit, den gemeinsamen Abend zu beenden.« Sie lauschte angestrengt und beugte sich ganz zu Dörthe hinüber. »Lass mich mal deinen Puls fühlen, ob wirklich alles ganz in Ordnung ist. Ja, ausgezeichnet. Siehst du, alles ist wieder gut. Ich habe dir doch versprochen, dass ich gut für dich sorgen werde.«

*

Ruths Handy klingelte gerade in dem Moment, als alle in ein ermattetes Schweigen verfallen waren. Ruth riss es mit einem Ruck hoch und sie blaffte hinein: »Und, habt ihr was?«

Anscheinend hatte das den Teilnehmer am anderen Ende zum Verstummen gebracht, denn Ruth beeilte sich hinterherzuschieben: »Hallo, wer ist denn da? Daniela? ’tschuldigung, ich wollte nicht so in das Telefon schreien.«

In den folgenden Minuten hörte Ruth gespannt zu und fuchtelte nur einmal mit wilder Gestik, damit man ihr ein Blatt und einen Stift anreiche. Martin hielt das Papier fest, als er sah, wie es Ruth wegrutschte, als sie versuchte, etwas zu notieren.

»Danke, Daniela, und richte es Frank aus. Ihr seid wirklich spitze. Damit lässt sich bestimmt was anfangen. Ich melde mich wieder.«

Ruth legte das Handy bedächtig auf den Tisch. »Wir haben einen Namen. Zwar anscheinend nur ein Fakeprofil, aber es gibt eine Verbindung zu unseren beiden Frauen, er taucht bei beiden in der Freundesliste auf und ist auch in den Schilddrüsen-Gruppen aktiv. Johannes Duweißtschonwer. Daniela meinte, es wäre unglaublich, was Facebook dann doch alles an Namen akzeptiert, obwohl es offiziell die Pflicht zum Klarnamen gibt, aber sei es drum. Immerhin haben wir einen Anhaltspunkt. Und bei Tinder und in einer der Dating-Agenturen treibt er sich unter dem gleichen Namen herum. Ich rufe jetzt Aurich an, dann dürfen die sich mal zusammen mit dem LKA bei den Providern auf Spurensuche begeben.«

»Ist das nicht ein bisschen simpel? Wenn der was mit unseren beiden Fällen zu tun hat, würde der doch die Spuren besser verwischen, oder? So ein Fakeprofil ist kein Schutz. Und dann noch die Tatsache, dass die Insel abgeschottet ist.« Martin schüttelte verwundert den Kopf.

»Das stimmt. Aber entweder haben wir es hier mit einem eher halbschlauen Kerlchen zu tun, was unser Glück wäre, oder mit einem kleinen Genie, der uns auf falsche Fährten führen will. Nun, wir werden sehen. Ich glaube, die Schlinge zieht sich enger.«

Die Tür öffnete sich, und Doktor Sievers betrat eilenden Schrittes den Raum. »Entschuldigen Sie bitte, aber der Piepser hat immer Vorrang. Ich hoffe, dass ich jetzt kurz Ruhe habe, um meine Ausführungen zu Ende zu bringen. Wo genau war ich stehen geblieben?«

»Verdacht und Fortbildung«, warf Ruth in ihrer direkten Art in den Raum. »Darum ging es.«

»Und Sie wollten wissen, ob Constance Drogen genommen hat. Hat sie aber ganz bestimmt nicht«, ereiferte sich Jan. »Auch wenn ich sie natürlich nicht wirklich kenne, das merkt man doch.«

»Nein, das merkt man nicht unbedingt. Aber dazu gleich. Also, mein Verdacht, der durch die Fortbildung genährt wurde, bezieht sich darauf, dass …«

Gleichzeitig klingelte Martin Zieglers Smartphone, und die Tür wurde aufgerissen. Eine Krankenschwester stieß atemlos hervor: »Doktor Sievers, Frau Wagner, schnell. Schon wieder eine Frau mit Herz-Kreislauf-Zusammenbruch. Sie sollen bitte ans Telefon kommen. Der Notarzt ist vor Ort.«

Doktor Sievers und Anne waren aufgesprungen, und die Stühle fuhren polternd über den Linoleumboden.

Martin hatte sich wegen des Lärms mit dem Finger das Ohr zugehalten. »Scheiße«, sagte er, als er das Telefon sinken ließ. »Der Notruf ging auch bei uns ein. Leblose weibliche Person in der Kreuzstraße.«

*

Frau Dirkens schüttelte den Kopf. »Und ihr glaubt, dieser Kerl hat diese Frauen im Internet kennengelernt und sich mit ihnen getroffen, um sie umzubringen?«

Frank zuckte die Schultern. »Keine Ahnung. Vielleicht wollte er was anderes, aber es ist irgendwie aus dem Ruder gelaufen. Fakt ist, zwei dieser Frauen waren auf der Insel, und die eine, unsere Merle Rosenbaum, ist tot, und diese Constance Tarnow war es zumindest fast, wenn ich das richtig verstanden habe.«

»Diese Welt wird immer verrückter. Ich sage schon lange, dass das nicht gut gehen kann mit diesen Handys, auf die alle nur noch starren, und das mit dem Internet. Wir haben uns früher ganz anders kennengelernt, mein Seliger und ich. Nein, Sachen gibt es.«

Daniela lächelte Frank an: »Ach, ich finde das gar nicht so schlimm mit Facebook und so. Die Welt hat sich halt insgesamt verändert.«

»Das stimmt, mein Kind, das stimmt. So sehr, dass ich unbedingt darüber nachdenken muss, wie das mit mir und der Pension weitergeht.«

»Frau Dirkens, nein, das dürfen Sie nicht!« Daniela war sichtbar erschrocken, obwohl sie den Gedanken schon selber hatte. Aber von Frau Dirkens laut ausgesprochen, hatte es eine ganz andere Wirkung. »Wo soll ich denn hin, wenn ich auf Norderney bin? Das ist so was wie mein zweites Zuhause.«

»Mein Kind, das weiß ich doch. Aber dafür kann ich nicht das runde Jahr hier weitermachen. Ich müsste zu viel verändern, die Gäste mögen das nicht mehr so, wie sie es bei mir vorfinden.«

Daniela hatte die alte Dame noch nie so resigniert gesehen. »Und dann?«, fragte sie. »Was soll dann aus Ihnen werden, das Haus ist doch viel zu groß für Sie allein.«

»Da habe ich schon überlegt. Bei den Immobilienpreisen, da würde ich gut was kriegen. Dann könnte ich in so ein Seniorenstift gehen, vielleicht auch auf dem Festland, da ist man im Winter nicht ganz so einsam, kann mal nach Aurich oder nach Emden, das habe ich kaum einmal im Leben gemacht.«

»Nein, Frau Dirkens, nicht auch noch weg von Norderney. Ich glaube, da würde Ihnen eine Menge fehlen. Und Sie fehlen hier.«

»Du bist wirklich ein liebes Mädchen, Daniela. Aber ich weiß nicht. Sind auch keine guten Gedanken für abends. Ich sollte schlafen gehen und morgen weiter darüber nachdenken. Das war wirklich alles ein bisschen viel. Eine Tote unter meinen Gästen und dann noch der Sturm. Vielleicht sieht das Leben morgen wieder anders aus.«

Daniela und Frank nickten.

»Also, Kinder, ich ziehe mich zurück. Wenn ihr noch was wollt …«, sie zeigte auf den Schrank, in dem sie die Spirituosen aufbewahrte. »Oder einen Wein, den kannst du im Keller holen, Daniela. Fühlt euch wie zu Hause.«

Daniela war auch aufgestanden. Sie schaute Frank fragend an: »Sollen wir noch mal los?«

»Daniela, jetzt wollt ihr noch los? Hast du mal auf die Uhr geguckt?«

Daniela lächelte. »Ja, Frau Dirkens, es ist 20 vor zehn. Bei uns zu Hause gehen wir manchmal abends weg.«

»Aber, wo doch so furchtbare Sachen hier passieren, da habe ich gar keine Ruhe.«

Frank hatte sich nun ebenfalls erhoben. Mit seiner dunklen, warmen Stimme wandte er sich an Frau Dirkens und fasste sie liebevoll am Arm: »Und wenn ich Ihnen verspreche, dass ich Daniela keine Sekunde aus den Augen lasse und sie wohlbehalten zurückbringe?«

Das Gesicht von Frau Dirkens entspannte sich. Sie hatte Frank direkt in ihr Herz geschlossen. Das hatte Daniela ihr sofort angesehen. »Herr Prinzen, wenn Sie mir das versprechen, dann bin ich beruhigt. Aber macht nicht zu lange. Und denkt daran, die Haustür immer gut abzuschließen. So langsam ist mir das schon etwas unheimlich auf unserer Insel. Also, gute Nacht, Kinder. Daniela, ich wecke dich morgen zum Frühstück.« Sie war fast an der Tür, als sie sich umdrehte. »Und für einen zweiten Frühstücksgast hätte ich notfalls auch genügend da, ihr zwei. Wenn ihr versteht, was ich meine.«

*

Heute Abend bin ich vollkommen apathisch. Die veränderten Bedingungen kosten mich so viel Kraft und Konzentration, dass mir am Ende des Tages noch nicht einmal die Freude und Zufriedenheit über die Erfolge bleibt.

In Wirklichkeit spüre ich nur die Anstrengung und das Wissen, dass es noch nicht vorbei ist. Juliane fehlt noch. Ich muss in der Anspannung und Konzentration bleiben, darf nicht nachlassen, nicht übermütig werden, mich nicht zu früh auf vermeintlich Erreichtem ausruhen. Nur noch wenige Stunden, dann ist das Ziel endgültig erreicht. Ein letztes Aufbäumen, eine letzte Kraftanstrengung, und ich werde zufrieden auf mein Werk zurückblicken können.

Ich habe es heute in Gedanken hin- und hergewälzt. Lohnt sich dieser letzte Einsatz? Muss es wirklich sein? Ist nicht schon das Ziel erreicht, die Botschaft verstanden, des Pudels Kern offenbart? Alles Nachdenken lässt nur einen Schluss zu: Nein, es ist noch nicht vollbracht. Der Plan war ja nicht des

Planes willen erstellt worden, sondern um die Wahrheit in all ihren Facetten aufzuzeigen, die Folgerichtigkeit des Handelns darzustellen und der Welt die Augen zu öffnen. Endlich Gerechtigkeit, endlich Vergeltung, endlich Sühne. Und dann Ruhe, nur noch Ruhe.

*

Sie standen gemeinsam um das Telefon im Arztzimmer. Doktor Sievers hatte die Freisprecheinrichtung eingeschaltet, sodass alle mithören konnten. In wenigen Minuten würde Olaf Maternus hier sein, um Martin und Ruth zum Tatort zu bringen.

Der Notarzt schilderte, dass es sich um eine zierliche Frau um die 40 Jahre handelte. Sehr chic und teuer angezogen. Passanten hatten sie zusammengesunken und halb liegend auf einer Bank gefunden. Sie war nicht ansprechbar gewesen. Als sie mit den Einsatzfahrzeugen am Tatort ankamen, standen zwei ältere Pärchen um die Frau herum. »Ich glaub, das wird nichts mehr mit der«, empfing sie einer der Männer. »Wir hätten sonst noch was versucht. Aber wir sind selbst nicht mehr die Jüngsten. Wie sollten wir die denn bewegen? Nein, ich glaube, die ist mausetot.«

Der Notarzt war schnell zu der gleichen Erkenntnis gekommen. Es waren keine Vitalfunktionen mehr vorhanden und eine wächserne Bleiche hatte das starre Gesicht schon entstellt. Hier war nichts mehr zu machen, aber da sich im Krankenhaus die Gerüchte überschlugen, seit am frühen Abend der zweite Kollaps aufgefunden worden war, hielt er es für richtig, sowohl die Polizei als auch den diensthabenden Stationsarzt anzurufen, der mit dem anderen Fall beschäftigt war.

»Die Polizei steht noch hier bei mir, soll ich dir ausrichten«, sprach Doktor Sievers seinen Kollegen an. »Sie werden abgeholt und kommen so schnell wie möglich. Könnt ihr dafür sorgen, dass alles so bleibt, wie es ist?«

»Machen wir. Das ist wirklich kein Zufall mehr. Das geisterte heute Abend schon durch das Krankenhaus. Und das sieht absolut nach der gleichen Handschrift aus.«

»Das sehen wir auch so. Kannst du uns schildern, ob es Besonderheiten gibt? Äußere Verletzungen oder andere Hinweise? Oder ein Krampfgeschehen?«

»Nein, auf einen Krampfanfall deutet nichts hin. Vor allem nicht die Auffindsituation. Sieht eher so aus, als wäre sie ganz friedlich eingeschlafen.«

»Gibt es eine Schilddrüsennarbe?«, fragte Anne aus dem Hintergrund.

Martin Ziegler hob anerkennend den Daumen in ihre Richtung.

»Nein, keine Schilddrüsennarbe zu sehen«, antwortete der Notarzt.

»Okay, das fällt als Muster raus«, dachte Anne laut. »Fällt sonst was auf?«

»Können Sie nach den Papieren schauen? Sie hat doch sicher eine Tasche dabei. Dann könnten wir die Kollegen auf die Daten ansetzen«, bat Martin.

»Das ist eine gute Idee. Bitte schauen Sie nach. Ich mache mir langsam echt Sorgen. Uns läuft die Zeit weg. Wer weiß, wie viele der noch auf seiner Liste hat. Wenn wir den Kerl nicht bald kriegen, haben wir wirklich ein Problem.« Ruths Stimme klang aggressiv.

Sie hörten im Hintergrund, wie der Arzt nach den Papieren rief. »Die Rettungssanitäter haben schon nach Papieren gesucht, um Hinweise auf Erkrankungen oder Allergien zu finden. Also, hier ist der Personalausweis.«

»Moment, ich schreibe mit«, rief Ruth und schnappte sich wieder Zettel und Stift.

»Also, das ist eine Dörthe Brandstetter, geboren am 16.04.1975, aus Mainz.«

»Okay«, Ruth zeigte auf die Tür, »ich gehe raus und rufe die Kollegen an. Und Daniela und Frank, die müssen auch noch mal ran. Facebook, Tinder, was auch immer. Bis gleich.«

»Marcel, hast du eine Idee, was es gewesen sein könnte, was in den bisherigen Fällen den Zusammenbruch bewirkt hat? Hat die Patientin auf Intensiv schon was sagen können?«, richtete der Notarzt seine Frage an Doktor Sievers.

»Nein, hat sie nicht. Ich denke aber, dass wir es hier mit …«

»Was ist denn hier passiert?« Durch das Telefon drang eine aufgeregte Frauenstimme, die die Worte des Arztes abschnitten. »Ist hier was passiert? Was ist denn los?« Die weibliche Stimme klang angstvoll und überschlug sich fast.

»Bitte gehen Sie weiter. Sie können nichts tun. Sie sehen ja, dass schon Hilfe da ist.« Anscheinend versuchte einer der Rettungssanitäter, die Frau zu beruhigen.

»Tobias, jetzt guck mal. Das ist doch hier, wo eben diese Frauen saßen. Das sah doch so komisch aus.«

»Bitte gehen Sie weiter. Sie können wirklich nichts tun.«

»Halt!«, schrie Martin so laut in das Telefon, dass im Arztzimmer alle zusammenzuckten. »Bitte, die Frau soll auf jeden Fall dableiben. Vielleicht hat sie etwas Wichtiges gesehen. Olaf Maternus muss jeden Augenblick hier sein. Wir sind in zehn Minuten da.«

*

Olaf Maternus hatte alle auf Norderney verfügbaren Kollegen mit einem Rundruf geweckt. Die meisten waren am Tatort und hatten mit zwei Polizeiwagen die Eingänge zur Kreuzstraße versperrt, während ein Kollege das rot-weiße Absperrband um den näheren Fundort der Leiche spannte.

Die beiden Polizistinnen der Insel hatten das junge Paar in eins der Autos gesetzt, wo die junge Frau schluchzte: »Das sah eben schon so komisch aus. Warum haben wir die beiden denn bloß nicht angesprochen? Du hast stattdessen Witze gemacht.«

»Ich konnte doch nicht ahnen, dass da irgendetwas passieren würde. Man kann doch nicht jeden ansprechen, der einem komisch vorkommt. Du weißt doch selbst, wie die Leute dann reagieren. Und im Übrigen kommen mir verdammt viele Leute, denen ich begegne, komisch vor.«

Die junge Frau nickte und gab kleinlaut zu: »Ich weiß. Erleben wir zu Hause auch ständig. Nur nicht hingucken, aber wenn was passiert, ist man auch schuld.« Sie schluchzte erneut auf. »Am schlimmsten ist, dass ich noch nie eine Tote gesehen habe. Ich fand das echt gruselig, wie der Mund so aufstand und wie weiß die war.«

Ihr Partner zog sie noch enger zu sich heran. »Komm, beruhige dich! Du musst das vergessen. Wir haben ja nichts damit zu tun.«

Die hintere Autotür, die nur einen kleinen Spalt aufstand, wurde komplett geöffnet. Eine Polizistin beugte sich zu ihnen herunter: »Unser Chef kommt gleich. Er will sicher mit Ihnen sprechen.«

*

Jan Jahnke war unglücklich und verloren hinter den anderen hergegangen, als sie zum Telefon gerufen wurden. Als Olaf Maternus an der Pforte vorgefahren war, hätten Martin und Ruth den vor der Tür wartenden Jan fast umgerannt. Ruth war abrupt stehen geblieben. »Ach Gott, was machen wir denn nun mit Ihnen?«

»Am besten, Sie fahren nach Hause oder in Ihr Hotel und lassen uns Ihre Telefonnummer hier«, schlug Doktor Sievers vor.

»Nein, auf gar keinen Fall. Das halte ich nicht aus. Ich kann nicht einfach auf Normalität umschalten.«

Doktor Sievers nickte. »Ich kann das verstehen.« Er sah seine Kollegin an. »Anne, was hältst du davon, wenn du Herrn Jahnke begleitest. Wir wissen alle, wie man sich nach so einer Reanimation fühlt, und mir wäre es auch lieber, wenn Sie nicht allein wären.« Er sah, dass Anne den Mund öffnete. »Ich weiß, was du sagen willst. Dein Dienst morgen früh. Ehrlich gesagt, möchte ich sowieso, dass jemand mit dir tauscht. Ich kümmere mich gleich drum, einverstanden?«

Anne lächelte ihn an. »Du bist echt ein Superkollege, Marcel, danke schön.« Sie schaute auf ihre Uhr: »Noch keine zehn Uhr. Wenn wir ein Stück mit euch fahren können, Ruth, würde ich mit Jan in die Milchbar gehen. Die hat noch über eine Stunde auf.«

»Gute Idee«, stimmte Ruth zu. »Ich rufe Daniela und Frank an, vielleicht wollen die beiden zu euch stoßen. Und wir melden uns nachher bei euch.«

»Wenn ihr wollt, schaut euch schon mal in der Milchbar um. Dort waren ja Frau Rosenbaum und Frau Tarnow verabredet. Aber bitte nur schauen, und wenn was komisch ist, meldet euch. Bitte keine Fragen und Ermittlungen auf eigene Faust, klar?«

»Alles klar!« Anne Wagner nickte Martin ernst zu.

Jan Jahnke blickte in die Runde. »Danke, ich danke Ihnen allen.« Und zu Doktor Sievers: »Bitte passen Sie gut auf Constance auf. Und grüßen Sie sie von mir. Sagen Sie, dass ich auf sie warte.«

»Das mache ich«, sagte Doktor Sievers herzlich und drückte ihm die Hand.

»Jetzt macht schon«, drängte Ruth zur Eile. »Wir können später noch Dankesreden halten. Erst mal müssen wir diesen Kerl schnappen.« Sie war ein gutes Stück vorgeeilt und rief über die Schulter zurück.

Doktor Sievers winkte allen zu und ging in die entgegengesetzte Richtung.

Plötzlich schrie Martin erneut: »Halt, Moment! Doktor Sievers! Sie haben uns noch nicht gesagt, was Sie vermuten. Was könnte die Ursache gewesen sein?«

Der Arzt drehte sich um. »Ich bin mir ziemlich sicher. Liquid Ecstasy. Kennt man als Partydroge oder als K.-o.-Tropfen. Farblos. Geruchlos. Und als Überdosis tödlich!«

*

Auf der Fahrt vom Krankenhaus Richtung Ortsmitte hatte Anne Wagner im Auto weitere Auskunft über die mögliche Wirkungsweise von GHB gegeben, dem Wirkstoff, der üblicherweise als Liquid Ecstasy bezeichnet wurde. Martin hatte gleichzeitig gegoogelt: »Stimmt. Alles passt. Durch die Schilddrüsenerkrankungen gab es ein höheres Risiko, auf eine Überdosierung zu reagieren. Ob das gewollt war? Oder ob da was aus dem Ruder gelaufen ist? Wenn er sich mit den Opfern in der Milchbar verabredet hat, dort etwas ins Getränk gemixt hat und dann unter einem Vorwand mit ihnen nach draußen ist, das würde passen. Aber warum? Weil er sie willenlos wollte? Oder sie vergewaltigen wollte?«

»Aber sucht man sich dann nicht von Anfang an einen ruhigeren Ort? Und nicht gerade so ein Touristennest in der Ferienzeit?«, warf Anne ein.

»Ja, komisch. Klingt auf jeden Fall alles psychopathisch. Jemand, der bewusst steuern will. Jemand, der die Frauen unter seine Kontrolle bringen will«, sinnierte Ruth.

Anne stockte: »Aber gleich mehrere Opfer? Damit bringt er sich doch selber total in Gefahr. Bei einem Opfer wäre eine natürliche Todesursache durchgekommen, aber so?«

»Ist dieses Liquid Ecstasy eigentlich nachweisbar?«, fragte Jan.

Anne nickte: »Für kurze Zeit, ja. Ich gehe davon aus, dass bei Frau Tarnow schon Proben entnommen wurden. Aber die müssen in ein Speziallabor, da haben wir auf der Insel keine Möglichkeit.«

»Das hieße aber, wenn es das wirklich ist, kommt Constance auf jeden Fall durch, ja?«, wandte sich Jan an Anne.

Sie lächelte ihn an. »Ich denke schon. Wir haben sie stabil und in der Überwachung. Wenn es wirklich Liquid Ecstasy war, dann hilft jede Minute, damit das Zeug wieder aus dem Körper verschwindet.«

An der Ecke der Kaiserstraße zur Heinrichstraße stiegen Jan und Anne aus.

»Bis später!«, rief Ruth. »Und wie gesagt: Keine Ermittlungen auf eigene Faust.«

*

Martin und Ruth warfen nur einen kurzen Blick auf die Leiche. »Verdammter Mist, so früh gehen zu müssen, ich werde mich nie daran gewöhnen«, brummte Martin. Er trat auf den Notarzt zu, den er persönlich kannte, und stellte Ruth vor. »Meine Kollegin. Hilft mir glücklicherweise, wo Norden und Aurich uns nur telefonisch unterstützen können.«

»Dass ausgerechnet jetzt die Insel abgeschnitten ist. Und nicht nur vom Wasser. Ist wirklich unglaublich.«

»Stimmt, das erwartet man von Norderney irgendwie nicht. Kommt auch nur alle Jubeljahre vor. Morgen früh wird auf jeden Fall wieder geflogen, das wurde durchgegeben. Aber auf dem Festland ist Chaos pur. Aurich meldet Land unter, weil die zusätzlich eine Norovirus-Welle unter den Kollegen haben.«

»Wenn schon mal was zusammenkommt, dann richtig.«

»Doktor Sievers hat uns eben über seinen Verdacht unterrichtet, die Frauen könnten durch eine Überdosis Liquid Ecstasy kollabiert sein. Könnte das in diesem Fall auch passiert sein?«

»Nun ja, hundertprozentig kann man das natürlich von außen nicht sagen. Das werden erst die toxikologischen Befunde ergeben. Es gibt aber auch nichts, was dagegen spricht. Bei einer Überdosierung kann es sowohl zu einem Herz-Kreislauf-Versagen kommen durch eine Übererregung im Herzrhythmus oder zu einer Atemdepression. Beides kann zum Tode führen. Was ich ausschließe, ist ein Krampfanfall, der kann dabei auftreten, muss aber nicht.«

»Ich danke dir. Wir beschlagnahmen die Leiche und lassen sie abtransportieren. Habt ihr im Leichenkeller im Krankenhaus Platz?«

»Bestimmt. Ich rufe an und sage dort Bescheid.«

»Gut, danke. Die Kollegen von der Rechtsmedizin werden morgen Kontakt zu euch aufnehmen. Ich will mal hoffen, dass wir euch nicht mehr brauchen. Langsam reichts.«

Ruth war inzwischen von den Polizeibeamten informiert worden: »Die Handtasche haben wir sichergestellt. Die Personalien hat der Notarzt durchgegeben. Frau Brandstetter war Gast im Hotel ›Ostfriesischer Hof‹. Sollen wir da vorbeifahren?«

»Da kümmere ich mich gleich drum. Vielen Dank! Haben wir sonst noch was?«

Die Spurenlage gab nicht viel her. An der Bank hatten sie Fingerabdrücke genommen und das Beet und den Boden nach Auffälligkeiten abgesucht. »Hier war ein Zigarettenstummel, den habe ich eingetütet. Bis ans Ende geraucht. Ich tippe auf männlichen Raucher, Frauen drücken früher aus.« Einer der Polizisten hielt Ruth die Tüte unter die Nase.

»Gut gemacht«, sagte sie laut, während sie innerlich die Augen verdrehte: Mein liebes Freundchen, mit dieser voreingenommenen Machohaltung kommst du im Polizeidienst aber nicht weit. Um im gleichen Augenblick gedanklich hinterherzuschieben: Oder vielleicht gerade doch.

Sie blickte zu Martin, der sich in diesem Moment vom Notarzt abwandte und sie zu sich heranwinkte. Gemeinsam gingen sie zum Polizeiauto. Martin öffnete die Beifahrertür, und Ruth stieg von der anderen Seite auf den Fahrersitz. Mit großen verheulten Augen starrte die junge Frau sie von der Rückbank an, während ihr Partner sie an sich drückte.

Martin stellte auch hier Ruth und sich vor. Seine Funktion und seine ruhige, tiefe Stimme schienen die Frau augenblicklich zu beruhigen.

»Wir sind ganz dringend darauf angewiesen, dass Sie uns schildern, was Sie gesehen haben. Alles ist wichtig, auch wenn es Ihnen nebensächlich erscheint. Sie und Ihr Mann sind also vor etwas über einer Stunde schon einmal hier vorbeigekommen?«

»Ja, aber nicht mein Mann, sondern Tobias, mein Freund«, antwortete sie. »So gegen Viertel vor neun, würde ich denken. Vielleicht ein bisschen früher oder später, so genau kann ich das gar nicht mehr sagen.«

Der Freund bestätigte dies. »Wir wollten am Strand nach den Wellen sehen, weil es heute so stürmisch war. Aber es ist zu dunkel. Dann waren wir in der Milchbar, aber die war rappelvoll, und es warteten schon einige auf einen freien Platz. Da sind wir wieder gegangen, um später reinzuschauen.«

»Und Sie sind hier durch die Straße gekommen?« Martin hatte mit einem Blick zu Ruth die Gesprächsführung übernommen.

»Ja, wir sind erst oben auf der Promenade geblieben, aber weil es uns dort zu kalt war, sind wir in die Heinrichstraße abgebogen. Dort fiel Frauke, also meiner Freundin, ein, dass uns jemand von einem Café in der Bismarckstraße erzählt hat. Also sind wir durch die Kreuzstraße, um uns das anzusehen.«

»Genau«, fiel Frauke ein, »das hatte schon zu, aber von da aus sind wir zu dem kleinen Italiener in der Benekestraße und haben dort einen Salat gegessen. Hatten wir ursprünglich gar nicht vor, aber das sah von draußen so einladend aus.«

»Und wir hatten Glück, dass es einen freien Tisch für uns gab.«

Martin hatte die beiden reden lassen, weil sich die Frau dabei sichtlich beruhigte. Nun hakte er nach: »Und auf dem Weg durch die Kreuzstraße ist Ihnen was genau aufgefallen?«

Frauke schaute Tobias an, bevor sie redete: »Also, erst mal gar nichts. Die Straßen waren alle wie ausgestorben. Voll war es nur in der Milchbar, und das war ein richtiger Kontrast. Klar, das Meer haben wir gehört. Wir sind beide schweigend gegangen, weil ich das Geräusch, das meine Schuhe auf der Straße machten, so schön fand.« Sie sah hinunter in den dunklen Fußraum des Autos. »Sind nämlich neu, die Schuhe.« Erschrocken hielt sie inne.

Ruth lächelte. »Das ist vollkommen in Ordnung, dass Sie sich daran erfreuen, auch angesichts solcher Umstände.«

»Ich hatte es nur für einen Moment ganz vergessen, komisch«, überlegte Frauke. Dann riss sie sich zusammen. »Okay, ich dachte, wir wären ganz alleine, und wunderte mich noch, dass kein einziges Fenster in der ganzen Straße beleuchtet war. Schlafen die alle schon, habe ich mich noch gefragt, als ich auf einmal eine Zigarette aufleuchten sah. Da saßen diese beiden Frauen, ganz eng aneinandergedrückt. Die eine sah aus, als döste sie, und die andere plapperte auf sie ein und machte so rollende, wedelnde Handbewegungen, um den Zigarettenqualm zu vertreiben.«

»Moment mal«, die Stimme von Martin wurde scharf, »Sie

sind sich ganz sicher, dass es zwei Frauen waren?« Er warf Ruth einen zweifelnden Blick zu.

Frauke schaute verunsichert zu Tobias. »Ich denke doch. Das war für uns beide eindeutig. Also, allein die Stimme. Schon dunkel, so wie bei jemandem, der schon älter ist oder raucht, aber für mich war das eine Frauenstimme.«

»Und gesprochen hat die, die geraucht hat?«

»Ja, und das war nicht die, die jetzt noch da hinten sitzt.«

»Sicher?«, fragte Ruth.

»Ziemlich sicher. Ich habe mich extra rumgedreht, weil Tobias gesagt hat ... na ja, weil Tobias so einen blöden Witz gebracht hat.«

»Was denn für einen Witz?«

»Ach, das war doof von mir, das ist mir so rausgerutscht, so von wegen: ›So alte Schachteln finden halt keinen Mann mehr.‹ Ich weiß, total doof, aber so was sagt man halt mal.«

Ja, wahrscheinlich sagte man das in dem Alter manchmal, dachte Ruth und fragte laut: »Und was war nun so komisch an den beiden?«

»Na, wie die da saßen, so total aneinandergequetscht. So als würde die eine die andere von der Bank drücken wollen. So was haben wir früher immer gespielt, kennen Sie das nicht? So lange drücken, bis einer runterfällt.« Frauke war ganz atemlos.

»Ja, nur dass hier eine Lehne an der Seite war. Ich habe dann gemeint, wenn man als alte Schachtel keinen Mann mehr kriegt, muss man halt einer Frau auf die Pelle rücken. Genau so sah das aus: Jemandem auf die Pelle rücken.«

»Können Sie die Frau beschreiben?« Ruth suchte in ihrer Tasche nach Papier und Stift, die sie im Krankenhaus eingesteckt hatte.

Frauke überlegte: »Schon etwas älter, hatte eine Mütze an, eher sportliche Kleidung, aber da war auch so ein großer Schal.

Eine Brille, oder Tobias? Die hatte doch eine Brille? Wie groß, kann ich nicht sagen. Aber sie war stämmiger als die andere.«

»Das stimmt«, beteuerte Tobias. »Deswegen glaubte man auch fast, dass sie die andere erdrückt. Aber die hat sich ja nicht gewehrt oder geschimpft, und deswegen haben wir auch nichts gesagt. Die hätte doch sagen können, dass die andere ihr wehtut oder sie bedrängt. Oder war das gar nicht so?«

»Das wissen wir noch nicht genau. Es hat Sie also keine der beiden Frauen um Hilfe oder Unterstützung gebeten?«

»Nein, nein, ganz sicher nicht. Dann hätten wir doch geholfen.« Nun machte auch Tobias ein betroffenes Gesicht.

Ruth holte tief Luft. »Wenn man mal von der Stimme absieht und sich überlegt, dass es ja auch Perücken oder so was gibt. Hätte diese vermeintliche Frau ein Mann sein können?«

Frauke und Tobias sahen sich an. Dann nickten beide nachdenklich und sagten gleichzeitig: »Ja, ich glaube schon.«

*

Die Polizeibeamtinnen hatten die Personalien des Pärchens aufgenommen und die beiden jungen Leute eindringlich ermahnt, sich sofort zu melden, falls ihnen irgendetwas auffallen sollte. Beklommen waren beide gegangen, nicht ohne einen verstohlenen Blick in Richtung der Bank zu werfen. Dort war gerade der Wagen eines Bestattungsunternehmers vorgefahren und versperrte ihnen die Sicht.

Martin seufzte, als er mit Ruth alleine im Polizeiwagen saß. »Vertrackte Geschichte, was?«

Ruth schwieg, aber sie trommelte mit den Fingern auf dem Lenkrad.

»Ruth, bitte hör auf damit, es macht mich wahnsinnig.«

»Mir hilft es, nachzudenken und nicht wahnsinnig zu werden. Ich könnte aus der Hose springen, dass so ein Schwein über die Insel zieht und uns eine lange Nase dreht. Hallo, wir befinden uns nicht in einer Großstadt, wir sind auf Norderney.«

»Du hast ja recht, aber das bringt uns nicht weiter. Lass uns überlegen, was wir tun können, ja?«

»Einverstanden. Ich komme mit Nachdenken nicht mehr weiter. Was schlägst du vor?«

»Ich würde gerne aufs Revier fahren und mich mit Norden und Aurich abstimmen. Hören, ob die was für uns haben. Die Überprüfung der Internetverbindungen müsste was hergegeben haben. Ich hoffe, dass die Kollegen aus Mainz und auch die aus Wismar uns einige Informationen liefern können. Hintergründe, Angehörige, Arbeitgeber, irgendetwas, was uns weiterhilft. Das Handy von Frau Brandstetter nehme ich mit, wenn es recht ist, vielleicht finden wir da noch etwas Entscheidendes.«

»Soll ich dann zum Ostfriesischen Hof fahren? Möglicherweise wissen die etwas oder Dörthe Brandstetter hat dort etwas erzählt?«

»Gute Idee! Kannst du Frank anrufen, ob er bei den Recherchen im Internet etwas zu Frau Brandstetter gefunden hat? Er kann sich bei mir melden.«

»Mache ich. Ich fahre auf dem Rückweg vom Hotel an der Milchbar vorbei und fühle dem Personal mal auf den Zahn. Dann kann ich gleichzeitig nach Anne und Jan schauen.«

»Das ist gut. Sobald einer von uns was hat, informiert er den anderen, okay? Und bitte, Ruth, mach bitte keine Alleingänge, versprochen? Ich glaube, wir haben es mit einem ganz ausgebufften Täter zu tun. Nicht, dass wir in eine seiner Fallen tappen.«

»Versprochen, Martin. Schon allein, um dir dein Polizistendasein nicht noch schwerer zu machen, als es schon ist.«

*

Ruth hatte darauf verzichtet, sich von Olaf Maternus fahren zu lassen. Der Ortskern war im Grunde genommen so klein, dass man innerhalb von zehn Minuten von einem Ende zum anderen laufen konnte.

Sie verwuschelte sich beim Aussteigen noch einmal die Haare, blies in ihre Hände, bevor sie diese tief in die Jackentaschen versenkte und losging.

Wirklich Ruhe nach dem Sturm, dachte sie, während sie durch die stillen Straßen lief. Erst in der Poststraße traf sie auf die Nachtschwärmer, von denen die Insel auch lebte. Hier fanden sich auf einer kurzen Strecke mehrere angesagte Kneipen und Diskotheken, in denen das ganze Jahr Party war. Eine Mischung aus Schlager und Karneval drang lautstark bis auf die Straße, wenn die Türen sich öffneten. Wahrscheinlich zog auch die Tatsache, dass es bei ihnen auf der Insel immer noch sogenannte Raucherlokale gab, eine Menge Gäste an, die in ihrer Heimat konsequent an die frische Luft befördert wurden.

»Komm, pack das Lasso aus«, forderte ein ihr unbekannter Sänger gerade die Zuhörer auf und Ruth musste grinsend an Daniela denken, die sich als Rheinländerin wahrscheinlich in diesen Kneipen nicht unwohl fühlen würde. Sie lachte auf. Da hatte sie auch prompt die scheinbar passende Schublade aufgezogen wie eben der Polizist mit der Zigarettenkippe. Was Vorurteile und Klischees anbelangte, war sie wohl keinen Deut besser. Vielleicht tat sie Daniela Unrecht, und sie gehörte zu den wenigen Rheinländern, denen der Karneval gar nicht gefiel. Sie würde sie mal danach fragen und dann könnte es sogar ganz lustig werden, mit ihr mal eine dieser Norderneyer Kneipen zu besuchen. Mit Daniela und Frank, mit Martin und Anne oder auch mit Jan und dieser Constance. Dann, wenn alles vorbei wäre. Wenn sie ihn hätten, das Schwein. Erst dann.

Der Nachtportier des Ostfriesischen Hofes wollte ihr nicht glauben, was sie ihm zu sagen hatte. Eine Tote unter den Gästen – unmöglich. Der arme Mann war total kopflos geworden, als hätte er selbst den Tod von Dörthe Brandstetter zu verantworten. Er war nicht in der Lage gewesen, auch nur eine einzige Frage zu beantworten, und beruhigte sich erst, als er die Geschäftsleitung erreicht hatte.

Anfangs schien es, als könnten sie ihr im Hotel nicht wirklich weiterhelfen. Sie hatte das Zimmer zu sehen bekommen. Die teure, hochwertige Kleidung im Schrank sprach wie die teuren Tiegel und Tuben im Bad für einen erlesenen Geschmack und genügend Geld.

Der Hotelportier, der unter den Augen seines Chefs sicherer geworden war, zeigte ganz nebenbei auf eine Karte, die auf dem Nachttisch von Dörthe lag. »Diese wurde uns zugesandt mit der Bitte, sie in Frau Brandstetters Zimmer zum Empfang aufzustellen. Dem sind wir natürlich nachgekommen.«

Ruth nahm die Karte auf und las sie. Ein Schauder erfasste sie. Da war sie – die Verbindung. Nicht, dass sie es nicht erwartet hätte. Und doch, es jetzt schwarz auf weiß zu sehen, war etwas anderes. J. (dwsw) – was konnte das anderes sein als Johannes Duweißtschonwer! Ruth drehte die Karte in alle Richtungen.

»Den Brief dazu oder den Umschlag – haben Sie den noch?«

»Nein, sicher nicht. Frau Brandstetter war hocherfreut, und für uns gab es nach Erledigung des Auftrags keinen Grund, diese Sachen zu behalten.«

Ruth zog eine kleine Plastiktüte aus ihrer Tasche. »Die Karte nehme ich mit, sie dient als Beweismittel.«

Die Augen des Portiers weiteten sich erneut. Die Tatsache, so unverhofft in einen Kriminalfall geraten zu sein, schien ihn heillos zu überfordern.

»War Frau Brandstetter in den letzten Tagen in Begleitung? Kannte sie jemanden von den anderen Hotelgästen?« Ruth ging mit aufmerksamen Blicken durch das Zimmer.

Der Portier überlegte. »Nein, nicht, dass ich wüsste. Sie war viel unterwegs, aber hat auch die Angebote des Hotels genutzt. Unser Spa, vor allem das Schwimmbad und den Fitnessraum. Sport schien ihr wichtig gewesen zu sein.«

»Das sieht man«, sagte Ruth und zeigte auf die verschiedenen Sportschuhe, die im Zimmer standen.

»Gut, mehr muss ich nicht sehen, vielen Dank für Ihre Mühen.«

Der Hotelchef hatte zwischenzeitlich im Computer die wesentlichen Informationen zusammengesucht und ausgedruckt. »Bitte sehr: Hier sind die Buchungsunterlagen. Es wurde sehr früh gebucht, wie Sie sehen, schon vor fast einem halben Jahr, aber bei vielen Gästen ist das mittlerweile üblich, weil wir gerade in Ferienzeiten oft nur noch knappe Ressourcen haben.«

»War Frau Brandstetter denn so etwas wie ein Stammgast?«

»Nein, leider bisher nicht. Sie war das erste Mal hier. Allerdings hatten wir den Eindruck, dass es ihr gut gefiel, und wir haben, entschuldigen Sie, wir hatten die Hoffnung, dass sie ein Stammgast werden könnte, zumal sie sich sehr lobend über alle unsere Angebote geäußert hat. Ich habe einen Vermerk von unserer Kosmetikerin in unserer internen Qualitätskontrolle.«

»Gibt es sonst etwas, was uns weiterhelfen könnte?«

»Ich bedaure. Ich würde mich aber selbstverständlich jederzeit an Sie wenden, falls uns etwas einfällt. Ach, Moment, da war doch noch etwas. Ich war durch Zufall an der Rezeption. Mal kurz nachdenken. Das muss heute Morgen oder gegen Mittag gewesen sein. Ein Anruf für Frau Brandstetter, die Rezeption hat durchgestellt. Es ging wohl darum, dass Frau Brandstetter nicht auf ihrem Handy erreichbar war.«

»Wissen Sie, wer der Anrufer war?«

»Nein, natürlich nicht. Ich glaube mich aber zu erinnern, dass es eine Dame war. Genau, unser Rezeptionist sagte, dass eine Dame am Apparat sei.«

»Das ist doch mal was. Ihre Telefonanlage speichert doch sicherlich eingegangene Anrufe? Darauf würde ich gerne einen Blick werfen. Schließlich sollen die Spezialisten im LKA etwas zu tun bekommen.«

Ruth sah das entsetzte Gesicht des Hoteldirektors und brach in schallendes Gelächter aus: »Nein, keine Sorge, wir klingeln nicht alle Anrufer mitten in der Nacht aus den Betten. Etwas moderner ist auch die Polizei in den letzten Jahren geworden.«

*

Martin fiel im Büro erschöpft auf einen Stuhl. Mit dieser dramatischen Entwicklung über den Tag hatte er beileibe nicht gerechnet. War er nicht für heute mit Ruth zum Abendessen verabredet gewesen oder war das schon gestern gewesen? Ihm war ein wenig schwindelig. Mist, dachte er, das ist wohl nichts mit ruhiger Insel. Warum mussten sich, egal wo er war, Ereignisse bloß immer so dramatisch verdichten?

Es half nichts. Er musste sehen, dass sie so schnell wie möglich alle Erkenntnisse bündelten. Vielleicht würden sie dann zugreifen können, bevor der Kerl womöglich morgen früh in das erste Schiff oder den ersten Flieger stieg. Auch ohne konkrete Personenbeschreibung: Morgen würde niemand Norderney verlassen, ohne dass eine genaue Prüfung stattfand. Das wenigstens konnten die Kollegen von Norden leisten. Zwei Polizisten am Flughafen, vier am Hafen in Norddeich. Das wäre doch gelacht! Selbst bei gefälschten Papieren würden sie so jeden alleinreisenden Mann unter die Lupe nehmen.

Martin griff zum Hörer, um sich mit den Kollegen aus Aurich auszutauschen.

»Eine schöne Schiete, die ihr da habt«, wurde er prompt begrüßt.

»Na, das kann man bei euch mit eurem Norovirus erst recht sagen.«

Sein Kollege lachte. »Du hast deinen Humor anscheinend noch nicht verloren. Das ist gut so.«

»Ich bin froh, dass Ruth Keiser hier ist. Allein wäre das ganz schön happig. Und wir haben uns ein kleines Team aus Experten zusammengebastelt, die Ärzte und ein paar Leute mit Spezialwissen, die wir echt gebrauchen können. Ist zwar nicht das standardmäßige Vorgehen, aber uns bleibt nichts anderes übrig.«

»Lass mal, ich kriege schon mit, dass das nicht ganz nach Vorschrift läuft. Ich will lieber gar keine Details hören. Und ich habe Vertrauen zu dir. Am Ende zählt doch eh nur, was hinten rauskommt.«

»Deine Sprache hat sich eurem Norovirus aber ganz schön angepasst.« Sie lachten beide. »Trotzdem danke ich dir«, schob Martin hinterher. »Ich weiß dein Vertrauen zu schätzen. Aber nun mal sachlich: Ich weiß nicht, ob es schon zu euch gedrungen ist. Liquid Ecstasy scheint der Typ zu benutzen. Motiv ist noch unklar. Habt ihr denn was für uns?«

»Also, wir haben die entsprechenden Kontakte zurückverfolgt. Dieser Johannes Duweißtschonwer ist mit diesem Namen in unterschiedlichen Netzwerken unterwegs gewesen. Das, was er öffentlich gestellt hat, ist wenig und beliebig, aber durchaus geeignet, Frauen anzusprechen. Das Foto zeigt einen Mann, der gegen die Sonne fotografiert wurde und deswegen nur schemenhaft zu erkennen ist. Zudem trägt er eine Sonnenbrille. Sportlich und schlank, aber sonst nicht identifizierbar. Selbst, wenn man das Bild vergrößert, gibt das nichts.

Es wurde aus zu weiter Entfernung aufgenommen. Wenn du mich fragst, sicher ein Fake. Daraus könnt ihr keine Personenbeschreibung basteln.«

»Habe ich mir schon gedacht. Aber konntet ihr die Profile über die Provider zurückverfolgen?«

»Die fleißigen Kollegen vom LKA haben uns in die Hände gespielt. Wir sind mit allen verfügbaren Leuten daran, die Identität zu klären. Leider gibt es keine guten Neuigkeiten: Die Zurückverfolgung der IP-Adresse ist wohl eine Nullnummer. Wir sind bei einer Witwe in Heilbronn gelandet. Wir haben das mal gecheckt: gut situierte Dame, die sich ehrenamtlich engagiert, aber eher konservativ ist. Ihr Mann ist vor anderthalb Jahren gestorben. Sie lebt allein in dem Haus. Es gibt keine Kinder, keine Verwandten, keine Vermietung.«

Martin hatte angespannt gelauscht. Jetzt schlug er mit der Faust auf den Tisch. »Verdammte Scheiße! Entschuldige, aber das ist doch zum Haareraufen! Wie kann das denn sein? Dafür werden die Daten doch extra gespeichert, damit man dann auf die richtigen Verursacher zurückgreifen kann.«

»So soll es ja auch sein. Aber da muss nur einer nachlässig sein mit der Verschlüsselung seines WLAN-Netzes und schwups, kann sich jeder darüber einwählen. Einfacher kann man gar nicht Schindluder auf den Datenautobahnen treiben. Denn Schuld ist im Zweifelsfall immer der Inhaber der IP-Adresse.«

»Und was ist mit den Telefonverbindungen? Zwei der Handys waren nicht gesperrt, wenn auch mit unterdrückter Rufnummer.«

»Das haben wir auch geprüft. Ruth hat uns gerade verständigt, dass im Hotel ein Anruf eingegangen ist. Letzteres wird gesondert geprüft, aber der Rest war eine Sackgasse. Ich tippe mal auf Discounter-Prepaid-Karte.«

»Müssen die die Identität der Käufer nicht überprüfen und festhalten?«

»Müssen täten die schon, machen sie aber in der Regel nicht. Und wenn doch mal, geht man halt in den nächsten, bis es klappt.«

»Verstehe. So ein Mist. Und was machen wir jetzt?«

»Die Kollegen kümmern sich weiter. Es wird geschaut, ob es in der Nachbarschaft der Witwe jemanden geben könnte, der ins Raster passt. Alleinstehender Mann auf der Suche nach Frauen. Wir überprüfen gerade, welche Verbindungen noch über die IP-Adresse aufgebaut wurden, um ein klareres Bild von seinen Tätigkeiten und Kontakten zu bekommen. Wir haben ihn zwar in der Freundesliste der beiden Frauen bei Facebook gefunden, er selber hat seine Freundesliste aber nicht einsehbar. Wie gesagt, wir tüfteln dran.«

»Einer aus unserem Team forscht gerade, ob das letzte Opfer, Dörthe Brandstetter, auch Kontakte zu ihm hatte. Das wird nur eine Formsache sein, hilft uns aber kaum weiter, wenn die Datenspuren ins Leere gehen.«

»Komm, wir kriegen das hin. Unsere Leute sind spitze, die kriegen da schon noch was raus. Wie geht es bei euch weiter?«

»Wir treffen uns gleich in dem Lokal, in dem die Verabredungen stattgefunden haben. Ruth und ich und die anderen. Mal sehen, ob dem Personal was aufgefallen ist. Aber worauf hätten die achten sollen? Das Zeug kann in alles geschüttet worden sein. Und weil dort Selbstbedienung gilt, werden die nicht mitbekommen haben, wer da neben wem gesessen hat.«

»Okay, ich wünsche euch und uns viel Erfolg! Wir kriegen den, da bin ich mir sicher.«

Martin seufzte. »Was haben sie dir bloß in den Tee getan, dass du so ein unverbesserlicher Optimist bist? Ich melde mich später.«

*

Ruth kramte nach ihrem Handy, nachdem sie das Hotel ›Ostfriesischer Hof‹ verlassen hatte. »Hallo, Martin, alles klar? Gibt es was Neues?«

»Ich wollte mich gerade auf den Weg zur Milchbar machen. Hast du irgendetwas, was uns weiterhilft?«

»Ich berichte gleich, am Telefon im Gehen ist immer doof. In zehn Minuten bin ich da. Wer zuerst da ist, bestellt schon mal. Die machen gleich die Theke zu.«

»Stimmt. Aber ich habe die Hoffnung, dass sie uns aus ermittlungstaktischen Gründen etwas zu trinken ausschenken.«

»Aber nicht schon wieder Rotwein. Wir müssen einen klaren Kopf behalten. Nicht, dass es morgen im NOMO heißt: Betrunkenes Ermittlerpaar nimmt Leiche als Täter fest!«

»Ruth, was bist denn du für eine Spaßbremse auf einmal? Ich finde, in unserem Fall muss alles erlaubt sein, was das logische Denken beflügelt. Und bei mir ist das eindeutig Rotwein.«

»Na, das glaube ich dir aufs Wort. Und was, glaubst du, beflügelt mich beim Denken?«

»Da habe ich schon eine Idee. Lass mich mal machen.«

»Gut, dann bis gleich. Da bin ich mal gespannt.«

*

Zusammengesunken saß Jan Jahnke auf dem Sofa neben dem Kamin. Zwischendurch fielen ihm immer mal wieder die Augen zu. Dann schreckte er hoch, wenn Anne Wagner, Daniela Rick und Frank Prinzen etwas lauter miteinander diskutierten.

Anne hatte Mitleid mit Jan, deswegen hatte sie eben noch mal im Krankenhaus angerufen. Constance war absolut stabil, hatte Dr. Sievers ihr versichert, und morgen im Laufe des Vormittags könne Jan ganz sicher zu ihr.

»Aber könnte sie nicht helfen, den Täter zu finden, wenn man die Medikamente reduziert?«, hatte Jan von ihr anschließend wissen wollen.

»Wir Ärzte haben erst einmal im Blick, was der Patient braucht, um aus der Gefahrenzone rauszukommen oder gesund zu werden. Außerdem ist davon auszugehen, dass sie große Erinnerungslücken haben wird. Gerade wegen dieser Wirkung wird das Mittel auch als K.-o.-Tropfen eingesetzt«, hatte Anne ihm erklärt.

»Logo«, hatte er geantwortet und müde hinzugefügt: »Ich will ja auch vor allen Dingen, dass Constance gesund wird.«

Seitdem saß er wieder wie ein Häufchen Elend in der Sofaecke und fühlte sich kraftlos und matt. Er wunderte sich selber: Noch vor einigen Stunden, während des Sturms, war er der Held, als er hilflose Frauen in die Milchbar bugsiert hatte. Das schien ein halbes Leben her. Immer wieder schob sich stattdessen das Bild der leblosen Constance vor seine Augen, und ihn erfasste eine Riesenangst.

Anne schien Sensoren für diese Momente zu haben, denn sie nahm jedes Mal aufs Neue seine Hand und flüsterte: »Alles wird gut. Sie schafft es.«

Daniela und Frank hatten sich unterdessen in die verschiedenen Netzwerke eingeloggt. Dörthe Brandstetter war weder bei Facebook noch bei Tinder zu finden. Auch in den üblichen Dating-Portalen fand sich keine Spur von ihr.

»Wahrscheinlich hat sie einen Fakenamen. Kann auch sein, dass es nicht ihr Ding ist. Die Frage ist, ob sie diesen Duweißtschonwer auch im Netz kennengelernt hat oder ob der Kerl noch woanders gewildert hat«, überlegte Frank.

»Jedenfalls kommen wir damit nicht weiter.« Daniela drehte das hohe Glas, in dem sich die Reste eines Cocktails mit dem verflüssigten Eis mischten. »Ich glaube, ich brauche noch so einen.«

»Ich hole uns noch eine Runde. Du könntest dir aber in den Schilddrüsengruppen mal einzelne Profile angucken. Also schauen, ob da jemand diesen Typen in seiner Freundesliste hat. Vielleicht bringt uns das weiter.«

»Bist du wahnsinnig? Da sind einige Hundert Leute drin. Die kann ich doch nicht alle checken.«

»Aber du kannst doch eingrenzen: alle Männer weg, die ganz jungen Frauen und die ganz alten und keine, die schon ein Paarbild im Profil haben.«

»Komm, Daniela, gar keine so schlechte Idee von Frank. Jedenfalls besser, als gar nichts zu tun und zu warten. Und ich würde noch einen Latte macchiato nehmen«, stimmte Anne zu.

»Okay, ich noch ein Bier«, warf Jan aus seiner Ecke ein. »Ich muss ja draußen nur eine Häuserfront weit fallen. Damit ich besser schlafen kann.«

*

Frank stand in einer für diese Uhrzeit immer noch langen Schlange vor der Cocktailbar, als Martin Ziegler ihm von hinten die Hand auf die Schulter legte.

»Kurz vor elf, da holen alle Nachschub an die Tische, um dann noch ein Stündchen hier sitzen bleiben zu können.«

Frank lachte. »Ja, genau wie wir. Und du kommst gerade passgenau. Soll ich dir was mitbringen?«

»Nein, hol du für dich und die anderen. Ich bestelle was für Ruth mit, die kommt auch jeden Moment. Und ich will gerne das Ende der Schlange abwarten, um die Jungs hinter dem Tresen zu interviewen.«

»Verstehe. Gibt es denn etwas Neues?«

»Verwirrende Erkenntnisse. Eine Frau am Tatort, die aber

auch ein Mann gewesen sein könnte, so mit Perücke und Gedöns. Und alle Datenverbindungen führen ins Nirvana. Da hat einer gute Planungsarbeit geleistet, dass das alles so Hand in Hand geht. Frag mich bloß, ob er den Sturm auch bestellt hat oder ob der ihm eher in die Quere gekommen ist.«

»Mensch, ich hoffe nur, dass ihr den bald selbst dazu befragen könnt. Ziemlich heiße Nummer für allein reisende Frauen derzeit.«

»Ich denke, wir werden morgen offizielle Warnungen aussprechen müssen. Aber wahrscheinlich wird sich die Nachricht von den dramatischen Ereignissen sowieso in Windeseile verbreiten. Da können wir keinen Deckel mehr draufhalten, selbst wenn der NOMO sonntags nicht erscheint.«

Frank war bis zur Theke aufgerückt und gab die Bestellung auf.

In Gedanken versunken, sahen beide dem Barmixer zu.

Dann nickte Frank. »Ist vielleicht nicht schlecht, wenn es sich rumspricht. Könnte ja sein, dass sich jemand meldet, der was gesehen hat.«

»Das stimmt. Aber ehrlich gesagt, wäre ich froh, wenn wir schon vorher eine Eingebung hätten. Schau mal, deine Getränke sind fertig. Trinkt langsam, ich komme gleich nach.«

*

Ruth betrat die Milchbar und schüttelte sich wie ein nasser Hund, als ihr die Wärme entgegenschlug. Sie öffnete ihre Jacke, zog sich die Mütze vom Kopf und fuhr sich durch ihre großen Locken. Bei so einem Mützenwetter waren ihre Haare wenigstens mal von Vorteil, weil sie, kurz durchgestrubbelt, wieder die alte Form annahmen und nicht platt am Kopf anlagen. Der hintere Gastraum sandte ihr ein warmes Licht entgegen und chillige Musik hüllte sie ein. Sie war froh, wieder auf die anderen zu treffen und nicht allein mit ihren Gedanken über die schrecklichen Geschehnisse zu sein. Sie hasste es, wenn es kein Fortkommen gab, und im Moment ging ihr alles viel zu langsam. Sie brauchte Informationen, viel mehr Informationen, und die Zuarbeit der Kollegen vom Festland war ihr definitiv zu schleppend. Entweder sie unterschätzten die Lage auf der Insel oder waren durch die widrigen Umstände selbst gehandicapt. Der Sturm hatte eine Schneise der Verwüstung in ganz Deutschland gezogen und alles lahmgelegt. Sie war froh, dass sie in Frank, Daniela und Anne Unterstützer gefunden hatte, sodass sie arbeitsfähig waren, auch wenn die Dienstvorschriften das nicht legitimierten. Aber was sollten schon Vorschriften, wenn Menschenleben auf dem Spiel standen? Sie würden ihr Vorgehen im Nachhinein sowieso analysieren müssen, und sie war sich sicher, genügend gute Argumente zu haben, die ihre Entscheidungen rechtfertigten.

Sie trat zu Martin, der an der Theke stand und mit einem der beiden Barkeeper sprach. Sie stupste ihn in die Seite, und er lächelte sie an.

»Geh ruhig schon zum Tisch. Ich komme mit den Getränken gleich nach.«

Sie fand den Trupp müde an einem der vorderen Tische. Jan und Anne saßen auf dem gemütlichen Sofa neben dem Kamin, aber Jan sah wirklich hundeelend aus, was ihm keiner verdenken konnte. Daniela und Frank hatten ihre Köpfe über ihre Handys und Franks iPad gebeugt und schoben ihre Geräte gerade in Annes Richtung, um ihr etwas zu zeigen.

»Ruth!« Daniela hatte sie als Erste entdeckt. »Gut, dass du hier bist. Ist gerade nicht so witzig, alleine rumzulaufen.«

»Ach, halb so wild. Ich habe einiges in petto, wenn er gerade mich aussuchen würde. Ich hätte im Grunde nichts dagegen, denn dann wäre die Suche wenigstens beendet.«

»Komm, magst du dich neben mich setzen?« Daniela zeigte neben sich.

»Gerne. Was ist das bloß für ein schrecklicher Tag gewesen.« Müde ließ Ruth sich niedersinken und streifte ihre Jacke nach hinten ab.

Martin hatte ihren Satz gehört und schob ein hohes Glas mit Strohhalm vor sie hin. »Hier, dann habe ich das Passende zum Runterkommen für dich. Empfohlen vom Barkeeper himself. Er kommt gleich, um unsere Fragen zu beantworten.«

»Was ist das denn?«, fragte Ruth mit hochgezogenen Brauen.

»Du sollst dich überraschen lassen, hat er gesagt. Ist im Moment wohl das In-Getränk. Lazy Life. Passend zum ganzen Konzept.«

Ruth schaute zweifelnd. »Schon wieder Alkohol? Du willst doch nur, dass ich was trinke, weil du schon wieder einen Rotwein hast.«

Martin grinste verlegen. »Mir war nicht klar, dass du mich so schnell durchschaust.«

»Hallo? Ich bin Polizistin. Und Psychologin.«

»Und Ruth soll jetzt ein Getränk trinken, das dir einfach irgendjemand empfohlen hat? Um sich *überraschen zu lassen*? Ist das nicht ein bisschen verstörend, wo schon mehrere Frauen wahrscheinlich nach dem Genuss eines Getränkes zusammengebrochen sind?« Franks Stimme hatte sich in seltsame Höhen gewunden.

Betroffen schauten alle auf das Getränk. Hellorange mit vielen Eiswürfeln und einem Achtel Apfelsine, sah es mehr verführerisch als gefährlich aus.

»Upps!« Martin räusperte sich. »Da denkt aber einer mit.«

Ruth zögerte einen Moment. »Ach, Quatsch«, sagte sie dann. »Das wäre ja total geschäftsschädigend, wenn einer hinter dem Tresen was reinpanschen würde. Das glaube ich nicht.« Sie zog das Glas heran und trank mutig einen großen Schluck. »Oh, gar nicht so schlecht.«

»Damit lasse ich dich nicht allein. So ein Teil hole ich mir auch.« Daniela erhob sich.

»Bleib mal sitzen. Ich gehe. Die haben die Theke schon zu, aber wenn ich in meiner Funktion … na, du weißt schon.« Martin stand auf und kam nickend zurück. »Er macht dir noch einen und kommt dann.«

Jan hatte sich mittlerweile aufgerichtet. »Gibt es was Neues?«

Ruth und Martin trugen die verschiedenen Erkenntnisse zusammen. »Von Dörthe haben wir bisher am wenigsten. In den sozialen Netzwerken sind kaum Spuren von ihr, aber mein Bauch sagt mir, dass auch sie den Kerl im Netz kennengelernt hat. Immerhin hat er bei ihr zusätzlich so ein romantisches Alternativprogramm abgefahren, mit Füllfederhalter, handgeschriebener Karte und so. Die Kollegen aus Mainz versuchen gerade, Näheres herauszubekommen.«

Frank nickte bestätigend. »Stimmt, aber immerhin haben wir sie bei XING gefunden. Einen Johannes Duweißtschonwer gibt es da wie zu erwarten nicht, und ihre Kontakte sind nicht einsehbar.«

»Das ist immerhin interessant. Was erfährt man dort über sie?«

»Nicht so viel. Nur, dass sie seit 14 Monaten als Produkt-Testerin arbeitet bei einem Sportgerätehandel. Hat Kommunikationswissenschaft studiert und wohl eine Zeit lang einen eigenen Mode- und Lifestyleblog betrieben.«

»Kann man denn davon leben?« Daniela horchte interessiert auf. »Von so einem Blog, meine ich? Würde ich nämlich auch gerne machen. So mit Schmink- und Frisurentipps.«

»Keine Ahnung«, meinte Frank. »Ist heute alles vorstellbar. Aber vielleicht hatte sie ein sicheres Standbein, sprich einen Mann.«

»Oho, das hört sich aber an!« Ruth schaute verwundert.

Frank wies auf das Profil. »Ich meine nur, weil sie nach dem Studium gearbeitet hat, wohl ganz erfolgreich in einer großen Werbeagentur, und dann kurze Zeit in der Pressestelle der Staatskanzlei in Mainz.«

»Upps! Und das hat sie aufgegeben?«

»Na ja, mein Tipp dazu: Studiert, ein bisschen Karriere gemacht, geheiratet, geschieden und deswegen wieder im Job.«

Daniela hatte auf ihrem Handy gescrollt. »Das passt. Es gibt eine Menge Bilder von ihr, mit ihrem Mann, Doktor Marc Brandstetter. Aber den war sie wohl los, wenn sie sich wieder von anderen Männern umgarnen ließ.«

»Wer weiß. Ich hoffe jedenfalls, Mainz meldet sich bei mir. Immerhin gibt es einen Mann oder Ex, der möglicherweise was weiß. Bei Merle Rosenbaum und Constance Tarnow haben wir noch keine Angehörigen erreicht.«

Ruth überlegte. »Das könnte zum Filter passen, den der Täter angelegt hat, was Sinn machen würde. Je weniger Angehörige, umso geringer die Chance, dass Nachforschungen oder Einflussnahme stattfinden.«

»Dazu passt, dass alle studiert haben und in Berufen waren, in denen man gut verdient. Zumindest, wenn ich das mit mir vergleiche. Ich bin jedenfalls froh, dass mir meine Mutter was zustecken kann, denn ich kann beileibe keine großen Sprünge machen.«

Betreten schauten alle Daniela an.

»Morgen Abend gehen wir essen, und ich bezahle.« Ruth hatte die Hand auf Danielas Arm gelegt.

»Nee, das will ich nicht. Das kann ich schon selbst bezahlen. Ich meine ja nur so. So eher grundsätzlich.«

Frank, der Danielas Verlegenheit spürte, sprang ein: »Das wissen wir, Daniela. Trotzdem finde ich das okay, wenn man die Ungerechtigkeiten des Lebens ausgleicht.« Er zwinkerte Ruth zu. »Also, ich würde morgen gerne auch zum Essen eingeladen werden.«

Alle prusteten los, selbst Jan musste lachen.

Unbemerkt war der Barkeeper an sie herangetreten. »Noch einen Lazy Life?« Irritiert schaute er Martin an: »Und sagten Sie nicht, ich solle Fragen zu einem Todesfall beantworten?«

*

Der Barkeeper nahm die leergetrunkenen Gläser in die Hand und erhob sich.

»Sie können ganz in Ruhe austrinken. Ich gehe aber den Chef informieren. Das ist auch für uns eine blöde Geschichte. Wenn rauskommt, dass die vorher alle bei uns waren …«

Martin nahm die Hände in den Nacken und dehnte sich. »Ja, machen Sie das ruhig. Ich hoffe aber, dass wir die Sache schnell in den Griff bekommen. Und danke noch mal.«

»Nichts zu danken. Ich hätte gerne mehr geholfen. Aber da ist bei uns wirklich viel zu viel los, als dass ich sagen könnte, wer wann was bestellt hat und mit wem an einem Tisch gesessen hat. Wenn es nicht gerade die Stammgäste sind, zumindest. Aber ab jetzt passen wir besser auf.«

»Wir kommen morgen mit genaueren Fotos der Opfer. Dann würden wir gerne das übrige Personal befragen.«

»Das ist sicher in Ordnung. Der Chef wird auch mit Ihnen reden wollen. Ich reiche Ihre Nummer weiter und sage ihm, worum es geht.« Er steckte die Visitenkarte, die Martin ihm gereicht hatte, ein. »Dann bis morgen.«

»Okay.« Martin schaute in die Runde. »Dann war es das wohl für heute. Mehr können wir nicht tun. Wir sollten alle eine Mütze voll Schlaf nehmen und morgen sehen, was der Tag bringt.«

Alle nickten enttäuscht.

»Hilft ja nichts«, sagte nun auch Daniela. »Auch wenn ich sicher nicht schlafen kann.«

»Ich bringe dich auf jeden Fall zurück. Das habe ich schließlich Frau Dirkens versprochen. Und vielleicht fällt uns bei einer Zigarette noch was ein.«

»Hat jeder die Telefonnummer von jedem?« Ruth schaute alle fragend an. »Also, wenn einer eine Idee hat, meldet er sich sofort, einverstanden?«

»Und, Anne, wenn du was von Constance hörst, rufst du mich an, oder?« Jan schaute flehentlich.

Anne nahm ihn in den Arm. »Ich werde nichts hören, weil es ihr gut geht. Wenn du willst, hole ich dich morgen früh ab, und wir fahren zusammen ins Krankenhaus.«

»Echt? Das ist klasse. Vielen Dank!« Er umarmte Anne. Dann blickte er einen nach dem anderen an. »Danke an euch alle. Ich bin so froh, dass ihr euch auch um mich gekümmert habt.«

Sie begleiteten ihn bis zum Inselloft. »Meine Freunde werden das nicht fassen können, was ich ihnen erzähle. Das ist alles so weit weg, das Leben vor Constance. Und dabei ist das gerade 24 Stunden her, seit ich sie zum ersten Mal gesehen habe. Unfassbar!« Mit zittrigen Beinen betrat er das Foyer und winkte ihnen zu.

»So, Anne, dann bringen wir dich noch heim, damit keinem von uns heute Abend was passiert.« Martin führte die kleine Truppe an.

Schweigend schritten sie dicht nebeneinander die Friedrichstraße entlang. Ihre Schritte hallten durch die Nacht. Der Wind hatte sich weiter gelegt, und Anne kam die Luft sogar regelrecht mild vor.

Ruth durchbrach irgendwann die Stille, als sie sagte: »Jan hat recht. Ich fühle mich auch vollkommen aus der Zeit gefallen. Ich bin doch auf der Insel, um diese Fortbildung vorzubereiten. Das ist total in den Hintergrund gerückt. Ich muss morgen Angela Pfeifer anrufen und ihr erklären, was los ist.«

Martin hatte neben ihr nur gebrummt, und auch die anderen waren zu müde, um zu antworten oder erneut ein Gespräch in Gang zu setzen. Auch Ruth hing ihren eigenen Gedanken nach. Irgendetwas hatte sich gerade in ihren Überlegungen verfangen, das sie nicht richtig zu fassen bekam. Was war es bloß? Was hatte sie gerade gesagt? Fortbildung. Aus der Zeit gefallen. Nein, sie kam nicht darauf. Angela Pfeifer. Was war mit Angela Pfeifer? Mit ihr hatte sie am Abend telefoniert. Da war was gewesen, was wichtig war. Sie war sich ganz sicher.

Mit einem Ruck blieb sie stehen.

»Verdammte Scheiße! Ich muss dringend telefonieren. Könnte sein, dass ich was habe.«

*

SONNTAG

Mitternacht. Endlich ist alles gerichtet für den morgigen Tag. Es hat mich Kraft und Konzentration gekostet, alles noch einmal in Gedanken durchzugehen. Aber besser kann man es nicht planen, nun brauche ich ein letztes Mal das Glück auf meiner Seite – und dann endlich ist es vollbracht.

Ich hätte heute Abend die Nachrichtenlage prüfen sollen, sogar müssen. Allein dafür fehlt mir der Mut. Ich will nicht wissen, wie es ausgegangen ist, will nicht wissen, ob sie schon gefunden sind, will nicht wissen, ob mir jemand auf den Fersen ist.

Alles hat den Gang genommen, den die Gerechtigkeit eingefordert hat. Auge um Auge, Zahn um Zahn, Affäre um Affäre, vier Sargnägel für ein Leben!

Dann ist es gerächt!

Nur die eine noch!

Was danach kommt, interessiert mich nicht.

Mein Leben endete an diesem einen Dienstagabend, als die Polizei mit dem Notfallseelsorger vor mir stand und mich über deinen Tod informierte.

Danach gab es nur noch ein einziges Lebensziel. Morgen nun wird es erreicht sein. Danach? Nun, es wird sich zeigen. Irdenes Glück werde ich in diesem Leben nicht mehr finden. Ob Tod, Gefängnis oder Freiheit – es macht für mich keinen Unterschied.

Doch meine Seele wird morgen endlich wieder ruhig sein!

*

»Was ist los, Ruth? Komm, spuck schon aus. Lass uns alle teilhaben!« Martin sprang sofort auf Ruths Worte an.

Ruth stand wie zur Salzsäule erstarrt. Sie hatte eine Hand an die Stirn gelegt und wehrte mit der anderen Hand ab. »Wartet, sonst ist es weg!«

Wie gebannt standen sie um Ruth herum und wagten nicht, miteinander zu sprechen.

Aus einer Kneipe kam eine angetrunkene Gruppe von Männern.

»Ahhh, schaut mal, da sind Frauen!«, grölte einer von ihnen.

»Aber mit Männern, du Schwachmat!«

»Glaubst du wirklich, dass das Männer sind? Aber bestimmt keine richtigen.«

»Guck mal, die spielen irgendwas. Dürfen wir mitmachen?« Einer der Männer hob sein Bein und versuchte eine Standwaage, verlor das Gleichgewicht und fiel Martin vor die Füße.

Ruth hatte sich abgedreht. Martin baute sich auf und holte seinen Dienstausweis hervor. Mit ganz leiser Stimme sagte er: »Wenn ihr euch nicht augenblicklich mucksmäuschenstill vom Acker macht, könnt ihr die Nacht in der Ausnüchterungszelle verbringen. Mal sehen, was eure Ehefrauen dazu sagen.«

»Mimimimi«, probierte einer von ihnen, die Sache zu ihren Gunsten zu drehen, aber als Martin im gleichen Moment sein Handy rauszog, traten sie hastig den Rückzug an.

»Nichts für ungut, Kumpel. Wollten ja nur einen lustigen Abend.«

Während die Männer in der Nacht verschwanden, wandten sich alle Ruth zu. Diese drehte sich zu ihnen um und klatschte in die Hände. »Noch kein Feierabend. Ich brauche euch alle noch mal kurz. Martin, komm, lass uns eben zum Revier gehen, da ist es ruhig, und ich kann telefonieren.«

»Ich auch?« Anne Wagner guckte auf die Uhr. »Ich meine, weil ich sicher nicht wirklich was beisteuern kann.«

»Okay, Frank und Daniela, bringt ihr Anne nach Hause und kommt dann zurück? In der Zwischenzeit weiß ich Näheres. Wenn es ein Fehlalarm ist, rufe ich euch an, okay?«

»Nehmt Daniela mit, dann bin ich schon kurz nach euch da. Ist ja nur eine kurze Runde, und eine kleine Laufeinheit tut mir gut.«

Martin, Daniela und Ruth gingen am Denkmal entlang Richtung Polizeistation. Ganz gegen die sonstige Gewohnheit waren die Fenster beleuchtet, weil Lars und Olaf über Nacht die Stellung hielten.

»Chef!« Erstaunt fuhren sie auseinander, als die drei das Revier betraten.

Martin winkte müde ab. »Spielt nur weiter eine Runde am Computer. Solange es nichts Neues gibt, haut ihr euch nur umsonst die Nacht um die Ohren. Keine Anrufe mehr?«

»Nein, bisher nicht. Aber Mainz will sich auf jeden Fall melden. Dann hätten wir Sie sofort verständigt.«

»Weiß ich doch. Wir sind noch an was dran. Könnt ihr einen Kaffee kochen und dann zu uns nach hinten kommen?« Er zeigte mit dem Kopf in die Richtung seines Dienstzimmers.

»Machen wir, klar, Chef!« Lars stupste Olaf an, damit dieser das geöffnete Fenster am PC schloss. »In fünf Minuten sind wir da.«

»Wartet bitte, bis Herr Prinzen da ist. Er bringt unsere Ärztin nach Hause und kommt dann nach. Und schließt vorne ab!«

*

Als Martin sein Dienstzimmer betrat, saß Ruth ungeduldig am Telefon. »Das gibt es doch nicht. Warum geht sie nicht ran?«

»Wen auch immer du meinst. Aber darf ich dich darauf hinweisen, dass es für normale Menschen kein Abend mehr ist und manche Leute vor dem Schlafen ihr Telefon ausschalten?«

»Dann brauche ich sofort die Nummer von irgendeinem Bereitschaftsdienst in der Kurklinik. Sofort!«, blaffte Ruth.

»Von der Kurklinik? Was soll das werden? Wen vermutest du denn da? Das passt doch überhaupt nicht.«

»Angela Pfeifer! Ich habe doch heute Nachmittag mit ihr telefoniert. Und sie hat mir von einem Notfalltermin erzählt. Eine ehemalige Patientin, die sich auf Norderney mit jemandem über das Internet verabredet hatte, der dann nicht aufgetaucht ist.«

»Nicht dein Ernst, oder?«

»Doch.« Ruth hörte nicht auf, immer wieder die Wahlwiederholung zu drücken, während sie sprach. »Und deswegen … Hallo? Hallo? Frau Pfeifer? Sind Sie es? Hier spricht Ruth Keiser. Entschuldigen Sie die Störung.«

Ruth hörte einen Augenblick zu. »Sie müssen sich nicht rechtfertigen. Ist mein Fehler, mitten in der Nacht anzurufen. Ist aber wirklich wichtig.« Ruth trug ihr Anliegen hektisch vor. »Und deswegen brauche ich den Namen.«

Sie tippte ungeduldig mit den Fingern auf den Schreibtisch. »Ich weiß, Datenschutz. Datenschutz, Datenschutz, immer wieder Datenschutz! Mir geht es hier um Lebensschutz. Ich verspreche Ihnen, keinem zu sagen, um wen es sich handelt, wenn es eine kalte Spur ist.« Sie schaute flehentlich zu Daniela und schloss die Augen, als wolle sie um Verzeihung für die Lüge bitten. »Aber ich brauche den Namen.« Angestrengt lauschte Ruth in den Hörer. Angela Pfeifer schien nicht willens, einfach so und ohne weitere Belehrung mit dem Namen rauszurücken.

Ruth beugte sich über den Schreibtisch und holte einen Zettel und einen Bleistift heran. Sie malte eine überdimensionale Kerze auf und nickte still zu den Worten, die vom anderen Ende der Leitung kamen. Dann endlich entspannte sich ihr Gesicht, ein leichtes Lächeln umspielte ihre Lippen, und sie stieß hervor, während sie den Namen gleichzeitig neben der Kerze notierte: »Juliane Kamper. Vielen Dank, Angela, vielen Dank! Wir gehen wirklich vertrauensvoll damit um.« Ruth hob den Daumen hoch. »Ich kümmere mich darum. Ach, und noch was, könnten Sie das Telefon eine Weile in Ihrer Nähe halten, falls es tatsächlich eine Spur wäre und wir noch was wissen müssten? Ich glaube oder hoffe es nicht, aber sicher ist sicher. Und nochmals danke!«

*

Frank war ziemlich außer Puste, als er das Polizeirevier betrat und von Lars und Olaf sofort nach hinten durchgeschickt wurde. Er betrat das Büro gerade in dem Moment, als Ruth auflegte.

»So, ihr Lieben, ich hetze ungern, aber jetzt müsst ihr an die Geräte. Ich habe den Namen: Juliane Kamper. Wir suchen eine Verbindung zu Johannes Duweißtschonwer. Danach gibt es auch einen frisch aufgebrühten Mitternachts-Filterkaffee.«

»Wie früher zu WG-Zeiten. Herrlich war's. Damals fing dann der beste Teil der Nacht erst an. Das waren noch Zeiten.« Martin seufzte.

»Komm, werde nicht melancholisch oder philosophisch. Entweder wir finden nichts, dann gehen wir alle nach Hause schlafen, und wenn wir was finden, werden wir froh um jedes Quäntchen Koffein sein, das uns wach hält.«

»Volltreffer!« Daniela platzte als Erste mit der Nachricht raus. »Er ist in ihrer Freundesliste bei Facebook.« Sie spürte, wie die Gänsehaut an ihren Armen hochstieg und ein Schauder über ihren Rücken lief. »Heilige Scheiße! Ist sie etwa als Nächste dran?«

Frank zeigte auf sein iPad und sagte fast tonlos: »Und ich habe auch beide. Hier bei der Dating-Agentur.«

Ruth und Martin hatten sich fast zeitgleich auf ihren Stühlen zurückfallen lassen, als wäre jegliche Energie aus ihnen entwichen. Sprachlos schauten sie sich an.

Martin fing sich schnell. »Okay, dann also Nachtschicht. Aber erst den Kaffee. Sonst geht bei mir gar nichts mehr.«

Er stand auf, öffnete die Tür und brüllte den Flur lang: »Wie lange dauert das denn bloß, bis die Brühe durch ist?« Müde sank er wieder auf seinen Stuhl.

Ruth gab sich einen Ruck. »Dann lasst uns ganz scharf nachdenken. Es gibt also eine Verbindung. Mehr muss ich gar nicht wissen. Die Verbindung und die Tatsache, dass Juliane Kamper derzeit auf der Insel ist, kann kein Zufall sein. Sie lässt nur eine Schlussfolgerung zu: Sie gehört zu den möglichen Opfern.«

*

Als das Telefon schrillte, hätte Daniela fast ihre Kaffeetasse fallen lassen. Gerade hatten die beiden Polizisten die Kanne herumgehen lassen und sich zu ihnen gesetzt. Martin hatte Lars und Olaf auf den neuesten Stand gebracht.

»Ich glaube, das ist nichts für meine rheinischen Nerven.« Daniela zitterte. »Zumindest nicht ohne Zigarette.«

Martin sah Ruth an, und beide nickten. »Kommt, macht euch ruhig eine an. Morgen wird ordentlich gelüftet. Ihr habt uns so unterstützt. Und wir haben sowieso schon alle dienstlichen Regeln gebrochen.«

Daniela zog die Packung hervor, fingerte eine Zigarette heraus und schob sie Frank zu. »Ihr werdet sehen, ich kann dann besser denken.«

Lars hatte den Hörer abgenommen und reichte nun das Mobilteil an Martin weiter: »Der Chef von der Milchbar.«

Wie gebannt lauschten alle dem Telefonat. Daniela und Frank waren an das Fenster getreten, das sie geöffnet hatten, damit der Zigarettenqualm hinausziehen konnte. Die Kaffeetassen in der Hand, rauchten sie lautlos und beobachteten die unzähligen Hasen, die auf der Wiese des Onnen-Visser-Platzes hoppelten, als hätte sie jemand dort ausgesetzt. »Alles wirkt friedlich und selbstverständlich und dennoch werden morgen in der Frühe wieder Hasen-Kadaver die Touristen auf dem Weg zum Bäcker erschrecken«, raunte Frank Daniela zu. Es schien ihm ein Sinnbild für die Frauen zu sein, die ahnungslos in die Falle eines Verrückten tappten.

Als Martin auflegte, schauten ihn alle fragend an. Er stand auf und reckte sich. »Die haben natürlich Angst. Von wegen geschäftsschädigend, wenn rauskommt, dass die Opfer vorher in der Milchbar waren. Das hat der Barkeeper ganz richtig eingeschätzt und mit dem Chef telefoniert. Der hat alle Angestellten, die in den letzten Tagen im Dienst waren, der Reihe nach angerufen. Und einer der Gläserjungen hat tatsächlich eine Beobachtung gemacht.«

»Nein!«

»Was denn?«

»Gibt es eine Beschreibung?«

Plötzlich redeten alle durcheinander.

Martin gebot ihnen mit einer Geste, sich zu beruhigen. »Ich weiß es noch nicht einzuordnen. Es passt zumindest zu der Zeugenaussage von heute Abend aus der Kreuzstraße. Der junge Mann hat in den letzten Tagen häufig eine ältere Dame in der Milchbar gesehen. Sie ist ihm deswegen aufgefallen, weil sie immer wieder mit anderen Leuten zusammensaß. Und weil sie eine ziemlich raue, fast tiefe Stimme hatte.«

»Wirklich eine Frau? Wie sicher ist er sich? Was ist denn mit unserer Theorie, dass sich unser Duweißtschonwer verkleidet hat?« Ruth malte großflächige Achten auf das Papier, das vor ihr lag.

»Ich sage ja, ich verstehe das auch noch nicht. Aber der Gläserjunge berichtete, dass auf den Tischen, an denen diese Frau saß, immer zwei Lazy Life gestanden hätten. Der junge Mann ist Student der Mathematik und hat hier einen Ferienjob. Und wenn ihm zu langweilig ist, stellt er in seiner Umgebung Korrelationen her. So was wie eine verfrühte Berufskrankheit, meinte der Chef.«

»Korrelat- was?« Daniela schnaufte. »Verstehe ich nicht.«

»Beziehungen, Verbindungen, die auf den ersten Blick nichts miteinander zu tun haben müssen«, erklärte Frank.

»Kann man ja auch direkt so sagen, dass jeder weiß, was gemeint ist«, maulte Daniela. »Aber ist auch egal. Hauptsache, einer von euch versteht es. Und wegen des Getränks hat er gedacht, das sind alles Frauen, weil nur Frauen so was trinken, richtig?«

»Ja, so ähnlich hat er sich ausgedrückt.«

»Dann ist er ein Chauvi und kein Mathematiker.«

Alle lachten auf.

»Daniela, du bist Weltklasse. Du bringst es echt auf den Punkt!« Frank sah Daniela liebevoll an.

»Was ich mich frage«, kam Martin auf das Thema zurück, »wieso sollte er sich als Frau ausgeben, wenn unsere Frauen, also Merle, Constance und Dörthe, doch auf einen Mann warteten? Wieso hätten die sich zu einer älteren Dame setzen sollen?« Er ließ seine Schultern kreisen und dehnte den Hals von einer auf die andere Seite.

»Habt ihr nicht gesagt, dass Dörthe einen Anruf im Hotel von einer Frau bekommen hat?«

»Stimmt, Frank, das war so«, bestätigte Martin. »Heißt das denn nun, wir haben einen Mann, der sich als Frau verkleidet hat, warum auch immer, oder haben wir eine Frau, die möglicherweise die Komplizin, die Mitwisserin, der Lockvogel ist?«

»Lässt sich das denn gut hinkriegen, sich so als Frau zu verkleiden? So, dass das auch nicht sofort auffällt?«, zweifelte Martin.

»Da kann ich was zu sagen.« Daniela freute sich, dass auch ihr Wissen nützlich war. »Ist ja mein Fachgebiet, quasi. Also ein kleiner, eher zarter schlanker Mann, setz dem mal eine Perücke auf, lackiere ihm die Fingernägel, schminke ihn und stecke ihn in Frauenkleider – ich sage dir, da musst du zweimal hingucken.«

»Aber ich verstehe den Sinn nicht. Läuft der denn nicht trotzdem Gefahr, so viel eher aufzufallen? Was soll denn da für ein Motiv hinterstecken?« Martin rannte mittlerweile aufgeregt durch den Raum. »Ich glaube, wir kommen so nicht weiter.«

»Das befürchte ich auch.« Ruth, die sich zurückgehalten hatte, stand nun ebenfalls auf. »Im Moment mache ich mir vor allem Gedanken um Juliane Kamper. Wer weiß denn, ob nicht auch mit ihr gestern Abend etwas passiert ist? Wir müssen mit ihr reden – und zwar jetzt. Ich will wissen, ob sie lebt. Und wenn sie lebt, dann werden wir uns Schritt für Schritt diesem Kerl nähern und die Schlinge zuziehen – und Juliane Kamper wird uns dabei helfen. So wahr ich hier sitze.«

*

»Chef? Hier ist Mainz am Telefon.« Lars hatte den Hörer abgenommen. »Die haben gerade eine Mail losgeschickt, wo alles Wichtige drinsteht. Wollen Sie trotzdem selbst?«

»Nein, ich melde mich, falls was unklar ist. Sag schon mal Danke von mir.«

Martin setzte sich an seinen Schreibtisch. »Dann schau ich mal rein.«

»Lies lieber laut vor!« Ruth trommelte ungeduldig auf dem Tisch herum. »Warum, verdammte Scheiße, dauert heute alles so lange? Wenn die mir die Nummer gegeben hätte, wären wir schon weiter. Aber nein, da wollte Frau Pfeifer doch lieber erst mal nachfragen, ob es dem Fräulein auch genehm ist, mit uns zu sprechen. Als wenn es da eine Wahl gäbe. Ehrlich? Ich pfeife auf den Datenschutz derzeit. Und deswegen: Lies vor! Auch wenn Daniela und Frank zuhören.«

Martin seufzte und verdrehte die Augen: »Na dann: *Liebe Kollegen, wir hoffen, dass ihr die dramatischen Ereignisse bei euch im Norden schnell im Griff habt. Wir haben den Ehemann, besser den Exmann von Dörthe Brandstetter angetroffen. Er war zwar erschüttert, sprach aber schnell davon, dass es zwischen ihnen schon lange aus sei und sie beide gänzlich getrennte Wege gegangen seien, unter anderem in einer neuen Partnerschaft. Dörthe hätte darunter tatsächlich anfangs sehr gelitten, und eine Zeit lang wäre es ihr gar nicht gut gegangen. Eigentlich dürfte er das gar nicht wissen, aber seine Exschwiegermutter habe ihn einmal damit konfrontiert und er habe auf einem Ärztekongress einen unbestimmten Hinweis eines Kollegen bekommen. Es ging wohl um Psychopharmaka, Stimmungsaufheller und Antidepressiva. Natürlich nichts Konkretes wegen der Schweigepflicht (so hat er es uns verkauft, wir glauben eher, dass der Kollege ihm sehr ausführlich über die Exfrau berichtet hat, aber verständlich, dass er den nicht in die Pfanne hauen will) und unter dem Deckmäntelchen der Sorge. Aber ausreichend, um zu verstehen, dass seine Exfrau in ein ziemliches Loch gefallen war. Er sei aber zuletzt davon ausgegangen, dass es Dörthe wieder gut ginge und sie ihr Leben neu organisiert habe. Scheidungen seien nun mal schwierig, und sie könnten froh sein, dass es in ihrem Fall keine Kinder betraf. Nach dem ersten Schock wirkte er sehr abgeklärt und distanziert und nahm das Ganze sehr emotionslos auf. Er empfahl uns aber, mit der Benachrichtigung seiner ehemaligen Schwiegermutter bis zum Morgen zu warten, und bot an, uns dabei zu begleiten. Das fanden wir wiederum erstaunlich, haben das aber zugesagt. Jobmäßig ließ er durchblicken, dass er es war, der daran gedreht hatte, Dörthe wieder in Lohn und Brot zu bringen. Über die Kontakte auf dem Tennisplatz sei da was zustandegekommen, das sei er seiner Exfrau schuldig gewesen, weil sie auf seinen Wunsch hin damals bei Ehebeginn den attraktiven Job in der Staatskanzlei aufgegeben habe. Geldmäßig sei man relativ gerecht aus der Ehe gekommen, wie das heute halt so ginge, die Anwälte hätten das entsprechend geteilt. Ob seine Exfrau augenblicklich eine Beziehung habe, konnte er nicht beantworten, es schien ihn auch nicht sonderlich zu interessieren. Affären auf Seiten seiner Frau habe es während der Ehe nicht gegeben, da sei leider er derjenige, der gegen das Eheversprechen verstoßen habe.*

Zusammenfassend von uns also: Scheint kein Motiv beim Exmann zu geben, auch Geldgeschichten scheinen nicht im Vordergrund zu stehen und Eifersucht wäre eher in der umgekehrten Richtung vorstellbar.«

»Psychopharmaka, das könnte erklären, warum die K.-o.-Tropfen eine tödliche Wirkung hatten. Ich frage mich, war das Absicht? Bei den einen Schilddrüsenerkrankungen, hier nun eine psychische Belastungsstörung. War das mit einkalkuliert oder sogar Voraussetzung für das Kennenlernen?« Ruth stöhnte auf. »Wer weiß, was bei Juliane ist. Aber warum kommt bloß dieser Anruf nicht?«

Das Telefon schrillte im gleichen Augenblick, und Ruth schnappte sich den Hörer, bevor auch nur irgendjemand reagieren konnte.

»Angela? Na endlich? Wieso hat das denn so lange gedauert? –

Wie bitte? Nicht erreichbar? Was heißt das denn? – Und jetzt? – Ja, das ist gut. Das machen wir. Wir kommen mit. – Wir warten draußen.«

Ruth sprang auf und zog sich ihre Jacke an. »Los, komm, Martin, auf, die kommen uns abholen.«

»Jetzt mal ganz in Ruhe. Wer ist ›die‹? Und wohin soll es denn gehen? Ich verstehe gar nichts mehr.«

»Und ich kann nicht mehr!« Daniela warf einen entschuldigenden Blick in die Runde. »Tut mir leid, aber der wenige Schlaf letzte Nacht und der Alkohol. Vielleicht bin ich doch nicht dafür geeignet, Kriminalfälle zu lösen.«

Ruth warf ihr ein kurzes, aber herzliches Lächeln zu: »Doch, bist du, aber du hast recht, für euch reicht es. Komm, Frank, bring sie bitte nach Hause.«

»Ich weiß immer noch nicht, wo die Reise hingeht.« Martin stand langsam auf.

»Angela hat Juliane nicht erreicht, hat es immer und immer wieder versucht. Dann hatte sie in den Akten eine weitere Nummer, das war wohl die Schwägerin, die auf den kleinen Sohn aufpasst. Die bestätigte, dass Juliane verabredet ist und für die Nacht das Handy ausgeschaltet hat. Angela hat daraufhin den Fahrer von den Kurkliniken geweckt. Der hat Juliane heute Nachmittag zur Ferienwohnung gefahren, und der bringt uns jetzt dahin. Dann müssen wir einen auf Schimanski machen und notfalls mit Gewalt durch die Tür. Hauptsache, wir bekommen Juliane.«

*

Juliane konnte ihre Tränen kaum unterdrücken. Immer wieder entfuhr ihr ein Schluchzer, während Ruth sich an ihr zu schaffen machte.

»Fertig, sitzt, passt, hat Luft, ich weiß, ein doofer Spruch, aber besser kann ich es nicht zusammenfassen.«

»Und das funktioniert wirklich?« Juliane tastete am Hosenbund.

»Keine Sorge, das hat sich wirklich bewährt. Sollen wir noch einmal alles durchgehen?«

Juliane schüttelte vehement den Kopf. »Nein, erst will ich mit Noah telefonieren. Ich lasse mich auf nichts weiter ein. Das war Teil der Absprache.«

»Das kann ich verstehen«, nickte Ruth. »Das macht auch Sinn, es so herum zu machen. Ich lasse Sie ein paar Minuten allein.«

*

Juliane kamen die Tränen schon wieder, als sie nur die Nummer wählte. In was für eine gruselige Nummer war sie nur hineingerutscht? In was für eine Gefahr hatte sie sich bloß gebracht? Dabei brauchte doch ihr kleiner Schatz sie, er brauchte sie unbedingt. Und sie brauchte ihn und nur ihn. Das schwor sie sich für jetzt und für alle Zeiten.

Christiane meldete sich am anderen Ende. »Süße, ich weiß gar nicht, was ich sagen soll.«

»Sag gar nichts. Vor allem nicht im Beisein von Noah. Ich versuche, so normal wie möglich zu sein. Danke, dass du in der Nacht auf Standleitung geblieben bist. Seid ihr schon unterwegs?«

»Ja, wir sitzen gerade im Taxi. Mit der Bahn haben wir eben telefoniert, die Strecke ist wieder frei. Also, tief durchatmen, du kannst deinen kleinen Mann heute noch in die Arme schließen. Ich reiche dich mal weiter.«

»Mama, Mama, ich bin auf dem Weg zu dir. Weißt du das schon? Durfte ich das sagen oder soll das eine Überraschung sein?«

Juliane hörte, wie Christiane ihm versicherte, dass er nichts Falsches gesagt hatte.

»Mama, Christiane hat gesagt, dass wir das Meer wiedersehen. Und Frederic ist auch dabei. Und wir schlafen dann mit dir ein paar Tage auf der Insel. Das ist bestimmt, weil du eine Zaubermama bist.«

Juliane biss sich auf die Lippen. Die Tränen kullerten jetzt doch. Nur nicht schluchzen, Noah durfte doch nichts merken, ermahnte sie sich selbst.

»Bald bist du hier, wenn du mit dem Zug und dann mit der Fähre gefahren bist. Mama wartet schon auf dich und umarmt dich dann ganz doll!«

»Darauf freue ich mich schon so. Ich habe dich so vermisst!«

»Ich dich auch, Großer!«

»Ich gebe wieder an Christiane. Bis gleich, Mama!«

»Hoffentlich bis gleich, mein Schatz«, murmelte Juliane fast tonlos.

*

Ich bin schon seit Anbruch der Dämmerung hier. Es war wichtig, dass mich keiner sieht, schließlich hatte ich einiges zu schleppen. Und diese Hundebesitzer, die sind nahezu zu jeder Zeit unterwegs, besonders in diesem kleinen Wäldchen.

Schön sieht es aus. Mit der weißen Tischdecke, den Rosen und dem Laptop am Kopfende. Feierlich, einladend. Ich wette, dass es genau die richtigen Assoziationen wecken wird. So sind sie. Sie sind alle so!

Es war alles so mühelos, wie ich es mir vorgestellt habe. Es hat sich gelohnt, diesem Lockpicking-Experten ein paar Dinge abzugucken. Dieser eitle Pfau, der fühlte sich echt geschmeichelt, dass er mir da was von oben herab erklären konnte. Nun, was soll's. Man darf nicht eitel sein, wenn man größere Ziele im Auge hat. Den Grundsatz habe ich jedenfalls knallhart verfolgt in den letzten Monaten. Wie gerne wäre ich diesen dummen Hühnern mit ihren nervenden Facebook-

Einträgen mal über den Mund gefahren. Oder hätte meinen Chat-Partnerinnen aufgezeigt, wie nachlässig sie mit ihrer Sicherheit umgehen. Nun, das ging ja leider nicht! Drei von ihnen haben es immerhin am eigenen Leib erfahren, und die vierte ist heute dran. Wenn man mir auf die Spur kommt – und das wird man, da bin ich sicher, es lag mir auch gar nicht daran, es zu vertuschen –, dann wird auch den anderen der Schreck in die Glieder fahren. Ich sehe schon die Schlagzeilen: ›Auch ich war eine der Chatpartnerinnen von Duweißtschonwer!‹ Allerdings wage ich zu bezweifeln, dass sie die Lehre ihres Lebens daraus ziehen. Dabei wäre mir das am wichtigsten. Diese Art von Frauen soll am eigenen Leibe erfahren, dass es in der Liebe keinen Markt gibt, auf dem man sich wahllos bedienen kann.

So, heute nun wird mein Werk vollbracht. So sah es der Plan vor. Vier, die mein Leben zerstört haben. Vier, die es rächen. Nein, es kommt nicht auf die individuelle Schuld an. Nur auf die Absicht. Wer sich verführbar macht, hat die Grenze schon überschritten.

Die Zeit vergeht langsam. Ich bin müde, sehr müde. Das Projekt hat mich gefangen genommen, alle meine Reserven mobilisiert. Jetzt spüre ich, was ich mir selber abverlangt habe. Aber mein Lohn wird sein, dass es vollbracht ist.

Noch einmal gehe ich durch die Räume. Das Glas mit Strohhalm steht bereit, die Apfelsine liegt daneben, den Cocktail habe ich fertig gemixt im Thermosbecher in der kleinen Kühlbox aus der Apotheke liegen. Ob die Eiswürfel so lange halten, weiß ich nicht, notfalls muss es auch ohne gehen.

Es ist alles bereit! Ich bin bereit!

*

»Guten Morgen, Frau Kamper, ich bin Anne Wagner, die Ärztin.«

»Also sind Sie sich doch nicht so sicher, dass es gut gehen wird? Ich bin doch verrückt, dass ich das mitmache.«

»Nein, keine Sorge. Frau Keiser hat mir Bescheid gegeben, weil ich mit an der Aufklärung der anderen Fälle beteiligt war. Aber ich verspreche Ihnen trotzdem, gut auf Sie aufzupassen.«

»Guten Morgen, Anne.« Ruth war zu ihnen getreten. »Ich wollte gerade mit Frau Kamper noch einmal das Szenario durchgehen.«

»Diese Weste hier, die hält wirklich alles ab? Also nicht nur Schüsse, sondern auch Messerstiche?«

»Definitiv«, beruhigte Ruth. »Aber dazu wird es nicht kommen. Wir sind uns aus kriminalpsychologischer Sicht mittlerweile ganz sicher. Die Erkenntnisse der Nacht haben ein ganz anderes Bild von den Geschehnissen gezeichnet. Ich lege meine Hand dafür ins Feuer.«

»Sie wissen, dass Sie meinem Sohn die Mutter nehmen würden?«

Ruth nahm Juliane in den Arm. »Ich weiß das. Und ich würde Sie nicht bitten, wenn ich eine ernsthafte Gefahr für Ihr Leben vermuten würde. Aber wir brauchen die Konfrontation auf frischer Tat.«

»Sie dürfen nur nichts trinken und essen. Es könnte überall etwas drin sein. Das ist das größte Risiko, aber selbst dafür wäre ich dann ausgerüstet.« Anne zeigte auf den metallenen Notarztkoffer neben sich.

»Okay. Wie machen wir es genau? Wer ist wo?«

Ruth zeigte auf die vergrößerte Karte, die sie dabeihatte. »Anne Wagner steht mit dem Auto vor dem Hotelkomplex. Das ist unauffällig genug, aber nahe genug dran. Sie hat den Notarztkoffer dabei. Der Rettungswagen steht am Badehaus, wäre also auch in null Komma nix hier.«

»Und Sie? Sie hören mich die ganze Zeit über dieses Funkgerät?«

»Die ganze Zeit. Ich selbst bin hinten am Fischerhaus-Museum, zwei meiner Polizeikollegen sind am Badehaus, und Herr Ziegler hat sich einen Hund geliehen, mit dem er durch das Wäldchen spazieren geht. Ein Bekannter von uns, Herr Prinzen, wird im Wald joggen und auf Herrn Ziegler treffen. Beide bleiben in der Nähe der Hochtiedsstuv stehen, wie Bekannte das machen, die sich begegnen. Wenn es ernst wird, übernimmt Frank Prinzen den Hund, und Martin und ich greifen ein.«

»Gut, das habe ich verstanden. Und was genau mache ich?«

»Versuchen Sie, so normal wie möglich zu sein. Gehen Sie auf das Spiel ein. Tun Sie überrascht. Sie können auch sauer werden. Überlegen Sie einfach, wie Sie reagiert hätten, wenn wir nicht eingeschritten wären. Vergessen Sie für einen Moment alles, was wir Ihnen berichtet haben.«

»Und wenn ich Panik bekomme?«

»Dann sagen Sie das ruhig. Schließlich war das auch der Aufhänger, wie Sie sich kennengelernt haben, damals beim Chatten. Wenn Sie nicht von diesen Panik- und Angstattacken und dem beginnenden Burnout vor Ihrer Kur erzählt hätten, wären Sie wahrscheinlich aus dem Raster rausgefallen.«

»Also war die Kontaktaufnahme so gezielt?«

»Die Kontaktaufnahme wahrscheinlich nicht. Aber für den weiteren Verlauf scheinen bewusst Frauen ausgewählt worden zu sein, die schilddrüsenkrank waren oder eine zumindest zeitweise psychische Instabilität aufwiesen. Wahrscheinlich hängt die Bitte um ein Treffen unmittelbar damit zusammen.« Ruths Stimme war gefühlvoll und warm und voller innerer Anteilnahme.

»Aber warum?«

»Weil die Wahrscheinlichkeit, mit Liquid Ecstasy einen tödlichen Kreislaufzusammenbruch zu erzeugen, so viel wahrscheinlicher ist«, informierte Anne Wagner. »Die Opfer nahmen entweder Betablocker wegen einer unzureichend eingestellten Schilddrüse mit Nebenwirkungen, die den Herzrhythmus beeinflussten, oder aber Psychopharmaka.«

»So wie ich, zumindest bis vor Kurzem. Und stimmt, ich hatte niemandem gesagt, dass ich sie abgesetzt habe, weil ich sehen wollte, ob und wie es ohne geht.«

»Und das war der entscheidende Marker, der zur Einladung nach Norderney führte.«

»Den Grund wissen wir aber nicht, oder?«

»Ich habe eine Vermutung.« Ruth legte die Hände an die Stirn. »Es ist total abstrus, aber wenn man wie ich Einblick in die Kriminologie und Psychologie hat, dann ist einem kein menschliches Verhalten mehr fremd.«

»Das kenne ich aus dem Krankenhaus auch«, stimmte Juliane zu.

»Stimmt, Sie sind ja Gesundheits- und Krankenpflegerin«, warf Anne ein.

»Ach, lassen Sie es lieber bei Krankenschwester, ich kann mich an den neuen Begriff noch nicht gewöhnen.« Sie schaute Anne an. »Sehen Sie, jetzt muss ich trotz dieser blöden Situation sogar lächeln. Aber es macht mir gerade Mut. Wenn ich denke, was für verrückte Situationen ich im Krankenhaus schon erlebt und überstanden habe. Ich bin mir jetzt ganz sicher, dass ich das schaffe. Wenn ich eins kann, dann ist es, mit Menschen zu reden.«

»Danke, wir wissen, was Sie für uns tun. Also, sollen wir los? Es ist Viertel vor neun.« Anne tippte auf ihre Armbanduhr.

Juliane atmete tief durch. »Ja, ich bin startklar.«

*

Der Cocktail ist bereitet. Wie bizarr sich das Licht im Eis und der Apfelsine bricht und die orangene Färbung zum Leuchten bringt. Nie hätte ich gedacht, dass sich die Eiswürfel so gut halten – aber der Gesamteindruck ist einfach perfekt.

Ich ziehe die Bänder der Schürze über den Rücken und verknote sie vorne zu einer Schleife. Eine Schürze! Wie lange habe ich niemanden außerhalb der Gastronomie mehr mit einer Schürze gesehen, abgesehen von diesen lächerlichen Männern am Grill, die alberne Sprüche zur Belustigung aller zur Schau tragen. Ich habe mich im Leben immer geweigert, mir so ein Ding umzubinden. Wollte mich nicht deklassieren lassen. Das war die Generation unserer Mütter, die den Wechsel zwischen dienstbarem Geist und Repräsentantin des Hauses zu vollziehen hatten. Ich zumindest hatte gedacht, dass es bei mir anders wäre. Dass ich eigenständiger und gleichberechtigter wäre. Welch ein Irrtum! Hier stehe ich nun und trage Schürze. Ein letzter Akt der Erniedrigung, bevor ich meine Souveränität wiedererlange. Und sie nie wieder aufgeben werde.

Ich zupfe ein letztes Mal an meinen Haaren. Jetzt dürfte alles perfekt sein. Die engagierte Servicekraft wird sie mir abnehmen, da bin ich mir sicher. Sie wird genug zu tun haben mit der Enttäuschung, schon wieder nicht auf Johannes zu treffen, zumindest nicht leibhaftig, sondern nur per Videobotschaft. Wenn sie denn dann noch lebte, was nicht der Fall sein wird.

Wie zittrig ich bei der Zubereitung des Cocktails war. Tatsächlich habe ich mir sogar die Haut geritzt, als ich mit dem kleinen, viel zu stumpfen Küchenmesser aus meiner Wohnung die Orange zu teilen versuchte. Das muss ich unbedingt als Erstes erledigen, wenn alles vorbei ist: die Küchenutensilien gehören dringend erneuert.

Jetzt dürfte es langsam losgehen. Ich hoffe, sie ist pünktlich und sorgt nicht für Aufsehen, wenn sie durch das grüne

Tor mit den beiden Eheringen tritt. Gut, dass sich heutzutage kein Mensch mehr um den anderen schert. Wahrscheinlich würde nicht einer etwas fragen oder melden.

Da hinten sehe ich sie kommen. Wenigstens Verlass ist auf sie, aber das war auch zu erwarten. Wie eine kleine Tonne steuert sie auf das Haus zu. Als wäre sie seit Donnerstag noch dicker geworden. Die typische Frustesserin, die sich bei jedem verschobenen Date mit gehaltvollem Essen und Trinken getröstet hat. Nun also stirbt sie zumindest in dem Glauben, wenn auch einem trügerischen, es hätte jemanden gegeben, der …

Ich muss aufhören. Füllhalter und Heft verschwinden lassen. Wer weiß, wann und wo ich das nächste Mal berichten kann. Hiernach wird es Zeit, das Feld zu räumen. So oder so.

*

»Martin, hörst du mich? Es geht los!«

»Alles klar. Die anderen sind auch auf ihren Positionen.«

»Martin, das wird doch gutgehen, oder?«

»Ruth, was ist los?«

»Ich habe Angst, dass wir die Situation falsch einschätzen. Und sie hat doch das kleine Kind. Ich würde es mir nie verzeihen …«

»Ruth, bitte! Wir sind alles in der Nacht x-mal durchgegangen. Wir wissen, mit wem wir es zu tun haben. Dass wir die ganze Zeit falsch gedacht haben. Und auch, wenn wir beim Motiv noch nicht bis ins Allerletzte Klarheit haben, so sind wir uns doch sicher, dass kein Verdacht aufkommen wird. Wir brauchen nur den Todescocktail in der Hand. Dann stürmen wir. Die Überraschung ist auf unserer Seite, und körperlich wird es eine Kleinigkeit sein. Wahrscheinlich würde Juliane es auch selber schaffen.«

»Aber die anderen haben es doch auch nicht …«

»Weil sie die Zusammenhänge nicht verstanden. Weil sie sich auf die falsche Fährte haben setzen lassen. Weil sie niemals das vermutet hätten, was gerade mit ihnen passierte. Und weil alle ihre Vorerfahrungen mit körperlichen Missempfindungen hatten, die sie als Ursache viel eher annahmen.«

»Wie gut, dass Daniela diese Eingebung hatte.«

»Ja, wie gut. Und dass Heilbronn so zackig bestätigte. So dass sich eins zum anderen fügte.«

»Es geht also gut, ja?«

»Ja, es geht gut.«

*

Juliane zitterten die Beine, als sie die Schritte in Richtung des kleinen Backsteinhauses setzte, das am Anfang des Argonnerwäldchens lag. Der gepflasterte Weg führte weiter zum Fischerhaus-Museum, an dem, wie sie wusste, diese Kommissarin stand. Durch die Bäume hinten sah sie Umrisse, die wahrscheinlich zum Badehaus gehörten. Überall hier waren Menschen, die auf sie achtgeben würden. Warum bloß tat sie das? Warum nur fühlte sie sich immer moralisch verpflichtet? Warum konnte sie bloß niemals Nein sagen? Das werde ich lernen, Noah, das wird sich ändern, flüsterte sie als leises Mantra vor sich her.

Sie ging zuerst an dem kleinen Tor vorüber, das zwei ineinander verschlungene goldene Eheringe zierte. Vor dem Schild, das daneben aufgestellt war, blieb sie stehen. ›Trauzimmer Hochtiedsstuv der Stadt Norderney‹, stand darunter. Mit Übernachtungsmöglichkeit für die Frischvermählten.

Wie romantisch das war. Ob sie tatsächlich darauf hereingefallen wäre? Hätte dieser sogenannte Johannes damit eine Chance gehabt? Wenn sie ganz ehrlich zu sich selber war: Wahrscheinlich schon. Einfach, weil sie es so gerne geglaubt hätte.

Ihre Lippen bebten, und sie flehte innerlich: Bitte, lieber Gott, lass diesen Ort nicht zu meinem Sterbezimmer werden.

Dann drückte sie endlich energisch die Klinke herunter.

Die grüngelben Kastenläden waren geöffnet und ließen den Blick auf die weißen Sprossenfensterläden fallen. Hinter den Scheiben, die zum Teil von weißen Gardinen bedeckt waren, rührte sich nichts.

Sie ging um das Haus herum. Eine Bank und ein Strandkorb, der mit einer blau-weißen Hülle verdeckt war, luden bei gutem Wetter sicherlich zum Verweilen ein. Was für ein schöner Ort, den jeder andere sicher unter ganz anderen Vorzeichen betrat. Warum bloß ausgerechnet ich? Der Gedanke schoss wie ein Blitz durch Julianes Kopf. Eine innere Stimme rief: Lauf weg. Jetzt lauf doch schon weg.

Juliane stand wie erstarrt. Da wurde die Haustür mit einem Ruck geöffnet.

»Bitte treten Sie ein. Ich habe Sie schon kommen sehen. Einen wunderschönen guten Morgen! Ich heiße Sie herzlich in der Hochtiedsstuv willkommen!«

Hänsel und Gretel, genau wie Hänsel und Gretel, und ich muss ins Feuer. Lauf, solange du noch laufen kannst!

Ihre Füße gingen automatisch nach vorne. Ihre Hand griff nach der, die ihr so freundlich entgegengestreckt wurde.

Wer hatte ihr nur dieses gute Benehmen beigebracht? Brave Mädchen kommen in den Himmel, und zwar früher, als man denkt.

Sie war eine Krankenschwester, eine kranke Schwester, immer für die anderen da.

»Guten Morgen?« Sie legte die Frage in die Stimme, wie sie es besprochen hatten. Tat überrascht. »Oh, ich war hier verabredet. Bin ich hier falsch?«

»Nein, nein. Alles hat seine Richtigkeit. Mit Herrn Köhler, nicht wahr? Johannes Köhler. Bitte treten Sie doch ein.«

Juliane konnte nicht mehr zurück. Als sie während der Ausbildung das erste Mal im OP gewesen war, hatte sie sich ähnlich gefühlt. Gefangen, unwohl, aber ohne Möglichkeit auszusteigen.

Ihre Blicke glitten über den Raum, nahmen die altertümliche friesische Ausstattung wahr und den vorbereiteten Tisch. Als sie den Laptop sah, war sie schon fast gespannt auf die Geschichte, die sie präsentiert bekäme.

»Wo ist denn Herr Köhler? Wir waren für neun Uhr verabredet.«

»Das erzähle ich Ihnen gleich. Kommen Sie erst einmal richtig rein und legen Sie ab.«

»Nein, danke. Mit dem Ablegen, meine ich. Ich bin erkältet und ich fröstele schon den ganzen Morgen, deswegen lasse ich die Jacke lieber an. Wer genau sind Sie denn? Arbeiten Sie hier?«

»Herr Köhler hat eine Überraschung für Sie vorbereitet. Er hat mich engagiert, um das Ganze vorzubereiten und durchzuführen. Ich mache sonst auf der Insel die historischen Spaziergänge.«

»Das heißt, Herr Köhler ist gar nicht da?«

»Wer weiß, wer weiß«, lachte die Frau schelmisch. Juliane musterte sie verstohlen. Es war eine ältere Dame mit einem mageren, fast eingefallenen Gesicht, aber intensiven hellblauen Augen, die sie durchdringend ansahen. Juliane fielen als Krankenschwester sofort die fehlenden Augenbrauen und Wimpern auf. Dass auch die Haare eine Perücke waren, schien ihr folgerichtig, aber es war mit Sicherheit eine sehr teure und perfekt maßgeschneiderte, die kaum als solche zu erkennen war. Juliane tippte auf eine Krebserkrankung, zu der auch der magere Körper passte, der aber dennoch trainiert und kräftig wirkte.

Die Lachfältchen, die von den Augen über die eingefallenen und verhärmten Wangen liefen, wirkten unglaublich sympathisch. Das Alter der Frau zu schätzen, fiel Juliane schwer, obwohl sie doch so viel Erfahrung mit menschlichen Körpern besaß.

Ihre Angst schien ihr wie verflogen. Nichts in diesem Raum beunruhigte sie, und wenn sie die körperlichen Kräfte der Frau gegen ihre eignen abwägte, dann wusste sie, dass sie ihr haushoch überlegen war.

»Herr Köhler hat sich einiges einfallen lassen. Ich hoffe, Sie sind ihm nicht böse, dass er mich ein Stück weit in Ihre Beziehung eingeweiht hat.«

Juliane antwortete erstaunt: »In unsere *Beziehung*?«

»Ja, ja, ich weiß schon, dass Sie erst in den Startlöchern stehen, weil Sie sich bisher noch nicht begegnet sind, aber unter uns Frauen gesagt: Sie hätten es, glaube ich, nicht besser treffen können. Also, wenn ich jünger wäre und nicht verheiratet …«

»Sie kennen ihn also persönlich?«

»Aber ja, aber ja. Er kommt seit vielen Jahren auf die Insel. Immer nett, immer zuvorkommend, immer höflich. So einer von der alten Sorte, der zuhören kann und sich zu benehmen weiß.«

»Das hört sich aber schon ein wenig altmodisch an.«

»Wo denken Sie hin! Nein, die guten Eigenschaften von früher, aber dabei ein gutaussehender junger Mann.«

»Das weiß ich. So habe ich ihn auch kennengelernt, wenn auch bisher nur über das Internet.«

»Sie meinen virtuell, gell? Sie können die Dinge ruhig beim Namen nennen, ich bin zwar schon älter, gehe aber immer mit der Zeit.«

Wenn Juliane nicht genau wüsste, was hier gespielt wurde, dann wäre sie womöglich tatsächlich auf diese Komödie, oder sollte sie sagen Tragödie, hereingefallen. Wie lange hatte diese Frau wohl gebraucht, um in die Rolle zu finden und das alles hier zu inszenieren? Was bloß trieb einen Menschen an, so perfide und heimtückisch zu werden, wie es hier geschah? Wie bloß hatte sie selbst in das Raster dieser Verrückten geraten können?

»Bitte nehmen Sie Platz! Herr Köhler hat einiges für Sie vorbereitet. Wirklich, er hat keine Kosten und Mühen gescheut, um Ihnen zu zeigen, was Sie ihm bedeuten.«

»Wenn ich ihm etwas bedeuten würde, hätte er mich nicht drei Tage lang mit immer neuen Ausreden vertröstet. Eigentlich bin ich nur enttäuscht und wütend. Auf so einen Zauber hier habe ich keine Lust. Am besten richten Sie ihm das aus!« Juliane wusste gar nicht, woher sie die Kraft nahm, das richtige Maß an Ärger in ihre Stimme zu legen.

»Aber nicht doch! Jetzt warten Sie doch mal ab. Ich sprach ja von einer Überraschung. Vielleicht – aber ich will nicht zu viel verraten. Nun setzen Sie sich doch hin.«

Juliane wollte nicht sitzen. Alles, nur das nicht. Dieser Lehnstuhl am Kopfende schien ihr ihren Bewegungsfreiraum zu nehmen. Davor hatte sie nach wie vor Angst.

Die blauen Augen kamen näher an sie heran. »Kommen Sie, das ist Ihr Ehrenplatz. Ich hole nur eben etwas, ich habe etwas vorbereitet.«

»Ich habe fürchterliche Rückenschmerzen.« Juliane würde alles versuchen, nicht auf diesen Stuhl zu müssen. »Vom Bett in der Ferienwohnung. Ich kann eigentlich gar nicht sitzen.«

»Nun, wie Sie meinen.« Die Stimme der älteren Dame klang plötzlich angespannt. »Ich hole mal eben …«

Juliane wusste nicht, was kommen würde, und ihre Nervosität war schlagartig zurück. Hastig tastete sie nach der Verkabelung. Hoffentlich war sie richtig verdrahtet. Im Geiste sah sie, wie die Frau sich ihr näherte und ein Fleischermesser unter ihrer Schürze hervorzog. Das Bild stieg so plastisch vor ihrem Auge auf, dass ihr ein leiser Schrei entfuhr, als sich die Schritte wieder näherten. Die Frau trug ein hohes Glas in der

Hand, das mit einem Strohhalm und einer Orangenscheibe dekoriert war. Der orange Cocktail leuchtete, und ein leises Klirren war bei jedem Schritt zu hören.

Die Augen der Frau sahen Juliane erstaunt an, als sie registrierte, wie starr Juliane an Ort und Stelle stand.

»Was ist passiert? Worüber haben Sie sich so erschrocken?« Die Stimme der Frau war gepresst und misstrauisch. Sie sah Juliane an und schaute sich im Raum um. »War irgendetwas? Ist jemand draußen?«

»Nein, nein, ich glaube nicht.« Juliane versuchte ein Lächeln. »Mein Rücken!« Sie fasste an ihre Lendenwirbelsäule und stieß dabei an den Sender. Erschrocken hielt sie inne.

»Was ist mit Ihnen los?« Die Frau trat näher.

»Nichts. Wirklich nichts. Bitte erzählen Sie mir von Johannes, ich meine von Herrn Köhler.«

Die Vorsicht in den Augen blieb. »Dann kommen Sie doch bitte an den Tisch. Herr Köhler hat Ihnen einen Brief geschrieben und sich gewünscht, dass Sie diesen ganz in Ruhe lesen. Er hat mich gebeten, Ihnen seinen Lieblingscocktail zuzubereiten. Was es damit auf sich hat, erfahren Sie im Brief und anschließend in der Videopräsentation. Also bitte, wollen Sie es sich nicht doch gemütlich machen?«

Da war er! Der Cocktail. Sie sollte ihn trinken, sie wurde beschäftigt und hingehalten, damit er seine Wirkung erzielen konnte, und wenn er zu wirken begann, wäre sie nicht mehr in der Lage, um Hilfe zu bitten, und niemand hier, der ihr helfen könnte.

Wenn die Polizei nicht in der Nacht mit Gewalt in ihre Ferienwohnung eingedrungen wäre, säße sie jetzt hier vor diesem Laptop, erwartete die Liebeserklärung ihres Lebens und begegnete nur ihrem Tod.

Jetzt war der Zeitpunkt gekommen. Der Cocktail in ihrer Hand! »Nein, ich trinke leider keinen Alkohol!« Und etwas lauter und überaus akzentuiert: »Nein, ich trinke keinen Cocktail!«

Es war zu viel gewesen. Juliane bemerkte es, noch während sie die Sätze sagte. Die Erkenntnis flackerte augenblicklich im Blick der Frau auf. Mit einer schnellen und ruckartigen Bewegung, die Juliane ihr nicht zugetraut hätte, haute sie das Weinglas am Tisch kaputt. Mit einem Satz hatte sie nach einer der größten Scherben gegriffen und stand fast zeitgleich neben ihr. Die Spitze der Scherbe kitzelte an Julianes Halsschlagader. »Du Schlampe, du dreckige kleine Schlampe! Du hältst dich wohl für besonders schlau, was? Aber du glaubst doch nicht, dass du das mit mir machen kannst. Nicht mit mir. Auf gar keinen Fall mit mir! Mein Plan wird zu Ende geführt, und wenn es das Letzte ist, was ich tue!«

»Bitte, bitte, tun Sie mir nichts. Bitte, ich habe doch einen kleinen Sohn. Der braucht mich. Er hat doch nur mich.«

»Ah, der hat nur dich. Ich weiß. Das hast du mir ja alles geschrieben. So eine Mitleidsnummer. Mein Mann hat mich verlassen und so. Wer weiß, ob das stimmt. Wahrscheinlich hast du dich auch von einem verheirateten Mann schwängern lassen. Wie so viele der Schlampen, die da draußen rumrennen. Rücksichtslos und egoistisch. Ist denen doch vollkommen gleichgültig, ob der Mann, den sie anbaggern, aufreißen, verführen schon eine Frau zu Hause hat. Da wird noch nicht mal gefragt. Und wenn, dann ist es ihnen egal. Da lacht man sich eins. Die dumme Alte wird es schon verdient haben. Hätte sich mehr kümmern können. Hätte attraktiver für ihn bleiben können. Ja, ja, ich weiß genau, wie es läuft da draußen.«

Juliane sah die Bewegungen vor den Fenstern. Sie schickte ein Stoßgebet zum Himmel, dass niemand das Haus stürmen würde. Ein länglicher Ritz mit der Scherbe, und wenn sie Pech hatte, würde auch Anne Wagner nicht mehr helfen können. Und dann wäre Noah – nein, nicht an Noah denken, nicht an Noah. Sie konzentrierte sich ganz auf ihr Gegenüber. Stellte sich vor, am Krankenbett zu sitzen. Wie oft hatte sie das schon getan, wenn Sterbende auf ihr Leben zurückblickten, sich ein letztes Mal Erleichterung verschaffen wollten, wenn eine Lebensbeichte das Loslassen erleichterte.

Mit sanfter Krankenschwesterstimme sprach sie: »Das haben Sie erlebt, nicht wahr? Dass so eine dumme Schlampe sich an Ihren Mann herangemacht hat?«

Die Frau lachte trocken auf. »Wenn es denn bei *einer* Schlampe geblieben wäre. Wenn! Wissen Sie, Sie sind jung. Da glaubt man noch an die große Liebe. Aber irgendwann im Laufe der Jahre, da ist auch die Luft mal raus. Das hat meine Mutter mir schon als Rat in die Ehe mitgegeben. Wenn er sich mal die Hörner abstoßen muss. Und so habe ich das auch gelebt. Habe darüber hinweggeguckt. Wusste, dass es kurze, nichtssagende Affären waren. Fleischeslust, hat unser Pastor dazu gesagt.«

»Und dann hat sich aber etwas verändert?«

»Ja, es hat sich verändert. Er wusste immer, was er an mir hat. Daran hat er nie gerüttelt. Ich war die Ehefrau. Er war diskret und vorsichtig. Dass ich ihm auf die Schliche gekommen war, hatte nichts mit seiner Nachlässigkeit zu tun, sondern mit meiner Intuition. Ich verstand mich schon immer darauf, Menschen früher als andere zu durchschauen.

Aber dann wurde es anders. Es war ihm plötzlich egal, wer es wusste. Er führte sie aus. Jeder wusste es und sprach davon. Er begann, mich zu demütigen. Stellte Vergleiche an. Alles habe ich versucht.«

Mit der linken Hand streifte sie ihre Perücke ein Stück nach hinten. »Wenn man genau hinsieht, entdeckt man die Mininarben des Faceliftings. Meine Figur habe ich immer bewahrt. Sport und gesunde Ernährung. Nach 17 Uhr kein warmes Essen und keine Kohlenhydrate. Schon seit Jahren. Schon vor den ganzen Promifrauen.«

»Aber es war nicht gut genug?«

»Nein, es hat nicht gereicht. Und dann kam die Krebserkrankung.« Mit einem Ruck riss sie sich die Perücke vom Kopf. »Ab da hatte er seinen Freifahrtschein. Konnte mich nicht mehr anfassen. Ich war ihm zu gruselig. Mit mir hielt er den Tod in den Armen, das waren seine Worte!

Ich hatte als junge Frau Pharmazie studiert, ich habe versucht, mit allen Mitteln gegen den Krebs zu kämpfen. Bin von der Chemo in die Depression und das in mehreren Schleifen. Wie man sieht, habe ich es geschafft, den Krebs zu überleben. Wenn man es überleben nennen kann, wenn das noch Leben ist, wenn einem vorher alle Würde genommen worden ist.«

»Sie sind eine sehr starke Frau!«

»Oh ja, das bin ich. Wenn es nicht so aberwitzig wäre, würde ich sagen, ich habe mich am eigenen Schopf aus dem Sumpf gezogen. Oder vom Totenbett. Wo er mich am liebsten gehabt hätte. Am eigenen Schopf … Lustig, nicht wahr, diese Redensarten. Mein Schopf ist nicht mehr nachgewachsen. Obwohl die Chemo schon lange rum ist. Die Haare sind nicht wiedergekommen.«

»Und Ihr Mann auch nicht?«

»Mein Mann! Mein Mann ist da, wo er mich gerne hinhaben wollte. Im Himmelreich!«

Juliane zuckte zusammen. Die Scherbe ritzte an ihrer Haut.

Die Frau lachte. »Nein, nein. Ich war es nicht. Ich habe ihn da nicht hinbefördert. Das war er selbst. Konnte den Hals nicht voll kriegen. Glaubte Gott weiß was, was er sich beweisen müsse.«

»Was ist denn passiert?«

»Nun, Stress im Job und Vielweiberei machen Bluthochdruck kombiniert mit Viagra. Und dies führt in gar nicht seltenen Fällen zum Exitus, wenn es eigentlich gerade am schönsten sein soll.«

»Ihr Mann ist beim Geschlechtsverkehr gestorben?«

»Diese Schlampe, auf der er lag, hatte es nicht besser verdient. Aber mir hat er damit den Dolchstoß verpasst.«

»Weil Sie sich so erniedrigt vorkamen?«

»Wissen Sie, wie das ist, wenn die Polizei mit einem Notfallseelsorger vor einem steht und nicht nur über das Ableben informiert, sondern auch diese besonderen Umstände mitteilen muss? Wie die rumdrucksen und damit alles noch schlimmer machen? Und wenn man dann die trauernde Witwe geben muss? Was antwortet man denn da? ›Du Ärmste!‹ ›Was ist denn passiert?‹ ›So plötzlich!‹ ›Warst du dabei?‹ Was sollte ich denn tun? Lügen oder etwa die Wahrheit sagen?«

»Und wofür haben Sie sich entschieden?«

»Für Rache!«

Juliane schluckte. Sie spürte das Glas an ihrem Hals.

»Deswegen die toten Frauen?«

»Ja!«

»Kannten die denn alle Ihren Mann? Waren das die Geliebten? Also, ich selbst …«

»Das war gar nicht nötig. Die mussten ihn nicht kennen. Es geht ums Prinzip. Ich habe erst im Nachhinein das ganze Ausmaß des Betrugs verstanden. Vier dieser Schlampen haben neben mir her existiert. Vier Nebenfrauen. Nicht nur kurze Affären. Die hatte er auch. Sexsüchtig! So hat ein Psychologe es genannt. Hat versucht, mein Verständnis für ihn zu wecken. Er war krank, es war eine Sucht, so hat er argumentiert.«

»Das wollten Sie so nicht hinnehmen.«

»Nein, das konnte ich nicht. Die Affären ja. Die Nebenfrauen nicht. Hier auf Norderney war er mit ihnen. In meiner geliebten Ferienwohnung. Die ich für uns als Nest eingerichtet hatte. Ein Bordell hat er daraus gemacht. Das konnte ich ihm nicht verzeihen.«

»Vier Nebenfrauen und deswegen vier Verabredungen auf der Insel. Viermal Rache?«

Juliane spürte, wie die Frau neben ihr schwankte. »Ja, viermal Rache. Wenn es denn vollzogen ist.«

Juliane holte tief Luft. »Ich kann Sie total gut verstehen. Was für eine Wahnsinnsgeschichte. Wie verletzt Sie gewesen sein müssen. Diese Krankheit dabei, die einem wirklich alles nimmt, was man an Würde besitzt. Die Angst vor jeder neuen Untersuchung, vor jedem neuen Ergebnis.«

Sie hörte die Frau neben sich aufschluchzen, drehte den Kopf aber nicht, sondern blickte weiter starr geradeaus.

»Meine Mutter ist auch betrogen worden, und deswegen kann ich Ihren Schmerz so gut verstehen. Wie oft hat meine Mutter im Bett geweint, aber vor mir wollte sie immer stark sein. Sie wollen das auch, das merke ich, immer stark sein.«

Die Frau schluchzte heftiger.

»Ich kann mir vorstellen, wie das auf der Beerdigung für Sie war. Die Menschen kommen, weil sie einen guten Grund haben, sie sind verwandt oder bekannt, vielleicht sogar befreundet. Doch heute treibt sie die Neugierde, der Skandal. Das Mitgefühl ist vordergründig, sie wollen eigentlich sehen, wie eine von ihnen am Boden liegt und nicht schreien darf, um nicht noch mehr den Blick auf sich zu lenken.«

Ein heftiger Schauder durchfuhr die Frau. Sie ließ die Arme sinken. Die Glasscherbe fiel zu Boden.

Juliane nahm die zerbrechliche Frau in ihre Arme.

Ganz laut sagte sie: »Haben Sie keine Angst! Ich passe auf Sie auf. Niemand wird Ihnen etwas tun. Lassen Sie sich fallen, einfach fallen. Ich kümmere mich um alles andere.«

*

Daniela stupste Frank an, als sie gemeinsam die Treppe herunterkamen. »Jetzt schau dir das mal an! Unsere Frau Dirkens! Das finde ich ja cool.«

Sie blieben beide vor dem Schild stehen, das Frau Dirkens an der Tür zum Frühstücksraum angebracht hatte: ›Frühstück heute in der Milchbar!‹

Sie lachten sich beide an. »Perfekt!«, meinte Frank. »Es war gut, dass du sofort Bescheid gegeben hast, dass alles rum ist. Für Frau Dirkens war das echt ein schlimmes Wochenende.«

»Nicht nur für Frau Dirkens, sondern für uns alle.«

»Das stimmt. Wobei mir ganz persönlich ein positiver Aspekt einfallen würde. Dir nicht?«

Daniela schaute Frank von der Seite an und schwieg. Sie wusste nicht richtig, was sie von der ganzen Sache halten sollte. Es wäre zu schön, um wahr zu sein.

Frank schien ihre Verlegenheit zu bemerken. »Jedenfalls gehst du hier als ungeschlagene Krimikönigin heraus, hat Ruth mir eben per Whatsapp geschrieben. Dein Hinweis diese Nacht war goldrichtig.«

Daniela zuckte mit den Achseln. »War ja nur eine Vermutung.«

»Nein, das war es nicht. Vergiss nicht, ich war dabei. Und es waren deine Hartnäckigkeit und deine Menschenkenntnis, die zu dem Ergebnis geführt haben. Habe ich dir übrigens schon gesagt, dass ich Hartnäckigkeit liebe?«

»Frank, bitte hör doch auf!«

»Daniela, ich weiß, dass du diese Nacht gedacht hast, ich sülze nur rum, um bei dir übernachten zu dürfen. Ich habe mich also aus deinem Zimmer verbannen lassen. Es gibt in diesem Haus ja gottlob genug Räume und Betten. Und wenn ich heute das Gleiche wie diese Nacht sage, solltest du mich ernst nehmen und mir nicht unlautere Motive unterstellen.«

»Vielleicht bist du mir einfach ein bisschen schnell?«

»Ich finde dieses Warten vollkommen überschätzt.«

Daniela lachte. »Das sagen Männer immer. Und wenn wir uns drauf eingelassen haben, ist die Jagd vorüber, und wir werden uninteressant.«

»Na gut, wenn du mir nicht glaubst, dann werde ich es dir schon zeigen.«

»Komm, lass uns erst mal zum Strand. Ich freue mich darauf, mit dir am Meer zu stehen. Und dann ein Frühstück in der Milchbar. Alles ganz nach meinem Geschmack.«

»Dann los! Aber glaube nicht, dass über uns beide das letzte Wort gesprochen ist.«

*

Als Frank und Daniela eine Dreiviertelstunde später Hand in Hand vom Strand hoch zur Promenade stiegen und an der Glasfront der Milchbar entlangschlenderten, staunten sie nicht schlecht, Marthe Dirkens mit einem Milchkaffee und einem Buch in der Hand in einem der Loungesessel sitzen zu sehen. Sie klopften und winkten und zeigten lachend mit den Fingern, dass sie hereinkommen würden.

Marthe Dirkens hatte ihr Buch geschlossen. Entspannt winkte sie ihnen zu. »Ist das nicht herrlich? Wie konnte ich nur mein Leben auf der Insel verbringen, ohne zu merken, was es für idyllische Plätze mittlerweile gibt. Hier könnte ich von morgens bis abends sitzen. Wunderbar!«

Frank und Daniela grinsten.

»Das soll der ein oder andere Tourist auch schon gemerkt haben. Wird zumindest erzählt.« Frank legte den Zeigefinger vor den Mund. »Aber erzählen Sie es keinem weiter.«

»Versprochen«, flüsterte Frau Dirkens zurück.

»Sollen wir uns zum Frühstück an einen der Tische setzen?« Daniela zeigte nach hinten. »Gut, dass gestern der letzte

Abreisetag in den Herbstferien war. Sonst wäre es nicht so leer.«

»Dann helft mir alten Frau mal hoch. Das werde ich noch üben müssen, wenn ich öfter herkomme.«

»Soll ich uns vorne eine kleine Auswahl zusammenstellen? Frank, dann kannst du Frau Dirkens zum Tisch bringen, ja? Denkt daran, dass die anderen auch gleich kommen wollen.«

»Nee, nee, das machen wir andersrum.« Frank hatte Frau Dirkens in den Stand geholfen. »Ihr zwei Hübschen geht an den Tisch, ich rufe Martin und die anderen an und frage, was sie wollen, und organisier dann alles. Frühstück gibt es nur bis zwölf, aber was auf dem Tisch steht, steht.«

»Hat er wirklich gerade zu uns ›ihr zwei Hübschen‹ gesagt?« Frau Dirkens lachte neckisch. »Das ist so ein netter, höflicher Mann. Daniela, pass nur gut auf den auf!«

*

Mit dicken Rändern unter den Augen traten Ruth, Martin und Juliane an den Tisch.

»Na, das sieht richtig lecker aus, was ihr da herangeschafft habt.« Martin gähnte. »Ich befürchte nur, ich schlafe sofort ein, wenn mein Magen etwas zu essen bekommt.«

Frank war aufgesprungen. »Das muss aber sein. Ihr könnt jetzt nicht kneifen. Ein kurzes Frühstück mit einem ausführlichen Bericht und ihr dürft danach schlafen, so lange ihr wollt. Ich hole Kaffee und Pfannkuchen für alle. Und nichts erzählen, bis ich wieder da bin. Bitte!«

»Daniela, ich wollte dir gerne Juliane vorstellen. Ich finde, ihr solltet euch kennenlernen. Denn schließlich haben wir dir viel zu verdanken gehabt heute Nacht.«

Daniela war aufgestanden und reichte Juliane die Hand. »Ich bin heilfroh, dass es für Sie gut ausgegangen ist. Und dass Sie so mutig waren. Wer weiß, was sonst noch alles passiert wäre.«

Juliane schüttelte den Kopf. »Nach der vierten wäre wohl Schluss gewesen. So war jedenfalls ihr Plan. Ich kann das alles noch gar nicht fassen.«

»Kommen Sie, setzen Sie sich zu uns. Das ist übrigens Frau Dirkens, meine Ferienzimmerwirtin. Die beste überhaupt.«

Alle rückten ihre Stühle zurecht, als Jan zusammen mit Anne den Gastraum betrat.

»Da sitzen ja alle beisammen!«, rief er freudestrahlend.

»Na, da braucht man gar nicht nach dem Stand der Dinge zu fragen. Das sieht man auf den ersten Blick, dass es Constance besser geht.« Ruth war aufgestanden. »Kommt her, wir rücken zusammen. Wollt ihr etwas essen?«

»Frank bringt uns Kaffee mit, danke! Ja, es geht Constance gut. Sie ist ansprechbar und schon wieder ganz gut dabei. Noch verwirrt, aber an mich konnte sie sich eins a erinnern. Und der Rest wird auch wieder. Nicht wahr, Anne?«

»Da sind wir uns sehr sicher.« Sie hob die Schultern. »Allerdings wissen wir nicht, ob sie sich an zeugenrelevante Inhalte erinnern wird. Das ist das Tückische an diesen K.-o.-Tropfen. Aber wir haben die toxikologischen Nachweise aus Blut und Urin, und die sind gerichtsrelevant.«

»Und vor allem kann sie uns berichten, wie diese ganze Kontaktaufnahme bei ihr vonstattengegangen ist. Juliane hat uns schon einiges darüber erzählt, aber die Täterin hat anscheinend sehr individuell abgestimmt agiert.« Martin biss in sein Brötchen und sprach mit vollem Mund weiter: »Ich kann mich nicht daran gewöhnen, dass wir es mit einer Frau zu tun haben und nicht mit einem Kerl, diesem Johannes Duweißtschonwer.«

»Das fällt mir auch schwer«, gab Ruth zu. »Wie sehr wir uns auf diese Fährte haben locken lassen. Aber es ist auch unglaublich, in welchem Maße sie sich mit ihrer Rolle identifiziert hat. Wir haben bei ihr ein Moleskine-Notizbuch gefunden. Wenn wir es bisher auch nur überflogen haben, meint man wirklich, es schreibt ein Mann.«

»Ich schäme mich, dass ich auf so eine Internetbekanntschaft reingefallen bin«, murmelte Juliane. »Wenn das anderen passiert wäre. Ich wüsste schon, was ich dann sagen würde.«

»Es hilft aber nichts, sich Vorwürfe zu machen. So ist es nun mal. Da, wo Menschen betrügen können, wird es auch getan. Hinterher ist man immer schlauer.« Ruth hatte mitfühlend die Hand auf Julianes Arm gelegt.

»Und ich kenne genug Leute, die das auch ohne Internet können. Wie viele Frauen haben schon Geld abgedrückt, weil ihnen ein Kerl schöne Augen gemacht hat. Das gab es schon immer.« Daniela war richtig laut geworden. »Bitte ärgern Sie sich nicht. Aber andere Frauen können davon lernen.«

»Aber wenn ich denke, was ich beinahe meinem Kind angetan hätte.«

»Nicht mehr zurückgucken. Es ist gut gegangen! Das ist entscheidend. Und alles andere muss nach und nach verarbeitet werden.« Der professionelle Ton der Ärztin beruhigte Juliane.

»Sie haben recht, Frau Wagner. Danke. Danke für alles! Und heute Nachmittag kommt Noah, und dann ist sowieso alles in Ordnung. Wenn ich seine kleinen Ärmchen spüre.« Die Tränen liefen nun über ihr Gesicht.

»Es tut mir leid, aber ich muss auch weinen.« Daniela suchte ein Taschentuch.

»Komm, ich lenke dich mal ab. Erzähle noch einmal, was dir aufgefallen ist diese Nacht.«

»He, he, Martin, hatte ich nicht gesagt, ihr sollt auf mich warten mit dem Erzählen?« Frank kam mit einem voll beladenen Tablett zum Tisch. »Haut rein, die Milchbar hat eine kleine Überraschung für uns!«

»Von Überraschungen habe ich derzeit genug«, murmelte Ruth mit Blick auf Juliane. »Und Daniela kann dir nachher ganz in trauter Zweisamkeit berichten, was wir bisher besprochen haben. Das ist doch auch was, oder?« Sie zwinkerte Frank mit dem linken Auge zu.

»Ich würde auch gerne wissen, was diese Nacht passiert ist. Schließlich war ich schon weg.« Jan hatte sich mit langen Armen einen Pfannkuchen geangelt und ihn kunstvoll zusammengerollt. »Also, Daniela?«

»Ach, wirklich nichts Besonderes. Ich habe noch mal in die Profile geschaut, und mir war etwas aufgefallen, aber der Groschen dazu fiel erst später. Also, Duweißtschonwer, unser Johannes, hatte so Sprüche auf die Facebookseiten geteilt, also bei Constance und bei Ihnen, Juliane. Und mir ist irgendwann aufgegangen, dass das so typische Frauensprüche sind. Ich kenne jedenfalls kaum Männer, die so etwas machen würden. Die posten so was Witziges und Cooles, aber nicht irgendetwas mit Emotionen.«

»Vielleicht kennst du auch bloß die falschen Männer.« Frank konnte es nicht lassen, Daniela mit zweideutigen Botschaften für sich zu gewinnen.

»Kann sein«, räumte Daniela ein. »Trotzdem war da diese Assoziation. Ich habe darüber nachgedacht, was dafür spricht, dass wir es mit einer Frau zu tun haben.«

»Und das war?« Jan hielt gespannt den Atem an.

»Die Tinte! Es war die Tinte!«

»Welche Tinte denn, um Himmels willen?«

»Ruth hatte doch die Karte aus dem Hotelzimmer mitgenommen, die Johannes Dörthe als Willkommensgruß hatte zukommen lassen. Und als Ruth die Karte kurz gezeigt hat, habe ich die Tinte gesehen.«

»Verdammt, ich verstehe immer nur Tinte. Ich kapiere den Zusammenhang nicht.« Jan war wirklich ungeduldig.

»Ich liebe es, mit Füllfederhaltern zu schreiben. Und es gab zuletzt eine neue Tintenfarbe von einer meiner Lieblingsfirmen. Die Tinte ist fast schwarz, aber wenn man das Geschriebene hin und her wendet, zeigt es einen lilafarbenen Ton. Dezent, aber wunderhübsch. War in kürzester Zeit ausverkauft. Und den Farbton habe ich erkannt, als Ruth die Tüte mit der Karte drehte.«

Jan guckte verständnislos. »Äh, ja, und der Zusammenhang?«

»Männer benutzen keine lilafarbene Tinte!« Danielas Stimme klang resolut und ließ keinen Widerspruch zu.

»Das ist nicht euer Ernst?« Jan guckte fassungslos in die Runde. »Aufgrund dieser Vorurteile seid ihr davon ausgegangen, dass ihr es mit einer Frau zu tun habt? Ist nicht wahr. Sagt mir bitte, dass die Polizei professioneller arbeitet. Entschuldige, Daniela, nichts für ungut.«

»Nun mal langsam.« Martins sonorer Bass brachte augenblicklich Beruhigung in die aufgeregte Stimmung, die Jan verbreitete.

»Das war ja, nun, wie soll ich sagen, nur der Initialfunke. Daniela hatte uns an ihren Überlegungen teilhaben lassen, und wir haben den ganzen Fall unter diesem Gesichtspunkt geprüft. Und – Überraschung: Wir stießen sehr schnell auf Friederike Neubert, und plötzlich passte eins zum anderen: *Sie* war die Witwe in Heilbronn, zu deren IP-Adresse uns die Rückverfolgung der Chatverläufe geführt hatte. Sie war derzeit verreist. Sie hatte seit Jahrzehnten eine Ferienwohnung auf Norderney. Und ihr Mann war vor 19 Monaten in dieser Ferienwohnung in den Armen einer seiner Geliebten gestorben.«

»Nein!« Jan guckte entsetzt. »Was heißt denn *einer seiner Geliebten*?«

»Er hat seine Frau seit Jahren betrogen. Zuletzt hatte er wohl vier Langzeitlieben neben seiner Ehe laufen. Total durchorganisiert. Die eine wusste von der anderen nichts. Und dann hier ein Blümchen, da ein Blümchen, ihr wisst schon, was ich meine.«

»Und dann hat seine Frau …«, Jan suchte nach den richtigen Worten.

»Sie war lange Zeit schwer krebskrank. Es ist ein Wunder, dass sie überlebt hat. Sie fühlte sich nicht mehr attraktiv und hatte eine sehr instabile Psyche. Sie war in Behandlung, hat hochdosiert Psychopharmaka genommen und dann angefangen, sich in etwas zu verrennen. Die Bösen waren plötzlich die Frauen, die alles dafür taten, dass verheiratete Männer in ihre Netze gerieten.«

»Aber sie hat sich an irgendwelchen Frauen gerächt, die gar nichts mit ihrem Mann zu tun hatten.« Frank hatte sich eingemischt. »Das ist doch absurd.«

»Ihr Gedankengang war: Wer mit Unbekannten chattet, nimmt damit in Kauf, dass sich verheiratete Männer hinter den Profilen verbergen könnten. Sie hat sich zur Retterin aller verheirateten Frauen hochstilisiert«, erklärte Ruth.

»Unglaublich«, fasste Daniela zusammen, was alle dachten. »Die kriegt doch lebenslänglich, oder? Das ist doch Mord, was die gemacht hat.«

Ruth wiegelte ab. »Das müssen die Gerichte anhand von Gutachten klären. Es wird zu prüfen sein, ob sie schuldfähig war. Die ganze Planung deutet natürlich auf Heimtücke hin, und damit wäre ein Mordmerkmal erfüllt. Ich bin froh, dass ich das nicht zu entscheiden habe.«

»Geht mir genauso«, sagte Juliane. »Obwohl ich vielleicht Grund genug hätte. Aber was sie erzählt hat und wie sie dann in meinen Armen zusammengebrochen ist …«

»Da spricht wohl die Krankenschwester«, lächelte Anne.

»Ist aber vollkommen in Ordnung. Wer, wenn nicht wir, sollten uns unser Mitgefühl bewahren.«

»So, meine Herrschaften, auf oberste Anordnung vom Chef: Eine Runde Lazy Lifes für alle!« Einer der Angestellten hatte sich mit einem großen Tablett voller Cocktails genähert.

Augenblicklich verstummte der ganze Tisch.

»Das … das trinke ich nicht!«, stieß Jan aus.

Alle starrten gebannt auf die Getränke.

»Der Chef bittet darum. Wir haben unseren guten Ruf zu verlieren.« Seine Stimme zitterte fast.

Plötzlich schlug Daniela mit der Faust auf den Tisch. »Wir sind ja schließlich keine Feiglinge! Also, Kinners, wir alle zusammen. Auf unser Wohl! Und auf ein langes Leben!«

Sie erhob ihr Glas.

Frank stieß als Erster mit ihr an. »Und auf die Liebe!«

Nach und nach erhoben alle ihre Gläser, und ein Kanon der guten Wünsche übertönte fast das Aneinanderklirren der Gläser.

»Mmh, ist das lecker! Was ist denn da drin?« Frau Dirkens schien sichtlich auf den Geschmack gekommen.

Der Milchbar-Mitarbeiter war am Tisch stehen geblieben und erklärte diensteifrig: »Oh, ganz simpel und trotzdem perfekt. Eine Mischung aus Sanddornlikör, Prosecco und mit einem Schuss Energydrink versetzt.«

Frau Dirkens ließ ihr Glas augenblicklich sinken. »Energydrink? Das, was so auf das Herz geht? Schlimmer als Koffein? Nein, räumen Sie das sofort ab!«

»Aber …«, stammelte der Mitarbeiter.

Anne Wagner schüttelte den Kopf. »Frau Dirkens, in dieser Menge dürfen auch Sie den trinken. Das macht gar nichts. Allerdings waren das auch die Gedanken unserer Täterin: Alkohol, Energy-Drink und K.-o.-Tropfen bei vorausgesetzter Medikamentierung der Opfer mit Betablockern oder Psychopharmaka – aus medizinischer Sicht kein schlechter Plan.«

»Aber Sie meinen, für mich …« Frau Dirkens schaute Anne fragend an.

»Sie dürfen sich das ab und an gönnen. Ganz sicher!« Anne lachte. »Alles, was guttut und in Maßen genossen wird.«

»Prima! Dann verkünde ich: Ab sofort bin ich nicht mehr Marthe Dirkens, die Pensionswirtin, sondern Marthe Dirkens, die Touristin. Bis zum nächsten Sommer werde ich die Insel jeden Tag mit den Augen eines Gastes, der zum ersten Mal auf Norderney ist, genießen. Und mit einem täglichen Besuch der Milchbar und ab und an einem Lazy Life fange ich an.«

Alle klatschten spontan und beglückwünschten Frau Dirkens zu ihrem Einfall.

»Und ich?«, fragte Daniela schließlich kleinlaut.

»Für dich, mein Kind, bleibt alles beim Alten. Bei mir bist du immer willkommen!«

Frank hob die Hand. »Wenn Sie nicht mehr an Gäste vermieten, Frau Dirkens, würden Sie mich bis zum Frühjahr als Langzeitmieter nehmen? So lange bin ich noch auf der Insel beschäftigt.« Mit einem Dackelblick Richtung Frau Dirkens und Daniela fügte er hinzu: »Und ich hätte so gerne Familienanschluss.«

*

Ruth hielt in den nächsten Tagen eine erfolgreiche Fortbildung ab und wurde für das Jahr darauf zu einer Fortsetzung verpflichtet. Martin und sie verabredeten, in engem Kontakt zu bleiben und demnächst ein Wochenende nur mit gutem Essen, Gesprächen und Rotwein auf der Insel zu verbringen. Frank und Daniela hatten das Wiedersehen von Juliane mit Noah beobachtet und sich fest an die Hand genommen. Jan wich im Krankenhaus kaum von Constances Seite.

Sie alle würden wiederkommen. Das hatten sie versprochen. Sich gegenseitig, sich selbst und nicht zuletzt der Insel, als sie alle nach und nach mit der Frisia Richtung Festland fuhren.

Ruth hielt den Krimi in den Händen, den sie nicht zu Ende gelesen hatte. Sie hatte die Nase voll von Kriminalgeschichten jeglicher Art. Sie griff zu ihrem Handy und schickte Daniela eine Mail.

›Hoffe auf ein Wiedersehen, Danny Marple. Das nächste Mal aber bitte ausschließlich mit Liebesromanen im Gepäck!‹

DANKSAGUNG

Wenn man, wie ich, sehr spätberufen zum öffentlichen Schreiben findet, lohnt sich der Blick auch weit zurück in die Vergangenheit, um Danke zu sagen.

Vieles habe ich meinen Eltern (†) zu verdanken. Noch heute sehe und höre ich meinen Vater unermüdlich bis ins hohe Alter auf der Schreibmaschine tippen. Die Freude am geschriebenen Wort, die Möglichkeit, Erlebtes und Gefühltes zu Papier zu bringen, habe ich früh von ihm vermittelt bekommen. Meine Mutter war eine begnadete Geschichtenerzählerin. Dadurch wurde sie zur Hüterin der Familiengeschichten, die auf diese Weise in die nächste Generation hineingetragen wurden und in mir viele Spuren hinterlassen haben.

Mein Weg durch Schule, Ausbildung und Studium war von mancherlei Umwegen geprägt. All diese Erfahrungen helfen mir heute beim Schreiben und ich bin vielen Menschen begegnet, die an mich geglaubt haben, während ich noch zweifelte. Ganz besonders dankbar bin ich meinen ehemaligen Deutschlehrern Uta Werner-Petersen und Hermann Menning (†).

In der Caritas-Inseloase Norderney habe ich 2015 im Rahmen von Oasentagen einen Schreibimpuls bekommen, der den entscheidenden Anstoß gab, mit meinem Schreiben an die Öffentlichkeit zu gehen. Ein großes Dankeschön deshalb und für die besondere Zeit, die ich dort verbringen durfte!

Zur Hebamme erster veröffentlichter Kurzgeschichten wurde die Leiterin eines Schreibkurses, den ich kurz danach besuchte: Doktor Aide Rehbaum. Sie hat mich stets ermuntert und mir das nötige Selbstbewusstsein vermittelt, ein größeres Projekt in Angriff zu nehmen. Vielen Dank!

Die Insel Norderney ist mir seit einigen Jahren ans Herz gewachsen. Ich danke all den Norderneyern, Zugezogenen und Gästen, die wie ich diese Insel in ihrer Vielfalt lieben, und die mir dabei geholfen haben, dieses Buch zu schreiben. Mit künstlerischer Freiheit habe ich tatsächliche und erfundene Orte auf der Insel kombiniert. Auch wenn nicht alles wiederzufinden ist: Ein Spaziergang durch den Ort wird zu vielen Schauplätzen und Menschen führen, die ich liebgewonnen habe.

Einen überaus herzlichen Dank sage ich meinen beiden Testleserinnen. Meine Autorenkollegin Nicole Peters und meine Freundin Irene Kiesler-Lohmer haben ihre Aufgabe sehr ernst genommen und viele nützliche Hinweise gegeben. Ein besonderer Dank gilt auch meinem 50-Seiten-Testleser und Kollegen Hajo Müller.

Meinem Mann und meinen Kindern danke ich, weil sie mir die Freiheit gegeben haben, mich zum Schreiben zurückzuziehen. Trotz aller Einschränkungen, die das für sie selber bedeutete, haben sie mich immer unterstützt, ermuntert und mit ausreichend Kaffee versorgt. Ihr seid das Beste, was ich habe.

Dem Gmeiner-Verlag danke ich ganz herzlich für das große Zutrauen und die gute Zusammenarbeit. Mit meiner Lektorin Claudia Senghaas hat mich dabei sofort die Liebe zur herbstlichen Nordsee sowie das temporeiche Entscheiden und Arbeiten verbunden.

Während meiner Arbeit an der Geschichte hatte ich lustige, ernste, skurrile und überraschende – analoge und virtuelle – Begegnungen. Sie alle waren kleine Stupser für die Fantasie oder haben Geschriebenes noch einmal bestätigt. Auch dafür »unbekannterweise« herzlichen Dank.

Und nicht zuletzt danke ich allen Daumendrückern, die mir jederzeit all ihre Unterstützung gegeben haben: Ihr seid einfach klasse!

Was ich in den letzten Monaten erfahren durfte und weitergeben möchte: Hört nie auf, an euch zu glauben! Und: Es ist tatsächlich nie zu spät, etwas Neues zu beginnen!

ELLA DANZ
Strandbudenzauber

978-3-8392-2340-6 (Paperback)
978-3-8392-5741-8 (pdf)
978-3-8392-5740-1 (epub)

UNDERCOVER KELLNER Kommissar Angermüller gönnt sich eine Auszeit vom Dienst. Doch nach ein paar Wochen Müßiggang mit Reisen, Kochen, im Café sitzen, verspürt er eine gewisse Leere. Da kommt Deryas Idee gerade recht, ihrer Schulfreundin Wiebke zu helfen, deren erfolgreichem Restaurant von einem Unbekannten übel mitgespielt wird. Offiziell Kellner in der Alten Strandbude, beginnt Angermüller zu ermitteln, hat auch erste Erfolge – da gibt es einen Toten und er gerät gegenüber den Kollegen vom K1 in Erklärungsnot …

HARALD JACOBSEN
Fördekartell

978-3-8392-2311-6 (Paperback)
978-3-8392-5791-3 (pdf)
978-3-8392-5790-6 (epub)

MÖRDERISCHE SCHATTEN Während Henrik Bargen als Privatermittler in Flensburg einen Doppelmord aus dem April 1945 neu aufrollt, stirbt ein englischer Marinehistoriker bei einer Schiffskollision. Kurz darauf werden zwei Männer in Glücksburg ermordet. Zwischen den Toden aus der Vergangenheit und denen von heute scheint eine Verbindung zu bestehen, und bald ermitteln Bargen und die Kripo gemeinsam. Die Spuren führen nach Riga, Wismar und bis in den Norden Schwedens. Dunkle Mächte stellen sich Bargen mit einer Gewalt entgegen, die ihn an seinen Kräften zweifeln lässt.

GMEINER SPANNUNG

WWW.GMEINER-VERLAG.DE
Wir machen's spannend